光文社文庫

エコイック・メモリ

結城充考

光　文　社

目次

序章

硝子《ガラス》の割れる音。

破片は歩道の白いタイルへ落ち、水飛沫《しぶき》のように跳ね上がって周囲へ拡散した。

硝子片の輝きを避け、通行人達が急ぎ場所を空《あ》ける。悲鳴も聞こえ現場の喧騒はさらに増したが、怪我をした様子は誰にもなかった。硝子を破った小型の電気扇風機《サーキュレータ》が、地下街への入り口、銀色の支柱にぶつかり、転がるのをやめた。

下がれ危ない、と交通指導係の警察官が道路から野次馬達へ怒鳴った。ほとんどの人間が従った。歩道には人だかりの輪ができつつあったが、現場の警察官達に、通行人整理を行うだけの余力はなかった。集まった全ての者を合わせても、七名にしかならない。鉄道駅に近い大通り沿いで、人が増えてゆくのを止める術《すべ》は見当たらなかった。

クロハは警察車両の後部座席で震える女性を、もう一度見た。

……私だけ逃げてしまって、間違っていたでしょうか。

声を震わせ、女性はいった。

間違っていません、と車内へ声をかけた後、クロハの同僚でもある機動捜査隊員が、警察車両前に集まる全警察官へ直立の姿勢でいった。

「先《ま》ず、我々だけで被疑者を包囲する」

機捜隊員の階級は地域課の一人と同じく警部補にすぎなかったが、この場では最上の立場だった。五十を超える年齢も捜査経験も一番上に違いない。それでも緊張感はありありと表情に表れていた。目尻の皺に細かく溜《た》まる汗が、クロハの目に留まった。

「強盗犯は一人。攻撃的な状態にあり、油断はできない。捜査一課を待つ間、我々が二人一組となって三ヶ所の出口を固める」

警察官全員が一斉に頷《うなず》いた。視界の隅に、少し離れたところから携帯電話のレンズ越しにこちらを窺《うかが》う中年男性の姿が映った。地域課員の一人が睨《にら》むような視線を送るが、男性は撮影を中断しなかった。放っておけ、という無言の了解が、警察官の間にゆき渡る。クロハも声に出さず、自分へいった。

集中しろ、ユウ。

機捜隊員は交通指導係の歳《とし》の若い一人へ、

「クロハと君は裏へ回り、非常階段を昇れ。階段は隣の建物のものだが、屋上伝いに移ることが可能ということだ」

機捜隊員の言葉に車内の女性が少しだけ頷き、情報の正しさを示した。黒に近い紺色の制服。襟元には水色のリボン。女性店員は十代に見えた。自身が働く消費者金融から逃げ出し、駐車取締中の交通指導係へ強盗が店内に入り込んだことを訴え、そして事案は発覚した。機動捜査隊員として密行警邏《けいら》中だったクロハ達が非常通報を受け臨場した時には、すでに近くの交番から地域課員が三名、応援として到着していた。

けれどそれ以上の人員は、なかなか集まらなかった。消費者金融の無人契約機を一階に、窓口を二階に収める建物からは、怒声や大きな金属音が絶え間なく聞こえ、異常な状況を伝え続けていた。被疑者は金銭を集めるのに夢中になっているのかもしれず、逃亡の準備をするのに懸命になっているのかもしれなかった。情報がない、という事実がこの場をさらに苛《いら》立《だ》たせていた。逃げることに成功した女性店員は店内の隅にいて、突如カウンタに現れた男がスポーツ・バッグから何か金属的な塊《かたまり》を取り出し、掠《かす》れ声で爆発物であることを仄《ほの》めかした、という証言以外、何も持ち出してはいなかった。続報となるものは存在せず、男の要求する金額も、年齢さえも把握することができずにいた。

機捜隊員は振り返り、硝子の消えた三階の窓枠を見遣《みや》ってから、

「知っての通り付近の建物は密に集まり、周囲の道は狭く、非常に入り組んでいる。今、被疑者が建物から逃亡すれば、追跡は困難となりかねない。従って、正面。裏口。屋上。三ヶ所に張りつき逃亡を防ぐ。高さはあっても建物の敷地面積自体は、狭い。我々だけでも包囲は可能なはず……君はここで待機。車内で被害者に付き添っていなさい」

交通指導係の女性警官へいった。二十歳前後の新人らしき警察官は青白い顔色のまま、ぎこちない動作で頷いた。新人警察官の感覚に同期しないよう、クロハは目を逸《そ》らす。すでに口の中も咽喉《のど》も渇き切っていた。

「我々は少なくとも、応援が到着するまで被疑者の逃亡を阻止しなくてはならない」

機捜隊員がそう続け、

「被疑者の所持する爆発物らしきものが本物であるかどうかは、今のところ判断できない。また他に何等かの武器を用意している可能性も考えられる。臨機応変に対処すること。以上。位置につけっ」

弾けるように警察官達が歩道を駆け出した。クロハは制服警官の背中、耐刃《たいじん》防護衣の紺色を追いかける。クロハと同世代、二十代半ばらしき男性警官は足が速かった。

建物の裏に位置する通りには、狭い駐車場と小さなクリニックだけが存在していた。クロハを追い越した二人の制服警官が消費者金融の、硝子張りの裏口に張りついた。視界を塞《ふさ》ぐポスターの隙間から中を窺う二人が、同時に腰の回転式拳銃へ手を伸ばすのを見て、クロハは一瞬息を止めた。拳銃が必要な事態が何時《いつ》起こってもおかしくない、ということを改めて実感していた。

クロハと組になった制服警官が隣接した建物、その銀色の鉄柵を素早く駆け登った。内部の非常階段へ降り立ち、扉を解錠する。管理人を待つ手間を省いたのだ。

「いきましょう」

制服警官は扉を開け、追いついたクロハへいった。後に続きクロハも階段を昇る。先をゆく制服警官の歩調に合わせ、段を踏んだ。もたついてはいなかったが、全速力でもなかった。十階分を昇り終えたのちのことも考えての速度だろう。必要なのは、体力を消耗し切らない程度の、素早さ。私が先頭でも同じようにする。

金属の感触が足裏に伝わる。階段を覆う形で設置された鉄柵の隙間から、よく育った植物のように電線を広げる電信柱が間近に見え、その先に小さなクリニックの看板が見えた。建造物の全てがすぐ傍《そば》にあった。

五階の非常扉の前を過ぎた時、内部から何かもの音が聞こえたような気がした。建物上部のほとんどは、店舗も事務所も入っていない、無人の空間のはずだった。誰かが上階へ避難しているかもしれなかったが、内側の事情を知る方法はなく、たとえ建物の管理人が非常扉を開ける鍵束を携えて来たとしても、独断で中へ踏み込むことは許されなかった。捜査一課の判断を待つ必要がある。特殊捜査班《SIT》や特殊部隊《SAT》の登場さえあり得る事態だった。

立ち止まり耳を澄ますが、聞こえるのは鉄柵の間を吹き抜ける風の音ばかりだ。気温の低さに、クロハは初めて気がついた。階上から真剣な眼差《まなざ》しを送る制服警官へ、クロハは軽く頷いた。クロハに感じ取れたのは風と、街を薄く包む落ち着きのない空気だけだった。

屋上に着くとすぐ、制服警官は隣の建物の上端に手をかけ、身軽に体を移動させた。躊躇《ためら》うクロハの上腕をつかみ、引き上げてくれた。

空が赤かった。

錆《さび》をあちこちに付着させた、もう使われることのない給水タンク。大きな白い立方体は非常階段の出入り口だった。空調の室外機が低い位置に並び、太いダクトがそれ等に沿って走っている。赤色を反射させていた。

一瞬、アイのことを思い出した。アイに夕陽を見せたことはたぶん、ない。赤く輝く世界と接した時どんな反応をするのか知りたい、とクロハは思う。

制服警官の声で、我に返った。

「所轄交通指導係のアサクラです。お名前は」

「……機動捜査隊員クロハです」

「地域課員が、応援に参加したそうです。付近建造物の管理会社とも全て連絡がついた、との報告もありました」

アサクラが、受令機のイヤフォンを指先で耳に押し当てながらそういい、

「捜査一課も、もう間もなく到着する模様です」

緊張感が、わずかに和らいだ。

被疑者が屋上を目指す可能性は低くとも、見張りを疎《おろそ》かにはできなかった。クロハは手首に巻いたゴムを外すと両手で髪を集め、頭の後ろで束ねた。上着の中へ片手を差し入れ、

新しく支給されたナイロン製のショルダー・ホルスターの留金を外した。小型の自動拳銃を抜き出した。

拳銃のスライドは引かなかった。引けば銃把内部の弾倉から初弾が薬室に送られるが、支給された自動拳銃は、一旦撃鉄を起こしてしまうと、すぐには安全装置《セイフティ》を掛けることもできない。スライドを引く時機は、確実に撃つ意志のある場面にしか存在しない。

アサクラもつり紐《カールコード》を伸ばし、回転式拳銃を手に持った。風の冷たさを再び意識した。立方体へ歩き寄り、非常扉の両脇に立つ。

名手だと聞いています、とアサクラにいわれ、クロハは視線を上げた。

「射撃の」

アサクラはそう付け足した。険しい表情に、ほんの少しだけ笑みが混ざったようだった。

「誰から聞いたんですか」

クロハが訊《たず》ねると、

「刑事部に少しでも繋がりのある人間なら、今では皆が知っています。クロハという名の警察官を」

アサクラは目を逸らして、ぎこちない笑みをさらに足し、

「夏頃の事案では中心になって活躍された、と聞いています」

「……私のことかどうかは、分かりません。どの噂《うわさ》も」

アサクラは、そうですか、と小声でいった。

たぶんこの人は、とクロハは思う。私がその事案によって、どんな状況に陥ったのか知らないのだろう。今も事案の影響はまた別の形で続いている、ということも。

アサクラは戸惑いを隠そうともせず、何処か遠くを見遣った。きれいに切り揃《そろ》えられた短い襟足が見え、クロハはアサクラの生真面目な性格に触れたような気がした。

刺《とげ》のあるいい方をしてしまったかもしれない。

「……拳銃射撃での特別術科訓練員だったことはあります」

クロハの方から声をかけ、

「成績は振るいませんでしたが」

「私などは、半年に一回射撃場へいって十数発、的に当てるだけで終わりです」

アサクラは少しほっとした様子で、

「実際の現場で、どれほど役に立つか」

「今は私も変わりません。もう少し訓練を増やすべきかと――」

一瞬の衝撃がクロハの全身に響いた。思わず身を低くした。建物自体が揺れたようだった。何が起こったのか分からなかった。

アサクラと揃って大通り側へ走り、広告を支える鉄パイプの骨組みの間から、下方を覗《のぞ》き込んだ。煙が立ち昇っていた。

黒色火薬の匂《にお》いだ、と気付いたクロハは目を瞠《みは》った。悲鳴と怒号が大通りに溢《あふ》れていた。警察車両の赤い警光灯の連なりが、建物の前で停まるところだった。歩道には歪《ゆが》んだ窓枠が一つ、細かな煌《きら》めきの中に落ちていた。

本当に爆発物が使用されたことに、クロハは愕然《がくぜん》としていた。脅しにすぎない、と決めつけたつもりはなかったが、この事態は想像を超えていた。七階の窓硝子が全て吹き飛んでいる。火柱の先の揺らめきが見えた。建造物の密集する区画での火災。自らの足場の危うさにも不安を覚え、火災の拡大することへの恐れが、クロハの体内を駆け上がった。

現金目的の犯行ではない、とクロハは思う。脅しには必要ないはずの火薬量。すでに被疑者は生への執着を失っているのではないか、と思えた。

硝子がクロハの目の前で弾けた。すぐ下の階だった。二度目の衝撃がクロハの鼓膜を圧迫し、体を揺らした。鉄パイプを握り締める。硝子の欠片《かけら》の幾つかが、クロハへと降り注いだ。歓声に似たどよめきが大通りから聞こえた。

被疑者は屋上を目指している。

クロハは、同様に身を低くするアサクラの顔を見た。

蒼白な顔。同じことに気付いたらしい。

立ち上がり、階段室の立方体を振り返った。扉の磨硝子《すりガラス》の奥に人の気配があり、クロハは息を呑んだ。扉の脇に走り寄ろうとしたが、間に合わなかった。

アルミ製の扉がゆっくりと開き、暗がりの中から男が現れた。頬《ほお》の痩《こ》けた老人だった。細かな破片を多く付着させたダウン・コート。屋上へ足を踏み出した老人の目は暗く、何の感情も表していなかった。脇に何かを抱えていた。

一人の女性が老人の腕の中にいた。ベージュ・グレイのパンツ・スーツ姿。その襟首を握り、華奢《きやしや》な体を老人は引き摺《ず》るように連れていた。人質だ、ということはすぐに分かった。

老人がもう片方の腕を上げた。手中には黒い質感。

拳銃。

銃口の正面にクロハは立っていた。

間に合わない、と悟った。クロハの握る自動拳銃は、初弾の用意ができていなかった。すぐに撃てる体勢を作っていなかった自分、呆然《ぼうぜん》とする自分を、クロハは外側から見詰めるような気分でいた。

アイの、花が開くように笑うその顔を思い出した。瞼《まぶた》を閉じた。

銃声がクロハの体内に轟《とどろ》いた。痛みはなかなか表れなかった。

硝煙の匂いを嗅《か》ぎ、発砲がすぐ傍で行われたことを知る。撃たれたのが自分でないことを知った。

呻《うめ》き声を発した老人が前屈《まえかが》みになり、平伏するような姿勢で前のめりに倒れた。老人の動きに合わせ、女性も屋上に膝《ひざ》を突いた。恐怖と嫌悪が顔貌の表面で混ざり合い、強張《こわば》った異相を作っていた。

老人は倒れたまま、ゆっくりと体全体を伸ばした。呻き声は途切れなかった。老人の下半身から血液が流れ続けていた。すぐに血溜りができ、赤い円が広がっていった。アサクラの放った銃弾は老人の動脈を切り裂いている。

クロハはやっと動き出した。このままでは被疑者が死ぬ、ということに思い至った。老人を仰向《あおむ》けにする間にも、血液は辺りを浸してゆく。ダウン・コートはあちこちが擦り切れ、中身を晒《さら》していた。白く見えた羽毛はすぐに深紅へ変わった。傷口は膝の近く、と見えたが、コーデュロイの生地に隠れ、はっきりとは分からなかった。呻き声。クロハは外套を脱ぎ、片袖の部分を包帯として老人の膝に巻き付け、縛った。古木を思わせる、乾いた老人の横顔。

クロハの両手も赤かった。けれど黒色に近く見えた。空を仰いだ。

夕陽が消えていた。夜が訪れようとしている。

立ったままのアサクラが、片手で顔全体を拭《ぬぐ》った。拳銃を握っていない方の手のひらで。大きく息を吐き出す。陰になり、どんな顔付きでいるのかは窺えなかった。

呻き声が止まった。

一

審判官がファイルを開き、後見人選任申立書を引き抜いた。楕円形の大机の上、クロハの前へそっと滑らせる。二枚のＡ４用紙。

少し離れた席に座る、大きな眼鏡をかけた中年の書記官がノートパッドをめくり俯《うつむ》いて、物静かに筆記を始める体勢を作った。

審判官は首をわずかに傾《かし》げながら、書類に記された黒葉佑《クロハユウ》の名前に人差指を置き、いった。

「あなた自身が未成年者の後見人となることを希望している、という内容でよろしいですか」

クロハは、はい、と返答する。何の迷いもなかった。

「書面によれば……現在月齢十ヶ月である未成年者とは叔母、甥《おい》の関係であるということですが、後見人になりたいと考える、その動機を教えてください」

「一緒に暮らしてきたからです」

努めて冷静に、

「姉の死亡により、必然的に保護者の立場となりました。三ヶ月前のことです」

「それ以前も、同居は——」

「していませんでした」

審判官が指先をこめかみに当てた。三十歳ほどの審判官は何処か女性的にも見えた。細い首に食い込ませるように、ネクタイを締め直し、

「あなたの義兄であるミハラ氏からは――」

「元義兄です。姉は一年以上前に離婚しています」

「――元義兄であるミハラ氏からは、同じ未成年者に対しての親権者変更の申立てがされています。ご存じですか」

「直接聞いたわけではありませんが……知っています。離婚の際に取り決めた、姉の親権を自分のものにしたいと考えている、と」

家事審判廷と記された一室は白い壁に囲まれた飾り気《け》のない空間だった。裁判所支部全体を包む静けさの影響を受けて、誰かが口を開くと、その小さなエコーも聞こえるような気がした。廊下と同様に室内の天井は低く、クロハの気持ちを圧迫するようだった。壁の一面は窓となっていたがブラインドに遮《さえぎ》られ、外の風景を見ることはできなかった。息苦しさが、ずっと続いていた。審判官が机に新たな書類を広げた。

最後の頁《ページ》を取り上げ眉を顰《ひそ》めて、

「ミハラ氏から提出された親権者変更の申立書によると……未成年者は現在ミハラ氏と同居

中、ということですが」

　思い出すだけで、クロハは落ち着いていられなくなった。気持ちを抑えるために、数秒の時間を費やした。瞼を開け、

「……甥は保育所から、突然現れた元義兄の弁護士と、同行していた保育士によって連れ去られたんです。弁護士は保育所に対して、略取幇助《ほうじょ》の告発をちらつかせ、従わせたということです。私が不法に甥を支配下に置いている、と」

　書記官が一瞬だけ顔を上げたのが分かった。問題の細部に触れたせいだろう、審判官の顔から、ふと表情が消えた。感情を排し完全中立な機械になろうとしているように、クロハには見えた。

「何時《いつ》のことですか」

　と審判官は静かにいった。

「約ひと月前のことです」

「それまでは……」

「甥は私と生活していました」

「二ヶ月間、ともに生活したと……」

「その通りです」

「生活していたのは、書類に記載された現在の住所ですか」

「はい。甥と暮らすために独身寮を出て、部屋を借りました」

「失礼ですが、どのような住居でしょう」

「1Kの集合住宅です。ワンルームに近い住居ですが壁が厚く、ピアノを置くこともできます。それだけ防音対策がしっかりしている、ということです。赤ん坊の泣き声は響きますから……」

アイの泣き顔。思い出すだけで、胸が苦しくなった。

「あなた自身は、甥御さんとの生活をずっと続けるつもりだった？」

胸元を拳《こぶし》でそっと押さえ、

「もちろんです」

「審判の争点は、ミハラ氏を未成年者の親権者として認めるか、あるいはあなたを後見人として認めるか、ということになります。認められるのは、いずれかの一方だけです」

審判官はクロハが頷くのを確認してから、

「実の親以外が未成年者の後見人となる例は、当然存在します。親権者の父母等が、親権者の死亡によって後見人となる、等。もう一方の親が生きていたとしても、過去の判例からも、これはあり得ます。しかし、それは親の側に何等かの深刻な問題があり、未成年者を養育する資格がない、と判断される場合です。そんな状況も、確かに数多くあります。しかし今回は……ミハラ氏には信頼できる社会的な地位があり、子供を養育するだけの財力を持ち、調査官が調べた限りでは、アルコール依存等の精神上の問題も抱えておらず、親権者として不足を見出《みいだ》すことはできません。そして、ミハラ氏は未成年者の実父です。少々、不思議に思います」

審判官は組んだ両手のひらを机の上、A4用紙にそっと置き、

「あなたは甥御さんと生活することを、望んでいます。いうまでもないことですが、未成年者はあなたの子供ではありません。甥御さんに愛情を持つのは自然なことと思いますが、実父を差し置いてまであなたが介入を望まれるほど、ミハラ氏側に瑕疵《かし》があるようにも見えません。是非、感情的にならず、冷静に考えていただきたい。まだ若いあなたが甥御さんを引き取った場合、将来ご自身の子供を育てる時の差し支えとなる事態さえ、あり得るのではないでしょうか」

「私が将来子供を産む可能性は否定しません。ですがアイは……甥についてはまた別の問題と捉《とら》えています。すでにアイは私の家族です。両親を亡くしてから、私は姉と甥だけを家族と思って接してきました。他に親しくしている親族もおりません。姉がいなくなった今、アイだけが私の家族だと考えています。どんな状況でも、それは変わりません」

姉さんが他界していることを強調する度、クロハの胸は痛んだ。傷はまだ生々しく心に残っている。喋《しゃべ》り終えると、何時の間にか大机の木目の一つを、濃いラインを目でなぞっていた。

書記官に目を遣《や》ると、先のよく尖《とが》った鉛筆を持ち、ノートに小さな文字を記していた。急ぐ様子もなく、会話の全てを記録するつもりもないようだった。実験に立ち会う科学者のよう、とクロハはそんなことを想像する。

審判官が口を開いた。口調をやや硬くして、

「親権の審判において重要な点は、未成年者にとって最も幸せなのはどういう形なのか、ということです。あくまで未成年者にとっての利益が優先されます」

クロハは嚙み締めるように頷いた。

アイの微笑《ほほえ》み。

蛍光灯の下で銀色に輝く瞳。クロハは数え切れないほど、接してきた。

私へ向けた微笑みの、その回数を正確に伝えられたらいいのに、と思う。

審判官が続け、

「未成年者と暮らすのに、あなたの方が相応《ふさわ》しい、と思われる根拠は？」

「……ミハラさんは」

クロハは元義兄の、仮面のような顔立ちを思い起こす。極端に感情の起伏の少ない、無口な男。

「彼は姉の死後二ヶ月間、私がアイを育てるのを、何もいわず容認していました。突然引き取る気になったのは、世間的な体面が気になったからだと私は考えています。彼は今、アイ

を自宅に置いていますが、自分で育てているわけではありません。保育士を雇い、世話を任せています」

「保育士を雇っている、ということは親権者変更の書類にも記載されています。雇っているからといって、責任を放棄していることにはなりません。仕事がある間、専門的な知識のある人間に預ける、というのは当然でしょう。あなたも同様だったはずです」

「そういう意味ではありません」

クロハは頭を振った。

「彼はそもそもアイのことを、自分の息子のことを大切には思っていません。彼が私の姉と夫婦であった時も、アイの世話をするところを見たことがありませんし、姉と離婚したのちも、一度も顔を見に来たことはないはずです」

クロハもミハラという男と、何度も会ったことがあるわけではなかった。

覚えているのは……在宅時はずっとソファに腰を沈めたまま動かなかったこと。姉さんの家事を手伝う気配もなく新聞を片手に、紙面へ視線を落とすかＴＶを観ているかどちらかの姿勢以外とらなかったこと。ミハラがアイと目を合わせる場面すら、クロハは見たことがなかった。アイが敷物の上で泣き出すのを横目にして、面倒な子だ、と呟《つぶや》き溜め息をつくような男だった。

最後に会ったのは、クロハが喪主を務めた姉さんの葬儀の式場。

互いに礼をするだけの、ほんの一瞬の接触。

「愛情の表し方に決まりはありません」

という審判官の両目をクロハは正面から見据え、

「能面の中に愛情を見出すのは困難です」

審判官と対立すべきではない、ということを思い出し、

「特に、小さな子供には」

いい添えて、目を伏せた。審判官の口調に変化はなく、

「何時、ミハラ氏が保育士を雇っているということを、知ったのですか」

「彼が経営する精神科の診療所へ連絡を入れた時です。アイが連れ去られた直後に。何故《なぜ》元義兄が急にアイと暮らす気になったのか真意を質《ただ》そうと、電話をしました。直接の個人的な電話番号は知りませんでしたから、公開されている診療所の番号へかけました。診療所のスタッフは、元義兄へ取り次いではくれませんでした。アイは元義兄の自宅にいてアイのために雇われた保育士が面倒を見ている、という話と、元義兄が親権者変更を求める手続きをしている、という事実だけは教えてもらうことができました」

クロハは当時の自分の状態……憤りと強い焦りと、そしてひどく混乱していたことを思い起こした。

「それからも何度か連絡された？」

「すぐに直接、診療所を訪ねました。あとは家事審判ですから、とスタッフに来訪を断られました。その後三度電話をしましたが、返答は同じです。いずれも元義兄とは、直《じか》に話をすることはできませんでした」

「その辺りは、冷静に」

諭《さと》すように審判官がいい、

「争いを収めるための、家事審判ですから」

「私は冷静でいるつもりです。抗議の他に、私が元義兄に伝えたかったのは感情的なものではなく、別のことです」

クロハは口調を抑えるよう努力して、

「もちろん腹を立ててはいましたが、伝えるべきことは他にありました。甥のアレルギーについてです」

「アレルギー……」

「甥は多くの食物アレルギーを持っています。元義兄はその内容を知りません。離乳食を進める上で、食べさせるべきではないものを摂取させると全身が腫れ、命にも関わります。手紙にアレルギー抗原の一覧を記載して送付しましたが……目を通したのかどうかも分かりません。返事は一切ありませんでした。スタッフには、その辺りのことは分からない、といわれました」

審判官が低く唸《うな》った。

「……そしてあなたは、後見人選任の申立てを行われた」

「職場近くの弁護士事務所へ相談にゆき、こちらからも申立てを行うことを、決めました。徒《いたずら》に相手を非難するよりも解決を法律に委《ゆだ》ねるべき、と考えています」

審判官はしばらく考える素振りを見せてから、

「未成年者と過ごした二ヶ月間についてですが、どのように世話をされていたのでしょう。ご職業は警察官、しかも機動捜査隊員ということですから……あなたが未成年者と接する時間を作るのも、難しいように思えますが」

「二十四時間勤務の日数をできるかぎり少なく調整してもらっています。朝夕の勤務態勢で生活できるように。出勤前にアイを保育所に預け、夕方引き取っていました」

「朝夕の時間を正確にいうと」

「午前八時三十分から午後五時十五分までが勤務時間です。土日は基本的に休日となっています。普通の会社とそう変わりはありません」

「その時間内に、仕事が収まらない時もある?」

「ない、とはいえません。私達の勤務は、発生する事件の内容に左右されますから……」

「もし多忙であることが、後見人として相応しくない理由となった場合、転職も考慮するというお気持ちはありますか」

クロハは、すぐには返答できなかった。

見返す視線が強くなりすぎないよう注意しつつ、

「……どうしても時間的なことが問題になるのであれば、先ず県警内で比較的時間が定まった部署を見付けるべきだと考えます」

言葉を選びながら、

「地域課や機動捜査隊は三交代制ですが、本部勤務であれば、ほとんどが朝夕で定まった時間帯となります」

「育児休業等の制度は」

「県警にも存在しますが、母子健康手帳の提示が必須ですから……出産の事実がなければ適応されないはずです」

「他のご職業は選択肢にない、と」

「今のところ、辞めるつもりはありませんが……」

辞めない、と決めたわけではなかったが、即答はできなかった。

他の職業に勤める自分の姿を想像するのは難しかった。自身の、警察官への思い入れがどれくらいのものなのか、把握できてはいなかった。価値のある仕事。けれど全てを犠牲にしてまで続けるべきものとも思えなかった。私が女だから、そう思うのだろうか。

室温の低さを、クロハは意識した。足先が、徐々に冷たくなってゆく。書記官が鉛筆を動かす乾いた音。

「率直に申し上げましょう」

空咳《からぜき》を一つして、審判官がいった。

「血縁関係から考えても、あなたが後見人として選ばれる見込みは、小さいものと思われます。ただし、考えられる別の事態があります」

クロハは軽く顎《あご》を引いた。首筋に強張りを感じる。

「ミハラ氏に、親権者となるには相応しくない振舞がある場合です。例えば児童虐待があった場合。アレルギーを考えない食事を与え続けているとすれば、広い意味での育児放棄にあたるかもしれません。保育士が間に入っているのであれば、また状況は異なるでしょうし、保育士の存在が未成年者にとって本当によいものであるかどうかも、これは考慮する必要があります」

「はい」

「もう一つ。可能性としては低いはずですが……」

審判官の声質は柔らかさと冷徹さが同居しているようで、

「あなたが後見人として選ばれるもう一つの状況は、ミハラ氏自身が親権者の申立てを取り下げる場合です。子育てに関わる気持ちが失《う》せた、というようなことがもしも起これば」

考えたことのない話だった。でもその可能性はある、とクロハは思う。いくら保育士を雇っていても、ミハラ本人がアイの世話をする場面は必ずあるはずで、その忙しさを身を以《もっ》て知るクロハには、ミハラが耐え切れなくなることも充分にあり得る、と思えた。

焦りも感じていた。アイの健康状態が気になった。保育士が幾らアレルギーに注意しようとも、ミハラ自身が考慮していなければ、結局危険な状況は生まれるだろう。

危険が及ぶのはアイの小さな体。起こり得ることを想像するのも、嫌だった。

「まだ若いあなたが、実際に後見人になるとすれば――」

審判官の言葉に、クロハは椅子の上で姿勢を正した。

「――一種の重荷を背負うことになります。一人の人間の将来を左右する立場となります。本来、背負う必要のないもののようにも、私には思えます。お考えは今でも変わりませんか」

緊張を感じながら、はい、と答え、

「私は甥のことを愛しています。甥のために後見人選任の申立てを行いましたが、アイとともに暮らし、時間をできるだけ共有することが、私自身の幸せでもあると考えています。矛盾はありません」

審判官がゆっくりと頷いた。

「ミハラ氏の主張を直接訊《たず》ねた上で、審判を行いたいと思います。もちろん、あなたの希望通りになるとは限りません。審判とはそういうものですから」

机上の書類を重ね始め、

「未成年者のことを考えれば、審判に時間をかけるわけにはいきません。必要があれば近いうちに、もう一度こちらへご足労をお願いするかもしれません。日時は調整します。よろしいですか」

「はい、よろしくお願いします」

クロハは揃えた膝の上に両手を置いて、頭を下げた。肩から胸へと流れ落ちた自分の髪の毛を両手で背中へ戻しながら、クロハはほっとしていた。

少なくとも、これで事態は前へ進むだろう。そう考えた途端、恐ろしい思いにも捕われた。もし私の主張が通らなかったら。もし後見人に選ばれなかったら。

気がつくと、首から下げた一粒の真珠に指先が触れていた。歪みのある、金属に似た質感を持つ小さなバロック玉。今ではアイと自分との関係を象徴するように、クロハは感じていた。高級な宝石ではなくとも、世界でたった一つだけの形だった。

書記官がノートパッドを閉じる音が耳に入った。

体が竦《すく》みそうになるのを、立ち上がる動作でごまかした。三人分の椅子の動きが大きな騒音のように聞こえた。

家庭裁判所支部エントランスの、開かれたままの内扉を抜けたクロハは、硝子製の自動扉の前で足を止めた。車のゆき交う光景が灰色に見えた。曇り空は正午の太陽を隠し、低い位置で霧状に広がっていた。

腕に掛けていた比翼《ひよく》仕立てのコートを広げ、身につけると、クロハは壁際へ寄り、少しの間、車の流れを眺めていた。

灰色の景色へ足を踏み入れた。

＋

照明の抑えられた県警本部の廊下は薄暗く、静かな空間だった。外の気温とさほど変わらないように感じられた。開けた扉から漏れる室内の蛍光灯の光が、眩《まぶ》しく思える。

刑事部捜査第一課強行犯捜査係を収める大きな一室に、クロハは足を踏み入れた。扉をそっと閉め室内へ一礼すると、数名の捜査員がクロハの方を見た。一人が立ち上がり、片手で奥へと促してくれた。同世代の、顔馴染《かおなじ》みの女性警官だった。

沢山の机が整然と並んでいた。空席が目立った。日中であれば当然のこと。それでもクロハは残った捜査員の邪魔にならないよう奥へ、自分を呼び出した管理官の席へ足音を殺し進んだ。何度も通った経路だったが、緊張感を失うことはなかった。

傍までゆく前に管理官がクロハに気付き、姿勢よく立ち上がった。ご苦労、という。顔に刻まれた沢山の皺《しわ》は、内側に漲《みなぎ》る厳しさを表出させている。少なくともクロハにはそう見える。

管理官が席を離れ、肩に掛けていたメッセンジャー・バッグを両手に持ち替え頭を下げるクロハのことなど見ようともせず、歩き出した。クロハは急ぎ後に続いた。大きな白い支柱の裏、壁際の席で誰かが立ち上がった。

「イワムロだ」

と直立する四十歳前後の男性を一瞥《いちべつ》し、管理官がいった。

「名刺交換は後にしろ」

管理官にそういわれたイワムロは、背広に差し入れようとしていた手を止め、クロハへ会《え》釈《しゃく》をした。返礼し、落とした視線を再び上げたクロハは、イワムロの目元に浮かんだ笑みと向かい合った。小動物的な印象。形式的に見え、イワムロとの間に隔たりが作られたような気がした。私が身構えているせいだ、とクロハは思い直す。家事審判廷にいた時に感じた息苦しさから、まだ完全に逃れることができていなかった。今、私はうまく微笑みを返せただろうか。

「見せてくれ」

と管理官がいった。はい、と答えたイワムロは着席し書類を脇に除《よ》け、そこに隠れていた白い陶磁器のような質感のノート・コンピュータを開いた。

クロハは自分が本部に呼ばれた理由を、ほとんど聞かされていなかった。捜査に協力するように、という要請だけを班長を通じ、受けていた。一介の機捜隊員にすぎない自分がどうして捜査一課に交じる必要があるのか、疑問に思っていた。

これからどんな捜査に関わることになるのか、想像もつかなかった。

ふと何かが焼ける匂いがした。クロハは隣に立つ管理官を見上げた。その口元を。細い筒状のプラスチックがくわえられている。煙によく似た白い水蒸気が吐き出された。クロハは視線を逸らし、水蒸気を避けた。電子煙草であれば何処で吸うのも自由ということに、ここではなっているのだろう。

ぼやけた水面のような、曖昧な写真が張りつけられたデスクトップが現れ、イワムロは続けてウェブ・ブラウザを立ち上げた。動画サイトの一つに接続したらしい。クロハは再び管理官の横顔をそっと確かめた。管理官はわずかに顎を上げた。黙って見ていろ、という意味だろう。動画サイトの検索欄にイワムロが入力した単語は、奇妙なものだった。

殺人　真実　記録　回線上の死　ｅｃｈｏ

候補の映像が並び、その最初の一つをイワムロが選択する。

『回線上の死』と題された、粒子の粗《あら》い映像だった。

撮影場所が暗すぎるせいだ、とクロハは気付いた。暗がりの中で円形の明部が動いている。

小さな光源を反射した箇所。光量自体は強く、たぶん光源はLED式の電灯だろう。光の円は忙《せわ》しなく動き続けている。何処を、何を撮影したものなのかは分からなかった。

解説欄には『ｅｃｈｏ』の投稿者名と、殺人、真実、記録、の文字があった。投稿《アップロード》の日付は約ひと月前。それ以外に説明は一つもない。

イワムロが音量を上げた。がさがさと、布と布が擦《こす》れるような音。

クロハは首を伸ばし液晶モニタへ近付く。細部が見えたように思えたからだ。水飛沫が映った気がする。目を凝らす必要はなかったが、自然とそうしていた。動画の中、光が少し遠ざかり、強すぎる陰影を和らげた。

中央に赤色があった。

等間隔に並んでいる。チェック模様のシャツだ、ということをクロハは認識する。誰かの背中であることも。背中が動いているのは、映像の揺れのせいだけではなさそうだった。くぐもった悲鳴のような音声が聞こえた。

シャツの向こうに、光を硬質に反射するものが見えた。硝子かアクリル製だろう、透明なケースだった。内部で揺れているのは水か、水に似た液体。

何が起こっているのか、クロハはようやく理解した。息を呑んだ。

チェック模様のシャツを着た人間が後ろから押され、ケースの中へ押しつけられている。上半身が水中に沈んでいた。腰の後ろで両手が縛られている。何重にも巻かれ、厚みを持った布テープ。ケースから外へ出た、デニム姿の下半身も所々が縛られているようだが動き続けていて、時折強張り、痙攣《けいれん》が始まり、そして完全に動かなくなった。

体を押し続けていた何者かの両腕が、肘《ひじ》から先の裸の腕が離れた。荒い息遣いが聞こえる。映像の構図が変わり、幾らかの時間経過があったらしく、鮮やかな青色がレンズを占領する。所々に皺と強い光沢が見える。ビニル・シートだ、とクロハは認めた。青色を遮って、無造作に何かが画面の中へ侵入した。

人間の横顔と見えた。体ごと転がされたらしき体勢。暗闇に浮かび上がった真っ白な顔色は、近い位置にある照明のためだけとは思えない。唇は紫色だった。まばらな無精髭をクロハは確認する。

濡れた長い髪。薄く開けられた瞼。真っ黒な瞳。

二十歳前後の、死体となった男性の横顔が液晶画面の大半を占めていた。

一つの疑念がクロハの中に起こった。

カメラが男の顔の正面へ移動しかけ、大きく映像が動き、そこで動画は終了し止まった。ぶれた青白色は、死人の顔。

「次だ」

水蒸気を吐き出し管理官がいった。モニタに見入っていたクロハはその低い声に、現実へ引き戻される。ブラウザ・ウィンドウの中で動くカーソルを見詰める。現在から数えて二週間前の投稿となる動画の再生が、開始された。

鈍く硬い音がした。何度も繰り返される。

人体を殴る音だ、とクロハはすぐに察した。覚悟していたはずだったが目を逸らしたくなった。電灯が照らす闇の多い映像は、最初のものとよく似ていた。手脚を縛られた人間を中心に撮影されているところも同じだった。

違うのは、加害方法。

上半身は山吹色の布に覆われていた。紙袋かもしれない。農作物か工業材料を運ぶために使う大きな袋のようだった。その上から、頭部のある辺りを目掛けて硬いものが打ち下ろされていた。続け様に打ち据える凶器は白っぽい残像となっていた。細い角材ではないか、とクロハは推測する。思わず自分の胸に、広げた片手を置いた。深呼吸をしても、気分が紛れることはなかった。

そしてまた、画面上の登場人物は動かなくなった。

唐突に紙袋が引っ張られ、剝《は》ぎ取られた。鈍く湿った音がしたのは、一瞬持ち上がった被害者の頭が、再び床の青いビニル・シートへ落ちたせいだろう。

短く刈られた後頭部があった。猿轡《さるぐつわ》の結び目が見えた。薄手のタオルだろうか。手荒く、引き抜くように外される。やはり男性のようだった。黒いTシャツ。俯《うつぶ》せの姿勢になっているのは、男性のせめてもの抵抗を表しているのではないか、とクロハには思えた。後頭部はあちこちが変形しているようでもあった。耳からも血が流れている……

画面には映っていない何者かの手で、男性が仰向けにされた。

カメラが寄り、血塗《ちまみ》れなのは一瞬で伝わり、クロハは直視できなかった。映像を確認しろ、と自分へいい聞かせ瞼を開いた。抱《いだ》いた疑念について結論を出すには、よく観察する必要があった。

粗い粒子が画面に多く散らばり、すぐには細部を確かめることはできなかった。陰影が本来の顔の形をなぞっていないことも理解を妨《さまた》げる一因となっていた。黒い部分は顎鬚と口腔だった。口が開けられ、欠けた歯並びがまるで鮫《さめ》の牙のように映っている。鼻骨は潰《つぶ》れているように見え、両目は大きく腫れ、塞《ふさ》がっていた。そこで動画が終了した。

間を置かず、管理官がいった。

「もう一つ。次が最後だ」

視聴を拒否する、という選択肢はなかった。拒むつもりもない。捜査に必要な事実であれば、顔を背けることはできない。

殺人を記録した動画。全部で三つ。全てに『回線上の死』という表題がつけられている。

新たに始まった映像には、音声が記録されていなかった。露出不足により、映像表面にざらつく粒子が張りついている様は同じだったが、光景は全く違っていた。

黒い背景を中央で縦に切り裂いたような白い質感。

画像自体にも動きはなく、静止画であるのかもしれなかった。

違う、とクロハは気付く。

映像内が静まり返っているのだ。それに、動いていないわけではなかった。中央の白いものが微動している。震えるようでもあった。

中央で直立するのは、一人の人間だった。

クロハは細部を理解した。胸の中に再び黒い影が広がった。

闇を背景にして、上半身から下半身まで灰白色《かいはくしょく》の大きな布——カーテンだろうか——で覆われた人物が真《ま》っ直《す》ぐに立っていた。頸部の布に深い皺が入っていて、締めつけられている様子が見て取れた。足は揃えた状態で固定され、若干のふらつきが見られるのは、爪先立ちであるせいらしい。

……その人物は、爪先立ちを続けなくてはいけない。

踵《かかと》を床に着ければ画面外の上方から伸びた太い紐によって、絞首刑が完成してしまう。すでに深く、紐は巻き付いているようだった。あと少し足の力が弱まれば。

わずかに人物の重心が下がり、頸部の箇所が細く絞られた。抵抗らしい抵抗はなかった。

中央の人物は安堵《あんど》したように、動かなくなった。

映像が変化した。床に下ろされた布の塊から紐が抜き取られ、今度はゆっくりと青年の顔立ちが現れた。紫色に濁っていた。眼鏡を掛けていたが、頬の辺りを一周する猿轡に片側のフレームが引っかかっている。中途半端に伸びた短髪が逆立っていた。落ち着いた動きの指先が猿轡を解く。眼鏡が床のビニルに転がる奇妙に湿った音が、画面の中で微《かす》かに反響する。頬はやや丸く、何かいいた気《げ》に薄く口が開かれている。映像が静止した。

クロハはそっと、息を吐き出した。

……誰が、何のために。


「どう見る」

短く訊ねる管理官は、まだブラウザを見詰めたままだった。

試験を受けている、という気分にクロハはなった。

「……一つ目の動画は溺死《できし》による殺害。次は撲殺。もう一つは絞殺。殺人を記録し世間へ公開するための映像、ということでしょうか。視聴者による再生回数はどれも百を越えるかどうか、というところですから話題の動画、とはいえないでしょう」

「それで」

「一見しての感触ですが」

感じたままをいうことにし、

「投稿日時の表示を確認しますと、最新の映像は約一週間前にアップロードされています。一番目のものから、投稿の間隔は少しずつ縮められています。映像は全て十六対九の横に長いサイズとなっていますから比較的新しい規格のカメラで、最近撮影されたものと考えられます。位置関係から撮影者と暴行する者は別人であると考えられ、少なくとも二人が犯行に参加しているものと思われます。動画が新しくなるにつれて、殺害に手慣れた様子が表れるようです。また、次第に手口が残酷化しているのではないかと」

「それだけか」

「一番の問題は」

クロハは疑念を口にする。

「もちろんこの一連の動画が、本物であるかどうかです。画質は粗《あら》く、本物のように私には見えますが、疑問点も存在します」

「いってみろ」

「殺害の瞬間は映されていない、という事実があります。背中向きであったり、袋や布を被《かぶ》せられ、被害者らしき人物が殺害される場面は、常にぼかされています。また、一つ目と最後の動画は一部をカットし、時間短縮のために編集が施《ほどこ》されています。死後の表情は何等かのメイクアップかもしれません。二番目の映像には、途中をカットした様子はありませんが最初から被害者らしき人物の上半身は袋の中に隠されており、殴られた姿は幾らでも事前に加工することが可能です。殴る道具は建築用の木材のように見えますが、偽物の、もっと弾力のある素材でできているのかもしれません」

そうか、と呟いて、初めて管理官が頷いた。

「では何故、本物のように見える、といった？」

「あくまで私の受け取り方ですが……演出の稚拙さから、だと思います。撮影機材も照明も落ち着きなく動き、画面は暗すぎ非常に見づらく、状況を正確に伝えるために演出された映像のようには見受けられません。ただし、三番目の映像はカメラも照明も固定されているようです。画質の悪さは変わりませんが、撮影技術、演出が進歩したようでもありますし、殺害に慣れた証《あか》しのようにも思えます」

「どのような場所で撮影されたものと思う？」

「……何ともいえません。大きなカーテンらしきものや室内の広さ、三番目の映像に映っていた床の質感からすると、何等かの宿泊施設のようにも見えますが……公共の場所では犯行もすぐに発覚するでしょうし、個人的な住居、空間で撮影された可能性も考えられます。それにしては室内の装飾品が少なく、生活感は感じられないようですが……」

「残酷化、といったが絞殺は撲殺よりも残酷かね」

「死に至るまでの経過が、より凄惨なものとなっています。最後の映像は、最終的に死を犠牲者自身に委ねています。力を抜けば死ぬ、という仕掛けを作り、カメラはその過程を観察するために設置されており、以前よりも冷静で、計画的な映像となっているのではないでしょうか」

「では君は、これらの動画を本物である、と見るか」

「……断言はできません。全てがそれらしい演出であるとも考えられます。ですが……無視することもできないか、と」

「本物と仮定すれば」

管理官は、ほんの少しだけクロハの方へ険しい顔を向け、

「動画サイトへ投稿した理由は殺人を誇示するため、被害者の顔を大写しにしていることから、公開処刑的な意味合いを見出すことはできる。だが、そうであればやはり何故殺害場面を隠したか、が疑問点として浮かぶ。隠す理由は見当たらない。そして被害者の風貌も明確に晒されている、とはいいがたい。知人が見て分かるかどうか、といったところだ。不鮮明にすぎる」

クロハは被害者らしき男性の、弛緩《しかん》した表情を見詰める。その特徴となるはずの何かを、考えていた。そこに理由があるとすれば。

「……理由があるとすれば」

イワムロが少し振り返り、クロハを横目で見遣った。

「投稿した映像を長くサイトに残すためではないでしょうか。フェイクである可能性を映像に含ませ、掲載される期間を引き延ばす、という意味はあるかもしれません」

「サイトにはガイドラインが設定されている。投稿可能な動画についての」

管理官はイワムロへ手を伸ばす。手のひらを上にした。

渡されたバインダを広げ、資料の一枚を読みながら、

「過剰な暴力表現はポルノや著作権を侵害したものと同様、投稿するのには不適切とされている。不適切である、との報告が寄せられサイト側も同意した場合、その映像は削除される、ということだ」

「はい。恐らくほとんどの動画サイトは、同様の運営方針を取っているものと思います。しかし第三者の報告から規約違反についての審査が始まる、という方式は非常に曖昧なもので、全ての映像について公平な審査を保証するものではありません。曖昧であることは運営側も承知しているでしょうし、その曖昧さがサイトの魅力でもあるはずです。暴力的な映像であっても、それは世界へ伝えるべき重要な報道かもしれませんし、映画の未公開シーンであるかもしれません。著作権を無視した映像が投稿されたとしても、サイトに載ることが宣伝になると考える著作権者もいるでしょう。また厳しく映像をチェックし、削除を求める企業もあると聞いています。結局、削除の基準が明確になることはなく、また無数に近い膨大な動画ファイルを管理する方法は現実的に考えて、たぶん他にないでしょう。そしてこの基準に照らし合わせた時、漠然とした映像ほど、通報者となる第三者の注意を逸らすことができるはずです」

偽物の紫煙を吹き、管理官は押し黙った。何かを考えているようだった。

「だからといって……」

　余計な言葉かもしれなかったが、

「本物であると断言できるわけではありません。あくまで本物であると仮定した場合、の話です」

「分かっている」

　意外なことに、管理官の表情が和《やわ》らいだ。プラスチック製の煙草をもう一度吹かし、懐《ふところ》から取り出した小さなケースに仕舞い、背広の内へ戻した。君のいう通りだ、といった。驚いたことに、管理官の顔には笑みらしきものが浮かんでいた。

「これ等の映像が、我々にとっては問題となるかもしれない。君を呼んだのは、そういうことだ」

　本題に入ろうとしている。クロハは心の中で身構える。

「気がついたのは、警察庁の情報技術犯罪対策課だ。ネット上の有害情報についてリストを作っている最中に、一連の映像を発見した。彼等は映像が何処から投稿されたものなのか、IPアドレスをサイトへ問い合わせた。先の二つの映像と最後のものは、別々の箇所からアップロードされたことを確認した。それぞれネット・カフェ内のコンピュータからの投稿だった。そして、その二ヶ所とも我々の管轄内に存在している」

「警察庁から、県警で調べるように、との指示が……」

「そう強いものではない。発見したものを報告する、という程度だ。犯罪性の有無を断言できるものではないからな。だが捜査一課で新たに調べ、浮かび上がった事実がある」

管理官は脇に挟んでいたバインダをもう一度広げ数頁を捲《めく》り、クロハへ渡した。

「通報の記録だ。二週間前、通信指令室で受け取った」

一枚の紙に細かな文字が記されていた。

日付。時間。通報を受理した担当者の氏名。受理からの経緯。

……悪戯《いたずら》である懸念はあるものの重大事件扱いとし、携帯電話会社へ発信した人物の特定を依頼。発信元は転売が重ねられたプリペイド式携帯電話であり、所有者の特定は不可能。判明したのは電波を受信した基地局のみ。通報ののち電源が切られたらしく、携帯本体からの微弱電波も途絶える。

通報内容。「助けてください。今は狭い、硬い場所に入れられて。車の中……袋を被せられたみたいで。捕まった場所は」（非常に慌てた若い男性の声。呼吸が荒く、音声は聞き取り難《にく》い。通報中に通信切断した模様）……

「通報は、二番目の映像が投稿された時刻の十二時間前となっている。だが手の込んだ悪戯かもしれん」

と管理官はいい、

「それ以上に、偶然が重なっただけの、別の事案とも考えられる。しかし、もしも関連があり、本物の殺人だったら？　非難されるのは我々だ」

「……私は捜査の、どの部分をお手伝いすればよいのでしょうか」

「違う」

管理官は顔をしかめ、

「君が捜査の中心となる。私は君のことを買っている。それは以前、伝えたはずだ」

どう答えていいものか、クロハには分からなかった。管理官が冷徹な現実主義者であることだけは承知しているつもりだった。クロハのような低い階級、一巡査長をどんな形であれ利用することに、迷うような人物ではない。

はい、と少し小さな声でクロハは返答した。

「この件に人員を多く割《さ》くつもりはない。我々は多くの事案を抱えている。何時もの通りな。だから君に任せたい。最小限の人員で結果を出すとすれば、君が適任であると思う。捜査一課の古株は機械の苦手な人間も多くてな……専従班として、イワムロと組んでくれ。階級は巡査長同士、同列だ。が、君の思う通りに捜査を進めろ。彼はその補佐をする。イワムロは早い段階から本事案に関わっている。役には立つだろう。君達が明らかにするべきは──もう理解していることと思うが──動画サイトに掲載された一連の記録映像の、事件性の有無だ。動画サイトとは、すでに連絡を取ってある。こちらの要請があり次第、本格的に捜査へ協力する、とのことだ。映像の掲載は継続してもらう。本物であれば殺人事件として特別捜査本部を立てる。事件性が立証できなければ、警察庁にそう報告する」

　クロハは頷いた。内心でも頷いていた。追うことのできる具体的な対象を欲しているのは、自分でも分かっていた。

　私が今必要としているのは、集中することのできる何か。

「質問は」

　管理官に問われ、

「映像の鑑定等は、行われたのでしょうか」

「正式にはしていない。科捜研の人間を捉まえ、動画の感想を聞いた程度だ。予想通り、どちらともいえない、が答えだった。映像からはこれ以上、真贋《しんがん》の確率が多少上下する、という程度の情報の他は引き出せないだろう。事件性が明らかであれば、正式に鑑定を依頼する。いずれにせよ、捜査が必要となる。君の捜査が」

「捜査期間はどのくらいとお考えですか」

「三日だ。成果がなくとも非難はしない。捜査をした、という事実は残る」

　クロハは管理官のいい方に驚いた。階級の低い捜査員には、伝える必要のない話のように思えた。それとも、買っている、というひと言に、少しでも現実味を持たせようという配慮なのだろうか。

「全力を尽くします」

背筋を伸ばしクロハはいった。

管理官は、よろしく頼む、といった。微かに頭を下げる素振りがあり、すぐに興味をなくしたように自分の席へと戻っていった。管理官の背中を見送っていたクロハは、下からのイワムロの視線に気付き、よろしくお願いします、と改めて挨拶をした。

同じように言葉を返した愛想のいい顔。けれどクロハは違和感を覚える。何か、用心深さが細められた両目の奥に見えたような気がした。

空いているロッカーへ案内しますよ、とイワムロがいった。

私も同じような顔付きをしているのだろうか、とも思う。

＋

捜査一課の警察車両、白色のセダンの助手席に乗ったクロハは不思議な気持ちになった。

自動車警邏隊に所属していた時も、機動捜査隊員である現在も、職務中は運転席に座っていることがほとんどだった。カーナビゲーションを兼ねた無線自動車動態表示システム《カーロケータ》と無線機材が目前に設置された座席にただ座っていることが、不自然に感じられた。

落ち着かない気がするのは、座る場所だけのことではないだろう。革靴の先に、触れたものがある。見ると、赤色灯が無造作に転がされていた。付属品であるはずの収納鞄は見当たらなかった。電源コードはまとめられておらず、何重にも絡まっているのではないか、という風だった。手のひらで軽く撫でた座面にざらつきを感じ、フロント・グラスには曇った部分が残っていて、車内全体が薄汚れている様子だった。

クロハは車に持ち込んでいたバインダの頁を繰る。

捜査一課によって発見された、三つの映像の中の注目点が箇条書きとなっている。

ビニルのシートの存在（動画1、2）。

大きな袋（工業用？）の存在（動画2）。

凶器となった木材の存在（動画2）。

大きな布（ライト・グレイかそれに近い色）の存在（動画3）。

床には絨毯《じゅうたん》（青、もしくは紺色）が敷かれているようにも見える（動画3）。

いずれも映像の画質の悪さにより、製造会社等は判断できず。またそれぞれの道具に関して、管内での盗難等の報告は上がっていない……

クロハの気付かなかった事実も記されていた。

カメラが大きく動いた瞬間、赤色の光がレンズに入り込む（発光物不明）（動画2、○分○秒）。

直立する被害者の後方、黒い背景に反射して一瞬撮影者側の光景が窺える。撮影者らしき者が人影として映る（不鮮明）。その奥に銀色の枠（大型のフォト・フレーム？）が存在する（動画3、○分○秒）。

捜査を進展させるに足る情報は、バインダの中には存在しなかった。もう一度映像を確認したい、という欲求が起こった。

「……三日の辛抱ですから」

声をかけられたクロハは、顔を上げた。

イワムロはルーム・ミラー越しに微笑を浮かべていて、

「私の係に女性はいないもので、ね」

そうですか、と曖昧《あいまい》な返事をクロハは口にした。気まずさを感じたが、それ以上にイワムロの、三日の辛抱、といういい方に引っかかりを覚えた。

「雲をつかむような話」

イワムロは続け、

「管理官も無理をいう。撮影者を見付けるには、短すぎる」

イワムロは、捜査は活動期限一杯まで続き、そこで終わる、と考えているのだ。

まだ何も始まっていない、とクロハは思い、

「進展しない、とも限りません」

「県警に採用されて、何年になりますか」

急に問われ、

「……三年半になります」

「管理官が気に入るのも、当然ですな」

イワムロは独り言のようにいい、

「気鋭の機動捜査隊員。期待していますよ。私は案内役です」

言葉の中にきな臭さを感じても、聞き流すことはできた。

曇り空とフロント・グラスの汚れは同じ色合いだった。

お願いします、とだけクロハはいい、そして車中から会話が消えた。

＋

色鮮やかな花がステンドグラスの中に集《つど》い、アーケード商店街の天井を飾っていた。時折

片手で示されるイワムロの案内に倣《なら》い、並んで歩くクロハは再び曇天の下へと出る。

その低層ビルの外観は赤や黒の看板で覆われ、落ち着きのない様相だったが、入り口から先の通路に余計な飾りはなく、石造りに似せた艶《つや》消しの黒い床が、穏やかにクロハ達を出迎えた。エレベータを降りた途端、ネット・カフェの受付が視界に入る。店員はいなかった。イワムロが奥へと入っていきながら、小さく舌打ちをするのが聞こえた。

店内は暖かかった。空調から流れ出る風が小さく空気を震わせている。クロハは周囲を見回した。それぞれの部屋を区切る焦げ茶色の仕切りが視界を塞ぎ、奥を窺うことはできなかった。狭い通路を照らす明かりは暗く、静かな空間であることを強調していた。受付の奥には、黒と灰色だけで描かれた幾何学的な意匠が飾られている。高級なものには見えなかったが、清潔な印象を来客へ与えるには、ひと役買っているようだった。

硝子製の受付台に乗せられた液晶ディスプレイが、三階分の案内図を表示していた。受付のある階は、その中央に位置している。三十部屋ほどの個室がリクライニング、ソファ、フラットの形態に合わせ、図面上、桃色水色山吹色で塗り分けられていた。

クロハは視線を上げた。もう一度、背後までゆっくりと見渡した。

監視カメラは幾つも、天井から下がっている。受付の上部にも設置されていた。ただし、個室の中へは向いていないようだった。クロハから見える場所にあるカメラのほとんどは通路の交点にあり、人の行き来だけを記録していた。

　でもこれだけあるなら、とクロハはレンズの一つ、写り込んだ小さな光を見詰める。

　被疑者の姿を撮影している可能性は、ある。

　すみません、という声がした方へクロハは振り向いた。イワムロと並び細身の青年が立っていた。黒い制服を着て、身を縮めるようにしていた。

　記録はもう消去してしまって、と小さな声で店員がいった。

「監視カメラの映像ですよ」

　とイワムロが口を挟んだ。苦笑を顔に浮かべ、

「自動的にＨＤＤ《ハード・ディスク・ドライブ》レコーダに記録する設備はあるそうですがね、一週間で消去されるということです」

「自動的にです」

　店員が急いでいい、

「業務用のレコーダでは、古い記録は新しいものに次々と上書きされることになっていて……古いレコーダですから記憶容量自体が小さくて、映像の解像度を高く設定すると、約一週間ほどしか保管しておけません。その間であれば、ディスクへ移したりもできるのですけど」

　落胆を隠し、そうですか、とクロハはいった。胸の内で膨らみつつあった興奮がゆき場を失い、苛立ちへと変わりそうだったが、店員を非難できるはずもなかった。失望感が口調に混ざらないよう注意しながら、

「こちらのネット環境は、固定ＩＰで運営されていますか」

はい、と店員が硬い表情で答えた。

クロハは上着の中から捜査用の手帳を取り出して店員へ頁を開き、依頼する。

「このＩＰアドレスが割り振られた個室を、見せていただけますか」

受付カウンタへ移動し、急いで三十二ビットの数字を書き写した店員がその場を離れ、何処かへ消えた。


待ち時間は長かった。受付の傍には椅子の一つもなく、来客の邪魔にならないよう空間の隅に寄り、退屈そうなイワムロと並んだまま、ただ立っている他になかった。時々別の店員がやって来て接客をするが、時折一瞬、視線を送るだけで、クロハ達へは話しかけなかった。どう声をかけていいものか、分からないのだろう。

「……通い慣れれば、落ち着くかもしれない」

イワムロがぼんやりと何処かを眺めながら、口を開いた。クロハがイワムロの視線を追うと、受付の奥に薄手の毛布がきれいに重ねられ、保管されていた。

「シャワーもある。ネットも使える。職を失った時はたぶん私も、先ずここに来ますよ」

そうですね、とクロハが無意識に相槌を打つとイワムロは、

「まさか」

といった。見ると、イワムロは自嘲するような笑顔だった。

意味が分からずにいるクロハへ、

「いや、君と私は全く違う、ということですよ。悪い意味じゃない」

そういって目を逸らした。クロハはイワムロとの間にずっと感じていた隔たりを、再認識する。初対面のぎこちなさのせいと考えていたが、そうではないのかもしれない。

「来たようです」

とイワムロがいった。小走りの足音が近付く。


案内された個室を覗き、クロハは内部へと進んだ。

細長い室内に立ったままでいられる空間はなく、クロハは擬革のソファに腰を降ろした。奥行きの短い机の上に、黒色の海外製ミドル・タワーPCと液晶モニタ。もう一台のモニタはTVとして使うらしい。手元を照らすためのアーム式ライトが机から伸びている。イワムロが隣に座った。少し距離を置いていた。面白くもなさそうな顔付きだった。

板に蝶番《ちょうつがい》がついただけの簡素な扉を開けたまま立っている店員の許可を貰い、クロハはコンピュータを起動させる。ネット・カフェ・チェーンの宣伝を兼ねたデスクトップが表示されるのは、早かった。

メイル・ソフトウェアを立ち上げるが、アカウントの登録は一つもされていなかった。当然のことではあった。不特定多数に晒される環境に、個人的な情報を残す者はいない。メイルの送受信をする必要があればウェブ・ブラウザを通すはずだし、それすらも、ほとんどの人間は行わないだろう。携帯電話さえあれば、手元でことは足りるのだから。

ブラウザには、何の履歴《Cookie》も残っていなかった。そういう設定になっている、と店員は説明した。キャッシュも利用者情報も全て消去することにしています。

指紋や毛髪は採取できるだろうか、とクロハは考える。できるかもしれない。他の不特定多数の人間のものと一緒に。二人だけの捜査、三日の捜査の中では、現実的な案とはいえなかった。クロハはコントローラを手に取り、ＴＶへ向けた。画面には報道番組が、数日前に県内で発覚した拳銃密輸事件に関わる自動車整備工場の様子が映し出されたが、音声は微かにしか聞こえなかった。音はヘッドホンを通して聞く、という決まりになっているよう。クロハは一瞬、息を止める。

番組の内容を意識したためだった。警察官による強盗犯射殺、の字幕。

その事故に関する報道は二ヶ月前から、ずっと流され続けている。細部が足されることにより、長く世間の耳目を集める格好となっていた。

撃ったのは所轄署交通課の警察官。撃たれた老人は、保証人を引き受けていた知人が破産したことから消費者金融へ通い始め、やがて闇金融に融資を受ける状況に陥った。家族の離散があり、借金が膨らむ発端となった大手消費者金融への怒りが、犯行の動機だった。

「……長年、利息制限法を超えた融資を積極的に行ってきた消費者金融業界側にも、問題は存在し……」

……犯行に及ぶ直前、犯人の娘は返済要求の心労から自殺を遂げていますが……

……爆発物は、市販されている花火の火薬を集めただけの代物で……

……犯人が手に持っていたのは、玩具の拳銃に過ぎません。本職の警官が何故それを見抜けなかったのか……


司会者と識者との語らいに、当事者であるクロハは頷くことができなかった。建物の中で発生した炎を捜査員が懸命に消し止めたこと、硝子片を浴びた通行人に数名の軽傷者が発生したことはすっかり忘れてしまったように、世論は被疑者に対する同情へ傾こうとしている。

あの時、本当はどうすればよかったのか、未だに分からずにいた。

被疑者と警察側の双方が傷付かずにいられた方法は、想像できなかった。日が暮れようという時に、被疑者の持つ拳銃の真贋を見分けられるはずもない。

……私が発砲準備をしていれば、結果は違ったのだろうか。

交通課員よりも先に自分が撃っていれば、何かが変わった可能性はある、ともクロハは思う。けれど、それも可能性にすぎなかった。被疑者が出血多量によって死亡したのは、交通課員が咄嗟《とっさ》に銃口を下げ脚を狙った結果、放たれた弾丸が被疑者の大腿骨《だいたいこつ》の一部を砕き、欠片《かけら》となった骨が太腿《ふともも》の中で飛散し、筋肉とともに大腿動脈を切り裂いた偶然から生じたことであり、クロハが発砲して同じ結果を引き起こさない、とは限らなかった。

警察医の撮影したレントゲン写真を、クロハも確認していた。それでも。

クロハが初弾の準備に遅れた、ということもまた事実だった。そして棒立ちになったクロハを助けるために交通課員は銃弾を発射した……

あの交通課員は、アサクラはどうしているだろう。非難がアサクラ本人に及んでいなければいい、と思う。所轄署へ連絡し、確かめるべきだろうか。礼に適《かな》うには、直接訪れた方がいいのかもしれない。

番組上の話題は、人質となった女性記者が陥った心的外傷後ストレス障害《PTSD》についての解説へと移っていた。番組では建物内に入り込んだ記者の無謀な取材行為が問題になることはなく、記者クラブへの第一報よりも先に動くことのできたその理由を訝《いぶか》しむ声もなかった。記者が偶然その場に居合わせた可能性もあったが、警察内部に情報源を持つ可能性もあった。けれど女性記者が警察からの事情聴取を受けることは、ほとんどなかった。ＰＴＳＤを主張したためだ。各種媒体と県警本部へ送られた精神科医による診断書が、記者と外部を隔てる防壁となっていた。

クロハはＴＶ画面を暗転させた。被疑者と女性記者への共感を表す識者の姿が消えた。事件の直後は、いかなる手段を用いても止めるべき犯行、という論調で語っていたはずなのに。

店員も、イワムロでさえもクロハの動揺に気付いた様子はなかった。イワムロはそれなりの興味を持って報道番組を眺めていたようだし、店員は何か不思議そうな顔で、小さな木製の扉が閉まろうとするのを手で押さえたまま、入り口に立っていた。クロハがあの現場にいたことを知るのは、ごく一部の関係者だけだった。警察内部の人間から批判や忠告を受けるようなこともなかった。その状況にも胸苦しさを感じていた。

夕陽。錆だらけの給水タンク。硝煙の匂い。老人。血溜まり。思い出す度に、思考はむしろ分散するようだった。

クロハはコンピュータの電源を落とした。溜め息を一つ、ついた。

「監視カメラがどのように働いているか、見せていただけますか」

クロハの依頼に、はい、とまた生真面目に店員は答える。


広い踊り場から階段を昇るとすぐ、『STAFF　ONLY』と記された白い扉が目に入った。鍵を取り出した店員が慣れた手付きで解錠し、入室をクロハ達へ勧めた。

イワムロが扉近くの壁のスイッチを押すと、一本だけの蛍光灯が天井で瞬《またた》いた。壁際の机の上に小さなブラウン管式のモニタが三つ置かれ、畳まれたパイプ椅子が、小さなロッカーの並びに立てかけられていた。広い空間とはいえなかったが、休憩するには充分な場所、と見えた。クロハ達の横を擦り抜けて店員も室内へ入り、パイプ椅子を二つ、広げてくれた。動きやすいようカフェの備品、紙コップの束やビニルに入ったまま重ねられた制服を、部屋の隅へ移動させた。

監視カメラの映像はモノクロだった。三台のモニタがカフェの三階分の状況を、それぞれ四分割された画面で伝えていた。分割された映像も数秒ごとに、別のカメラのものへ切り替わる。一台のＨＤＤレコーダがあり、作動中を示す青いランプが光っていた。少し古い機器構成でモニタは小さく、映像をよく調べようとすると相当顔を近付ける必要があった。店員からカメラの位置や本社と繋がっているという監視態勢の説明を受けていると、クロハの隣でイワムロが俯いた自分の顔面を、両手で隠した。両手のひらの中で、欠伸《あくび》をしていた。その仕草は、手掛かりはすでに途切れている、という事実をクロハに思い起こさせた。現在の捜査は、ほとんど形式上のものでしかない。

クロハは上着から手帳を取り出した。差していた小さなアルミ製のボールペンを抜き、頁に挟んでいた名刺を机へ置いて、その裏面に携帯電話番号を書き留めた。

立ち上がり、

「何か思い出したことがあったら、知らせてください」

店員へ名刺を差し出した。

眠た気な様子で、イワムロも席を立った。

二軒目のネット・カフェから、時間制の有料駐車場へは無言で戻った。

一軒目のカフェよりもひどかったのは、黒い黴《かび》の目立つ内装や煙草の煙の充満した店内だけの話ではなかった。IPアドレスはまともに管理されておらず、数少ない監視カメラは全てダミーで、カフェには初めから映像の記録など一秒も存在しなかったのだ。

＋

濁った何かが沈殿するような、厚くぼやけた雲が空に広がっていた。黒味が強くなりつつあった。見上げながらクロハは警察車両の傍《かたわ》らに立ち、今後の捜査について思いを巡らせた。

精算機への支払いを終えたイワムロが運転席へ乗り込むのに合わせ、クロハも助手席に腰を降ろした。駐車場から車を出したイワムロはすぐに歩道に沿って停め、腕時計を見た。

「戻りましょうか。いい時間です」

といい、クロハを驚かせた。

「もう少し、回りませんか」

「何処へです……」

イワムロとの隔たりが厚く高くなってゆくのを、クロハは感じる。

「少なくとも、犠牲者からの最後の発信は、このエリアから行われています」

クロハは考えていた捜査方針を説明する。

「半径三キロ程度です。このまま車で巡回してみませんか」

「あの暗い室内の映像からは、建物の外観は想像できませんが。近い範囲に、そこが存在するとも限らない」

「巡回していて、気付くことがあるかもしれません。他に何かやり方があるのなら……」

イワムロは苦笑し、

「何もない。戻りましょう。もう陽も落ち始める。見るべきところはない……いや、そうはいかないようですな」

イワムロの醒めた目線がクロハを捉え、

「ボスが納得しないのであれば」

見返す視線が硬く尖るのを、クロハは止められなかった。何かがずれている、と思わずにいられない。クロハは強《し》いて緊張を緩め、

「後少しだけ、お願いできますか」

「もちろん、幾らでも……しかし、咽喉が渇きませんか」

「……それくらいなら」

クロハが、駐車場に設置された飲料水の自動販売機を振り返ると、

「もう少し、ましなものを飲みましょう。珈琲《コーヒー》の専門店がすぐそこにあります」

そういってイワムロはシートベルトを外した。

「ご注文は」

と聞かれたクロハは断ろうかとも思ったが、甘いものを、と頼んだ。

大きな音で扉を閉め、横断歩道を渡ったイワムロがクロハの視野から消えた。どんな表情をしていたのかは、よく分からなかった。クロハは深く助手席に体重を預ける。力を合わせての捜査、という発想は、もうそろそろ捨て去るべきなのだろうか。

イワムロのいうことが間違っているわけではなかった。無目的に街を車で巡回して、撮影現場が見付かるはずもない。認めたくはないけれど。

たぶん私は、ただこのまま時間が過ぎてゆくのが、許せないだけ。

子供っぽい、と姉さんならきっというだろう。

クロハは姉さんの横顔を、思い起こした。その唇が何時動き、何をいい出すのか、クロハは一度も予想できなかった。目を丸くするような冗談だったり(ユウの肌の白さは、あれね、負けず嫌いの毒気が舌先に集まって、きっと色が抜けちゃったのね)、びっくりするほど的確な指摘(明日も特別術科訓練……やめたいって顔に書いてあるのに)であったりした。

何か喋った後は、大抵落ち着いた微笑が浮かんだ。全てが懐かしかった。

助手席で身じろぎし、クロハは座り直した。連想がアイへいき着く前に、気持ちを切り替えたつもりだった。イワムロはまだだろうか?

本当は、すぐそこ、ではないのかもしれなかった。彼には彼の気の晴らし方というものがあるのかもしれない。それならそれで、こちらにもするべきことはある。

最初からだ、とクロハは考え直していた。


上着の中を探り、オーディオ・プレーヤを片手に持った。サウンドを聴くための私物だったが、情報収集に役立つ小型端末でもあった。無線ＬＡＮの基地局《アクセス・ポイント》を検索すると、クロハの契約する電話会社の基地局は見当たらず、代わりに無料開放されたルータが近くに見付かった。カナル型イヤフォンを、片耳にだけ差し込む。画面上のアイコンに触れ、動画サイトを表示させる。

『回線上の死』。ｅｃｈｏによって約二ヶ月前に投稿されたファイル、最初にサイトへ登録された動画を再生した。

小さな画面では細部が潰れ、益々映像は見難《みにく》くなった。けれどイヤフォンを通すことで動画内の発生音が生々しく聞き取れ、残酷さはむしろ増しているようにも感じられた。

見落としているものがあるかもしれない。画像解析も行われていないのだから。

捜査一課がどの程度真剣に映像自体を調べたものか、分からなかった。

捜査を進めるために見付けるべきだった。見落としたものを、一つでも。

クロハは三つの動画を繰り返し観た。資料に記載された赤い光や撮影者の姿を確認した。

光はひどくぶれていて、例えば火災報知器の場所を示す室内の赤ランプか、とも見えたが赤色というよりも橙色に近く、全く別のもののようにも思えた。背景に反射した撮影者の姿は年齢も背格好も判別できないほど、完全に黒く塗り潰されていた。その背後にあるらしき銀色のフレームだけは、わずかに見分けることができた。フォト・フレームには見えなかったが、だからといってクロハに、具体的な説明ができるわけでもない。クロハは細部へ目を凝らすのをやめた。別の方法を試すことにした。画質は余りに不鮮明だった。直感的に受け取ることのできる何かを、クロハは探そうとする。

何度も観ていると不快な気分とは別に、奇妙な感覚が起こった。

小さな何か。映像をそのまま受け入れる気にさせない、細かな刺のようなもの。

指先で画面に触れ、音量を上げる。二つ目の映像だった。

もう片方の耳にもイヤフォンを装着する。

今、何かが。

クロハは耳を澄まし、その部分だけを幾度も反復させた。

音が、ずれている。クロハにはそう聞こえる。

被害者へ凶器が振り下ろされる度に鳴る硬質な、あるいは湿った音。

その箇所では映像の動きと音声の同期が、一致していない。

……どういうことだろう。クロハはオーディオ・プレーヤの、丸みを帯びたステンレス製の角を額に当てた。何故同期が一部だけ崩れるのか理解できなかった。ファイルとサイトとの相性の問題で全体の同期が壊れることはあるだろうが、動画の一部だけがずれて聞こえる、というのは本来ありえない現象のはず。

再生を止め、静止した場面を凝視するクロハはその原因を考えるが、何も思い浮かびはしなかった。その時、別のことに気がついた。

それがどんな意味を持っているのかに思い至り、混乱した。

映像の下部には、関連する別の動画が小さく並び、さらなる視聴を促《うなが》している。そこに、echo名義の新たな映像が加えられている。

四つ目の映像。

四度目の『回線上の死』。クロハは目を瞠った。

何時アップロードされたのか。最初のネット・カフェでは、被疑者が使用したPCから動画サイトへ繋ぎ、映像を一覧として確かに表示させている。その時、四つ目の映像は存在しなかった。

つまりそれ以降、今から四、五十分以内に、被疑者は最新の映像を投稿したことになる。

恐らくはこの街から。

クロハは身を捩《よじ》りながら、イヤフォンを引きちぎるように外した。後部座席に置かれた捜査資料へ手を伸ばす。バインダの書類の中から動画サイトの連絡先を見付け、番号を携帯へ打ち込んだ。

県警です、とクロハは名乗り、捜査協力を、投稿者のＩＰアドレス公開を求めた。個人情報公開のガイドラインを持ち出すまでもなかった。担当者は疑惑の映像を把握していた。

「こちらから、かけ直します。お待ちください」

そういわれたクロハはダッシュボードに携帯電話を置き、両目を強く閉じた。新しい映像、第四の動画を今すぐに確認するべきだった。

イヤフォン・ジャックをもう一度耳に差し込んだ。

映像には、全身を白色で包まれた人物が映っていた。

三番目の映像の複製のように見えたが、違っている箇所があった。紐は下がっていなかった。丸椅子の上に人物が立っていた。小さな座面の丸椅子は揺れていて、不安定な足場となっていた。両脚は布テープにより、足首のところで一つにまとめられている。椅子の座面にも、強引にテープで固定されているようだった。

突然、布を被せられた人物が釣り合いを崩した。椅子を倒しながら自らも転がり落ちた。体と床が接する音がしたが、膝を曲げ、体を丸めることで衝撃を和らげたらしい。小さな画面に集中していたクロハは、ほっと息を吐き出した。

映像が巻き戻されたように見えた。違う、と気付いた。

布を被せられた人物が椅子の上に立っている様子に変わりはなかったが、両脚は段ボールらしきもので覆われていた。クロハは何が行われているのか、完全に理解した。

膝の屈折機能を奪われたのだ。

人物が椅子から落ち、致命的な怪我をするのを、加害者達は、ｅｃｈｏは望んでいる。

被害者は再び、椅子ごと倒れた。今度は前回よりも激しく床にぶつかった。肩口と頭がほとんど同時に、紺色の床に接触した。硬く、重みのある音がした。

すぐに人物は元の位置へ、不安定な丸椅子の上へと戻る。運び上げられたはずの場面は、削除されている。被害者の頭部、こめかみ辺りの布が赤く染まっていた。二度目の落下の時にできた疵《きず》だろう。クロハは戦慄を覚える。

これ等の映像がもし本物であったとしたら。

――加害者達はすでに、人間性を失っている。

被害者には、新たな覆いが加えられていた。今度は胴体にまで段ボールが巻かれ、まるで出来の悪い奇術の舞台を見せられているようだった。

被害者がカメラ側へ倒れ前頭部を打ちつける瞬間を、クロハは直視できなかった。骨の砕ける音が、聞こえた気がした。

もう一度映像を確かめた時には、被害者の顔だけが映し出されていた。ウェーブの強い、長い茶色の髪。苦悶の表情を浮かべたまま動かないのは、女性だった。髪の中から血液がゆっくりと流れ続けている。同じ色の口紅……

ダッシュボードの上で携帯が震え、クロハは反射的につかんだ。振動音が恐ろしく聞こえた。小さな液晶画面に表示された電話番号。待ち望んでいた報告だった。

同じ場所です、と動画サイトの担当者は少し早口でいった。

「三番目の映像をアップロードした機械《マシン》と同じネットワーク内からの発信です。アドレスの末尾だけがわずかに違っています。同じカフェの中からであるのは間違いありません。投稿時間は現在から数えて……二十一分前になります」

幾何学模様を受付に飾ったカフェ。一週間だけ監視映像を記録することのできる、あの場所だった。現在地から十分もかからない。

クロハはシフト・レバーを越え、運転席へ移った。

車内の警察無線のマイクロフォンをつかみ、本部へ通信を繋ぐ。

「応援を要請します。詐欺事件被疑者潜伏の可能性があります。近隣に警察官がおりましたら……」

詐欺、とは咄嗟に出た言葉だった。殺人と断言することはできなかった。けれど第四の動画を目《ま》の当たりにし、本物である確率は高まったように思えた。応援が必要だった。ネット・カフェの中に、今も被疑者が存在している可能性はあった。

シートベルトを装着すると同時にアクセル・ペダルを踏みつけ、警察車両を発進させた。

路地から大通りへ出ようとして赤信号に阻まれたクロハが緊急走行に移行するべきか迷って

いると、イワムロが慌てて走り寄る姿が視野に映った。体を傾け助手席の扉を開け、
「早くっ」
と隙間からイワムロへ声を張った。
抱えた紙袋を潰すような音を立て、イワムロが乗り込んだ。驚いた顔で、息を切らしてい
た。イワムロへ状況を説明する前に、するべきことがあった。ダッシュボードへ放り出して
いた携帯電話を再び取り上げ、これから向かう先、ネット・カフェの番号を打ち込んだ。
クロハが必要としているのは、動画投稿が行われた個室の部屋番号だ。個室をIPアドレ
スから割り出してもらう必要がある。

建物の前には、すでに交通課の車両が到着していた。そのすぐ後ろに車を停め、クロハは
ドア・ロックを解錠する。シートベルトを外すのももどかしいほど、心は急《せ》き立てられていた。

「ここにいてください」

クロハはイワムロへそういった。

「退店する者を、見張っていてください」

はっきりとした返事は聞こえなかった。クロハは構わず車外へ出た。

開きかけたエレベータの扉を強引に抜け、ネット・カフェに入店したクロハへ、制服警官

二人が振り返った。一人が驚いた顔をした。アサクラだった。

少し痩《や》せたようにも見えた。アサクラの瞳も、クロハを捉え続けていた。アサクラの疲労が伝わってきた。想像を遥かに超える疲労だった。始まりを、クロハは思い出した。消費者金融の建物の屋上、私を守るためにアサクラは犯人へ発砲したのだ、ということを。あの時からこれまでどう過ごしてきたのか知りたいと思ったが、それを今切り出せるはずもなく、クロハは言葉を失い、棒立ちになった。

警察官の間を擦り抜け、黒い制服の店員が姿を見せ、

「下です。まだ支払いは済んでいません。退店していません。一人です」

緊張の面持ちでいった。五一二号室です、といい足した。

「……どんな格好ですか」

小声でクロハは訊ねる。

黒いニット帽、灰色のデニム、黒いジャンパー、と店員は答えた。

クロハはもう一人の交通課員へ、

「この場所から、犯罪に関係した映像がアップロードされました。捜査協力をお願いします。被疑者をここから出さないよう、出口を固めてください。一階は、本部の捜査員が張っています」

液晶ディスプレイの店内案内図を指差し、

「出入り口となるここに一名、非常口階段に一名を配置してください。それで、退路を断つことができるはずです」

そう指示を出した。目を伏せたまますぐに動き出そうとすると、

「お一人で大丈夫ですか」

という声を聞き、背後を振り返った。アサクラが真剣に訊ねているのは、表情を確認せずとも分かった。クロハは一瞬しか、その顔を見ることができなかった。彼は今、私のことを気にかけてくれた。

はい、と短くいって背を向けた。自分がひどく卑怯な人間に思えた。

クロハは店内中央の階段を目指し、足音をできるだけ殺しながら、歩幅広く進んだ。黒い鉄製の手摺《てすり》をつかみながら、段を踏み階下へ急いだ。集中力が甦《よみがえ》ってきたが、自分が今何に直面しているのか、クロハは理解し切れていなかった。被疑者は若いのか、年齢を重ねているのか。悪戯を考えただけの細身の神経質な青年なのか、冷酷な獣のような人間なのか。

走らなくとも息が切れていた。狭い通路の角を曲がる度に、鼓動が大きくなってゆく。ところどころの壁に貼られた案内板を頼りに、クロハは目的地へと近付く。

五一二と小さく記された個室の扉。

立ち止まり、クロハは息を吸い、ゆっくりと吐き出した。警察手帳を片手に握った。

ｅｃｈｏとの対峙が、今。

扉に力を加える。簡単にクロハの視界は広がった。奥行きの短い机が見え、コンピュータが、アーム式ライトが以前に入った個室と同じ配置で、クロハを出迎えた。

自分の心臓の音ばかりが聞こえる。

そのままで、と声を出そうとしたが、必要はなかった。

室内には誰もいなかった。

扉から手を離したクロハは黒い絨毯を蹴《け》り、階段へと駆け出した。

＋

最終のバスを降りると、湿り気のある冷えた夜の外気が、クロハの頬を刺した。

携帯電話の振動を脇腹に感じた。連絡は鑑識課からの回答で、クロハがネット・カフェで採取した指紋——被疑者が使用したはずの機器から、ゼラチン紙へ写した幾つかのもの——を警察庁のデータベースに照会した結果、該当する前科者は一人も存在しない、という報告だった。クロハは、ありがとうございます、と礼をいい通話を切断した。これでまた、被疑者への手掛かりは全て失われた、ということだった。そもそも、被疑者の指紋を採取できていたのかどうかも、怪しいのだが。

クロハは歩みを速めた。寒さが体の芯にまで達しようとしていた。倒れた老人の止血に用いた厚手の外套は、消費者金融の屋上でクロハの手を離れてのち、何等かの形で処分されたはずだった。

大きな木製の扉を開け、クロハは集合住宅の玄関口へ入った。銀行の現金自動支払機《キャッシュ・ディスペンサー》に似た操作盤上のスリットに磁気カード・キーを通し、内扉を解錠した。

砂埃《すなぼこり》が薄く付着した革靴を脱ぎ、自宅に一歩足裏を乗せた途端、疲労感がクロハの全身へ広がった。浴室へ直行する気にはなれず、外套とジャケットを脱いでスタンド・ハンガーへ乱暴に掛け、重たい体をソファへ預けた。そのまま背中を滑らせ、擬革の感触をシャツ越しに感じながら、床に腰を降ろした。片腕をソファに乗せ、肺の中に溜まる濁った気分を、吐き出した。

捜査方法の何が悪かったのか、自問自答することになった。

監視映像は、ｅｃｈｏの一人らしき被疑者を捉えていた。ただし、映りは悪かった。十数年前に設置された監視システムにとっての最高解像度は、現在から見れば夢の中を映したように曖昧な画質でしかなかった。ニット帽で顔の上半分を隠した、顎の細いありふれた服装の青年、というだけの記録でしかなかった。携帯電話を使用しながらカフェの通路を歩き、非常階段へ向かう姿が残されていた。クロハが到着する直前のことだった。警察の動きを察知したようでもあり、共犯者が建物の外から、交通課の警察車両が近付くのを知らせた可能性も考えられた。付近を巡回する地域課員、交通課員、自動車警邏隊に被疑者の特徴を伝えたが、それらしき人間を職務質問することはできなかった。事件性の曖昧さが、警察官達の動きを鈍らせたようでもあった。

何者を取り逃がしたのか、そのことさえはっきりしないことが、クロハをいっそう苛立たせていた。

目の前の小さな硝子テーブルから空調のコントローラを取り上げた時、ソファの脚元に埃が溜まっているのを、クロハは見付けた。一人で過ごしていると、掃除も食事も疎《おろそ》かになってゆく。折角設置した空気清浄機は電源も入れないまま、場所を取るだけの置物となっていた。アイのために購入した機械だった。

唯一、窓際に置いた木製のベビー・ベッドだけは埃を毎日払っていた。それ以外の時間では、空《から》のベッドができるだけ目に入らない角度を保って座り、生活するようになった。今もそうだった。

きりがないことは分かっている。他にもアイを連想させるものは、室内に沢山あるのだから。

ＴＶボード上の円盤型スピーカは、サウンド・プレーヤを接続して鳴らすためにあり、アイはクロハの好きな曲に合わせ、手を叩いて伴奏してくれるようになった。棚の中の、車雑誌の数冊はアイによって引き出され、くしゃくしゃにされ、頁の小さな断片は零歳児《ゼロ》の胃袋の中に収まってしまった。学生の頃の恋人が欠かさず購読していた、写真の奇麗な月刊誌だった。恋人と別れた後はクロハが自分で買い続け、写真の頁にアイが触れるのを嫌って丁寧に収納していたはずだったが、今では皺のせいで文字も読めなくなった頁の方にこそ、価値が生まれていた。雑誌の収集など単なる惰性にすぎなかったことを、クロハは知った。

気持ちが落ち着かない。何処にいても。

疲労感ばかりが体内で蓄積し続けるようだった。これから先、その感覚がどれほど拡大されるものか想像しそうになり、クロハは慌てて背中をソファから離した。

テーブルに置いたままのノート・コンピュータを開く。

メイル・ソフトウェアのウィンドウが広がり、表示された受信メイルの一覧は、ブルーレイ・ディスクの広告と旅行の割引の案内と女性との出会いを約束するサイトの宣伝で埋まっていた。何故私が人妻と付き合いたがっている、という前提になっているのだろう。

誰かに愚痴ばかりを詰め込んだメイルでも出せそうか、と数名の独身寮時代の同僚を思い浮かべるが、それで本当に気が晴れる自信もなかった。張り詰めていた神経は今も完全には戻らず、疲れているはずの体に、眠気もまだ訪れない。仕事をしている方がいい、とクロハは思う。

確認したいことが残っていた。

『回線上の死』と題された四つの映像をダウンロード・サイトを経由し、ＨＤＤに保存した。再生する度、動画サイトへ繋ぐ手間を省くために。ゆっくりと一つずつ観察するつもりだった。クロハが気になっているのは、映像と音の同期の不調和だ。その意味が知りたい、と考えていた。重要な何かがそこに含まれているのか、あるいは単なる人為的、機械的なエラーであるのか。

二番目の映像から再生した。角材らしき凶器が被害者へ振り下ろされる。クロハはノート・コンピュータの音量を上げた。

やはり、おかしい。

数ヶ所、凶器の動きとその接触音に明らかなずれが生じている。警察車両の中での発見。疑いは確信へと変わった。クロハは再生範囲を短く設定し、問題の部分だけを続けて視聴する。振り下ろされる凶器。何度も反復されるその場面を、クロハは凝視した。

ずれているのではない、とクロハは気がついた。

本来必要のない部分に、打撃音が足されている。

ものを打つ音としては不自然に、大袈裟《おおげさ》に聞こえる。どういうことだろう。この部分だけだろうか？

一番目のものから再生させ、よく耳を澄ました。テキスト・エディタを立ち上げ、不審に感じた箇所を記録していった。

七ヶ所を書き留めることになったが、確かな違和感を感じたのは、その内の二つだけだった。二ヶ所とも二番目の動画の中にあり、静かに進行する他の映像には存在しないように思えた。たった二つの問題点。けれどクロハはそこに新たな疑問を見出した。体が熱くなるのは、ようやく効いてきた暖房のせいだけではなかった。

動画の二ヶ所に乗せられた打撃音はよく似ていた。同じ音源ではないか、と思われた。

クロハはソファへ寄りかかった。重ねられた音声の意味。

あなた達は一体何を企み、撮影したの……

二番目の『回線上の死』動画ファイルを、クロハは複製する。動画編集用ソフトトウェアのアイコンにカーソルを合わせた。コンピュータを購入した当初からHDDに組み込まれていたもので、少し触り操作を覚えた、というだけの、今まで全く必要のなかったアプリケーションョン。けれど今回は役に立つかもしれない。

同じ動画を編集ソフトトウェアから開き画面に並べ、問題の音が聞こえる二つの位置で、それぞれを静止させた。凝視する必要も熟考する必要もなかった。

クロハは動画の音声トラック、その波形を見詰める。音が波によって表された図形を。二つの動画の音声波形が、完全に同じパターンで一致する範囲があった。同じ音が後から二ヶ所に加えられたことを、アプリケーションは証明していた。この証明はつまり、音声のエラーは本当のエラーではなく、意図的な作業の結果であることを表している。偶然ではありえない。

けれど、けれど。

けれど、何のために。

ただ視聴しただけでは、見過ごしてしまうような加工だった。クロハは考え込むが理由を見付け出すことはできなかった。メイルの到着を知らせるチャイムが鳴り、クロハの思索を中断させた。

珍しいメイル。キリからのメイルだった。文面は短く、

今、ZEROの塔にいる。会える?


クロハにはそのメイルが何を指しているのか、理解することができた。仮想空間の、ある場所を示していた。捨て置かれた土地の名称だった。クロハは少し迷ってから、仮想空間を画面上に呼び出した。体よりも気持ちが休息を欲していた。

仮想空間の地に多角形《ポリゴン》の分身《アバター》として、クロハは再現される。

拘束服的な細身のつなぎ。その上からフリルのついた黒いスカート。

仮想空間では、アゲハと名乗っていた。

二

塔の天辺《てっぺん》に、アゲハは直接降り立つことができた。

明るい空とわずかな起伏をあちこちに浮かべる海が見渡せた。徐々に物体情報《オブジェクト》がダウンロードされ、世界が明確に細密に形作られてゆく。塔からは全てを見晴らすことができた。

「アゲハ、やっと会えた」

塔の縁に座り、両脚をぶらぶらさせるキリがそういった。

歌を口ずさむ仕草で上半身を左右へ優雅に傾けていて、膨らみのあるドレスは輝き、髪を二ヶ所で結わえたリボンは体が動く度に揺れ、まるでキリは妖精のようだった。

アゲハはキリへ歩み寄り、隣に座る。

生成される陸地、建物が海を埋めていく様をアゲハは眺めた。久し振りに見る光景だった。

キリが口を開いた。

「なかなか会ってくれないんだから」

「嘘」

遠くの海を見詰めながら、アゲハはそう返し、

「キリの方よ。会う時間を作ってくれないのは」

塔の足元に、広大な街並が現れようとしていた。

色とりどりの屋根や硝子張りの建物や街路樹や石畳の道や、それに噴水。

「仮想空間の話よ。現実のことじゃなくて」

とキリがいった。

「どうして現実世界で会うのは駄目なの」

アゲハが訊ねると、

「いいお店が見付からないから。アゲハを誘えるような」

キリは脚を動かすのをやめ、膝を揃えた。愛らしく俯いた。

「どんなお店でも構わないのに」

とアゲハは声をかけ、

「考えすぎると、どんどん高級になって、私とキリの財布を合わせても支払い切れなくなりそう」

「食材やお料理の質を気にしてるわけじゃないから」

キリは譲らず、

「アゲハと食事にいったら、私の生きる理由も消えるんだし。だったら特別な何かが欲しい。

そうでしょ」

「やっぱり考えすぎ。何度食事にいったっていい」

「そうも思うけど。でも分かんない。約束は約束だから。少なくとも、最初の一回は特別だよ」

キリ＝ヒロはクロハよりもずっと年下の男の子で、仮想空間で知り合い、食事の約束を交わした間柄だった。

キリは自殺願望を抱え続けていた。願望は時にはほとんど消え、時には大きく膨らむようだった。キリは、アゲハ＝クロハと食事を一緒にするまでは生きる、とそれだけは約束してくれた。そのせいで今度はアゲハとの食事を、最後の晩餐《ばんさん》のように考えてもいる。

「仮想空間でも、もちろん会うわ。こんな風に。うまく時間さえ合えば、ね。遠慮せずに連絡して」

「アゲハが忙しいのを、邪魔するつもりはないけど」

キリがいい、

「もっと話はしたい。でも」

沈みかけた陽が眩しく輝き、海と街並の表面に赤味を加えた。

「またお喋りできる場所を探さないといけないね」

風にそよぐ大きな街路樹の枝。よく茂った葉が光る。街なかに人影はなかった。

アゲハとキリ以外、この土地には誰も存在しなかった。

土地の所有者である企業は、すでに仮想空間から撤退していた。土地と建物だけが残されている。いずれ全て消えるだろう。そんな場所は、今では仮想空間の至るところに存在した。物体《オブジェクト》だけの無人の街ばかりだった。

キリも同じ感慨を抱いていたらしく、

「みんな、マルチ・プレーヤ・オンラインの方へ移住してる。ゲームの方へ。目的がある方へ。アゲハはいかないの」

考えたこともない、とアゲハは気付く。すれ違いながら周囲との関係を緩やかに構築する仮想空間こそ、アゲハには最も馴染む様式だった。それ以上のコミュニケーションには不自然な重圧を感じ、以下では軽すぎるように思えた。

「たぶん」

とアゲハは答え、キリは、と聞き返す。

「アゲハがいくなら、いく。レゴなんて、もうほとんどそっちが基本」

懐かしい名前。同じ捜査班で仕事をしたことを、アゲハは思い出す。それ以来会ってはいない。会うべきかどうかも、よく分からなかった。レゴは警察官というよりも、むしろギーク、ハッカーなどと呼ばれる方が相応しい種類の人間ではないか、という気がする。

「……時間がないから。私は」

多くの他人と協調しながら消費することのできる時間を、そもそもアゲハは持ち合わせていない。

「じゃあ、ここでいい」

キリは脚を前後へ揺らし、いう。

「漂流してるみたい。私達。こうしていると」

キリのいう通りだ、とアゲハは思う。

最初に出会った土地が失われて以来、アゲハはキリの誘いによって様々な土地を再会の舞台とした。

大企業のイメージ広告でもある南国の楽園。

個人が映像制作の背景として使用していた、夜の近未来都市。

何時その土地が消えるか予想できず、消える度に場所を変えた。キリの選ぶ風景は、どれも美しかった。

時間の流れを実感する。仮想空間は崩壊しつつあり、そこで出会った人達との繋がりもほとんど消失し、独身寮を離れ、好きだったインディーズ・スリーピース・バンドは活動を停止してしまった。

そして姉さんのこと。アイのこと。

眼下の街がいっそう赤く染められる。夜が近付きつつあった。

暖かな眠気が、アゲハ＝クロハの手足に表れ始めた。現実から逃避するために、心の奥の何かが夢の中へ潜り込もうとしているようだった。

「アゲハが今していることを教えてよ。どんな捜査をしているのか」

キリがそういった。アゲハは別れを告げようかとも思ったが、

「誰かが制作した動画を調べてる。事件と関係しているかもしれないということのできる部分を考えながら、

「動画には不自然に音が加えられていて、その理由が分からず困ってる。そんなところ」

「謎々ね」

キリが脚の動きを止めた。

「謎が解けたら教えて」

アゲハはいう。

「明日もそのことに、かかり切りだから」

別れの言葉をアゲハが探していると、

「簡単だよ、そんなの」

キリがそういった。

「簡単？」

「うん。音を足したのは、他の音を消すためでしょ。上から被せて、撮影の時に余計に入っ

た音を目立たなくさせるため。聞かれたくない音を消去するため」

「それなら、その部分だけ消去した方が簡単じゃない？」

「どっちが自然に聞こえるか、という話。消して自然に聞こえるか、足した方がいいのか。それは作品によるよ」

作品。ｅｃｈｏはあの一連の映像を、そう捉えているのだろうか。

キリのいう通りかもしれない、とアゲハは思う。一番目と二番目の映像は騒がしく、部分的な音声を隠したいなら、別の音を被せた方が自然に聞こえるだろうし、静かな状態の多い三番目と四番目の動画の一部を隠そうとするなら、その箇所の音を消去するやり方が最適であるはずだった。

「どう？　悪い考え方じゃないでしょ」

キリがいい、アゲハは以前、キリの推理に助けられたことを思い起こした。

「うん。キリって鋭いのね。お店を選ぶのもそれくらい、すぱっといけばいいのに」

「それはまた別のお話」

「キリは今、何をしているの」

「アイテムを集めてる」

「ゲームの中で……」

「仮想空間の中で。無料のアイテム。がらくたばっか。でも、集めれば何か作れるかもしれない」

キリが立ち上がった。また会ってね、といった。

「もちろん」

とアゲハが答えるのを待ってから、キリはゆっくりと前へ進み、そのまま塔の上から空中へと踏み込んだ。

街並へと墜ちてゆく。

その背中から美しい翅《はね》が伸びて広がり、石畳へ激突する直前に落下は止まり、多角形《ポリゴン》のきれいな衣装と細い手脚が薄れ、キリは世界から消えた。

＋

ステアリングを握るイワムロは、何かを我慢しているような仕草を時折見せた。

赤信号で停車する度に溜め息をつき、欠伸を嚙み殺していた。助手席のクロハへ、ほとんど話しかけてはこなかった。昨日、クロハが一人で車を発進させ、ネット・カフェへ向かおうとした時から、またさらに二人の距離が遠くなったようだった。昨日はそのことに気付かなかった。時間は慌ただしく過ぎていったから。

昨日はすみませんでした、とクロハは助手席へ乗り込む際に謝罪し、イワムロはいいえ、と返答した。わだかまりはないと思ったが、クロハは間違っていたらしい。

それでもイワムロはクロハの提案通り、通信指令室への通報を経由した携帯電話基地局、その半径三キロの範囲を車で案内してくれた。一筆書きで円を塗り潰すように、ゆっくりと車を走らせた。

映像と関連した建物を探すとすれば、目印となるものは灰白色のカーテンだけ。灰白色に近いカーテン等、至るところに存在していた。それだけを頼りに異常のある一室を探す、というのは無謀な試みなのかもしれない。けれど他に方法もなかった。クロハは窓の外の、すぐに流れ去る風景をただ眺めていた。空を覆う雲には、変わらず漠然とした厚みがあった。

犯行が行われた可能性のある建物を想像しようとしても、うまくはいかなかった。どんな建物でも、あり得るように思えた。戸建住宅とは限らない。集合住宅の中で行われた殺人に近隣の者が気付かない事案は過去に幾らでもあったし、中小企業の事務所が集まる建物の中、深夜に撮影されていたのだとすれば、周囲の関心を引くこともないだろう。

そもそも被疑者達は、その場所を所有してはいないかもしれない。借りてさえいないのかもしれない。そこは住人も利用者もない、ただの空き部屋であることも考えられた。解体を待つだけの、管理のゆき届かない打ち捨てられたひと部屋、という可能性。

街のどの建造物も平穏に見えた。目を凝らすと、どの建物も怪しく思えた。

「休みませんか」

イワムロが唐突に、そういった。車内のデジタル時計が零時を示していた。弱い日差しのために、風景から時刻を知ることはできなかった。

クロハは苛立ちが顔に表れないよう、気をつけた。戻りましょう、と答えた。

「本部へ帰って、仕切り直します」

ルーム・ミラーに映る、イワムロの微笑。

今日初めて見せた笑み。

＋

立方体に近い警察署の建物、その足元近くにクロハは車を停めた。比較的規模の大きい所轄署は駐車場にも広さがあった。警杖を地面に突き立てて立番をする肩幅の広い制服警官へ頭を下げて、クロハは署内に入った。訪れたのは、これが初めてだった。罪悪感を改めて感じた。ソファの並びを避け、一番近くにある交通課の受付へ、クロハは歩いた。

昼休みの時間帯であるため誰もクロハへ寄って来ようとはしなかった。カウンタに組んだ両手を乗せ、すみません、と少し離れた場所へ声をかけた。

「本部機動捜査隊員のクロハです。お休みのところ申しわけありませんが……」

そう続けると、若い男性警官が奥の方から回転椅子を掻き分けながら急ぎ、駆けて来た。

どのようなご用件でしょう、という応対に、

「交通指導係のアサクラさんは、こちらへ戻っていますか」

クロハが訊ねると、制服警官の表情は引き締まった。

「アサクラが、何か」

その顔色が表しているのは、これまでにもアサクラを訪ねる大勢の人間が存在した、ということだろう。強盗犯を射殺した警官が世間からどのような扱いを受けてきたのか、クロハは垣間見た気がした。胸の痛みを覚えた。少しだけ背筋を伸ばし、

「ひと言ご挨拶ができれば、と。私も同じ現場にいたものですから。消費者金融強盗事件の際、アサクラさんの隣に」

言葉にも気をつけて、

「昨日、また別の件でほんの少しだけお目にかかる機会がありました。以前よりも痩せられたように感じて……もっと早く、ご挨拶にうかがうべきだったと思っています」

「あなたの方は大丈夫でしたか」

警戒心をわずかに残した、制服警官の質問。クロハは正直に、

「私自身の周辺には、今まで何の問題もありませんでした。責任をアサクラさん一人に押しつける形になっています」

「アサクラは今、警邏に出ています。戻るのは夜になると思います」

同じ台詞《せりふ》を何度も伝えたことがあるのだろう、滑舌《かつぜつ》よく淀《よど》みなく制服警官はいい、

「警邏に出ているのが、一番楽なようですから。抗議運動家も報道記者も、そこまで追いかけることはできません」

と付け足した。同じ警察官であるクロハのために足した言葉。そして、本当に今アサクラはここにいない、ということでもあった。それでも本部の機捜隊員を見詰める制服警官の目には、当惑の色が浮かんでいた。クロハをどう扱うべきか、迷っている様子だった。

アサクラが所轄署の建物内にいないのは、当然の話でもあった。交通指導係の勤務時間帯は早朝の場合もあれば夜勤の可能性もあり、そして勤務中のほとんどは路上にいるはずで、すぐに会えるとはクロハも期待していなかった。直接訪れたのは、電話で様子をみることが何か無礼に思えたからだった。

「失礼しました」

何故か、今日面会できるような期待も微かに抱いていた自分に気付き、クロハはそのことに戸惑いながら、

「申しわけありませんが、アサクラさんの今後のご予定を、お知らせいただけないでしょうか」

電話番号を記した名刺を差し出し、

「もしいただけるのであれば、できるだけ早く都合をつけて、こちらからまたうかがいたいと思います」

受け取った署員は、複雑な表情でいた。

……所轄署を困らせるために来たよう。

署員からすれば実際、困惑する以外にないのだろう。何か伝言を頼もうかとも考えたが、直接いうべきだ、と思い直した。

本人と相談の上、ご連絡を差し上げます、と硬い口調で応じた制服警官へクロハは深く頭を下げ、受付カウンタを離れた。

外へ出ると、また曇り空がクロハを待っていた。

昨日よりも午前中よりも、空に溜まる濁りのような雲は低くなっていて、遠くに見える高層建築の上部を隠し、空と地上との境目を曖昧にしていた。

＋

県警本部強行犯捜査係に戻っても、大きな柱の陰の席にイワムロの姿はなかった。クロハはほっとしてもいた。イワムロの言動には一々小さな刺が隠されていて、何か指示を出すことが苦痛に思えるようになってきたところだった。

捜査の進展が見込めない今では、顔を合わせることさえ躊躇《ためら》われた。

クロハは上着をロッカーへ仕舞った後、臨時の席として設けてもらった長机の前に座った。年代物のインクジェット・プリンタの隣に置かれた、一体型のデスクトップ・マシンに初めて触れる。クロハのために用意されたものだった。イワムロの机から離れた位置に着席したことで、ちょっとだけ心が休まった気もしたが、すぐに緊張感はクロハの体内で膨らみ始めた。捜査期限は残り一日半。捜査の端緒となるものは、今となっても動画サイトへ投稿された映像以外、存在しなかった。

成果がなくとも非難はしない、という管理官の言葉を想起した。その台詞に安堵を覚える気分も焦りの中にあり、クロハは自己嫌悪を覚える。イワムロの態度が脳裏をよぎった。

コンピュータが液晶画面にアイコンを並べるのを待つ。全てを表示し終えるのには時間がかかった。古い型であるのは、中途半端に丸みを帯びた灰色の筐体《きょうたい》を見ただけで、察することができた。

『回線上の死』四つの動画の音声に注目し直す、という考えも限界に達していた。後で加えられた音がある、という事実は、キリのいう通り何かを隠蔽《いんぺい》するための工作かもしれないけれどそれ以上の推測は、妄想と変わりがないだろう。

映像を何度でも見直し、被害者らしき者が最後にいたはずの範囲を少しでも絞り込み、車を走らせ捜索を続ける、という他にクロハのできることは見当たらなかった。

古い機械《マシン》上で再生する動画は時々静止した。数十秒ごとに一時停止させ、映像が滑らかに動くための手助けをした。クロハは映像内の不明瞭な箇所を、何とか理解しようとしていた。

赤い光と撮影者の姿と銀色のフレーム。

捜査一課の報告書にも記載されていた。不明、不鮮明という説明とともに。

赤い光は二番目の映像に存在している。クロハには橙色に近く見えた。動かなくなった被害者へカメラが近付く際、一瞬レンズが被写体から逸れ、その時に写り込んだ光だった。カメラは大きく動き映像はぶれ、室内のどの部分を捉えたのかは推測することもできない。光は小さな点にすぎなかったが、相当な明るさを持っていた。

室内ではないのかもしれない、とクロハはそんなことを思った。

屋内の照明装置としては、明るすぎるように感じられた。窓外の風景、電飾のついた看板や街灯の明かりが写り込んだ可能性もあるだろう。だとすれば、撮影場所特定の現実性も増す……

何時から私は楽観主義になったのだろう。クロハは一人微笑みそうになる。

橙色の照明が、どのくらい街に並んでいるのか、あなたは知っているの？　ユウ。

ただ時間だけが過ぎてゆくように感じられた。手掛かりは、残り二つ。撮影者らしき人影とその背景、銀色のフレーム。三番目の映像に収録されている。

改めて観ても、その不明確さは変わらなかった。全身に灰白色の布を被せられ、紐を首にかけられた男性の背景は艶のある黒色で、撮影者側からの照明——ＬＥＤ式の小型電灯らしき——の光を硬質に反射している。画面中央の人物の動きが完全に止まった時、撮影者の一人が照明の位置を変えたのだろう、逆方向へ向けられた光源により、やはりほんの一瞬、三十分の一秒の映像にだけ、人影とその背後が、前方の黒い背景に写り込むことになった。けれど撮影者の影はただの真っ黒な塊にすぎず、その後方の銀色のフレームは幾つかのラインの組み合わせ、というだけでしかなかった。

クロハは溜め息をついた。

立ち上がり、捜査員の一人にことわって、部屋の隅にある珈琲メーカから中身を紙コップへ注ぎ、再び自分の席に戻った。温かいコップを両手のひらで覆い、動画を最後まで再生させた。そのまま四番目の映像の視聴を開始した。

何度も観ていると、観る度に映像から受ける感触は変化するようになった。作りもののように思える時もあれば、恐ろしいほど現実味を感じる時もあった。今は、本物の記録として向かい合っている。

コンピュータの処理が追いつかず、映像が静止した。珈琲を口に運んでいたために、操作が遅れたのだった。映像を巻き戻そうと紙コップから離れた手が、空中で止まった。

ここにも写っている。

映像が切り替わる直前、黒い背景が反射する、鋭く輝く幾つかのライン。

二つの動画を静止映像にして、画面上に並べる。四番目の映像には、人らしき影はさらにぼんやりとしか写っていなかったが、ラインが写り込んでいる時間は長かった。

クロハは画面を見詰め続けた。

明らかな違いがある。

三番目の映像に比べ、四番目のものは銀色のラインが明らかに増えている。ライトとの位置関係のせいだけではないようだ。まるで、写真フレームを増やして飾ったようだった。

二つの映像を見比べる。写真フレームではない、と突然思い至った。

そして、ラインの数に違いが表れるその理由にも気付いた。

フレームは壁に固定されたものではなく、扉の構造になっているのだ。開閉可能な機構となっていれば、二種類の状態が生まれる。開けば扉のフレームが光を反射することなく、映像から消える。

……例えば葡萄酒冷蔵庫《ワインセラー》のような。

推測でしかなかったが、金属質な輝きはそんなものを想像させた。ワインセラーが並んでいれば、丁度こんな背景となるだろう。灰白色のカーテン。ワインセラー。

新たなブラウザ・ウィンドウを画面上に広げる。捜索範囲内で営業する専門店とワインセラーを取り扱う業者と飲食店、葡萄酒を多く揃えるレストランを検索する。ワインセラー業者は近隣に存在しなかった。

珈琲が冷えきっていることに気がついた。飲み干し、立ち上がった。葡萄酒に関連した店舗情報の短いリストをプリンタから受け取った。

たったの二店分。この情報が手掛かりになると、素直に信じることはできなかった。海に落としたアクセサリを、目を凝らし探し続けている気分だった。

それでも、じっとしているよりは何倍も、まし。

クロハは携帯電話の画面に、イワムロの番号を呼び出した。

＋

最初の店に入る前から、見当違いをしている、という感触はあった。検索結果であるリスト通りに葡萄酒専門店を訪れ、レストランへ向かい、そこでまた別の店舗の情報を仕入れた。駅近くの、煉瓦を地面に敷いた商業複合施設の中、橙色の建造物、その一階を占める葡萄酒専門の小売店で聞き込みを終えると、次に向かうべき場所が見当たらなくなった。

第一、映像に残る室内の景色とは、どの店舗も似ていなかった。気配から違っている。陽性の店ばかり。小売店の外へも、その雰囲気は溢れ出ていた。判明した事実は結局、通報が発信された範囲の捜索を続ける以外にない、ということだった。

無線自動車動態表示《カーロケータ》システムの小さな液晶パネルを運転席側へ向け、クロハは現在地を確かめる。残された地域は郊外だった。

機動捜査隊としてクロハが普段密行する区域に近く、案内も必要はなかったが、イワムロへは連絡を入れた。イワムロは通話に出なかった。呼び出し音が携帯電話のスピーカから聞こえる。午後からはずっと繋がらない状態が続いていた。イワムロがどういうつもりでそんな行動を取っているのかは、考えないことにした。クロハは伝言を残さなかった。

車を走らせるに従い、高層建築が視界から消えてゆく。低い建物が密集するようになった。海へ近付いていた。周囲の車両が大型の、工業用のものばかりとなり、灰色の倉庫の群れが目に入るようになると、クロハの胸の内に失望感が広がった。

やはり無理だった。雲をつかむような話。イワムロのいう通りに。

クロハは光を感じた。見ると、一本の塔から炎が大きく吹き上がり、低い雲を染め、フロント・グラスを照らしていた。赤と白で塗装された細く高い焼却塔《フレア・スタック》が放つ、精油工場の余剰ガスを焼却し無害化するための炎だった。これ以上進めば運河を渡ることになる、という合図でもあり、それは捜索範囲を越えることも意味していた。すでに、範囲内の道路のほとんどを通っていた。抵抗する気概は心の中に残っていたものの、新たな捜査方法は何も思い浮かばなかった。手掛かりが少なすぎた。そう思うしかなかった。引き返すべきだった。

明日で終わり。それは最初から決まっていたこと。

日常空間の空で燃える炎は非現実的に見え、仮想空間にいるような錯覚を感じた。

クロハは車の速度を落とした。十字路を折れ、帰路につくつもりだった。警察車両を歩道へ寄せ、停めた。見逃してはいけない何かが、あるように思えた。思い出すべき何か。何処かで見た光景。

橙色の光。映像に写った光を想起した。同じ色だ、と気付いた。

高い塔に灯《とも》る炎の色。

クロハは無線自動車動態表示《カーロケータ》システムの液晶パネルへ手を伸ばす。周囲の工場を確認する。捜索範囲に近い工場。フレア・スタックの設備を持つ工場を探した。

映像に記録されていた強い光が、余剰のガスを燃やすための炎だとすれば。

ほとんどのフレア・スタックは埋立て地にあり、捜索範囲内からは遠すぎた。手前に存在するのは二ヶ所しかなく、一つは製鉄所のもので、もう一つが目前の塔だった。

クロハはパネルに表示された地図に指先を置いた。海岸沿いを走る産業道路を境に、建造物の傾向が変化する。海側は工場と倉庫ばかりが占めるようになり、反対側は都市部と繋がる小さな繁華街として、機能していた。道路は生活圏と工場地帯とを区切っている。

住宅であろうと事務所であろうと、撮影場所となり得るのは恐らく都市部であり、そして産業道路から見える光景は、今もクロハを照らす精油工場の橙色の炎以外になかった。

パネルから指を離した。

産業道路上、歩道に沿ってクロハは車をゆっくりと走らせる。

巨大な車体を擦《こす》りつけるように貨物自動車が追い越していったが、気にする余裕はなかった。工場の焼却塔《フレア・スタック》を時折確認しつつ、クロハは内陸側の建物を観察していた。

これ以上進むと橙色の炎は見えなくなってしまう。クロハがそう考えた時、銀色のロゴタイプが視界に入った。警察車両を停止させた。

『CAPSULE』の文字が建物の入り口に並んでいた。

白いタイルで覆われた四階建てのカプセル・ユニット式ホテル。排気ガスを浴び続けたせいだろう、タイルは煤《すす》けて見えた。各階の中央は窓となっていて、一番上の階以外、全て灰白色のカーテンで内側から塞がれていた。見上げると、プラスチック製の看板は半分が砕け内部の電灯を剥《む》き出しにしている。クロハはシートベルトを外した。体を傾け、助手席前のダッシュボードの扉を開けた。

クロハの片手が、小型の電灯をつかんだ。

傷だらけの、鏡面仕上げの円柱だけが玄関口の装飾だった。自分の顔が映っていることにクロハは気がついた。驚くほど深刻な目付きが、クロハを見返していた。

柱の傍を歩き抜けるとすぐに壁が迫り、建物の奥行きの短さを知らせる。革靴の踵が細かな破片を踏んだ。建物は道に沿って長かった。床のタイルの幾つかが、砕けていた。汚れたTシャツらしきものが柱の陰で塊になっていた。

金属製の扉があった。店舗用のものには見えず、元々は事務所を収容するための建物だったのだろう。扉の上部にはめ込まれた磨硝子《すりガラス》は、ただ内部の暗さを透過させるだけだった。両手に綿の手袋を着けたクロハがノブを握ると手応えは軽く、力を入れずとも回転する。何の抵抗もなく扉は開いた。埃っぽさが鼻孔を小さく刺激した。

使われていない建物の匂いがした。廃墟の匂いだった。

後ろ手に扉を閉めると、ゆき交う車両の喧騒のほとんどが消えた。暗くなり、目に見えない膜がクロハの周りに張られたようだった。それでも室内には、ほんの少しの明るさはあった。手中の電灯が、足りない明度を補ってくれた。

受付台がすぐ間近にあり、その奥へ光を当てると、配電盤と壁に張られた沢山のA４用紙、注意事項の群れが見て取れた。室内の内部へ明かりを向けたクロハは、多くの小さな光を見た。やがて硝子片が床に散乱する様に気がついた。店内を隠していたはずの自動扉が粉々に砕かれていた。クロハは硝子片を踏み越えた。

電灯の光が、舞い上がる埃により太い線となる。深海を進むような心地だった。

先にあるのは正方形の大きな部屋だ。部屋の壁を囲むように奥行きの浅い机が設置されていた。丸椅子の多くが隅に積み重ねてあり、幾つかは床に転がっていた。

心拍音が大きくなってゆく。

奇妙な感覚の中にクロハはいた。以前に見た時には、ノイズが大量に乗ったざらついた光景だった。今は鮮明に見えている。クロハはその只中《ただなか》にいる。

道路側には窓があり、灰白色のカーテンが引かれていた。カーテンを開けようとしたクロハは手を止めた。鑑識より先に触れるべきではない、と考え直した。隙間から外を覗くと、フレア・スタックとその先端で躍る橙色の炎が、倉庫群の低い屋根を越えて存在を誇示していた。窓を離れ、かつては鮮やかであったはずの、黒ずんだ汚れを方々に付着させた瑠璃《るり》色の絨毯を、クロハは見下ろした。赤黒い染みが正円《せいえん》に近い形で、中央に広がっていた。靴底を通して絨毯の薄さが、伝わった。爪先に少し力を込めると、その下の床から簡単に浮き上がる感触があった。絨毯はほとんど紙の厚さに等しく、衝撃を吸収するだけの柔軟さは備えていなかった。

携帯電話が振動し、クロハの脇腹に触れた。思わず、コートの上から押さえた。振動が直接、心臓に響いたように感じられた。波立つ心を抑えながら、クロハは携帯を取り出した。イワムロからの連絡だった。苛立ちも、ほっとする気持ちもあった。

勘弁してくださいよ、と携帯のスピーカから苦笑を含んだ声がした。

「嫌がらせはなしにしましょう、お互いに」

イワムロがそういった。

いいたいことは、幾らでもあるはずだった。たぶん、どちらにも。話し合う必要があるのだろう。けれど、今は。

クロハは憤《いきどお》りを飲み込んで、

「連絡が取れなかったので、先に出ました。二つ、お願いがあります」

緊張していることは、イワムロにも伝わったらしい。

数秒間置いて、何か、と反抗的な響きのない声が返ってきた。

「私は今、ある建物の中にいます。建物は無人で、長く使われていない様子です。現在地を伝えますので、この辺りの不動産を扱う業者を捜して、建物の所有者と連絡をとってください。取り敢えず口頭で構いませんから、立入りの許可を貰ってください。もう一つ。鑑識の応援をここへ寄越してください。大勢は必要ありません。現場に残された血痕が本物であるのか、血液反応さえ調べてもらえれば、それで」

「……そこが撮影現場ですか」

驚きが、イワムロの口調に含まれていた。

「ここで撮影されたことは間違いないと思います。床には血痕らしきものが大量にあります。血痕が本物であれば、映像は本物の殺人記録だったことになりますし、血液反応がなければ撮影用の偽の血液であって、映像はフェイク、ということになります」

しばらくまたイワムロは言葉を発しなかったが、

「……了解しました。二つの用件、すぐに手配します」

真剣にそういったようだった。

靴にカバーを被せて歩くべきかもしれない、とクロハは思い出した。

……硝子と埃と絨毯をこれだけ踏みつけておいて？

血痕が本物と決まったわけでもなかった。本物であると判明すれば、被疑者の痕跡と区別するために靴裏の模様を採取し、提出することになるだろう。

天井に設置された巨大な空調をクロハは見上げた。

空調機器は大きなボルトと金具で天井に留められていた。天井と機械との間には隙間があり、そこを通す格好で、太いビニル紐が一周していた。

あの紐にまた紐を通せば――

暗闇の中、布に包まれたひとがたが浮かび上がる映像を、思い起こす。

――絞首刑の準備は完成する。

どの位置から撮影されたのだろう。クロハは室内を見渡し、歩き出す。背景となった場所は決まっていた。砕かれたスライド式の自動扉と対《つい》になった固定部分も硝子製の作りとなっていて、部屋の一面を構成している。すぐ先には受付を隠す黒い仕切りがあり、硝子の壁とほとんど密着していた。これが背景だった。電灯の光を鏡のように強く反射した。電灯の先を反転させると、背景から浮かび上がる格好で、影絵のようにクロハの姿が硝子に映った。後ろを振り返った。

開かれたままの白い扉があり、その奥にもう一つの部屋の存在を示している。中には、ユニット式のカプセルが二段ずつ重なり並んでいた。最小限の宿泊施設。それ等の扉には覚えがあった。

銀色のライン。

クロハは扉を通り抜けた。細い通路に立ち、後ろを確かめた。丸椅子の転がる、大きな空調の下に血溜りの跡を残す正方形の部屋を顧みた。クロハは一人、ゆっくりと頷く。

被疑者は、ここにカメラを設置したのだ。

ここからでなければ、被害者の全身を写すことはできない。同じ部屋から撮影したのでは近すぎる。距離を離すための工夫により、硝子の背景に、奥の部屋が収納するカプセルの蓋《ふた》が一瞬、写り込むことになった。一つ一つのカプセルへ光を向ける。全て同じ内装だった。白いシーツのかかったベッド。小さな鏡とラジオが壁に据えつけられている。クロハは足元を見た。瑠璃色の絨毯。正方形の部屋と同様、汚れが目立った。

狭い通路の奥に、非常扉が見えた。重そうな扉に、円い硝子製の小窓がついていた。小窓からはコンクリート製の階段と手摺が、薄暗い中に窺える。近寄るとコンクリートの隙間から産業道路もわずかに見えた。陽が落ち始めていた。貨物車が目の前で停まった。大型のハロゲン・ランプが荷台に載っていた。

交通捜査課の車両、と気付いた。


応援を出迎えようと正方形の部屋へ戻った時、入り口の扉が開いた。小柄な人影。夜間捜査のための反射材が所々に配置された制服。

暗いな、と人影がいった。耳にした記憶のある、喧嘩腰にも聞こえる歳を取った男の声だった。光がクロハを照らし、

「呼ばれて来たんだが」

と声がした。お願いします、とクロハは少し慌てて答えた。

「よろしくお願いします。本部機動捜査隊……」

「屋内の捜査は専門じゃやねえが」

交通捜査員は、クロハの名乗りを遮っていい、

「血液反応を調べればいいんだな？　ルミノールを撒《ま》けばいいんだろう」

小さくとも眩しい電灯の光がクロハから逸れた。相手は、自動車警邏隊に所属していた頃には何度か現場で顔を合わせたはずの、古株の捜査員だった。室内が暗いせいで、その特徴

的な渋面を窺うことはできなかった。

正方形の部屋に入るが、交通捜査員の歩き方は片足を引き摺る様子で、クロハはその理由も他の捜査員から聞いていた。交通事故現場での鑑識作業中、脇見運転の乗用車に後ろから当てられ、アスファルトで片膝を砕いてしまったのだ。

交通捜査員は床に白銀のアタッシェケースを置くと、不機嫌そうな声で、

「表の車はお前のだろう」

「はい」

「終わったら、乗せてくれ。事故現場から本部へ帰る途中だ。俺だけ降ろしてもらった」

「交通事故が、この近くで」

「……道路を逆走した奴がいてな。子供と母親を乗せた軽自動車を巻き込んで、セダンを大破させやがった」

吐き捨てるように、

「俺と同じくらいの歳の男だ。逆走したのを認めようとしねえ。標識が悪いってよ。両脚の骨折なんぞ、自業自得だぜ。馬鹿馬鹿しい」

「子供は」

思わずクロハが聞き返すと、交通捜査員は顔を上げた。

「何だい……」

「子供と母親は、無事でしたか」

交通捜査員はしばらく沈黙してから、

「お前さん、何て名前だ」

「……クロハです」

突然の質問に狼狽《うろた》えながら、

「現在は本部機動捜査隊に所属しています」

「スギのいってた奴か」

交通捜査員は、かつてのクロハの上司の名前を独り言のように口にし、今度はクロハの顔をまじまじと眺め、

「俺はカンノだ」

といった。開いたケースの中から幾つかの器材を取り出し、

「車の中で作ってきた。血液らしきもの、ってのは何処だい」

老人の、極端に愛想のない態度に戸惑いつつも、クロハは電灯の光で指し示す。カンノは丁寧にケースを閉じると、立ち上がった。クロハに何かを手渡した。小型のデジタル・カメラだった。

「電灯とスプレー・ボトルで両手が塞がっちまう。ルミノール溶液を撒く前に、これで現場を撮影してくれるか」

「カーテンを開けた方がいいですか。明るくした方が」

「このままでいい。鑑識用の写真じゃない。報告書につけるだけだ。血痕のあるところを、一枚ずつでいい」

クロハはいわれた通りの構図でシャッターを切る。フラッシュの、一瞬の強い光が網膜を刺激し、クロハは目をしばたたいた。心配するな、と隣でカンノがいった。

撮影に関していっているのかと思ったが、

「母親も子供も無事だ。かすり傷さ。馬鹿が骨折して、人的被害はおしまいだ」

「……そうですか」

何か、久し振りにいい知らせを聞いた気持ちになった。カンノが膝を庇《かば》いながら、屈《かが》んだ。クロハの小さな幸福感はすぐに霧散した。

カンノが絨毯へ吹きかけたルミノール溶液が、強い反応を示したからだった。床の一部が思いがけないほど強く、青く輝いた。カンノは何もいわなかった。呆然としながら、クロハは発光が徐々に弱くなる様を眺めていた。

身を低くしたまま、カンノがまた別の場所へ溶液を撒いた。そこにも反応が現れ、大きな刷毛《はけ》で掃いたような、青色の細い線の集合が浮かび上がった。

遺体を引き摺った跡のように見えた。カプセル・ユニットの並ぶ別室へ続いていた。被疑者達は遺体を何処へ運んだのか。少なくとも、玄関口へは向かっていない。

クロハはぞっとする。遺体が今もこの建物内にある可能性を、認めた。

「撮影します」

とクロハは伝え、開け放たれた扉からカプセルの並ぶ一室を記録した。カプセルのそれぞれの蓋が、一斉にフラッシュの閃光《せんこう》を反射する。

カンノが脇に立ち、電灯と小型のスプレー・ボトルを構えた。そしてまた床には、奥へ繋がる青い線が描かれる。ずっと奥にまで続いていた。クロハは通路を進んだ。円《まる》い小窓のついた非常扉を開けるとそこはコンクリート製の踊り場で、上階と下階への分岐点となっている。また少し太陽の光は弱くなっていて壁にほとんど遮られ、非常階段は室内よりも幾分明るい、という程度でしかなかった。

クロハは踊り場の奥に移動し、撮影する。カンノの立ち位置を作るためでもあった。ルミノール反応は、地下へ何かが引き摺られてゆく様子を再現していた。

クロハは階下を覗き込んだ。

そこから先は、本物の闇が広がっていた。

「中身がなくなりそうだ」

カンノが口を開いた。闇を見詰めるクロハの隣でボトルを振る音がして、

「ここまで盛大だとは、な。溶液を使いすぎれば血液自体を洗い流しちまうし、量を考えて作ったつもりだったんだが。ルミノールと過酸化水素水は鞄にまだ入っている。もっと多く

作らねえと。下手すりゃあ建物中に撒くくらい必要だろ……」

「戻って、作製してください」

クロハは暗闇から目を離さず、

「溶液は遺体が出ようと出まいと、犯行の経過を推測するのに必要となるでしょう。私が先に降りて、現場を撮影します」

「撮影はそれほど重要じゃねえが……」

カンノが口籠《くちごも》るようにいった。階下へは降りたくない、という心境を認めるのがカンノは嫌なのかもしれない。膝の悪い交通捜査員にとって、急な階段は不得手のはずだった。

カンノは重た気な息を吐き出して、

「分かれた方が効率的か。一人で大丈夫かい」

クロハは緊張で硬くなる自分の首筋を意識しながら、大丈夫です、と返事をした。カンノの膝について触れるつもりはなかった。

「ルミノール反応はあくまで予備試験だからな」

とカンノがいい、

「血液中以外の金属に反応することもある。そもそも人の血液と他の生き物のものとを区別しない。遺体があるとも限らねえ」

電灯で軽く肩を叩かれた感触があり、

「開けたままにできる扉は、全てそのままにしろ。気をつけろよ。人の住まない建物は傷みやすい。何かあったら、大声で俺を呼べ」

「はい」

短く答えた。

カンノが部屋へと戻り、片足を絨毯に擦《す》る足音が遠ざかっていった。


クロハは階下をデジタル・カメラに記録する。

一段ずつ電灯で照らし、ゆっくりと足裏を乗せる。

コンクリートの階段はクロハの踵と当たる度、わずかに湿った音を立てた。踊り場で折り返すと、地下一階が最下層であることが分かった。一階と同じ作りの扉に手をかけた。

蝶番が発する甲高《かんだか》い軋《きし》みの音とともに、扉は動いた。

内部はひと続きの広い空間となっていた。壁際にソファが置かれ、反対側に木製の大きな台があった。そこに以前、ブラウン管式TVが置かれていたことは、壁紙の煤《すす》けた形からも分かった。

フラッシュによって一秒にも満たない時間、空間全体が眩しく照らされ、またすぐに静寂が戻る。何のもの音もしなかった。クロハは自分の息遣いが、耳障《みみざわ》りになり始めていた。心臓の高鳴りがずっと続いている。視界の外の暗がりには、何かが潜んでいるように思えた。

電灯で絨毯を照らした。薄《うす》らと、黒い筋が見えた気がした。

痕跡は一つの扉へ向かい、曲線を形作っているようだった。『Bathroom』の文字。アルミ製の扉。水の中にいるみたいだ、とクロハはそんなことを思った。心臓は大きく鼓動を打ち、酸素が足りない気がしてならなかった。

扉はわずかに開いていた。そっと押すだけで内側へ開いた。狭い脱衣場には木製のロッカーがあり、洗面台があった。曇りだらけの鏡。床のタイルの目地のほとんどは黒黴《くろかび》の住処《すみか》となっている。浴室の引き戸にクロハは手のひらを当てた。

戸が動くと、細かな白いタイルが浮かび上がった。内部の暗い浴槽が奥の壁際にあった。ステンレス製の蛇口。桃色の洗面器。何の問題もないように見えた。けれど、今まで室内で感じたことのない匂いがした。クロハは浴室の中へ進入した。異常は浴槽の中にあった。

闇に埋もれているように見えたのは、暗さのせいでも汚れのせいでもなかった。

浴槽は何かで満たされていた。

土だ、とクロハは察する。浴室は土の匂いに占領されている。

状況を写真に撮り終えたクロハは、前へ出た。ほとんど黒色に近い土が目の前にあった。表面には白い斑点が散らばっていた。その一つを指先で取ると、どうやら貝殻の欠片《かけら》のようだった。予感以上のものが、クロハの心の中に湧き上がっていた。

蛇口の下に置かれたままのプラスチック製の洗面器へ、クロハは手を伸ばした。白い湯垢《ゆあか》で内部を曇らせた器を手に持ち、浴槽へ近寄った。土の表面を掬《すく》った。硬い手触りがあり、密度の高さを感じた。少し力を込めると、細かな粒子の奥に柔らかさが現れた。

クロハは息を止めた。甘く、不快な臭いを嗅いだからだった。土に隠されていたものが、明らかになろうとしている。

赤いチェック模様。シャツの袖口。

クロハはチェック模様を指先で摘《つま》み、持ち上げた。

何かが腐る臭いは、益々強くなっていった。

土が崩れ、重みが消えると袖口は一気に、浴槽の外へ出た。袖からは何かが突き出ていた。赤黒いその一部が流れ落ち、内部の白色——骨なのか鞘帯なのか——を覗かせた。

クロハは遺体の袖口から手を離し、立ち上がった。益々強くなる腐敗臭に驚き、足がもつれた。電灯を手から落とした時には、悲鳴を上げそうになった。洗面台の傍《そば》まで転がった光を追いかけ、浴室を出た。濁りの強い水底で、もがいているように。

……本物だった。私が観ていたのは。

映像の断片が、クロハの脳裏に甦った。

溺死させられ、撲殺され、絞首刑を、転落死を強要され……

人が殺される記録を、何度も何度も。

吐き気が込み上げた。胸を押さえながら、コンクリート製の階段を急ぎ昇る。澄んだ空気を、クロハは求めていた。

途中で膝を突きそうになり、クロハは段へ手をかけ、少しの間動くのを止めた。階段の冷たさが手袋を通し、手のひらの奥にまで伝わってきた。

＋

クロハは警察車両の中から窓硝子越しに、ホテルの外観を見詰める。陽が落ちようとしていた。

鑑識課員が慌ただしく建物を出入りする。その内の一人が駆け寄って来るのが見え、クロハが助手席の扉を開けると、お待たせしました、といって革靴を歩道の上に踵を揃えて置いた。

「いえ。こちらこそ現場を荒らしてしまって……」

クロハがそういうと、クロハと同年代の鑑識員は生真面目に、影響ありません、といい置き足早に建物内へと戻っていった。時間がかかるのも仕方がない、とクロハは思っていた。

鑑識作業は混沌《こんとん》としているようだった。建物の外からでも察することはできた。時折車の中にまで、怒鳴り声が聞こえた。するべきことの多さに比べ、人員は全く足りていなかった。時間が経《た》つにつれ、断続的に警官の数は増えていった。駆けつけた機動捜査隊や捜査一課に交ざり周辺の聞き込みに出たかったが、鑑識課員はクロハの足跡を撮影するために靴を持ち出したまま、なかなか帰って来なかった。クロハは車内で街灯に明かりがつく様を眺めていた。

クロハは靴を裏返して見た。柔軟性の高いラバーが踵に使われた軽量の革靴。靴裏は鑑識課によってきれいに清掃され、滑り止めの溝には、砂粒一つ挟まっていなかった。どれほど汚れていたのかクロハには覚えがなく、手入れを鑑識員に押しつけたことに恥ずかしさも感じたが、それ以上に、何かを思案する行為自体が億劫《おっくう》で仕方がなかった。革靴に両足を通した。やっと踵に体重をかけられるようになり、クロハはほっとする。それでも気分の悪さは収まらなかった。肺の中には、まだ腐臭が残っている。

イワムロはもう臨場したのだろうか。歩道に立つと足元がふらついた。誰もクロハへ捜査を促そうとはしなかった。同僚の機動捜査隊員でさえ、目を逸らした。たぶん私は今、血の気のない顔色をしているのだろう。

遺体を見たことは過去に何度もあった。クロハの神経を苛《さいな》んでいるのは、土の中から引き出した、腐敗した片腕ではなかった。

幾度も幾度も繰り返し視聴した映像の全てが本物であり、殺人の記録であったという事実を、未だに完全に飲み込むことはできずにいた。瞼を少し長く閉じる度、記録映像は再生された。実際の殺人であることは、予想はしていたはずだったのに。被害者はどんな気持ちでいたのか、と思うと胸が苦しくなった。加害者の意図を理解することができなかった。

名前を呼ばれた気がして、クロハは視線を彷徨《さまよ》わせた。白い息を吐きながら、管理官がやって来るのが見えた。丈の長い外套を着込み、襟巻きで首を隠していた。クロハは何時の間にか体重を預けていた警察車両から、手のひらを離した。

「撮影は済んだか……ご苦労だった。思った以上の成果だ」

管理官はクロハを見下ろし、いった。労《ねぎら》いの言葉としては険しすぎる声に聞こえた。クロハはその場で直立する。ありがとうございます、と声に力を込め、返答した。

管理官は白い息を紫煙のように吐いた後、

「近隣の所轄署に特別捜査本部を立てる。臨港署だ。以前の事案で使ったな？」

三階建ての小さな警察署。少し古びた建物の質感も事案の詳細も、はっきりと覚えている。

クロハは頷いた。

「はい」

「特捜本部に参加する気は？　いずれにせよ、撮影現場発見時の状況説明はしてもらわなければならない。それ以上、本事案に関わる気があるか。当然のことだが、特捜本部に正式に参加した場合、君は一捜査員の立場に戻る。私の指揮下へ入ることになる」

「参加させてください」

迷わずクロハは答えた。

そうしなければ、肺の底に残る腐臭を消し去ることはできないだろうと、思えた。

意図が知りたかった。

どんな意図があれば、あれほど残酷な仕打ちができるのか。命を弄《もてあそ》ぶような。

その意図こそが腐臭の正体だ、とクロハは考えていた。正体を見極めるべき相手。

——ｅｃｈｏ。

よかろう、と管理官はいい、暗い曇天を仰いだ。

「……後二時間程度で初回の捜査会議を始める。それまでに私物を県警本部から引き揚げておけ」

「……はい」

怪訝《けげん》な表情をしてしまったかもしれない。捜査会議の始まりが、早すぎるように思えた。

「被疑者に関する知識はなく、被害者についての情報も少ない現在では、周辺への聞き込み《地取り》だけで有効な情報を得るのは難しいだろう」

クロハの疑問を読んだらしい管理官が、そういった。

「急ぐ必要はあるが、手ぶらで捜査はできない。手掛かりが形になるのは明日以降となるはずだ。現在の地取りは捜査一課だけで行い、特捜本部の捜査員には、先ず事案の内容を正確に伝える。今我々が直面しているもの。そこから何を捜し出すのか。捜査方針を明確にし、統一する」

クロハは管理官の言葉に不自然さを感じる。曖昧ないい方。珍しいことだった。

「……何か、問題が」

クロハが訊ねると、管理官は苛立たし気な表情で建物を見上げ、

「矛盾がある」

といった。口元にはわずかだが強張りがあり、

「警察医による話だ。遺体の現状と死亡推定時刻が一致しない。細かな差違はつきものだが……今回は食い違いが大きすぎる」

「……どういうことですか」

「通信指令本部に被害者らしき人物から通報があったのは二週間前だ。だがここの遺体はどれも、明らかに死後それ以上の時間が経過している」

腐敗の進んだ片腕。表面はまるで、液体のようだった。

クロハははっとし、

「土の中の遺体は地表に置かれるよりも、遥かに分解に時間がかかるはずです」

「八倍、といわれている」

管理官が後を受け、

「この気温の低さであれば、地表でも地中でも、先のひと月はほとんど腐敗も進行しなかったはずだ、と警察医はいう。あれほど遺体が変化するには、少なく見積もっても三ヶ月が必要になるはずだと」

「では通報した男性は……」

「別の被害者かもしれん。あるいは加害者側の挑発かもしれん……だが、初動捜査で分かったことがある」

「……何でしょう」

「捜査員が関係者から話を聞いた。このホテルを以前の所有者が放棄したのが、約二ヶ月前。債権者へ、受け渡しのために内部を案内したのが、ひと月半前。最初の動画が投稿されたのはひと月前だ。その直前にこの場所で殺人が記録された、と考えれば何の不都合もない。大量の血痕も、そのことを証明している。が、君の見付け出した遺体達はもっと以前から存在しているはずだ、と警察医も鑑識課員も口を揃えていう」

「では、映像の被害者達と遺体は別人だと……でも」

クロハは引き上げたシャツの袖口を思い起こし、

「服装は一致しているように見えましたが……」

「服装も、髪の毛の色、長さ等、身体的特徴も一致している。それどころか、一体の頭蓋骨には陥没箇所が多くある。前歯も欠けている。二番目の映像の通り……厄介なことだ。発見したものを理解できない、とはな」

クロハも混乱していた。

事実が一体何を表しているのか、どう考えるべきなのか分からなかった。

「だが本当の問題は、別にある」

管理官の言葉には、怒りが滲《にじ》んでいるようだった。

「遺体が一つ足りない。映像を基準とするなら、な」

クロハは啞然《あぜん》とした。捜査はまだ始まってさえいない、といわれているようなものだった。

「浴槽の中には、三体の男性の遺体。建物の中に他の遺体はない。カプセルがあれだけ空いているのにな……」

喋りすぎた、というように管理官は姿勢を正した。冷静な顔付きが戻り、会議には遅れるな、といい置いて建物へと向かった。

クロハは管理官の言葉を思い出していた。

今我々が直面しているもの。

腐臭の正体。想像することもできなかった。

私は一体、何を見付けたのだろう。

クロハは割り当てられたロッカーを開いた。メッセンジャー・バッグを取り出し、資料をそこに仕舞った。机へ移動し、わずかな筆記用具をバッグに収める。私物はそれで全てだった。

携帯電話をコートから抜き出し、液晶画面にイワムロの番号を表示させたが、クロハは通話ボタンを押さなかった。携帯を重く感じ、元へ戻した。捜査一課からの退去を知らせる、というだけのことがひどく億劫に感じられた。クロハが遺体発見現場から去ろうとした時、ふとイワムロは姿を見せたのだった。イワムロは今まで何処にいたのかクロハが問い質す前に、疲れた顔で擦れ違い何処かへと消えた。関わりを持ちたくない、という風に。

何時かの時点で、やはりイワムロとは話し合うべきだったのだろう。

イワムロは小さな刺が並ぶ鎧を身に着けている。理由が全く想像できないわけではなかった。座る席は部屋の隅に置かれ、遥かに歳下の女性警官の案内役を命じられる立場。たぶん私は、あの男の自尊心を傷付けている。

姉さんの微笑みを、クロハは思い出した。

——愛想笑いが苦手なユウ。駄目ね。

表情に起伏が足りない、と姉さんにはよくからかわれたものだった。

——まるでモノクロみたい。

その手の指摘に、クロハが反感を覚えたことはなかった。むしろからかわれる度、叱られたように感じていた。

——アイの方がよっぽど得意。

その通りね、とクロハは心の中で同意する。

アイの、大きく口を開ける笑顔。思い浮かべると、また胸が苦しくなる。クロハは机を離れた。

イワムロともう一度話を。今ではない時に。


顔見知りの女性捜査員へ退室の挨拶をしようと歩き寄ると、クロハに気付いた捜査員がキーボードを叩くのを止め、少し驚いた様子で立ち上がった。手には小さな紙片が握られていて、

「受付の職員が、これを」

クロハへ差し出した。名刺だった。捜査員はむしろ問いかけるように、

「捜査協力の申し出があった、ということです。詳しいことはよく分からないのですが……エントランスで男性が待っていませんでしたか」

受け取り、名刺に印刷された文字を確認する。

有限会社　閃光舎　営業部。
部長　碓井志郎《ウスイシロウ》。
住所は県庁所在地市内。

聞いたことのない会社名。覚えのない氏名。

「……分かりません。素通りしました。何故私に？」

「さあ……クロハさんと話がしたい、ということのようですが」

「今も、下にいるのですか」

捜査員は、たぶん、といった。

「何時戻るかは分かりません、と伝えたのですが……待てるだけ待ちます、といわれて。三十分前に私が通りかかった時には、まだエントランスのソファに座っていましたので、今も待っているのではないかと……」

「何時からですか」

「一時間前になりますね。お知り会いの方ではない？」

「面識はないはずですが……どうしてです？」

「職員の話からは、そんな風に聞こえたので。まるで約束があるみたいに」

気味の悪さを覚えたらしく、捜査員は少し考える風に、

「受付へ内線を入れて、別の窓口へ誘導させましょうか」

「いえ……そこまでは」

何処で私の名前を知ったのだろう、とクロハは不思議に思う。それに、協力の申し出、とは一体どの事案の捜査を指していったのだろう。何故名指しなのかも分からなかった。名刺を渡した中に、ウスイという人物も、閃光舎という企業も存在しないはずだった。

捜査協力、という言葉がどうしても気になった。

「会って、話だけは聞こうと思います」

とクロハが伝えると、そうですか、とほっとしたように女性警官はいった。

「そのまま臨港署の捜査会議に出席します」

短い間でしたけれど、お世話になりました、とつけ加え会釈をした。

女性捜査員は、やっと緊張を解いた表情で、お気をつけて、といってくれた。


県警本部のエントランスを、クロハは見渡した。広い空間に設《しつら》えられたソファと低い硝子製の机が、高い天井からの落ち着いた照明を受け止めていた。奥の壁一面を占める嵌《は》め殺しの窓は採光のための設備だったが、今は夜の黒色に塗り潰されている。

クロハの、人を捜している素振りに気付いたらしく、一人の男性がソファから立ち上がっ

た。手にしていた携帯電話を暗色の背広に収めた。片腕の中に外套を抱えたまま、クロハの前に立った。

「ウスイさんですか」

というクロハの問いかけに、男性は頷いた。銅色フレームの眼鏡の奥で作りものの笑みが浮かんだ。何者だろう、とクロハは訝《いぶか》った。場違いな人種に見えた。商談を目的に現れたような雰囲気だった。

「いえ……もういただいています」

クロハは改めて差し出された名刺を断った。

「お時間はありますか」

名刺を背広の内側に丁寧に戻し、笑顔のウスイがいった。

相手の視線をじっと見返し続けている自分にクロハは気付き、目を落とした。

「……余り。少しの間でしたら」

クロハは相手の様子を窺いながら、

「捜査に協力していただけるとか」

「そのつもりです」

「何処で私の名前を」

「営業先のネット・カフェです。私達の業務はネットに関する様々な技術を提供することですから、その関係です。直接、お電話を差し上げてもよかったのですが、失礼かとも思いまして」

「捜査協力の申し出、ということですが……名刺にも記載してある通り、私は機動捜査隊の巡査長にすぎません。事件、事故情報は先ず総合案内へ連絡していただくことになっています」

「私は相談をしに来たのではありません」

静かに、教え諭《さと》すようにウスイはいい、

「カフェの店員から、何があったのか話を聞いたものですから」

ウスイはつまり、現在進行形の事案に関して何かを知っている、ということだった。

クロハの声は自然と低くなり、

「カフェを出入りする不審人物に、心当たりがあるのですか」

「いえ……そういったことではありません。ですが、動画サイトに残された映像についてはお教えできることもあると思います」

事案の詳細は公開していないはずだった。クロハは両瞼を細めた。

「……何処で知ったのですか」

「ネット上で起こる現象については、私達の方が詳しいでしょう」

ウスイは、まるで企画を提案するような口調で、

「ネット上で話題になるものを探すのは、私達の業務の一つです。問題の映像は一般公開も

されています。そして……カフェから犯罪に関係した映像がアップロードされ、犯人は捕まらず、女性刑事は犯人が使用したコンピュータについてやたらと店員へ質問し、話題は動画サイトにも及んだ。そう聞いています」

私は何か、軽率な行動を取っただろうか、とクロハは自分へ問いかけた。していないはずだ、と思う。

「……協力していただける、というのは」

改めてクロハが訊ねると、

「力になれるかもしれません。動画についてのことで」

「具体的には」

「警察は何処まで解明されたのです？　捜査の成果は？」

「……事案の詳細を説明する権限は、私にはありません」

駆け引きを始めるようなウスイのいい方に戸惑いながら、

「あなたは被疑者について、何か知っておられるのですか」

ウスイ自身が被疑者と関わりのある可能性を、クロハは考える。だとしたら何のためにここへ……警察の動きを探りに？　顔を覚えられる危険を冒してまで？

「犯人へ通じる直接的な情報は持ち合わせていません」

「それなら……映像についての、どんな情報を話していただけるのでしょうか」

「何故事件が起こったか、ということを説明できるかもしれません」

「……事案発生の原因について、何か知っているのですか」

「確信はありません。確信を持つためには映像と情報の解析が必要となります。解析の基準、前提として、あなたのご意見をいただきたいのですが」

「映像をあなたが解析するのですか？　何故そんなことを」

「実際に作業を進めるのは、私を含めた我が社のスタッフになります。何故そんなことを始めるのかといえば、偶然ではありますが、事件の一部を私達がすでに知っているかもしれないからです」

クロハは訝しみ、

「どの部分を」

「ほんの一部です。些細《ささい》な部分です。それでも殺人に関する事柄ですから、進んでお話ししたい内容ではありません。むしろ関係がなかった、と証明したいと思っています」

「どのような方法で解析するのでしょうか」

「噂を含めたネット上の諸々の情報を掬《すく》いあげ、有効なものを選《よ》り分けて判断する、という作業の繰り返しとなります」

「解析結果を提出していただければ、その時に……」

「あなたの評価を参考に、解析したいのです」

余りにも、ウスイの提案は不明瞭だった。

会話がほとんど進んでいないことにクロハは思い至り、

「……先程も申し上げた通り、私個人に権限はありません。総合案内か、捜査一課を通していただけますか」

「大きな期待を持たれても、困るのです。私達の知っていることが、実際に役に立つかどうかは分からないのですから。本当に些細な情報です。ですから解析した上で、私達とは無関係の事件、と決まった場合、私達の情報は全て価値が消えることになります。こちらの事情をお話しすることもありません。不明確な話で申しわけありませんが……大袈裟なものとは思わないでください。二時間ほどで解析も終了します。捜査の機微に触れるつもりもありません。いえる範囲のお話を聞かせてください」

刑法についてウスイへ説明するべきか、クロハは一瞬、迷った。他人の刑事事件に関する証拠を隠滅、偽造する証拠隠滅罪について……少し、肩の力を抜いた。警察には様々な情報が寄せられる。役に立たないその一つ一つに目くじらを立てていては、こちら側の身も持たない。それに、ウスイの情報が全く役に立たないとは限らない。

「……私が断った場合は」

「このお話は全てなかったことになります。それだけです」

「今は時間がありません」

クロハは、はっきりといった。

「明日以降、日時はある程度こちらが提示する、ということでよろしければ、可能ではあると思います。場所は何処で」

「ここ以外の場所で。ここは息苦しいですから。後で決めましょう」

ウスイの顔に安堵の表情が微かに浮かんだ。商談の成立を喜んでいるような。そしてクロハの目を見た。

ウスイの瞳を見詰め返す。その虹彩の中には不敵な光があった。警戒心を抱かせる何かが。

「……捜査員を他に連れていっても、構いませんか」

クロハが訊ねると、ウスイは、もちろんです、と頷き、

「しかし事件を把握していない者が幾ら揃っても、解析の役には立ちません。カフェへあなたと訪れたという男性の刑事さん。その方もご一緒に協力していただければ、助かるのですが」

イワムロと行動を共にするつもりは、クロハにはもうなかった。

ウスイの要望には言葉を返さず、

「今夜の捜査会議が終了し次第、ご連絡を差し上げます。捜査会議で、今後の私の予定も決まりますから。少し遅くなるかもしれませんが」

「分かりました。名刺にある携帯番号は仕事用のものですが、私は何時も遅くまで会社におります。お待ちしています」

頭を下げ、自動扉へと歩き出したウスイの後ろ姿を、クロハは見送る。奇妙な気分だった。まるで、手の込んだ悪戯を仕掛けられたような。

クロハは県警本部のエントランスに佇《たたず》み、ウスイが敷地内から出るのを、背広姿が街路樹の向こうに消えるのを、待った。

＋

臨港署の階段を昇っていると、色々なことを思い出した。

クロハが以前担当した事案の拠点となったのも同じ建物、同じ講堂だった。事案は十四体の遺体が並ぶ異常な光景から始まり、解決に向かう頃には、さらに遺体の数は増えることになった。思い出したい事案ではなかった。失ったものが大きすぎた。それでも断片的な光景がクロハの脳裏に浮かんでは消えた。

階段は暗く、コンクリートの壁には染みが浮いていた。

クロハは手摺をつかみ、最上階を目指す。

講堂の隅に机を固めて並べ、その一角を陣取る庶務班へ、クロハは来意を告げた。名簿に所属と階級と名前を筆記する。自宅が近いため臨時の宿泊場所は必要がないことを伝えると、班員の一人が講堂内でクロハの座る場所を大まかに指示した。すでに席に着く捜査員は点在するだけで、ほとんど集まってはいなかった。突然の招集に皆、対応しきれないのだろう。機材の搬入はすでに終わっていた。臨時電話、警察電話、ＦＡＸ、ノート・コンピュータ、プリンタ、複写機、無線機が庶務班の周囲に並べられ、大型のホワイト・ボードも設置されていた。

クロハは窓際の、やや前方寄りに腰を降ろした。撮影現場発見時の状況説明をする予定もあり、全体へ声の届きやすい位置を選んだつもりだった。窓の先はすでに夜を迎えていて、高速道路の高架設備が街灯の明かりを強く浴び、クロハの視界を横切っていた。曖昧に空に溜まる雲が、ずっと遠くまで続いている。

クロハは筆記用具を目の前の机に並べ、経緯を説明するために必要な事項を、書き出し始めた。しばらく筆記に集中していた。ふとウスイの申し出が脳裏を掠めるが、不明確な会話を報告するわけにもいかない、と思い直した。

窓からの冷気を感じ、机の端に置いていた上着をたたみ直して、膝の上に乗せた。

クロハ、という言葉を誰かが口にした。顔を上げ、少し離れた場所を、声のした辺りを見遣った。見覚えのない捜査員達が額を集めていた。全員がクロハの視線を避けた。

たぶん私は、とクロハは考える。たぶん私は、ある意味では一目置かれているのだろう。気持ちのいい雰囲気とはいえなくとも。

姉さんならきっと私のせいだ、というはず。愛想笑いが苦手なユウ。駄目ね。

ようやく人が集まりつつあった。講堂内の至るところで『産業道路沿い連続殺人』についての議論が小声で交わされていた。誰も事案の細部を知らないようだった。鑑識課は何かつかむことができただろうか。他にも気になることはあった。

鞄からサウンド・プレーヤを取り出した。使用可能な無線基地局《アクセス・ポイント》を探すと電話会社のルータが見付かり、クロハはそこへ接続する。ブラウザを起動し、『閃光舎』の社名を検索窓へ入力した。一万件以上の関連サイトが見付かったが、有限会社とは全く関係のない項目ばかりが並んでいた。頁を繰っていると項目の一つ、サイト説明の中に、会社案内、の文字が見えた。有限会社閃光舎の頁だった。

指先で文字に軽く触れ、リンク先の頁を開く。

会社概要。事業情報。採用情報。個人情報保護方針《プライベート・ポリシー》。環境方針。

緑色を基調とする、安価に作られた企業サイトの見本のような、最低限の内容。クロハは全部を読んだつもりだった。けれど文字の羅列は企業としての姿勢を無個性に主張するだけで明確な意味は見当たらず、クロハはほとんどその内容を把握することができなかった。

ウスイとの会話を思い出した。分かったのはネットに関係した企業であること、有限会社法が廃止される以前から存在している、ということくらいだった。

メイル・アドレス以外の問い合わせ方法は、掲載されていなかった。採用情報には応募資格と待遇が明記されていたものの、募集は締め切られていた。事業情報には主要取引先企業として六社の名前が載っていたが、検索して一応確かめることができた企業は半分だけだった。正式にサイトを設置しているのは、その内の一社だけだった。

　エンジン・フィスト、という名の新興株式会社。多人数《Ｍ》同時参加型《Ｍ》オンライン《Ｏ》ＲＰＧの制作、運営が主業務ということだった。関連性から考えれば、閃光舎がネットに関する技術を提供する企業、という話は本当であるように思えた。

　エンジン・フィスト社が運営するのは『微雨ノ降ル王國』という名のＭＭＯだった。ファン・サイトが多く存在するということは、一定の人気を得たタイトルであるらしい。サイトは何処もＭＭＯ内のキャラクタ装備についての話題が中心で、装備を強化させるための組み合わせを、皆が熱心に公開し合っていた。プレーヤのための論題ばかりだったから、門外漢であるクロハには細かな内容を理解することはできなかった。システムへの不満も多く議論の対象となっていた。それが正当な評価なのかどうかも分からなかった。

　クロハはメイル・ソフトウェアを呼び出した。キリのコンピュータへ短いメイルを打った。

　閃光舎について。ＭＭＯＲＰＧ微雨ノ降ル王國と関係している。何か知っている話があれば教えてください。

キリなら知っていることがあるかもしれない。

腕時計を確かめると、すでに会議開始の予定時間を一時間近く越えていた。初動捜査の混乱を表している、としか思えなかった。講堂には三十人ほどの人員が集まっていた。また、クロハ、という単語が別の場所から聞こえてきた。クロハは振り返らなかった。

サウンド・プレーヤを鞄へ戻そうとした時、小さなベルの音を聞いた。メイルの着信を知らせるチャイム。キリからの返事だった。その素早さに驚き、クロハは少し心配にもなった。

キリったら、一日中コンピュータに齧《かじ》りついているんじゃないでしょうね。

質問と同様、返事のメイルは短いものだった。


微雨ノ降ル王國は知ってるよ。一応アカウントも持ってる。一時は最大規模のMMOだった。でももう人気は落ちている。閃光舎は知らない。レゴに聞いてみる。レゴの方がその方面も詳しいから。


了解、ありがとう、と最小限の言葉で返信した。周囲に捜査員が増え、人目が気になり始めていた。

レゴに聞く、という考えは悪くないように思えた。レゴは県警本部の生活安全部生活安全総務課電脳犯罪対策室に所属していて、ネット上の情報には詳しいはずだった。携帯電話番号も携帯アドレスもクロハは知っていた。けれど気軽に連絡を取る気には、なれなかった。レゴには何処か浮世離れしたところがあり、接近するのを躊躇《ちゆうちよ》させる雰囲気があった。危険人物ではなかったが、危険なものへ不用意に近付く危うさを持っているような気がした。

捜査に関係するかもしれない情報を民間人経由で求める、ということに今になって後ろめたさも覚えたが、まだ雑談の範囲内ではあった。本当に閃光舎が捜査と関係するのならやはり直接、私からレゴへ連絡するべきだろう、と思う。

急に講堂が騒がしくなった。周りの捜査員が一斉に立ち上がった。

所轄署員三人の後に捜査一課長と管理官が入室するところだった。クロハ達が腰を上げる前に管理官が片腕を上げ、そのまま着席していろ、という身振りを見せた。講堂の前方、特捜本部捜査員と相対する形で幹部達が横並びに着席する。

第一回捜査会議が始まろうとしていた。

クロハの出番はすぐにやってきた。所轄署強行係長が捜査会議の開始を宣言し、特別捜査本部長である刑事部長の名前と副本部長となる捜査一課長と所轄署長、捜査主任官となる管理官を紹介した。幹部達は着席したまま姿勢を動かさなかった。

次に、クロハの名前が呼ばれた。

「……以上が遺体発見までの経緯となります」

管理官が微かに頷いたのが見え、クロハは要点を記したノートを机に置き、席に着いた。

クロハがほっとしている間にも次の名前が呼ばれ、報告は続けられる。

「当該の建築物は約二ヶ月前にホテル営業を停止して以来、信用金庫の資産となっています。解体するほどは建物に傷みはなく、しかし借手買手もつかないため、そのままの状態となっていたそうです。信用金庫ではこのような物件を幾つか保有していることもあって、特に普段見回り等は行っておらず、犯行があったと思われる夜間の状況は全く把握していない、ということです」

「建物玄関の扉にはダブル・ピン・タンブラー錠が設置されていますが、テンションとピックによるピッキングの形跡が残されていました」

「建物内には多くの指紋が付着していますが、宿泊客のものである可能性も高く、被疑者の選別は困難であると……」

「血痕の状態から、犯行現場は休憩室と呼ばれる一階の大部屋と推測されます。その後、階下へ引き摺られ浴室へ運ばれた、ということでしょう。血痕は四人分発見されています。鑑識作業は今も続けられ……」

「被害者C、Dに被せられた布状のものは建物最上階のカーテンと思われますが……」

「殺人に使用されたはずの建築資材用の袋やビニル紐は、建物内に存在しません。地下浴室の浴槽内部に存在する約八〇〇キログラム分の土は木目《きめ》が細かく、養分として貝殻等が加えられておりますが、不要な雑物は入っていません。市販の園芸用土のように見受けられますが、数種類が混ぜ合わされた可能性もあります。入手経路の解明を進めるべきと考えます」

「建物周辺から、今のところ有益な証言を得ることはできていません。産業道路という特性から、車通りは夜間も激しいのですが日中であっても通行人は少なく、周囲に飲食店等は存在しますが、数は多くありません。特に夜間の事情を知る人間を捜すことは、時間がかかるものと思われます」

「監視カメラは周囲に一つも見当たらず、映像の解析は不可能な状況と……」

「ｅｃｈｏと名乗る被疑者グループが動画サイトへ投稿した映像は計四点あり、建物内からは三人分の、着衣状態の遺体が浴槽の中から発見されています。遺体はいずれも腐敗が進行しており、映像上犯行が行われたはずの期間と一致しません。土の中で腐敗したものであるのか、腐敗を隠すために土を被せた結果の状態であるのかも分かっていません。そのため動画の鑑定、土の鑑定、被害者の死亡時期の推定、遺体そのものの鑑定を科捜研へ依頼したところです。遺体が映像の中のものと同一であるのかどうか、現在は不明としかいいようがありませんが、映像中の被害者の数からしても、残された血痕からしても、後一人分の遺体が存在するのは確実であると考えられます……いえ、今のところ遺体を分割遺棄した等の痕跡は発見されておりません。周辺住民の中で異臭等の異変を感じている者がいないか、聞き込

み の際は念頭に置いて接するよう、お願いします」

「すでに歯科医師会へ歯の治療痕の検索を依頼しています。ただし、被害者達の治療痕はどれも浅く——これは年齢の若さを表しているものと思われますが——特徴に乏しいため、検索は困難であるかもしれません。また被害者の一人は前歯の損傷が激しく、一致する情報が残っていたとしても、見逃される恐れもあります」

「現在、動画を元に被害者の似顔絵を作成しています。一般公開も行う予定です。明日の朝までには大量複写して用意しますので、地取り捜査を担当される際は……」

「被疑者グループの一人の容姿が、ネット・カフェの監視映像に残されています。距離のある映像のため服装程度の確認以外できませんが、地取りの際にはこちらの写真も携えて質問されるよう……」

捜査員、鑑識員の現状報告が一通り終わると、何かいおうとした強行係長を手で制し、管理官が立ち上がった。

「捜査会議の終了とともに一階署長室にて記者会見を行う予定だ。腐敗の進行した遺体が発見された、とだけ発表し、動画サイトとの関連は公表しない。もちろん、被疑者達に警察の動きを悟られないための配慮だ。同様の理由から問題の映像についても、現在のところ公開の中止は要請しない。ただし動画サイトには、捜査に全面的に協力するよう伝えてある。何か問題が発生し、こちらの要請があり次第、即時に公開中止にできるよう依頼している……

で、これからのことだが」

講堂内を見渡し、

「鑑識員は引き続き、建物内での鑑識作業。捜査員は一課の報告を引き継ぐ地取り班、物証捜査班、監視映像班、映像解析班、身許確認班に分けるものとする。現段階では鑑識作業の成果を見ることが重要となる。本格的な捜査活動は鑑識結果を受けて、ということになるだろう。聞き込みと身許《みもと》の確認作業には似顔絵も不可欠となる。必要があればその都度、捜査員を増員する。早期に君達を集めたのは不明な点も含め、現在の混沌とした状況をできるだけ細かに伝えるためだ。遺体が一人分発見されていないこともあり、必要な場合迅速に動いてもらわねばならない。状況の把握は今後の捜査の役に立つだろう。今夜は半数の捜査員に明朝の捜査に備え、帰宅してもらうことになるはずだが、何時状況が変化するものか予測はできない。常にそのつもりでいてもらいたい。一課と鑑識課で作成した、現時点での報告書を配布する。精読するように。未だ本事案に不明な点は多い。被疑者の風体《ふうてい》、人数、動機、犯行の詳細、犯行前犯行後の足取り……君達の働きによって今後明らかになることを期待する。我々には判明した箇所から探っていく以外、方法はない。班分けは完了しているか」

鋭い口調のまま管理官は庶務班へ訊ねた。班員の一人が慌ただしく席を立ち、細かな文字で埋まった数枚の書類を係長の後ろから、管理官へ手渡した。

庶務班をはじめ、特捜本部に残る者もいた。映像解析班となった捜査員は、早速投稿映像が複製されたディスクを確認する準備に入っていた。クロハは最も人員の多い地取り班に組み込まれ、組分けと簡単な打ち合わせののちは、帰宅を命じられることになった。クロハと対になって行動する臨港署強行係の警察官は、以前捜査を共にした、初老の巡査部長だった。再会したタケダは恥ずかしそうな顔をした。

記者会見が開始される前に臨港署を離れろ、と管理官はいった。タクシーを使うものは庶務班にいえ、警察署前に呼ぶ、と講堂の中で大声を張った。

階段を降りる捜査員達は、気持ちを持て余しているようだった。

皆、口数が多くなっていた。クロハにはそれがよく理解できた。意気込みは明朝まで持ち越されることになり、今は同じ班員同士の議論へと転じていた。クロハもタケダと、少しだけ話をした。タケダは、クロハさんの指示通りに動きますよ、といった。嫌味でいうのではなかった。クロハは、以前の捜査で実質上の指揮を執っていた自分が、どれほどタケダを使役したかを思い起こすと、冷や汗が出そうだった。明日からの捜査も、本部所属のクロハの方が行動の主導権を握ることになる。

それでも、ほっとしていた。タケダとなら明日からの捜査も順調にいくだろう、と思えた。

「二週間にしても三ヶ月にしても」

タケダはいう。

「その期間、遺体の存在に誰も気付かなかったということになります。街なかだというのに」

クロハが頷くのを見ると、

「もう一人は、今でも気付かれないままです」

少し悲しそうに、

「大変な事案ですよ」

そうですね、とクロハは答えた。答えたすぐ後には別のことが一瞬、頭に浮かんだ。

ほんの瞬間、悪夢のように、私はどんな風に死ぬのだろう、という思いがよぎったのだった。

孤独をずっと感じ続けている、と自覚せずにいられなかった。

アイのことを思い出す。


一階に降りると、集まった報道記者達が副署長に促され、受付奥の署長室へ移動するところだった。カウンタ横の狭い空間を通るために列を作った記者の中には、階段から現れた捜査員へ興味を込めた視線を送る者もいたが、皆副署長の指示に従うつもりらしく、話しかけようとする人間はいなかった。狭いエントランスに置かれたソファにも、記者らしき人間が座っていた。列の長さが消化されるのを待っているのだろう。記者の列とエントランスへ降りた捜査員達が交ざり合い、署内に一時的な混雑状況が生まれた。人混みの中で、クロハはタケダへ別れを告げた。

自動扉を抜けると、建物の周囲を巡る駐車場は報道の車で一杯になっていた。門の前にはタクシーが数台停まっていた。バスの停留所まで歩くつもりでいたが、その前にすることがあった。クロハは玄関口の脇で立ち止まる。

コートの中の手帳を取り出そうとしたその手首の辺りを、突然誰かにつかまれた。驚いて振り返ると、小柄な女性がクロハに密着していた。

ソファに腰を降ろしていた記者だ、とクロハは気付いた。

幼さが顔立ちに残っていたが、視線の強さだけは老練な報道記者のものだった。

その目付きがクロハの身を一瞬、完全に竦ませた。華奢な体からは想像もつかない力で、クロハの手首を握っていた。

クロハユウさんですね、と女性記者はいった。いいながら、クロハの手中に何かをねじ込んだ。つかまれたまま動かすことのできない片手の中へ視線を落とすと、大手の新聞社が発行する報道週刊誌名と社会部記者、の文字が見えた。クロハは嫌な予感を覚え、視線を逸らした。歩き出すと、女性記者は手を放した。しかし離れようとはせず、クロハの歩調に合わせ、ついて来た。

そして、思い出した。

女性記者の着るベージュ・グレイのパンツ・スーツ。クロハは思わず手のひらを開き、名刺を捨てた。

「あの現場にいましたよね」

強い口調で女性記者がいった。分かりません、とクロハは答えた。自分が嘘をついたことにも、クロハは動揺していた。消費者金融の屋上で人質として強盗犯に、引き摺られるように連れられていた女性記者。間違いなかった。

「いたんです、あなたは。私が覚えています」

声がクロハを追い、

「あの時犯人が亡くなったのは、あなたのせいではないですか」

駐車場の警察官達の注目が、一斉にクロハへ集まった。顔が上気するのは止められなかった。警察署の門が遠く感じられた。

「どういう意味ですか……」

歩きながら小さな声で聞き返すと、

「あれから、あなたのことも調査しています」

女性記者は攻撃的に捲し立て、

「あなたは射撃競技で国体優勝しているはずです。あなたの隣にいたアサクラさんには、射撃に関しての経歴はありません。犯人の持っていた拳銃は玩具でした。プラスチック製で、銃口には金属のインサートが仕込まれていて、拳銃を扱い慣れた人間であれば一目で本物かどうかの区別はついたはずです。何故気付かなかったのですか。動転し、注意力が落ちていたのだとしても、アサクラさんよりも先にあなたが撃つことはできたはずです。あなたが撃っていれば、むしろ犯人は死なずに済んだのでは。あの近距離でなら、殺さずに無力化する方法は幾らでもあったはずです。なのに、あなたは撃たなかった。自らの技術を実戦で使う度胸がなかった？　経験の欠如が原因ですか？」

記者の理屈は破綻している、とクロハは思う。けれど、ひと言も反論できなかった。完全に圧倒されていた。歩調を速めても、振り切る効果はなかった。

「何のための射撃競技です？　事件現場では全く役に立たないものですか？」

歩道に出ようというところで、一旦《いったん》臨港署内へ戻るべきだ、とクロハは思いついた。

バス停留所で女性記者が引き返す保証など、何処にもなかった。

記者を引き連れて自宅へ帰る可能性を思うと、ぞっとした。

不意に、タケダが手招きする姿が視界に入った。クロハは駆け出した。タケダは歩道沿いに並んで停車するタクシーの、先頭車両の傍らに立っていた。乗ってください、と開け放たれた後部扉を示しタケダはいった。そしてクロハへ追いすがる女性記者との間に入った。

乗っていいんですか、と訊ねるクロハへ、タケダは厳しい声でいった。

「どうぞ、また呼びます」

波立つ心を抑えようと後部座席で目を瞑《つむ》っていると、扉の閉じる音が大きく車内に響き、クロハは怯えた。少しでもクロハへ近付こうとする女性記者の姿が窓の外に見え、いい加減にしなさい、と大声を出し立ち塞がるタケダの後ろ姿があった。クロハはタケダが怒鳴るところを初めて見た。タケダは助手席の窓を叩き、早く出して、と運転手へ指示を出した。

クロハはルーム・ミラーを見た。

鏡の中で女性記者が小さくなってゆく。それでもまだその姿から、挑戦的な態度は消えていなかった。

両目が、ずっとクロハを見据えていた。


アサクラの受けた苦難の百分の一にすぎない、とクロハは気付いた。そして、その非難の半分は本来、自分が負担するべきものなのだ。アサクラのことを考える。何時面会の許可は下りるのだろう。所轄署からの返答はなかった。今すぐにでも、会いにゆきたかった。

それも勝手な考えにすぎない、と思う。

「ご自宅はどちらでしょう」

恐々《こわごわ》と運転手がいい、クロハは我に返った。駅の方へ、と伝えた。

乳房の肌に突き立つ小さな感触があった。コートを捲ると内ポケットから小形の紙が覗いていた。閃光舎。碓井志郎。

手探りで取り出そうとして女性記者に阻まれた、一枚の名刺だった。クロハは名刺の皺を伸ばした。このまま自宅へ帰る気にはなれなかった。

名刺に記された番号を携帯電話へ打ち込む。ウスイと繋がった。クロハです、と名乗るとウスイは言葉に詰まったように、数秒間押し黙った。ああどうも、と取り繕うようにいった。

クロハは構わず、

「今、捜査会議が終了しました。まだ会社の方にいらっしゃるのであれば……これからお話を聞きにうかがう、ということは可能でしょうか」

ウスイの提案するものに、どれほどの価値があるのかは分からなかったが、やり残したことのようには思えた。捜査が本格化する前に接しておきたい情報だった。

「明日以降というお話だったのでは……」

困惑したようにウスイがいった。

「明日からはしばらく、私も忙しくなります。今は車ですから、そちらへ着くのもそう時間はかからないと思います」

「今、大人数を受け入れる準備は、こちらにないのですが」

「今は私一人です。ですが、もし今日がご無理なようであれば、また改めて連絡を差し上げます。あくまで、ご迷惑でなければ、という意味ですから」

しばらくスピーカから小さな雑音が聞こえ、

「構いませんよ。どうぞ、いらしてください」

ウスイの声には突然張りが表れ、

「解析する社員も残っています。会社の近くまでいらっしゃった時に、もう一度ご連絡をください。道案内に、こちらからうかがいます。付近は暗いので、お気をつけて」

ウスイとの間の、奇妙な緊張感が消えることはなかった。けれど、今では気にならなくなっている。少しでも前に進もうと、焦っているのも確かだった。

私は、あの女性記者と接することで覚えた閉塞感を、今すぐに打ち破ろうと無理をしているだけなのだろうか。それでもクロハはほっとしていた。ウスイが――本人は解析と呼ぶ――話し合いを許可してくれたことに。価値のある結果が得られるとは限らなかったが、動いていられるのならそれでいい、と思えた。

もうすぐ駅に着きますが、と運転手にいわれ、

「これからいう場所へ……そちらへ向かってください」

クロハはもう一度名刺を見詰め、そこに書かれた閃光舎の住所を読み上げた。

タクシーはドラッグ・ストアの大きな駐車場に停まった。閃光舎の正確な所在地が分からないのを気にして、運転手はボンネットの上に大きな地図を広げてくれた。名刺と同じ番地を見付け、指差した。クロハが礼をいうと、安堵した様子で運転席に乗り込み、タクシーを発車させた。

ドラッグ・ストアで、クロハはミネラル・ウォータを買った。停まる車もない広い駐車場で一口飲み、もう一口含んでペットボトルをメッセンジャー・バッグへ仕舞った。女性記者が後を追って来たりはしなかった。額に薄く張る汗の膜が不快だった。

目の前を鉄道の高架線が走っていた。辺りに明かりは少なく高層建築も住宅用のものばかりで、会社事務所の集まる街のようには見えなかった。

運転手が示した地図上の位置は、何かの間違いだろう、とクロハは思っていた。周囲を見渡し、首を傾げた。他にそれらしき建物は見当たらなかった。地図では、閃光舎の事務所は駅の構内にあることになっている。

横断歩道の先に蛍光灯の光が見えた。高架下に、確かに駅はあるようだった。

高架下へ入る前から、そこが国鉄時代より存在する鉄道駅であることは見て取れた。古い建築物だった。高架を支える太い柱の隣にも老朽した建物があり、その壁の所々には孔が開いていた。大きな弾痕のようにも見えた。横断歩道を渡りながら、クロハは鉄道線路を見上げた。巨大な鉄の質感がクロハの視界を塞ぐ。

高架下の空間、駅の入り口は明るかった。券売機と飲料水の自動販売機が放つ光をクロハは眩しく感じる。入り口前には沢山の自転車が駐輪されていた。車両の通行を防ぐためのパイプの隙間を抜け、クロハは高架下へ入った。隧道《ずいどう》のようだった。狭い改札口は、コンクリートで固められた高架内部の一端を構成していた。駅員はいなかった。無人の鉄道駅だった。

高架を支える金属製の梁《はり》はアーチを描き、等間隔に並んでいた。金属とコンクリートの質感は長い年月を経ているようで、何処も少しずつ歪んで見えた。戦前の光景のように思えた。内部を少し進むと、すぐに明かりは少なくなった。高架の柱と柱の合間を住居なのか店舗なのか、朽ちかけた建造物が埋めていた。廃屋ばかりと見えたが、人の気配のある建物もあった。

酒場が一軒、店を開いていた。通路にも小さな机と椅子が並び、部外者には興味のない様子で、老人達がアルコールを酌み交わしている。夢の中の風景のように。

足を一歩進める度、高架内部は明度を落としていった。照明は梁の中央に設えられた小さな蛍光灯だけとなった。人の気配は消え、視線の先には高架建築の終わりが見え、闇が広がっていた。地図上では、閃光舎の所在地はその辺りのはずだった。

外套の中で、クロハの携帯電話が振動した。

確かめるとメイル受信の知らせがあり、レゴからのものだ。キリを経由しての質問の答えが、返ってきたのだろう。突然、扉の一つがクロハの前で開いた。小さな扉を潜るように背広姿のウスイが現れた。ウスイは少し驚いたように、

「大通りまで出てお迎えしようか、と思ったところでした」

扉の脇に立ち、

「案内もなしにすみません。直接のご足労、ありがとうございます」

とクロハを招いた。クロハは一瞬、仕舞いかけた携帯画面へ視線を走らせた。レゴからのメッセージは短いものだった。


閃光舎は危険。近寄らないこと。暴対課と相談を。


クロハの全身が硬直した。扉にも建物にも会社名を示すものは一つもなかった。踵《きびす》を返そうとしたクロハは肩を押され、閃光舎内部へ入った。

扉が閉まった。扉の傍には肩幅の広い男がいて、クロハのことを詰まらなそうな表情でじっと観察していた。振り返りウスイの顔を見遣ると、平静な表情の奥に不穏な何かが確かに存在していた。ウスイが微笑んだ。

クロハの目の前には、何かの店舗の受付らしきカウンタがあった。隣の部屋から漏れる光が、白いカウンタ上に薄く積もる埃を照らしていた。

クロハは動揺を隠すだけで精一杯だった。クロハをさらに奥へと促すウスイの手のひらが軽く背中に触れただけで、冷や汗がシャツに滲《にじ》むのを感じた。濁った息遣いが聞こえた。自分のものではない、と理解するまでには幾らかの時間が必要だった。

分厚い扉を押し開け、奥の空間へクロハは足を踏み入れた。自発的な動作ではなかった。背後につくウスイの圧力を感じていた。

大きくなった息遣いは、絶望的な質感を帯びていた。室内は建物の外観から想像するよりも広く、楕円形の机をソファが囲んでいた。中で座る人間の多さも、予想したものとは違っていた。天井には小さなミラー・ボールがあり、その周囲に並び輝く直管形蛍光管の光に、クロハは目を細めた。ＴＶと一体の演奏機器こそなかったが、歌をうたうための部屋であることも、防音仕様であることもすぐに推測することはできた。

机の上には、キーホルダと小さな携帯電話と大型の自動拳銃があった。蓋が開き口紅の転がり出たポシェットが、その隣に置かれていた。持ち主は明らかだった。クロハの近くに中年女性が座っていた。荒い呼吸を繰り返す女性。シャツとデニムだけの薄着で、ソファに背をつけてもたれ、顔を仰向けていた。白いシャツの胸元は血で染まっていた。短い髪の間から顔貌が窺え、片側が大きく紫色に腫れ上がっている。そのせいで片目は塞がっていた。もう一方の眼球にも、生気はなかった。クロハのことを見ようともしなかった。ただ息を吸い、吐き続けていた。

クロハから最も遠い位置、部屋の奥に白髪の老人が腰掛けていた。体じゅうの水分を失ったように痩せた、皺の多い風貌。瞬《まばた》きもせず両目を見開き、クロハを見詰めていた。視線までもが乾いていた。小柄な人形にサイズの合わない背広を着せたようだった。その両脇に様々な年齢の、四人の男達が腰掛けている。クロハと中年女性を除く室内の全員が、この状況の中で落ち着き払っていた。

罠《わな》にかけられた、ということがクロハには信じられなかった。粗い目の網の中に、わざわざ自分から飛び込んだようなものだった。鳥肌が立った。頭の中に、小刻みに振動するような感覚があり、自らの置かれた状況を正確に把握しようとするクロハの意志を、拒否していた。扉を塞いで立つウスイが咳払いを一つして、

「ご覧の通り、取り込んでいましてね。話し合いは延期していただこうかとも思いましたが……私達を説明するのには丁度いい、と会長が仰《おつしや》るので」

クロハはウスイの視線の先を追い、会長の座にいる者が老人であることを確かめた。老人は動かなかった。クロハを凝視し続ける。クロハを素通りして、背後にある何かを見ているようでもあった。

彼等が何者であるのかを最も正確に説明しているのは、ソファに体を預け、口を大きく開けたまま天井のミラー・ボールをぼんやりと見詰める四、五十代の女性と、その前の机上に置かれた黒鉄色《こくてつしょく》の自動拳銃だった。女性は唇も切れていて、そこから流れ出た血液の筋が、時間経過によって黒い瘡蓋《かさぶた》となっていた。明らかに、暴力を受けた痕跡だった。

以前は警察でも使用されていた大口径の拳銃は、弾倉とともに無造作に放置されていた。・四五口径ＡＰＣ弾。拳銃は金属製。様々な人間の手に渡ったらしい傷が、全体を装飾していた。拳銃と弾倉、どちらも本物だった。セイフティは掛かっていない。銃口は女性を指していて、ウスイの属する組織の姿勢を誇示し、暴力の効果を、女性自身の従順さを確認しているようだった。女性がその気になれば、拳銃と弾倉を手にすることはできる。けれど初弾の用意を瞬時にできるはずもなく、女性は必ず取り押さえられるだろう。金属の塊は女性を見詰め、どんな反抗も一切許さない、と伝えている。

状況をよく見極めろ、とクロハは自分へいい聞かせた。怯《おび》える気持ちを押し殺そうとする。

「県警で私がいったことに嘘はありません」

ウスイがいい、

「私達は協力するべきなのです。お互いの利益のために。あなたには、我々側についてもらう。私達の間に暴力はなし。金銭的報酬は発生する。こちらからあなたへ、一方的に。いかがです……」

クロハは答えなかった。今自分がどれほどの危険の中にいるのか、少しでも正確に計算しようとしていた。

「今回の事件に限る、としたいのなら、それはそれで問題ありませんが」

ウスイは淡々と商談を進めるように、

「今後も長くおつき合いいただける、というのが一番いい形であると……」

「この女性《ひと》に何をしたの」

クロハは会長と呼ばれた老人の顔を睨み据えたまま、いった。

「少々立て込んでいます。私達の問題です」

「答えになっていない」

「そうですね……」

ウスイの声には、小さな笑みが込められているようだった。

「簡単にいえば、裏切りです」

ウスイ以外、誰も口を開こうとせず、

「私達は仕事上のパートナーであるわけですが……彼女には利益を平等に分配する、という考えがない、とそう告げた人間がおります。何でも、その証明となるバックアップ・データを何時も持ち歩いているとか。本当なのか……本当だと思うんですがね、直接確かめようとしたわけですが……そうしたら建物に入った途端、彼女、自分で転んでしまって。こんな酷《ひど》いことに。きっと彼女が持参した拳銃が重かったのでしょう」

薄笑いが室内の男達の間に広がった。怒りが、クロハへ決意を促した。机の上の弾倉の形状をもう一度見遣った。滑らかな装着を邪魔する破損箇所がないことを、確かめた。同型の銃に触れたことはある。問題はないはずだった。

「嘘だわ」

クロハは断言する。ウスイは、その決心に気付かない様子の気軽さで、

「転んだんですよね、ユキさん。銃が重くて」

ユキという名の女性はわずかに顔を動かした。

肯定を表していたが、クロハが信じるはずはなかった。再び声のない笑いが室内に満ちた。感情を見せないのは、老人とミラー・ボールを眺めるユキの二人だけだった。

クロハは動いた。

一歩前へ出ると右手に拳銃を左手に弾倉を取った。弾倉を銃把《じゅうは》内部に装着し、スライドを引く。すでに薬室に収まっていた弾薬が排莢口《はいきょうこう》から飛び出し机上で跳ね返り、硬質な音を響かせた。全ては一瞬の動作だった。

「動くな」

クロハは大声を発した。振り返り、ウスイの額へ銃口の狙いをつけた。

室内に緊張の網が張り渡されたが、誰かが動く気配がした。

「動くなっ」

もう一度大きな声で命じ、クロハは右手を高く上げ、天井へ引き金を絞った。強い衝撃がクロハの全身に轟いた。実弾が蛍光管の一つを砕き、ほんの少しだけ部屋を暗くし、粉末となった硝子片が机に降り注いだ。今度は銃口を老人へ向けた。

そのままウスイを睨み、いう。

「テーブルの方へ移動しなさい」

緊張で、少し声は震えたかもしれない。

馬鹿なことを、と呟きながらウスイはそれでも従った。ウスイが塞いでいた扉が開き、出入り口を見張っていた男が、驚いた顔で現れた。

クロハは敢えて微笑み、同じ命令を伝え、男を机側へ移動させた。

「腰を降ろして。二人とも」

ウスイともう一人の男を、クロハはソファの端に座らせた。機敏な動きを防ぐためだった。

そして、ユキの上腕をつかんだ。ぐったりとした感触があった。

ユキはクロハに従い、のろのろと立ち上がった。席を立つ途中で、机の上の携帯だけを握った。ユキの脇を片腕で支え、クロハはゆっくりと後退し始めた。

「……残念だ。しかしとてもいい度胸だ」

といったのは老人だった。枯れ葉を踏むような潤いのない声だった。

眼球だけを動かしウスイの方を見ると、

「調べが足りなかったな。この娘を甘く見た」

ウスイが項垂《うなだ》れた。次には、敵意のこもった目でクロハを見上げた。

老人はクロハへ向き直ると、博覧会で動作する自律機械のようなぎこちなさで、いう。

「先程この男がいったことは全て無効となるが、よろしいか……」

クロハは老人と、何も交渉するつもりはなかった。黙ったまま背中で扉を押し開けた。

「ならば無効となる。君と我々の間には暴力が存在する。君が選んだことだ。我々の面子《メンツ》を潰した責任は軽くない。今度は我々から出向くだろう」

クロハは何の言葉も返さなかった。口を開くと、心底脅えていることを悟られてしまいそうだった。老人の台詞にクロハは脅えていた。

扉を閉め姿勢を変えると、ユキを支えたまま足を速め、建物の外へ出た。


ユキの体を持ち上げるようにしながら、できる限りの速度でクロハは高架下を進んだ。時折後ろを確かめても、閃光舎は暗闇の中に沈み、何の動きも見せなかった。酒場の前を通りかかるが、そこでアルコールを口に運ぶ人間は誰も、クロハ達のことを見ようとはしなかった。改札の蛍光灯の明かりの範囲内に入り、やっと日常の世界へ戻った気分になった。大通りを越え、反対側の歩道へ渡った。閃光舎を背後にしていたくはなかった。人通りも車の通行もなく、そのことがクロハを不安にさせる。高架内部は静まり返っている。

風が止まり、視界の中で動くものは、信号機の点滅ばかりだった。

ユキはずっと俯いたままだったが、体重の全てをクロハへ預けることはなかった。力はまだ体内に残っている。携帯電話を取り出すためにユキを歩道へ座らせたかったが、薄着の被害者を冷たいタイルの上へ置くことは躊躇われた。

ヘッドライトの連なりが、遠くに見えた。その内の一組がタクシーのものであることが、近付くにつれ分かった。クロハは片足分道路へ出ると拳銃を持った片手を上げ、タクシーを停めた。

ユキを後部座席に押し込み、驚いた顔でいる運転手へ、クロハは外套の下、ジャケットの中から警察手帳を探り出し、開いてみせた。片手は今も自動拳銃を握り締めていた。窓の外に視線を送り、人影がないことを確認したクロハは拳銃のセイフティを押し上げ、座席に置いた。銃把の上の手のひらに太腿を乗せて押しつけ、金属製の凶器を座席に固定する。発車してください、と運転手へ告げた。

「取り敢えず、道なりに。お願いします」

運転手は困惑した表情ではあったが、いう通りにしてくれた。

携帯電話のキーで一一〇番を打とうとすると、近くから伸びた手がクロハの指を押さえ、止めた。驚いたことにユキが顔を上げていて、瞼が腫れていない方の瞳でクロハを見据えて

いた。クロハが啞然としていると、

「何処へ連絡するつもり……」

　意外にしっかりした口調で、ユキがそう訊ねた。

「通報します。暴行の目撃者として」

　戸惑いながらもクロハが答えると、

「目撃なんてしてないじゃない、あなた」

「何をいっているの……」

「助けてくれて、ありがとう」

　とユキは感情を込めずにいい、

「でも、これ以上はお節介。後は自分で何とかするから」

「……動けない振りをしていたのね」

「まあね」

　ユキが指で鼻を擦ると、鼻孔の中から固まりかけた血液がゆっくりと流れ出た。

　気にする様子もなく、

「あいつ等、馬鹿だから。キャッシュと暴力で何でも解決できると思ってるから」

「……あなたに、もし前科があるとしても」

　クロハは説得を試みる。

「少なくとも今回は被害者です。このまま見過ごすわけにはいかないわ」

「前科なんてない。ただ私にはしたいことがあって、それを邪魔されたくない、ってだけ」

「先ず、病院へいきましょう」

「冗談。そんな時間ないもの。大丈夫、私の仕事は片目でもできるから」

クロハは強い口調で、

「奴等に何をされたのか、警察で証言するべきです。告訴するべきだわ」

「大きな声を出さないで。お嬢ちゃん。傷に響くから」

笑ったように見え、

「転んだのよ。それでいいでしょ」

「じゃあ、この銃は。あなたはこれで脅されていたはずよ。あなたに告訴する気がないのであれば、応援を呼び、私が高架下へ戻るわ。拳銃を所持する人間達を、あのままにはできない」

「拳銃は私が持っていったの。彼等もそういったはずよ。拾ったのよ。すぐそこで……交番に届けるつもりで、鞄に入れていたの」

あからさまな嘘に、クロハは面食らっていた。返す言葉をなくした。

ユキはクロハのコートの襟をつかみ、引き寄せた。

「お願いだから、私の邪魔をしないで。敵の敵だからあなたは味方よね……でも、今はまだあなたにできることは何もない。あいつ等にはまだ手を出さないで。全部台無しになってしまうわ。私が消えれば、告発もできないでしょうけど」

「これから、どうするつもりなの……」

「何も。身を隠すわ。何処かで仕事を続ける」

ユキは自分の携帯電話から小さな記録カードを抜き出し、

「これが、あいつ等の探していたもの。あいつ等、情報技術会社を気取ってるけど、外部記憶装置《ストレージ》っていったら円盤かプラスチックのスティック以外、想像できないの。見せかけだけの背広組だから。ここには幾つかのコンピュータ情報《データ》が入っている。好きに覗いていいし、利用できるものはして構わない。でも、改変はしないで欲しいな。特に、レイウ、と書かれたフォルダの中身は。これ、あなたに預けるわ。あなたが持っていて。別に貴重なものでもないけど。バックアップは物理世界にも電子世界にも作ってある」

「じゃあ、どうして……」

「あなたを巻き込むため。あなた、信用できそうだから。味方だし……停めて」

最後のひと言は、運転手への命令だった。運転手は困惑した顔で、ちらりとクロハへ振り返った。襟を放され、小さな記録カードを受け取ったクロハは呆然としていた。

「停めないなら、窓硝子叩き割ってでも出るわよ。いいの……」

クロハは肯定も否定もできなかった。運転手が諦めたようにブレーキ・ペダルを踏んだ。

街灯の少ない歩道へ、ユキは降り立った。小さな青果店と住宅の間に入り、すぐに姿は見えなくなった。

幻を見ていたような気がする。高架下に入った時から。

けれど、重たく冷たい鉄の質感は今も手のひらの下にあった。大型の自動拳銃はずっとそこにあり、クロハの片手と太腿によって押さえつけられていた。

県警へ向かってください、とクロハは運転手へ伝えた。

三

県警本部から共同住宅へ戻ると、疲労感がどっと押し寄せた。

外套と上着をハンガーに掛け、辛《かろ》うじて洗顔だけを済ませると、硝子テーブルの上に首飾りをまとめ、ソファへ横になった。膝掛け用の毛布にくるまり、体を丸めた。すぐに眠りへ落ち込みそうになる意識をぼんやりと働かせ、テーブルに載ったノート・コンピュータへ手を伸ばし電源を入れる。

鼻梁を中指で撫でた。脂っぽさが残っていた。シャワーは明日の朝に。暖房はこのままで。

レゴからは、思った通りメイルが届いていた。閃光舎について記された内容は、携帯で受信したものよりも、ずっと詳細な情報を含んでいた。

黒葉佑様
ご無沙汰しています。レゴ（佐藤）です。
キリから連絡があり、『微雨ノ降ル王國』と有限会社閃光舎について黒葉さんが調べ始めていることを知りました。細かな問題を含んでいる事項でもあり、誤解を生じさせないためにも、失礼ながら直接お便りさせていただきました。知る限りのことを記そうと思います。

　私の所属する生活安全総務課電脳犯罪対策室では、有限会社閃光舎を二つの視点から把握しています。一つは登記簿上の、実在する会社として。もう一つは電脳犯罪対策室内のデータベースに記録された犯罪組織、あるいはそれに限りなく近い灰色の組織として。対策室データベースにおいて、有限会社閃光舎の名前は二ヶ所に記録されています。一つは七年前、のちに非合法となった合法幻覚剤の輸入代理店一覧の中に。もう一つは三年前、携帯用ゲーム・カートリッジを複製する機械の、輸入代理店一覧の中に。いずれも当時としては合法の範囲内での輸入、ということになっていました。現在でも有限会社閃光舎の名前は噂の中に出現します。ネット上の掲示版に一部伏せ字となって。あるいはＭＭＯ内の会話の中に。

　電脳犯罪対策室の注目するできごとが、今ネット上で進行しています。あるＭＭＯが崩壊しつつあります。そのＭＭＯは、一時期は国内最大規模の利用者を誇っていました。丁寧なシステム設計と堅実な運営。それ等が多数の利用者獲得に繋がったものと評価されています。キャラクタの成長を遅くする等で安易に利用者を拘束することなく、常に創造世界を拡張し、アイテムを増加させ、三次元表現を効率のよいものへ更新し、パケット・データの暗号化に力を注ぎ、不正行為を徹底的に排除する姿勢。

　そのＭＭＯとはつまり、『微雨ノ降ル王國』のことです。

最近になり、様相が変化します。『微雨ノ降ル王國』の運営方針が日々少しずつ、明らかに変更されています。今まで比較的自由に行動することができた利用者はほとんどの場面で集団を作る必要に迫られ、団体の一部となる責任を負わされるようになりました。簡単に一人が抜け出ることは難しく、創造世界の中に、利用者は今までよりも遥かに長時間、居続けるよう強いられています。アイテム等を手に入れる機会が減り、結果MMO内の物価は上昇を続けています。利用者数の減少が始まり、現在でも崩壊は進行しています。これまで築いた信用によって若干の歯止めがかかっている、という程度にすぎません。長期的に小さな収益を重ねる方針から短期的に大きな利益を得る方針への転換によって、利用者達は混乱し、多くの不満の声が上がり始め、利用者同士の会話の中でも話題はそのことばかりになっています。噂が集まり、簡潔な一つの物語が生まれ、まるで唯一の事実のように流布されています。つまり、『微雨ノ降ル王國』を制作運営するエンジン・フィスト社へ出資を行う企業があり、その企業の短絡的な意向によって、経営方針が転換された、と。噂の中には関係者が明かす事実も含まれている可能性が高い確率であり、全てを単なる風説、と退けることはできません。そして、出資企業の中に、有限会社閃光舎の名前が時折浮かび上がる、といえばその会社名の持つ気味の悪い雰囲気に、気付かれるものと思います。

有限会社閃光舎は確かに実在し、外見上会社としての体裁はなしています。ただし、登記簿上の住所には存在しません。公式サイトのサーバは情報開示に従う義務のない、海外企業のものでした。有限会社閃光舎なるものは、恐らくは犯罪組織の隠れ蓑として必要に応じて使われる休眠会社ではないか、と対策室では考えています。

犯罪組織との繋がりが想像される以上、安易に近付いてよい対象ではなく、接触する際は充分な注意とともに、暴力団対策課の協力が不可欠なものと思われます。

崩壊を続ける『微雨ノ降ル王國』についてどう考えるべきであるのか、今のところ私達も完全に理解してはいません。ネット上の奇妙な現象の一つ、とだけ捉えています。

以上が私からの情報となります。何かの一助となれば、幸いです。

レゴ。


苦々しさが甦った。高架下でのできごとはその結末も含め、全部がクロハの理解を超えていた。レゴの丁寧なメイルのおかげで、閃光舎についてだけは、少し把握できたように思う。閃光舎が犯罪組織の表向きの顔であるなら、相対するべきなのは私個人ではなく、暴対課なのだろう。黒鉄色の自動拳銃は、本部暴対課の宿直員の机に置いてきた。特捜本部経由で、すでに報告書も提出した。ごとりという重厚な音に、宿直員だけでなくクロハ自身もぎょっとしたことを、思い起こす。

閃光舎は私を、県警内部の密告者に仕立て上げようとした。

ウスイは彼等が一連の映像、一連の殺人と繋がりがあることを示唆していた。そのリンクが細く脆《もろ》いものなのか、捜査機関が注目しなければならないほど重みのあるものなのかは分からない。すでに彼等自身がリンクを切り離し、姿を隠しているとも考えられた。

あの拳銃は、ユキは、閃光舎は、連続殺人を構成する何等かの要素となっているのだろうか。閃光舎と連続殺人との間に関連など最初からなく、捜査協力の申し出は、私を誘い込むための単なる口実にすぎなかったのかもしれない。

疲れがクロハの瞼を重くした。自分の住処にいることを実感していた。

首筋に張りを感じ、クロハはソファに寝そべったまま肩を回し、腕を上げ、首を振る動作をやり遂げる。姉さんから教わった運動だった。レゴへのお礼の返事は数行の言葉に収めた。


アイの夢を、クロハは見た。

少し大きくなったアイとクロハは、バルコニーから雲のない青い空へシャボン玉を沢山飛ばした。アイは時に病気になり、クロハへ反抗し、そしてまた二人でシャボン玉を飛ばした。シャボン玉は以前、プラスチックのリングに石鹸水の膜を張らせて、実際にユニット・バスの中で飛ばせてみせた記憶の反復だった。アイはその時、真剣な顔で虹色の球体を見詰めていた。クロハは長い年月をアイと過ごした。アイはやがて青年となり、警察官となった。

誰かの顔立ちに似ているように感じたが、クロハは思い出せなかった。

＋

捜査はなかなか進展しなかった。

撮影現場付近における監視カメラ設置台数は零に等しく、被疑者を写した撮影機器は一つも発見することができずにいた。八〇〇キログラムの園芸用土全てを販売した店舗はなく、幾つかの店舗からは被疑者が購入したらしき痕跡を窺うことはできたものの、具体的な容貌等の重要証拠を手に入れる幸運には恵まれなかった。さらに捜査範囲を広げる必要があった。

鑑識作業が続いていた。指紋の採取にほとんどの時間は費やされた。建物内の指紋は多かったが、鑑識班は鮮明な状態で発見されたもの全てを警察庁のデータベースへ照会した。一致した指紋は存在しなかった。前科を持った人間は建物内に見当たらなかった。

被害者達の似顔絵が、投稿映像を元に作成された。四人の顔を正面から描いたイラストはまるで初めて見るもののように、クロハには感じられた。聞き込みの助けとなるはずのものだったが、クロハの提示に、ほとんどの市民は首を横に振った。見たことがある、という人間もいたが、思い込みが形成したらしき話ばかりだった。ｅｃｈｏを名乗る一人がネット・カフェ内を歩く映像を拡大印刷したものは、さらに曖昧な証言を呼び寄せた。昨日見た、そこで見た、という類の話だった。ニット帽と無地のジャンパーという姿は、余りにありふれていた。

歯科医師会からの返答は遅れていた。身許確認班により、家出人データベースへ被害者の映像、イラストを元に検索がかけられた。類似性のある情報が大量に浮かび上がり、身許確認班はそのふるい分け作業に追われることになった。イラストは臨港警察署のサイトで公開され、失踪者を捜す全国の親族からの問い合わせも幾つかあったものの、合致すると思われる人物は存在しなかった。

+

クロハは講堂の、何時もの席に着いた。今後の方針を伝える朝の捜査会議が始まるはずだったが、時間になっても幹部は一人も入室しなかった。名目上の責任者となる捜査一課長が現れないのは当然といえたが、誰も登場する気配がないのは不自然に思えた。捜査会議の内容が、昨日と変わらないものだとしても。最初の会議から四日が経っていた。

今日は少し雰囲気が違う、とクロハは思わずにいられなかった。

見覚えのない私服警官が数名、何度も講堂に入りかけ、また廊下へ出るのを繰り返していた。何かの準備をしているように見えた。

願望だろうか、ともクロハは考える。

捜査員達の気分には、まだ初動捜査特有の高揚感が充分に残されている。けれど断片的な鑑識結果、信憑性のない被疑者目撃情報だけが点々と報告されるだけの会議を繰り返していては、士気は徐々に下がってゆくだろう。昨夜辺りから、管理官も含めた全員の顔に焦りの色が浮かび始めたようだった。

机に筆記用具を並べるクロハは、視線を上げた。捜査員数人が、講堂へ大型の液晶ディスプレイを運び込もうとしていた。彼等が何の準備をしているのか、クロハの周囲から捜査員達がさかんに私語を交わし、訝る声が聞こえた。

何かあったようですな、とクロハの隣に座るタケダもいった。柔和な口調で、

「進展があったのなら、いいのですが」

クロハは不安を覚えていた。

「新しい投稿動画、という可能性も……」

所轄署刑事課長と強行係長と管理官が室内に入った。

管理官は自分の席まで来ると、挨拶もなしに切り出した。

「今朝、南署から報告があった。先ず映像を見てもらう。我々の事案と関係のあるものと思う。国道沿いの監視映像に残されていたものだ」

大型の液晶ディスプレイが発光した。

現れた映像は歩道に隣接した小さな駐車場と、その先の四車線道路を映していた。

何処かの店先に設置された監視カメラが撮影した映像なのだろう。多くの車両がゆき交う道路を収めた光景。画面端に小さな数字。日時の表示だった。昨日正午の時間帯を指していた。最近の設備で撮られたらしく映像の動きは滑らかで、発色もよく解像度も高く、構図を横断する国道を広範囲に捉えながらも、細部は失われていなかった。

「もう一度。ループさせろ」

管理官が鋭く命じた。問題の場面を、クロハは見逃したらしい。

周りの捜査員も、顔を見合わせていた。映像中に数多く存在する車両、通行人、建造物の何処へ注目するべきなのか、皆が首を傾げ視線を彷徨わせている。

「中央より、やや左。これだ」

管理官の声は、冷静さを欠いていた。立ち上がって歩き出し、液晶画面を直接指差した。講堂内の全ての視線が、管理官の指先へ集中する。

クロハは両目を細めた。

非現実的な光景を見たように思った。突然、風景の持つ意味合いが変化した。

映像が繰り返される。

頭部から膝までを大きな袋で覆われた一人の人物が、道路の中央に立っていた。

ゆっくりと歩き出し、道路を横断し始めた。

ふらつきながら人物は歩道を目指していた。歩き始めたばかりの幼児のような、ぎこちなさだった。背景さえ違っていれば滑稽にも見えただろう。大型の貨物自動車が、人物のすぐ後ろを走りすぎていった。クロハは何が起こっているのか、理解し始めていた。背筋に寒気が走った。

映像内では、その異様な状況に誰も気付いた様子はなかった。歩道上の人間は皆忙しそうにカメラの前をすぎていった。袋を被せられた人物は誰にも見ることのできない精霊のように、ゆっくりと道路を渡っていた。一車線分を歩いたところで、再び大型の貨物自動車の陰に隠れた。通行人の内の数名が、道路を見遣った。貨物自動車はそのまま走り画面から消えたが、速度を落としたようでもあった。クロハは息を止め、目を凝らした。

荷台から転がり落ちた荷物のように、袋が、人物が道路に横たわっていた。後続車の一台が袋を避け、一台がその上を走りすぎたように見えた。

映像がまた巻き戻された。クロハは被害者の出現位置を確かめる。映像の奥から二車線目を走る白いワンボックスの開け放たれたリア・ゲートから、被害者が投げ出される様子が小さく映っていた。速度を下げたワンボックスはそのまま車線変更し、歩道側へ移ると画面の外へ出た。被害者は袋の中で両腕を縛られているらしく、ぎくしゃくと身を起こし、道路の中央車線の上でしばらく立ち尽くした後、短い歩幅で歩き出した。

両腕だけではない。きっと被害者の視覚聴覚は袋の内部で、完全に塞がれている。

何か苦味に似たものが、口の中に広がる気がした。

車から降ろされたのちの行動も、命じられていた可能性がある。すぐに歩き出すように、と。そして必然的に発生した、貨物自動車との接触。

——これは『回線上の死』、その最新バージョン。

けれど、繰り返される十秒そこそこの場面は、被疑者であるｅｃｈｏの失敗を映したものだ。犯行に使用した車を明らかにする監視映像。被疑者達の撮影したものではない。

ということは。

「被害者は二十代男性。衰弱はしているが、生きている」

管理官の言葉を受け、静かな興奮が講堂内にゆき渡った。

タケダがクロハの隣で溜め息を漏らした。

「被害者は救急搬送され、現在は大学病院に入院し治療を受けている。微かに意識はある」

事実はｅｃｈｏの計画が、殺人が初めて失敗したことを意味していた。被害者は国道を走行する車両に、轢き殺されるはずだったのだ。失敗は加害者達の見通しの甘さと被害者の幸運とによって呼び込まれ、そして特別捜査本部へ格別な情報をもたらすことになった。クロハの気持ちも高揚していた。

「足首の骨折以外、外傷はないが頭部を強く打ったらしく、今も犯行の一部始終を証言できるほどは回復していない。自らの名前すら口にしてはいない。瞬きと、わずかに頷くことで意思を示すだけだ。栄養失調の症状もあり、長い監禁状態を示しているようでもある。後遺症が残らなければいいが……ともかく回復を待って事情を聞く。また、画面に表示された通り、手掛かりは他にも出現している」

管理官の声は力強さを増し、

「本事案は通常の交通事故として処理し、報道へは知らせない。被疑者達へ我々の手札を教える必要はない。映像に記録された白いワンボックス。我々はこれを追う。聞き込みは最小限の人員で継続、車を捜し出すことに捜査の重点を移す。すでに県内の各所轄署交通課へ、車庫証明記録の洗い出しを依頼している。発見されたものを順次、確認に出向いてもらう。また盗難車のデータベースには多数の類似車両が記録されている。こちら側からも捜査をしてもらう。当然、被疑者の使用した車が、登録された駐車場所にあるものとは限らない。無断駐車、路上駐車を現場から確認することが必須であり、むしろこの方面への人員を揃えたい。午後には増員も行い、必要であれば捜査範囲も広げ、ローラー作戦を敢行する。近隣区域は今から行う。地取り班は前へ。担当範囲を決める」

虱潰《しらみつぶ》しに該当車両を捜索する古典的な手法。有効性の高い手法でもある。クロハも席を立った。講堂内は戦意と呼ぶに相応しい空気で満ちた。

「……被疑者の発想は」

庶務班の机へ向かう捜査員の列にクロハも並ぼうとした時、ぽつりとタケダがいった。

「残酷な子供のようですな」

「子供、ですか」

クロハが考えながら聞き返すと、

「計画的とばかりもいえない。証拠の隠滅に力を注いでいて、逃げ足も速い。ですが、何処か考えが足りないようでもあります」

クロハの視線を受けると、タケダは恥ずかしそうに、単なる感想です、といった。

空想的な計画。より残酷化する暴力。集団による暴力。暴力を誇示する過剰な自尊心。

それでいて注意力は欠如しているようにも見える。

タケダのいう通りだとしたら、被疑者の幼児性は沢山の隙を事案の中に作っているはずで、今回の監視映像はその最初の一つであるのかもしれない。

上目遣いに、こちらを小さな黒目で睨む手足の細い少年を、クロハは連想する。

軽く頭を振り、打ち消した。詰まらない想像。


庶務班から担当範囲の指示を受け取り、講堂を出ようとしたクロハは管理官に呼び止められた。タケダへ断り幹部席の前に戻ると、先日の件だが、と席に着いたままの管理官が切り出した。

「暴対課に任せるしかなさそうだ」

険しい表情には不機嫌さも混ざっているらしく、

「拳銃に関しても、こちらへの報告を先にするべきだったな。君の報告書には推定四十代女性への暴行の痕跡が記載されていたが……当人に被害届を提出する気がない以上、立件は困難だろう。被害届は任意だ。我々が口を挟むことがらではない。君が暴対課へ直接提出した証拠品の拳銃の方が、余程問題となる」

クロハは軽く顎を引いた。今ではもう、ずっと昔のできごとのように感じる。

「その大型の自動拳銃は世界中に流通し、軍隊や警察で採用されたものだ。自衛隊でも一時期は使用されていた。可能な入手経路は複数あるだろう。君の入った一企業が犯罪組織と関係し、拳銃を手に入れた、ということは先ず間違いないものと私も思う。しかしそのために捜査の主導権は暴対課に奪われた。拳銃と組織の繋がりこそ彼等の最大の関心ごとだからな。暴対課は暴対課自身の計算で動く。彼等は先日露見した、拳銃密輸の事案との関連を疑っている。金属探知機を欺くために高級中古車のエンジンを分解し、経由地の東南アジアでその内部に拳銃を詰めて密輸した、あの事案だ。暴対課は末端から売買の流れを追い、計十二丁の拳銃を押収することに成功した。だが輸出元の証言からすると、どうやらそれでも一丁足りないらしい。暴対課が、全て押さえたいと考えるのは当然だ。だからこそ、彼等は慎重に踏み込む機会を図るつもりでいる。そして……問題はその企業と、我々の事案との関連性だ」

眉間《みけん》に深い皺を作り、

「君の報告によれば、何等かの関係を彼等自身が示唆していたという。犯罪組織が神経質になるものがあるとすれば、通常それは縄張、利権だ。我々の事案の何処に関係があるのか、それがどの程度の重要性を持っているのか、今のところ知る術はない。彼等のいいようからすれば関係は薄く、むしろ彼等自身が関連性の大きさを知りたがっているようにも思える。だが」

顎の下の皮膚を指先で弄《いじ》りつつ、

「捜査一課長とも、暴対課の課長とも話をした。想像上の関連性よりも実在の脅威を重く見ることになった。当然のことでもある。脅威とはつまり、君が持ち帰った拳銃だ。結果、閃光舎なるものへの捜査は電脳犯罪対策室と情報を共有しつつ、暴対課が担当することに決定した。君にはいずれ協力の要請があるだろう。こちらに先に報告をしていれば、また違った結果になったかもしれんが……まあ、いい。我々も目前の現実を追うべきだ。何か、いいたいことはあるか」

「いえ」

間違ってはいない、とクロハは思う。拳銃、という確実に違法性を持つ証拠品から閃光舎を攻める方針は。気になるのは、この件を暴対課が重要視する余り出遅れ、折角の機を失いはしないか、ということだ。攻めかかるのが遅れれば遅れただけ、白髪の老人やウスイ等に表社会の中へ溶け込む時間を与えることになる。閃光舎の過去の動きから考えれば、彼等はそうした偽装に長《た》けた組織のはずだった。クロハの思案を管理官の声が破り、

「君の報告書だが、一部不備がある。もう一度提出するように」

管理官は机上の書類の一番上に乗せられた頁をクロハの前に置くと、質問する間も与えず、

「この箇所だ。『テーブルの上の拳銃を取り上げ、天井へ向け威嚇射撃』ではなく、『暴発した』という風に」

「……はい」

「明日の朝、提出するように。もう一つ」

書類を片付け、クロハを鋭い視線で見上げた。

「消費者金融でのことだ。同じ任務についた所轄署の交通課員に面会を求めているな」

「はい」

隠すようなことではなかった。

「面会を求める、というほど大袈裟なものではありませんが……先方の勤務スケジュールを問い合わせているところです」

「会ってどうする」

「とにかくひと言お礼を。あるいは謝罪を。責任をアサクラさん一人に押しつけている格好ですから」

「彼は不運だった」

管理官は数秒間視線を机へ落とし、

「被疑者へ発砲する際、先ず脚を狙うのは当然の措置だったが、弾は動脈を傷付けた。偶然にすぎないが、致命的な傷となった。消費者金融に搾取されたという被疑者に同情が集まり、交通課員への圧力は未だに存在する。だが」

声の調子が戻り、

「君に責任があるわけではない。彼は君の身代わりではない。自惚《うぬぼ》れないことだ。交通課員が君に会いたいと思っているとは限らない。違うか？」

「いえ」

とクロハは何とか答えた。

はっきりいおう、と管理官は前置きし、

「当該の交通課員へ近付きすぎないことだ。君も共倒れとなる可能性はある。交通課員は今、世論によって実際に、そこまで追い込まれている。彼が退職すれば我々は非を認めたことになり、辞めなければ世論の攻撃は続くだろう。彼は彼の責任において、発砲した。君が巻き込まれる必要はない。巻き込まれれば、君も世論に押し潰されるぞ」

女性記者たった一人に、追い詰められたことをクロハは思い起こす。

そして、アサクラの苦境を思った。

「よく考えろ」

といい、管理官は机上の書類を手にする。クロハのことは忘れたように、文面に集中し始めた。失礼します、といって頭を下げ、クロハはその場を去った。

講堂の扉の近くで、タケダが待っていた。クロハと並び、無言で歩き出した。

＋

クロハは運転席に座り、暖房の送風口へ片手をかざして、温風が出ていることを確かめた。

三日前の朝、特別捜査本部用にレンタルされた車両の一つが割り当てられた時、タケダは当然のように運転席へ着こうとした。私が運転します、とクロハが申し出ると、タケダは少し困った顔をした。

車越しに向かい合う格好となり、クロハはそこで改めて頭を下げた。

昨夜はありがとうございました、と伝えるクロハを前にして、タケダは、いや、まあ、と言葉を濁した。車内では、タケダはフロント・グラスから外を見上げ、曇り続きの空模様の話を始めた。前日の、記者に見せた頑《かたく》なな態度が嘘のようだった。

クロハは制服姿の父親を想起する。

走行中のフロント・グラスに落ちる雨粒を見て、タケダが警察学校時代に支給された長靴の話をし始めたからだった。クロハはステアリング・コラムに設置されたワイパー・レバーを一瞬押し上げ、視界を遮る水滴を一掃した。もの持ちが悪いんです、と声に出し、

「父親も警察官でしたので引っ越しが多くて。必要以上に、ものを捨てている気がします」

「いや、何」

とタケダはいい、

「思い切りのよさも大切でしょうな。私も家内も思い切りが悪いものですから、自宅には余計なものが溜まる一方でね。使ったことのないもの。使う予定のないもの」

タケダは楽しそうに、

「きっと家の中をよく片付ける奥さんになるでしょうな……しかし警察官としては、もし男であったら、どれほどの逸材になったかと、そんな気もしますがね……いや、女性でも一向に構いませんが」

下手なことをいった、という感じでタケダは慌て、こちらの反応を窺うようだった。

クロハは目を丸くして話を聞いていたが、悪口をいわれたとは思わなかった。

「私がもし男性だったら」

少しだけ首を傾け、ルーム・ミラー越しにタケダを見て、

「タケダさんのように、細かな気遣いのできる女性と結婚します」

臨港署の古株の捜査員は、大変な褒められ方もあったものですな、といって苦笑し、顔を

赤くした。クロハも笑顔を作った。

タケダと組めたことをクロハは幸運に思う。タケダがクロハの捜査手順に異を唱えることはなかった。全てを了解し、立ち止まった時にだけ意見をいった。クロハの足を引っ張らないように、と本気で考えている風でもあった。タケダは自分の立場を、気楽に受け入れているようだった。

「思い出しましたよ」

しばらくして、タケダがそう口を開いた。

「気遣いについての話を」

クロハが意外に感じるほど硬い口調で、

「若い頃の話ですが。地域課に所属していた時の話です」

外の景色を眺めながら淡々と、

「老人を捕まえたことがあります。夜間、建設会社の敷地から出てくるところを。喋り声が掠れて聞き取れないくらいに衰弱した老人でした。赤錆だらけのトタン板で身を包むようにしていたんですな。巡回中に直接見掛けたんです。まだ秋口でしたが冷たい風と雨のある、寒さが体の芯に届くような夜でした。呼び止めても歩くのをやめようとしない老人の前に立ち塞がって、ともかく事情を聞きました。風の強さもあってひどく話は聞きづらかったのですが、どうやら老人はその雨風を凌《しの》ぐためにトタン板が欲しかったらしい。建設会社の、古い倉庫の前に捨てられていたというんです。恐らく本当でしょう。たとえ捨てられていたものでも窃盗は窃盗だ、と私はきつく叱りました。派出所まで引っ張り、普段なら調書と指紋採取程度の処理で終えるところですが、丁度警邏強化週間の最中でしてね……窃盗犯として現行犯逮捕することに決めました。要領を得ないぼんやりした態度に腹も立てていましたが、それよりも手柄に飢えていたんですな。私は鈍間《のろま》な質《たち》ですから。二日間留置場に老人を勾留しました。その後はまた冷たい風の中に釈放しました。捕まえた時よりも寒さは厳しくなっていましたな。自分が何をしたのか分かったのはラジオで、雪の降る中、置捨てにされる老人の昔話を聞いた時です。作りものの話に涙を誘われている自分に、愕然としました。現実に何をしたのか、ということを自覚して。路上生活者が凍死する事案は、時々あります。その中に、あの老人がいたのかどうかは分かりません。確認する度胸もありませんから。そして……私のした行為は、しかし現行犯逮捕という形で評価されたんです。署長室で表彰状を貰うことになりました」

クロハが言葉をなくしていると、タケダはふと表情を緩め、

「時々思い出すもので。それだけです。今でも私は、自分の一貫性に自信が持てないものですから」

「一貫性、ですか」

「せめて職務上は矛盾なく勤めたい、と。警察官ですので……無責任な話ですが、例えば彼

のことも、少し羨ましく思う時もあります」

「彼」

「少なくとも私などとは違い……屋上での彼の行為自体に、矛盾はなかったと思いますから」

アサクラのことをいっている、とクロハは気付いた。

クロハはフロント・グラスの雨滴をまたワイパーの一動作で拭いた。

はい、と返答した。

＋

捜査車両を歩道沿いに停め、途中で購入したビニル傘を手にクロハは歩道へ降り立った。雨脚は強くなっていた。道を挟んで両側に同じ形式の駐車場が存在している。向こうを担当しますよ、といい置くとタケダは傘を広げながら、小走りに道路を渡った。タケダの足がアスファルトへ接触する度に小さな水柱が起こり、スラックスの裾を濡らしていた。

クロハは二階建ての立体駐車場を見上げる。梁の部分に、大きなゴシック体で情報が記されている。月極めの支払い金額。電話番号。管理人が駐在するほどの規模ではなかった。駐車場一階は暗く、消防設備の小さな扉で光る赤いランプばかりが目に入った。幼児を抱えた母親が駐車場を近道として横断し、やって来る。車種を確かめるのに、わざわざ入場の承諾を求める必要もないだろう、と思えた。クロハは一階部分へ、暗がりの中へ入った。

駐車場は、半分ほどが埋まっていた。監視カメラはダミーのものさえ設置されていなかった。夜には発光するはずの蛍光灯が、金属製の柱のそれぞれに固定されていた。車の停まる空間の上部には青い波形のビニル板が葺《ふ》いてあり、雨水が車体へ落ちるのを防いでいた。そのせいで暗い駐車場は薄らと青味を帯びている。ビニル板のない箇所には丸い孔が並んでいて、そこから落下する水滴は大きな粒に合成され、クロハの差す透明な傘に大袈裟な音を立ててぶつかった。孔からはわずかに太陽光が差し、クロハは金属製のプラネタリウムを一瞬、空想した。

傘に次々と当たる雨滴の音が、聞こえるもののほとんど全てだった。

場内の車路を巡り、駐車車両を視認していった。白い車もワンボックスも停まってはいたが、目的の型は見付からなかった。近い車種は全て手帳へ記入した。一つ、気になる車両があった。自動車警邏隊であった頃培った感覚を、クロハは呼び起こそうとしていた。

黒色のセダン。車体は全体的に砂埃で覆われていた。汚れた様子は、乗り込む人間が車に愛着を持っていないことの証しだった。盗難車である可能性は高い、と見えた。クロハはセダンへと近付いた。トランク・ドアに手のひらを置く。どれくらいここに停められたままでいるのだろう、と想像した。車体表面はざらついていた。周囲をよく見れば菓子の包装紙や袋があちこちの車止めにまとわりつき、駐車管理の杜撰《ずさん》さを表している。ナンバーには、レンタカーであることを示す一文字。長期に亘り、無断で停められているのかもしれない。足元にも、ざらついた感触があった。車種とナンバーを手帳へ控え、クロハは歩みを再開した。捜査とは関係のない車。けれど、後で交通課へ連絡する必要はあるのかも。

二階へは狭い階段を使い移動した。段の一つ一つには滑り止めの人工芝が敷かれ、汚れと水分を多く含んでいた。二階部分へ立つと、急に視界が開けた。

ビニル傘にぶつかる水滴が小さくなった。均一にぼやけた雨雲がクロハの頭上に広がっていた。一階よりも車両の数は少なく、確認はすぐに終了した。目当ての車も、それに類似したものもなかった。鉄の床、均等に開けられた丸い形のそれぞれに集まる雨水の流れを見遣りながら階段へ戻ろうとすると、誰かが昇って来る気配があった。

クロハは足を止めた。傘を手に現れたのは、イワムロだった。

イワムロはクロハの顔を見ると目を逸らして立ち止まり、火のついた煙草を深く吸い込んだ。吐き出された紫煙が傘の内を漂い、なかなか消滅せずにイワムロの傍を漂っていた。クロハは眉を顰めた。イワムロは気の抜けた顔で煙草を吸い、紫煙を吹いている。クロハは少しだけ、イワムロへ近付く。イワムロの黒い傘が雨を弾く音が聞こえるようになった。何かいい出すはずだった。けれど、なかなかイワムロは口を開こうとしない。

「……何かご用ですか」

少し声を大きくして、クロハは訊ねた。口調に尖ったものが含まれてしまうのは止められなかった。イワムロは目線を下げたまま、煙を身にまといつかせ、

「……特捜本部への応援として派遣されましてね。近くにあなたがいるというので、寄ったんだが」

聞き取りづらいくらいの小さな声だった。クロハはまた少し歩み寄り、イワムロとの距離を数歩分まで縮めた。イワムロは革製の携帯灰皿へ煙草を落とし、

「捜査一課へ異動するつもりですか」

といった。唐突な質問にクロハは再び眉を顰め、

「……何のお話です」

「質問だよ。ただの。捜査一課へ入る気があるかどうか」

イワムロは落ち着きなく、また煙草の一本をくわえ、その先端に小さなライターで火を点した。

「前にもいったと思うが」

イワムロはひどく疲労している、とクロハは思った。生気と呼べるものが感じられない。

今度は口を閉じようとしなかった。

「君は私とは違う。君は管理官に期待され、確かに実績を残し、希望すればきっと捜査一課にも転属できる。例えば私の代わりに」

　クロハが困惑するのも構わず、

「君は好きなように捜査方針を決めることができる。私のような経歴が長いだけの捜査員を運転手として使うことができ、私の時間を好きなだけ拘束し、費やすことができる。何も顧みる必要はない。上司が許可しているのだし……私は自分が大人気ないと思いますよ。こんなことをいいに来たわけじゃないんだ。だが、ひと言いわなければ気が済まなくてね……素直に運転手を続ければいいものを。詰まらない喧嘩を、わざわざ吹っかけている」

　イワムロから微かにアルコールの臭いが漂ってくることに、クロハは気がついた。

「君は困難な捜査を命令されることで、試験を受けているような気分になったかもしれない。腕を試されているような気分に。でも実際は違う。試験など、君には最初から存在しないんだ。管理官には、君を捜査一課に引き入れるために顔を繋ぐ必要があった、というだけで。間違いなく既定路線。そしてそのために私は君の案内をし、私の代わりをもてなし、自分の墓穴を掘り続けている」

　雨を含んだ空気が、徐々にクロハの体温を冷やしてゆく。

「捜査一課へ異動を願い出る意志は、ありません」

　クロハは静かにいった。

「……転属を希望するとしたら、本部の内勤を選びます」

「本部庁舎で、見学者を展望ロビーへ案内でもする気かい？　……まあ、君なら何処でもやれるだろうな」

一体イワムロが何の話をしているのか、クロハにはうまくつかめなかった。

蓄積した苛立ちをぶつけていることだけは分かったが、その原因は一つだけではない気もした。何処へぶつけているのかも、はっきりしなかった。クロハを素通りして、曇り空へでも投げつけているように思えた。クロハとは関係のないことのように。

戸惑ってはいたが、イワムロの、慌てたように煙草を吸う姿を目の当たりにすると、クロハの中に冷静さが戻ってきた。イワムロはただ、空想上の未来に脅え、狼狽えているだけなのかもしれない、と思う。

携帯電話の呼び出し音がした。イワムロはまだ長さのある煙草を携帯灰皿へ入れ、灰皿と入れ替わりに外套から電話を取り出した。クロハの携帯電話も鳴っていた。特捜本部からのメイルの一斉送信だった。イワムロの方が先に文面を読んだ。

「……発見されたそうですよ。埋立て地での路上駐車だとか」

興味のなさそうな表情の中で、少しだけ口の端を持ち上げ、

「我々の持ち場とは反対方向……貧乏くじでしたな」

特捜本部へ戻る必要があった。クロハは、失礼します、と告げ歩き出した。

イワムロと擦れ違い、最上段の滑り止めへ足を乗せようとすると、背後でイワムロが、気をつけてくださいよ、といった。クロハは振り返った。

「馬鹿なことをいいに、ここまで来たんじゃないんだ。謝りに来たつもりだったんですがね……頭を冷やしてから、もう一度やり直しますよ」

苦し気な横顔だった。クロハは何もいわず階段を降りた。滑り止めの人工芝の水を含んだ柔らかさが、クロハの感傷に益々重みを与えるようだった。

駐車場前の道路には二台の車両が連なっていた。その前でタケダともう一人、クロハと同世代の警察官が話し込んでいた。どちらも臨港署の人間だった。雨に濡れ、氷の質感となった手摺をつかんで地上を目指すクロハに、二人は気付いたようだった。心配そうな顔をする警察官へ、イワムロさんならまだ上にいます、とクロハは教えた。イワムロと同行していたはずの臨港署の警察官は、そうですか、と短く答え階段を恐る恐る昇り始めた。

「酔っていたそうですが」

とタケダがいった。

クロハは頷いただけで、それ以上説明する気にはなれなかった。

捜査本部へ戻りましょう、とタケダへいった。

運転席側の扉を閉めると、アスファルトを叩く雨音が小さくなり、すると別の音がクロハの耳に入った。また携帯電話が鳴っていた。タケダの方からも着信音が聞こえ、思わず顔を見合わせた。

特捜本部庶務班から立て続けに送られた、今日二度目の一斉メイル。

捜査の進展を伝えるその内容に目を通した。クロハは驚いた。本当に、事態は変化し始めたようだった。助手席のタケダが、これは、と呟いた。

発見されたワンボックスのナンバーから、所有者であるレンタカー・ショップが判明した、という。さらにショップの端末の中には、ワンボックスを借りた人間の免許証のスキャン情報が残されていた、ということだった。

至急本部へ戻るように、お願いします。メイルの最後には、そう記されていた。

「これで風向きが変わりましたな」

タケダは嬉しそうにいった。

「そうですね」

とクロハが答えると、

「どうかしましたか」

クロハの気のない返答に、タケダは気付いたようだった。クロハはサウンド・プレーヤを取り出し、その画面に視線を落としていた。無線基地局《アクセス・ポイント》を探していた。確かめたいことがあった。ブラウザを起動し、目的のサイトを表示させると、クロハは頷いた。

たぶん、そういうことだろう。

クロハのプレーヤ操作を無言で見守るタケダへ向き直り、

「投稿サイトには、未だに最新映像がアップロードされていません」

「それが、何か……」

「国道での殺人未遂行為から、すでに一日以上経っています」

怪訝な様子でいるタケダへ、

「被疑者達が、あの殺人未遂を完了した殺人と信じているのであれば、もう撮影した映像は動画サイトへ投稿されているのではないでしょうか。以前は、被害者をさらったらしき時刻から十二時間後には、投稿が行われています。事案の詳細は未だに不明ですし、今回も必ず同じ手順を経るとは限りませんが、殺人を繰り返すに従い、その間隔が短くなる彼等の傾向を考えると、最終的な発表を敢えて遅らせる理由もありません。投稿を控えているのだとすれば、その原因は一つです。被疑者達は、自分等がしくじったことを知っています。ということは」

クロハはシートベルトを体に巻きつけ、

「被疑者は免許証に記載された住所には、もういないでしょう。すでに逃走を図っているはずです。それ以上に考えられるのは」

考え込むタケダへ、

「自動車警邏隊で何度か経験したことですが、運転免許証自体が偽造品である可能性です。現在では透かしや検査数字《チェック・デイジット》にも対応した精巧な偽造免許証が闇サイトを通じ、出回っています。見分けることは難しい。実在の人物の免許を元に偽造される場合さえあります」

「車を借りるためには、運転免許証以外にも、身許を証明する何等かの書類が必要となるはずですが……」

「免許証の偽造よりも、遥かに容易です」

「……まだまだ一筋縄ではいかない。そのようですな」

タケダは助手席に深くもたれ、一旦は熱を帯びた自らの意気込みをリセットするように、手のひらで額を押さえた。

誰もが焦っている。焦りは特捜本部の全員が共有している。下唇の口紅を前歯で擦り落とそうとしている自分にも、クロハは気付いた。

エンジンを始動させると、暖房の風が深い吐息のように、車内に流れ出した。窓硝子に、臨港署の警察官の後に続き捜査車両へと戻ろうとするイワムロの姿が映った。

雨にぼかされた風采は、意外なほど小さく見えた。

+

八割ほどの捜査員が帰還したことを確かめると、管理官は捜査会議の始まりを宣言した。冷えた講堂の中、管理官の声はよく通った。車中で読んだメイルの報告よりも、捜査はさらに前進していた。タケダに伝えた予想は当たっていた。

予想外の事実もあった。

一人の男の、監視カメラ映像から切り出された写真が数枚、拡大されてホワイト・ボードに貼られていた。解像度の高い写真だった。店内の奥から受付前を見下ろす構図だったが、男の、視線を上向けた顔を正面に捉えた一枚が存在し、クロハを驚かせた。顔色の悪い、少し顎を上げて写った短髪の風貌。頬と顎の上に無精髭が散らばっていた。眼鏡越しの、一重瞼の鋭く、けれど何処か焦点の合っていない真っ黒な瞳を収めた目。一台しかない監視カメラが奇跡的に撮影した映像だった。

ネット・カフェの監視記録に残された人物と、同じ男だろうか。

クロハは写真を凝視する。判断はできなかった。

運転免許証の情報も張り出されてはいたものの、全ては偽造であることが管理官の口から明らかにされた。照会番号は実在しなかった。免許証上の写真は個人情報保護の観点からそもそも記録するシステムにはなっていない、ということだった。会員以外の利用者が記入する、手書きの申し込み用紙が店内に残されていた。車の返却が終わった際には廃棄されるはずの書類だった。

運転免許証に記載された情報とほとんど重複した記入だったが、緊急連絡先の欄だけは、また新たな住所と名前――実在はするものの、殺人未遂現場から遠く離れた――で埋められていた。薄い筆跡の、恐らくは被疑者とは何の関係もない場所の情報だった。

重要なのは、むしろ被疑者の利用したレンタカー・ショップの位置。

「写真は手に入り、範囲は絞られた」

管理官は厳《おごそ》かにいった。

全て聞く前に、クロハは次の捜査方針を理解した。全捜査員が理解しただろう。

「殺人、撮影現場。園芸用土を購入したらしき幾つかの店舗。レンタカー・ショップ。国道における殺人未遂。それぞれには、ある程度の距離はある。が、全て県内に位置し、全てを点で結べば中心が現れる。指名手配は行うが公開捜査の形はとらない。引き続き息を潜め、我々は被疑者の虚を衝く」

絞られた区域で戸別訪問を行う、ということだった。ホワイト・ボード上の地図を見遣れば、範囲が狭められたとはいえ中心と呼べる区域、訪問先の候補は、少なくとも百万戸は存在するように思えた。管理官はそれを一気にし遂げるつもりだ、とクロハは悟った。大人数で、記録写真を手に、一軒ずつ。最終手段ともいえる捜査手法。

地図を見詰める。なかなか目が離せなかった。範囲は広い。けれど。

いけるかもしれない、とクロハも思うようになっていた。

悪意《マルウエア》あるソフトウェアは仕掛けられていない。そのことは確認したはずだった。

クロハはノート・コンピュータの傍に置いた小さな記録カードを、人差指で叩いた。何度も何度も、そうしていた。決心を自分自身に促しながら。

カードが直に機械へ損害を与えることはあり得なかった。そもそも外部記憶装置《ストレージ》内部に存在するプログラムの自動実行は、コンピュータ側の設定により、できないことになっていた。

クロハが迷っているのはカード内部の、あるテキスト情報に関連することだった。

カードの中には幾つかのフォルダがあり、その一つは『ｒｅｉｕ』と名付けられていた。ユキのいっていたフォルダだった。改変しないで欲しい、とユキはいった。好きに覗き、好きに利用していい、ともいった。

カードそのものが、高架下の空間を連想させた。そこで起こったことを思い出させた。薄気味悪さをクロハは、親指の爪より少し大きいという程度の記憶装置から、感じていた。

証拠品として提出することは暴力団対策課から、拒否された。当直員は、それは、といったまま困惑顔で手を出そうとしなかった。分からなくはなかった。被害届のない、奇妙なだけの事案をわざわざ書類に残したくはない、ということだった。受け取れば未解決の事案を一つ増やすことになる。暴対課は幻の被害者になど興味はなく、あるのは銃器と組織の現実的な繋がりだけなのだ。

けれど実際は、警察官として報告したのち、手のひらに残ったカードを県警本部の廊下で見詰め、クロハはほっとしてもいた。小さな記憶媒体が自分へ渡された個人的な品であるのを、はっきりと憶えていたからだった。

あなたが持っていて。ユキはそういった。

ユキ、という名の女性、顔面を殴られ大きく腫らしていても瞳から力強さを失わないあの女性自身は、信用できる人物のように思えた。隠したい事情があるとしても、クロハを騙そうとする様子は窺えなかった。ノート・コンピュータへ、クロハは記録カードを差し込んだ。

幾つかのフォルダ。『ｒｅｉｕ』の名がつけられたフォルダ。中には、簡易プログラム言語《スクリプト》らしきテキストが多く連なっていた。レゴはこれを、その会社の独自仕様のスクリプト、とメイルの中で断言していた。命令文のそれぞれはとても短く、どんな役割があるものか部外者には推測もできない、と教えてくれた。ファイルにはバージョン違いが多くあった。他には、ただ単語が羅列されただけのテキスト・ファイルや書きかけのプログラム——ネットワークに関するものではあるが、ほんの触りだけ、とレゴが推測した——ファイルがあちこちのフォルダに散らばっていた。クロハにとって意味のあるものは、ほとんどなかった。

クロハの目を引いたのは、たった三行の英字が記されたテキストだけだった。レゴへ質問せずとも、それが何であるのか、すぐに理解することはできた。一行目はＩＤ。二行目はパスワード。三行目はネット上の、あるサイトのアドレス。

ユキ個人の、電子的な覚書。ＭＭＯ『微雨ノ降ル王國』へ接続するためのＩＤでありパスであり、入り口《ポータル》のサイトだった。

サイトを表示したクロハはＩＤとパスを入力した。サイト内に登録されたユーザ情報を調べようとするが、項目のほとんどは空白の状態か、意味のない文字の羅列で埋められていた。

——あなたを巻き込むため。

ユキがそういっていたのを、クロハは思い出す。

『微雨ノ降ル王國』を起動させた。

＋

クロハが降り立った場所は街道だった。

往来する人々によって踏み固められただけの通りにも見えたが、先は長く続いていた。硬く重さのある何かが、地面の砂利を蹴立てる音がした。

街道上を駆ける馬車が接近する様子を認め、クロハは道を外れた。低い草叢《くさむら》の中に立ち、馬車が通り過ぎるのを待った。馬車は遠くへ、霧の内へ消えていった。

本当に、微雨が降っていた。

クロハに与えられたキャラクタは、漆黒のクロークを身にまとった女性だった。それだけを着ているように、体に張りついていた。

街道の上をクロハは歩いた。脚を動かすと外衣の隙間から、キャラクタのすらりとした脚の素肌が見えた。時々、馬車や単騎で走るキャラクタのために道を空けた。蹄《ひづめ》が撥《は》ね上げる泥水までも表現されていた。

空を隠す雲がゆっくりと風に流される。道の両側には、白い幹に苔色《こけいろ》の地衣《ちい》類を這《は》わせた大木が森を作り、豊かな葉を茂らせていた。森を越えて冠雪の山脈が薄らと窺え、鷲か何かの大きな鳥がそこへ向かう姿があった。視界の低い位置を燕《つばめ》が飛んだ。世界は緑に覆われ、瑞々《みずみず》しかった。

クロハは道なりに、北西を目指した。時折、方位磁石を確かめた。磁石の上に、東西南北とは関係のない方角が、赤いラインで示されていた。そこへゆけば何かがあるのだろう。少し進行方向を修正する度に赤いラインは大きく揺れ、目的地がそう遠くないことを教えた。

やがて赤いラインは道から外れる方向を指した。クロハは森の中へ分け入った。

地響きを感じ、背後を見ると、四頭の馬が巨大な車を引いていた。木製の車は大きな木製の匙《さじ》を乗せていた。投石機《カタパルト》だった。車の通過は三台続いた。まだ何かが通りかかる気配はあったが、クロハは森の奥へと視点を変えた。斜面と下生えがクロハの歩速を少しだけ遅くした。森は丘陵を覆っていた。植物の密度は歩を進める度に高くなった。苔むした巨岩が不安定な格好で、斜面に埋まっている。大きな甲虫が視野をよぎった。突然、空が見えた。

丘の頂で、何かが燃えていた。傍らに人影があった。方位磁石上の赤いラインは、その人物に歩き寄るよう、クロハへ指示していた。

クロハの動かすキャラクタと全く同じ造形、同じ服装だった。白色の短い髪。赤い瞳。黒い外衣。燃え盛る大木を見上げ、凍りついたように動かなかった。顔貌が炎で赤く照らされていた。小枝の爆《は》ぜる音が聞こえた。

「歩いて来たのね」

と誰かがいった。直立するキャラクタが、クロハへ話しかけたらしい。

「ジグザグに歩いていた」

とキャラクタはいった。

「何？」

クロハが聞き返すと、

「道の上を蛇行しながら歩いて来たでしょ。こっちは地図上であなたの動きをずっと追っていたのよ」

「馬車が通るのを、避けていたから」

「そういうこと」

キャラクタは納得したらしく、

「そんな必要なかったのに。あなたのキャラクタは私のと同じ。不正を見回るためのGM用不可視キャラクタだから。他のユーザからは見えないし、触れることもできない。座標を入力して、直接移動してもいいし」

「他のキャラクタとぶつかったら、どうなるの」

「何も起こらない。ただ素通りするだけ。でも、木とか石とか、キャラクタ以外のオブジェクトとの衝突判定は残してある。そうしておかないと、階段も昇れなくなっちゃうから」

「ユキさん、ですよね」

クロハが確認のために呼ぶと、

「他にあなたをここで待っている人間、いないでしょ」

「ずっと待っていた？」

「まあね。あなた、なかなか礼儀正しいのね。すぐにこの世界へ入り込んで、うるさく質問攻めにするかと思った。もしかすると別にアカウントを作って、住民に私のことを聞いて回っているとか」

「そんなこと、しないわ」

少しも動かないユキのキャラクタを見詰めながら、

「あなたに危険が及ぶ可能性を思えば」

「礼儀正しいこと」

「怪我の具合は……」

「平気。視力も落ちていないみたい。まだ瞼が腫れていて、そっちの目は見難いけど、日に日に視界は広がっているから」

クロハは少しだけ安心した。ずっと気にかかっていたことがらの一つが、良好な兆しを見せたのだ。周囲を観察する余裕が生まれた。

丘の上の空き地。火のついた一本の大木が中央に。

歩いて来た街道が長く続く景観があった。破城槌《はじょうつい》を備えた木製の車が、眼下を通り過ぎた。

街道は石造りの城へと繋がっていた。城塞へ至る前に、人馬も兵器も白く霞《かす》んで消えた。遠くの細かな物体《オブジェクト》は、システムが表示を省略するのだろう。

「ここへ来る途中、投石機を見ました」

クロハはこの世界に、不穏な雰囲気を感じていた。

「何かが、進行しているように見える。あれはまるで……」

「戦い」

ユキは簡単にそういった。

「ここから、城郭が見下ろせるでしょう。その前の平原も。そこを舞台に戦が始まるの。もうじき。この世界は帝國と、帝國に対抗する幾つかの王國と、小さな独立勢力達で構成されている。帝國と王國同盟は常に対立している設定。独立勢力は状況を見て、どちらにもつく。独立勢力の半数は人工知能が操作している。世界の均衡を保つために。一方の國が大きくなりすぎないように。大規模な戦いは時々起こる。そういう世界だから。でも今回は人為的な発生。ユーザの鬱憤《うっぷん》を戦場で爆発させるために。管理者側へ向いている憤りをユーザ同士の争いに利用する」

「実際の効果は……」

「以前にも小規模な形で行ったから。ある程度、効果はあった。ユーザを本気にさせるために、お互いの悪口を吹き込み、緊張感を煽《あお》るんだ。最低のやり方。後二、三回戦いが起これば、完全にこの世界は終わるわ」

ユキが望んでいる方向ではない、ということだった。

クロハは、改めて訊ねる気になり、

「何故私を待っていたんですか」

「色々聞きたいことがあるだろうと思って。それに、協力してもらえるかも、と思って。つまり、お互いに利益になるだろうと思って」

「そのために、木が燃えるのを見詰めている？」

「馬鹿ね。これは単なる目印。あなたと私以外は見ることができない設定。現実の私は今もプログラム・コードを書くのに忙しい。『微雨ノ降ル王國』はノート・コンピュータ上で起動しっぱなしにして、置いてある。あなたがやって来たら、チャイムが鳴って知らせる。それまでは、ずっとデスクトップ・モニタから目を離す必要がないように」

「どんなコードを書いているんですか」

「まだいえないわね……ねえ、ちょっと」

唇さえ動かさず、

「ｒｅｉｕファイルの、古いバージョンが欲しいんだけど……２０２って語尾についたファイル、そっちにある？」

「あるわ」

「よかった。メイル・アドレスを教えるから、送って」

クロハはいわれた通りにした。陶磁器でできた人形のように静止するキャラクタへ話しかけるのにも、慣れてきたように思え、

「レイウ、って何のためのスクリプト……」

「雨を降らせるための」

「雨なら」

クロハは空を仰いだ。

「今も降っているでしょ。ずっと降ってる」

「それはね、ただの飾り。キャラクタが周りに増えてくると、やんじゃうの。ユーザーが少ないと画面が寂しくなるから、その時のための飾りを用意してる、ってだけ。街に近付いたらやんじゃうわ。人混みとか大きな建物とかに接近したら」

「じゃあレイウは」

「文字通り、冷たい雨。私の武器。冷雨があいつ等を破滅させる。それ以上は秘密」

「私を待っていたのは」

クロハはユキが口にした、破滅、という言葉に圧倒されながら、

「古いバージョンの『冷雨』を受け取りたいため？」

「違うわ……でも、話せることとって意外とないものね。コードを書き上げれば、もっと話も弾むはずなんだけど。質問、受けつけようかな。答えられるかどうかは分からないけど、一応」

「何故彼等を訴えないのか、教えてもらえますか」

「訴えたらどうなるの」

「刑事告訴できるはずです。私が証人になります」

「あなた、現場を見てないでしょ。それに、あいつ等は常に責任を下へ押しつけるし。下っ端数人を一、二年刑務所に送ったところで、何も変わらないわ。私の望みはね、あいつ等を日の当たる場所から完全に消し去ることよ」

「あなたはプログラム・コードを書いている」

クロハは冷静に、ユキのいった言葉を思い出し、

「閃光舎へ、電子的な破壊工作を仕掛けるつもりですか」

「だとしたら、何？」

「仕掛ければ、あなたも犯罪者ということになる」

「融通の利かない娘」

動かないキャラクタが、笑ったように思えた。

「いい警察官ね。大丈夫。人間そのものにも、人の所有物にも危害を加えるつもりはないわ。安心した？」

曖昧すぎる、とクロハは思い、

「あなたは被害者であり、けれど加害者達へ何等かの形で危害を加えようとしている。それに、警察官である私と取引を考えている。想像はできるわ。あなたはエンジン・フィスト社の技術者。出資元の閃光舎との間に何等かの厄介ごとが生まれ、彼等に恨みを持ち、電子的な復讐を考えている。彼等はそれをいち早く察知し、あなたへ制裁を加えた。あなたは私と出会い、逃げ出すことに成功し、そして未だに復讐を計画し続け、その身を危険に晒し続けている」

ユキは返事をしなかった。

「たぶん」

クロハは言葉を続け、

「閃光舎は『微雨ノ降ル王國』の方針を歪めている。あなたはそれに怒っている」

「頭にきているのは確かだけど」

ようやくユキは口を開き、

「昔制作したゲームの女性キャラクタは全員、アダルト・ソフトウェアの登場人物へと貶《お》とされた。短期間で利益が上がればあいつ等、何でもいいのよ。でもその程度なら自分の命の方が大事よ。私が怒っているのは女性キャラクタのことでも、ＭＭＯの運営のことでもない」

「他に何か」

「さあね」

「自分の命を危機に陥れるほどのこと？」

「今現在はね、私の身はそれほど危険じゃないのよ。私はあいつ等の前では、恭順の意を表し、その姿勢を変えなかったから。私が具体的に何をしようとしているのかは、私以外誰も知らない。同僚に仄めかしたのは、馬鹿だったわ。でもあいつ等に密告した同僚も、実際のことは知らない。殴られて私は充分に反省した、とたぶんあいつ等は考えている。警察に保護されても、告発する気配もないのだし。私の仕事はネットと接続したコンピュータさえあれば、何処でだってできる。ずっと一ヶ所にこもっていることも。問題は、あなたよ」

「私の方が危険、という意味……」

「そう。私はあいつ等に恥をかかせなかった。少なくとも表面的には。でもあなたはあからさまに、あいつ等の顔に泥を塗ったの。私を助けるために。私がいなくても、あなたは同じことをしたかもしれないけど」

クロハは内心、頷いた。条件さえ揃っていれば。

肌を刺すような危機感と密室と手に届く範囲にある本物の拳銃。

会長、と呼ばれた老人の話を忘れたわけでもなかった。老人がクロハへいい渡したのは、君と我々の間には暴力が存在する、という宣言だった。今度は我々から出向くだろう、と。

警戒を怠っているつもりはなかった。

「注意はしています。暗い道は常に選ばないように。タクシーを利用して自宅マンション前で降りるように」

車道に寄って歩かないように。エレベータでは操作ボタンの傍に立ち、壁を背にするように。調理食品を買う時には、同じものを二つレジへ運ぶように。

職業柄、昔からある程度気をつけていることではあったが、高架下でのことが起こって以来、自分でも大袈裟に感じるほど、防犯のための対策を怠りなく実行していた。

ユキはしばらく、何もいわなかった。大木を見上げていたキャラクタが突然動き出し、クロハを驚かせた。何処かを指差した。

描写可能な、ぎりぎりの範囲にいるらしき人影が、ぼんやりと遠くに見えた。木々の間を歩き、クロハの視界をゆっくりと横断していた。

クロハは尋常ではない姿を眺めていることに気付いた。

人影は大きすぎた。クロハ達の使用するキャラクタの、数倍の体格があった。細身の、裸の怪物だった。灰色の体色。手脚が不自然に長く、大木を掻き分けるように森の中を移動する。大きく張った額の下で両目は陰になり、感情を窺うことはできなかった。

「あれはシステムが操るトロル。ユーザを見付ければ、片手でつかみ上げ、握り潰そうとする。今の私達のことは気にしないけど」

腕を降ろしたユキが、クロハへ向き直った。鏡と相対しているようだった。

「私は現実世界でも、あんな風な奴を二度見たことがある。一度は、襲われかけた」

ユキはそう続け、

「エンジン・フィストの事務所にウスイが初めて現れた時、ああいう奴を連れてきた。そいつだけは事務所のソファに座ろうとせず、そのフロアのエレベータ近くの窓から、外を眺めていた。夜の、霧のような雨が降る景色をずっと眺めていた。次に会ったのは、あなたと出会う少し前。あの部屋に入ってくるなり、私の首を片手でつかんだ。体が、浮き上がったわ。凄《すご》い力だった。ウスイが、放せ馬鹿、って怒鳴って、私はソファへ落下した。ウスイに耳打ちされて、部屋から消えた」

「組織の護衛人ってこと……殺し屋とか」

「上等にいえば。でもたぶん実際は、汚れ仕事を全部請け負う種類の人間、だと思う。私がいいたいのは」

クロハは灰色の巨人から、目が離せなかった。巨人はクロハ達のことを察知し、何とか探し出そうとするように振る舞っていた。

「あいつ等が本気になれば、そこまで踏み込んでくる、って話」

巨人は周囲の匂いを嗅ぎ、歩きながら時々はこちらを見遣った。巨人の素朴なモデリングと緩慢な動作には、原始的な衝動、本能的な凶暴さが隠されているように感じられた。

クロハは緊張する。身を隠さずに立っている自分が、ひどく無防備に思えた。

「私は自分勝手にものごとを進めているし、そういうやり方を変えるつもりはないけど」

ユキがいい、

「誰かの犠牲の上に座り続けていてもいい、とは思わない。命の危険があると思ったら、私を売って構わないわ。私はそれでも前へ進めるから」

会話を続けてもユキの言葉の力強さが少しも揺るがないことに、クロハは驚いていた。ようやく自分の職務を思い出した。売って構わない、といわれて平然としていられる立場ではなかった。私が彼女を守らなくてはいけない。警察官である限り。

「協力、とあなたはいった。お互いの利益、と」

クロハは自分の立ち位置を元に戻したつもりで、

「その方向の話は、まだ全然出ていないわ」

「冷雨が降り始めた瞬間から、あいつ等の足元は崩れ出す。崩れれば、その時点であなたの身は安全になる。あいつ等、きっとそれどころじゃなくなるから。でも、もしも警察がもっとあいつ等に食い込みたいと思うなら、崩壊の瞬間が絶好の機会になる。どう？　これがあなたと私の取引」

「私の捜査対象からは外れています。即答はできない。けれど」

言葉を選びながら、クロハは付け足した。

「興味がない、といえば嘘になります」

少し困惑してもいた。ユキは気に留める素振りもなく、

「もう一度連絡するわ。冷雨が降る前に」

キャラクタはクロハを見詰めたまま、再び動きを止めていた。

「私はコードを書き上げる。そうしたら、また話せることも増えると思うし。よかったら、そのＩＤでこの世界を散策して。何時でも自由に」

見るべき場所はきっと多くあるだろう。ゆっくり巡ることのできる時間さえあれば。何処までユキに合わせ、深入りするべきなのか、クロハはまだ決めかねていた。

戻ります、と告げた。

空想が消えるように、『微雨ノ降ル王國』は終了した。

＋

捜査会議は何時ものように、庶務班による戸別訪問の結果報告が中心となった。

千人以上の捜査員を揃えてローラー捜査は行われ、すでに範囲内を一巡していた。在宅率は八割程度という結果となり、今では残りの住民への訪問を、当初から特捜本部に所属する捜査員だけが担当し、十割を目指す作業へと移行していた。面会を終えた住民の中には、要注意と指定された人物もいたが根拠は薄く、被疑者と断定できる人間は存在しなかった。

捜査会議の最中、臨港署の係長に進行を任せ、机の上の書類に視線を落としたまま動こうとしない管理官を見ていると、迷っているのではないか、とクロハは推測したくなる。たぶん、そうだろう。管理官は公開捜査へ踏み切り、指名手配写真を一般市民へ晒す機会を見計らっている。

けれどそうすれば、被疑者へ捜査のゆき詰まりを知らせるきっかけともなり、戸別訪問による身柄の確保はほとんど諦める必要があった。公開捜査の開始は、被疑者の逃走を促す機会ともなってしまうだろう。捜査方針の大きな転換は管理官自身の責任問題にも繋がり兼ねず、俯いたままの血色の悪い顔は、面子と成果の間で身動きの取れない心情を表しているようだった。

　捜査員それぞれによる報告は全て、可能性、の話題に終始した。何か口を開く度、可能性はあります、と最後にいい足す者ばかりだった。講堂の前方に並ぶ幹部の誰かが吐き出した、低い吐息の音をクロハは聞いた。

　順当に訪問を続けるように、と管理官が捜査会議の最後にそういった。諦めるのは早い、といい聞かせているようなものだった。クロハはそっと、周囲を見渡した。

　捜査員の士気は変わらないはずだった。クロハ自身も同じつもりでいた。諦める、という発想そのものを皆、最初から捨て去っている。それでも小さな疲労が、席を離れるそれぞれの立振舞に加えられ始めているのを、クロハは発見したように思う。

　講堂内の誰もが、たった一つの、小さな何かを欲していた。捜査を進展させるための、何か。管理官がクロハの名前を呼んだ。

　科捜研へいってくれ、と管理官はクロハへいった。

＋

　タケダの運転する捜査車両が道を曲がると、街の彩りが変化した。

　赤を基調とした低層建築が目に入るようになった。中華街に進入した、という印だった。

タケダは三叉路に面した歩道へ車を寄せ、停めた。

ありがとうございます、と声をかけ、クロハは助手席の扉を開けた。

「同行せよ、とは命じられていませんが……駐車場で待っていましょうか」

目線で門の中を示し、タケダがそういった。

いえ、とクロハは断り、

「時間はかからないと思いますが、はっきりしませんから。終了次第、捜査に合流します。退出時には連絡しますから、その時点での現在地を知らせてください」

分かりました、というタケダの返答を受け、クロハは車外へ出た。

科学捜査研究所の、静けさのゆき届いた敷地の中へクロハは足を踏み入れた。


白いタイルの敷かれた階段を昇り、二階の受付に座る初老の警備員へ来意を告げた。建物の中では警察職員が机を並べて仕事をする姿が窓の向こうに見え、その内の数人と、クロハは離れたまま会釈を交わした。

警備員が法医科へ内線を入れる間、クロハは壁に設置された各階案内のパネルを見詰めていた。目指す先は、四階にあった。

クロハを案内しようという人間は、なかなか現れなかった。クロハはコートの中の携帯電話に触れた。着信履歴を表示させる。捜査に関わる着信ばかりだった。家庭裁判所からの連絡はなく、アサクラへの面会申し込みに対する返事も見当たらない。

けれどボタンを押すうち、メイル着信の中に『浅倉予定』の件名を発見して、その途端、胸の中でクロハの心臓が大きく一度、鳴った。アサクラが面会を承諾した、という所轄署からの返答だった。面会可能な日時が数十行にもわたり、詳細に記載されていた。

奥のフロアから革靴が床を叩く足音が聞こえてきた。不機嫌な顔でクロハを見遣る、中年の白衣姿の男性が姿を現した。クロハは携帯をコートへ戻す。今は忘れなければならなかった。名字だけを名乗り、どうぞ、と法医科研究職員は短く、無愛想にクロハを促した。名刺を交換しようという素振りもなかった。

観葉植物と休憩用の椅子が並ぶフロアを横切り、研究職員に続いてエレベータに乗り込んだ。男性の少し後ろに、クロハは立つ。研究職員は細身の、不自然なほど色の白い男性だった。量感のない髪の毛を、整髪料によってさらに頭皮に密着させていた。その態度は、決まりごとを守り続ける厳格な教師を連想させた。捜査員の突然の来訪を歓迎していない。むしろ腹を立てている、という心情は直立姿勢を崩さない後ろ姿からも、想像することができた。

「依頼のあった土に関しては、市販のものである、という一報をすでに送ったはずです。送られた土は山砂や赤土や木炭や牡蠣殻《かきがら》が混合された、明らかに人工的なものでしたから」

研究職員は抑揚のない声でそういった。ちらりとクロハを振り返り、

「急《せ》かされても、結論を出すまでの時間は変わりませんよ」

分かっています、とクロハは答えた。階数表示のランプへと、視線を逸らした。

「元々、土壌鑑定には時間が必要です。さらに多くのことを正確に知ろうとするなら、過酸化水素水で洗うことから始めて土壌を構成する鉱物を特定する、あるいは沢山の試薬を使って状態を測定する、光学顕微鏡による観察等、実行可能な鑑定方法は幾らでもあります。遺体の鑑定についても今日中にでも、一報を送るつもりでいました。あなたが来訪することで、鑑定書の作成にも支障が出ることをご理解いただきたいですね」

職員のいいたいことは、クロハにも分かっていた。けれど分からない振りをした。

「特捜本部では、たとえ口頭であっても、判明した事実を教えていただければ、と考えています」

望んだ役割ではなかった。急がせろ、と管理官は露骨にクロハへ命じたのだった。もっと強面の捜査員に割り振るべき役では、と疑問に感じてもいたが、実際に研究職員の生硬な振舞に接してみると、それでは逆効果になるかもしれない、と思うようにもなった。

女性警官が嫌味の一つをいうくらいで丁度いい、ということ。

四階への扉が開いた。数名の職員が席に着き、検査機械を前に背中を丸める姿が、室内のあちこちにあった。静かな空間だったが、視覚的な印象は違っていた。多くの機材が床にも机にもところ狭しと置かれ、まるで何かの工場のようでもあった。キャッシュ・レジスタのような機械には、ＤＮＡ型増幅装置、と書かれた小さなシールが貼られ、その近くにある角張ったＤＮＡ型分析装置は天井に届きそうな大きさで、タワーＰＣと試験管が至るところにあり、床には得体の知れない気体の詰まった金属製のタンクが無造作に並べられている。にもかかわらず、室内は清潔だった。床には染み一つなく、空気は澄んでいた。職員達が機械を調整し、器具に触れる指先の小さな音が、クロハの耳に幾つも届いた。

クロハを案内する研究職員は大型の複合機へ近寄ると、出力されていた書類を持ち上げて確認し、差し出した。

「現時点での成果ですが」

クロハはトナーの匂いのするＡ４用紙の束を受け取った。周囲には回転椅子が幾つもあったが、職員に着席をすすめる様子はなかった。クロハは頁を捲《めく》った。

一枚ずつ順に閲覧するが、印刷されているのは大量の化学物質名と計算式と数字、棒グラフや散布図ばかりだった。数値がどんな事実を示しているのか、説明は一つもない。理解させよう、という意図は文字の中に少しも含まれてはいなかった。クロハはすぐ傍の長机、少しだけ空けられた場所に、書類を置いた。研究職員へ微笑みかけると、相手は一瞬、たじろいだようだった。

「特捜本部が依頼した事項は、三点です」

笑みを少し残したままクロハはいい、

「現場に残された土の鑑定。投稿された動画の鑑定。死亡時期の推定のため、また腐敗状態から何等かの情報を得るための、遺体の鑑定」

書類を研究職員へとわずかに押し遣り、

「この書類の何処に、それぞれの鑑定成果が存在するのでしょう。ご説明ください」

静かな口調を作り、そういった。机に向かっていた職員の数人が驚いたように振り返り、クロハを見た。研究職員はやや強張った顔で、机上の書類を繰《く》り始めた。目前の来訪者を翻《ほん》弄《ろう》しようとするなら、益々余計な時間を費やすことになる、と気付いたらしい。

「動画に関しては、目新しい事実はありません」

開いた頁をクロハへ示した。グラフが並んでいたが、意味は読み取れなかった。

研究職員は咳払いを一つして、

「すでに撮影場所も判明していますし、被害者の似顔絵を作成するために必要な画像処理結果は、特捜本部へ提出しています。こちらで分かったことは、一点だけ。鑑定依頼書で指摘されていた疑問点の一つにわずかながら切り込むことができた、というだけです」

「疑問点とは……」

「動画の音声に、消去された箇所のある可能性、という部分です」

「何か分かったのですか」

クロハが真剣に訊ねるのを、研究職員は意外に感じたらしい。ただ急かすためだけに送られた捜査員、と考えていたせいだろう、困惑した顔で瞬きを繰り返しながら、

「いえ……明確に発見できたものは今のところ、ありません。二番目の映像には確かに二ヶ所、打撃音の上書きがみられ、三番目の映像は一ヶ所、四番目の映像は三ヶ所、音声トラックの一部が切り取られています。カメラ自体が発するわずかな駆動音までが、それ等の箇所では消えています」

動画サイトへ二番目に投稿された映像は、撲殺場面を撮影したものだった。

三番目には絞殺を、四番目には転落死を記録していた。

たぶん、キリのいった通りなのだろう。騒々しい映像には音を足すことで、静かな映像からは部分的な消去を施すことで、見た目の辻褄《つじつま》を合わせている。

そして、その目的は。

「それは……元の音声を消すための処置だとは考えられませんか」

クロハは研究職員へ訊ねた。職員は頷き、

「私達も同様に考えました。恐らく、その通りだろうと思います。二番目の映像の音声復元を試みると、実際に該当の二ヶ所では共通の音声らしきものが浮かび上がりました」

「音声の復元？　可能なのですか」

クロハは驚き、訊ねる声が思わず大きくなった。

「こちらへ」

研究職員は一台のコンピュータへ歩き寄り、アプリケーションを起動させた。コンピュータは沢山の入力端子を備えた小さな箱状の装置と、大型のヘッドホンと繋がっていた。

いうまでもなく、と研究職員は改めて切り出し、

「音とは空気の振動です」

アプリケーションからファイルを開いた。周波数グラフが、画面上に現れた。

「振動は周波数に置き換えることができます。大きな振幅は大音量を表し、高い音ほど振動数が多くなります」

クロハが頷くのを確認してから、

「通常の音声鑑定は、個人識別のための声紋分析ですから、帯域通過フィルタを使って一連の音声をパターン化します。が、今回はさほど重要ではないでしょう。書き加えられた打撃音が同じ波形を描いている、ということが分かれば充分ですから。映像中、直前に記録した音を切り取り再利用した、という事実が証明できれば。問題はここから先となります」

解説を一心に聞くクロハの態度に触れ、研究職員も姿勢を改めたようだった。

説明には熱が加わり、

「理論上の話をすれば、簡単です。問題の打撃音の波形を、二ヶ所それぞれの位置から除去してやればいい。打撃音を解析して特定したのち、実際はもう少し丁寧に、全体の波形を変換した関数から、特定された音の関数を減算する数学的手法が用いられます。これで幾らか聞き取りやすい音となって出力されます」

研究職員がキーボードの隣に置かれたヘッドホンを、クロハへ差し出した。ヘッドホンで両方の耳殻を完全に覆うと、職員は波形の一部を再生した。クロハは呼吸を止めた。

一瞬の音。聞き取りづらい、小さな音声だった。

職員は画面上のスライダで音量を調整し、もう一度再生させた。クロハは瞼を閉じた。神経に障るような、金属的な音。

古びた蝶番が軋む音のよう。ささくれ立った、とても高い音に聞こえた。あるいは、家畜の悲鳴のように聞こえた。

数回、再生を繰り返した。感想は変わらなかった。

「どんな音に聞こえますか」

研究職員の問いかけに、クロハは感じたままの印象を告げた。

甲高い音。悲鳴。扉の開閉音。研究職員は身振りで肯定し、

「後から加えられた打撃音が大きいために、再現できたのはこの程度です。音声トラック自体の音質が、元々いいものではない、ということもあります。私達が報告できるのも、現れた音声は高音であり、一種の喚声か金属的な擦過音の可能性がある、ということくらいでしょう。報告するべきかどうかも疑わしいくらいの、不確かな成果です」

——聞かれたくない音を消去するため。

キリの言葉をまた思い出した。新たな疑問が脳裏に浮かび上がった。この金属質な音が、手間をかけて消し去る必要があるほど重要な情報とは思えなかった。

これがもし、ガムテープの隙間から漏れた被害者の悲鳴だとしても。

建物が発する特徴的な擦過音だとしても。

echoは、何を隠そうとしたのだろう。

「もっとも」

肩を竦《すく》めるようにして研究職員はいう。

「私達は見当違いの推測をしているのかもしれません。被疑者が何を考えているのか、分かりませんから。被疑者達にしか理解できない、私達にとっては無意味な編集なのかもしれません」

クロハは頷いた。

「減算する数値を再調整して、もう一度再現を試みようとは思っていますが」

「……鑑定書には一応、音声データを添付してください」

クロハが頼むと、研究職員は机の上の書類棚から一枚を取り出し、几帳面に何かを書き込みながら、分かりました、と答えた。

長机に戻ると、クロハの靴裏が微かなおうとつを踏んだ。塵《ちり》一つない室内では、軽い驚きを覚えるほどのできごとだった。黒っぽいざらつきが、クロハの足元に散らばっていた。

クロハは置かれたままの報告書類を捲り、遺体写真の一部らしきものを表にして、

「遺体そのものについては、何か判明したことはありますか」

訊ねると、研究職員は顕微鏡の並ぶ机にもたれ、腕を組んだ。

職員は落ち着きを取り戻していて、

「遺体の死亡推定時期と現状が合わない。特捜本部ではしかし、現場にあった遺体が映像のものと同一であるとして捜査に臨む。そういう方針でしたね」

浴室の中の遺体。クロハ自身が見付けたもの。腐臭が胸の中で甦るようだった。

「その通りです」

「特捜本部の方針に、間違いはありません」

「……では、発見された遺体は映像に映る被害者のもので間違いない、ということですか」

「少なくとも時間的な矛盾はありません。確かに三体の遺体は全て早期の死体現象を越え、自己融解、腐敗の段階へ入っていました。この時期、土中でこれほどの進行は難しい。半年以上前の遺体であってもおかしくはない……土の成分分析の結果、はっきりしたことがあります。多量の糖類が検出されました」

「糖類」

「嫌気性細菌の生存に必要な物質です。嫌気性細菌の異常な繁殖が確認されています。これ

が遺体の腐敗を速めた。そもそも腐敗、発酵とは微生物の生命活動に付随する現象ですから」

「細菌は……何処から？」

「土中に生息していた細菌が大増殖した可能性もありますが、糖分の検出から推測するに、被疑者によって意図的に混入されたものであるはずです。一般的に市販されていますから。乳酸菌や酵母菌、糖類による発酵促進剤として。食べ残しから、家庭用堆肥を作るための製品です。細菌の活発な働きにより、土中においても通常以上に腐敗が進んだ、と見るべきでしょう」

「被疑者が捜査の撹乱《かくらん》を試み、計画的に遺体を処理した、ということでしょうか」

研究職員は軽く首を振り、

「結果から判断すればそのように感じられます。浴槽を遺体処理の場所として選んだのは、分解の際に発生し、流れ出る体液を排水口から廃棄する目的があったのでしょう。とすれば、ある程度の計画性はあったようにも思えますが……実際のところは、むしろ偶然の産物に近いように、私達は推測しています」

「偶然、とは」

「被疑者達は、もっと安易に考えていたように思えますね。遺体に園芸用土を被せ、発酵促進剤を混入すれば、勝手に遺体は白骨化し、証拠隠滅に一役買うだろう、というような」

「このまま遺体が発見されなければ……そうなったのではないのですか」

「無理でしょう。そもそも発酵促進剤についての効能にも賛否があり、定まっていません。うまく細菌が土の中にゆき渡ったとしても、第一、嫌気性細菌による分解は効率が悪いですから。嫌気呼吸は好気呼吸とは異なり、エネルギーを得るために例えば糖類を無酸素で分解しなくてはいけない。蛋白質を分解するのは、生体を構成するための栄養素を得るためです。嫌気呼吸に必要な物質が減少すれば蛋白質の分解も滞り、遺体の分解、すなわち腐敗もいずれは停止する。そうなれば、昆虫の生息しない園芸用土の中では、遺体は腐敗することも損壊することもできず、あるいは屍蠟《しろうか》化した可能性もあります。本当に遺体を室内で早急に土へ還そうと試みるなら、好気性細菌を活性化させるために通気性を確保し、温度を高く調整するべきでしょう。しかし、そんな様子は何処にもない。むしろこの短絡的な方法で嫌気性細菌を増殖させ、中途とはいえ、ここまで遺体を分解させたことの方が驚きに値しますね。環境的な偶然が重なった結果のように思えます」

クロハは無意識に、靴先で床のざらつきを擦っていることに気がついた。そうしながら、犯人像について考え込んでいた。

「特捜本部では」

クロハは、リノリウムの床に広がる黒色の粒子から目を離し、

「被疑者達は冷酷であり、非常に計画性のある人物であると考えています」

「冷酷なのは間違いないでしょう。この遺体処理の仕方からは、実験的な発想を読み取るこ

とができます。つまり、人の遺体に対して、何等かの敬意を払っていた形跡はありません。計画性を持っての行為であることは否定しませんが、その実行は完璧ではない。個人的な印象でいうなら……冷酷で幼稚な発想、といったところですか」

——被疑者の発想は、残酷な子供のよう。

計画的ではあっても知識は断片的で、そのために行動の一貫性は破綻しているようにも見える。残忍で、けれど子供じみた……

爪先で黒っぽいざらつきに触れる。クロハは今触れているものが、自らが法医科研究室に持ち込んだものであることに、ようやく思い至った。靴裏の溝の中に入り込んだ土の粒だった。汚れは払っていたつもりだったが、奥に入ったものまでは取り除くことができていなかったのだ。研究職員もその辺りを見詰めていることにクロハは気付き、すみません、と謝罪した。

研究職員の冷静な目付きを前にすると、何か、悪戯を見付かったような気持ちになった。クロハが後ろめたさを感じていると、お忙しいようですな、と職員はいった。

「未だに現場を見回ることがあるのですか」

「現場、とは」

「遺体が発見された現場です。浴室、でしたね」

「どういう意味でしょう」

クロハは聞き返した。何かが、急に噛み合わなくなった。

「土ですよ」

研究職員は、むしろ当惑したように、

「同じものに見えますが」

クロハは片足を後ろへ上げ、靴の裏を見た。黒に近い土の色。滑り止め模様のところどころに、小さく固まっている。点々と、白い塊。牡蠣殻だった。指先に挟んで見詰めるクロハは、奇妙な感覚に襲われた。

遺体を発見した際に付着したものだろうか。

いや、とクロハは思い出す。その際の付着物は、足裏を撮影するために鑑識課が丁寧に取り除いたはず。


それなら、何処で。


「……女性一人分の遺体を土で隠すには」

クロハは研究職員へ、

「どれくらいの容積が必要となりますか」

クロハの体に満ちる緊張は、職員へも影響を与えたらしく、

「ある程度は必要となるでしょう」

顔からは少し血の気が失われたように見え、

「小型のユニット・バスほどの容積、といえるのではないかと」

隙間なく黒い土の詰まった直方体をクロハは想像する。

戸別訪問の際に、それほどの容積に相当するものと遭遇した記憶はなかった。車両で移動し、舗装された路面と建物内以外、歩いた覚えはなかった。集合住宅の壁沿いに設置された小さな花壇の列を思い出すが、砂に近い白茶色の土は容器から溢れることもなく、内部に固定されていた。

そんなものとは、全然違う。

ひと抱え以上もある直方体。他にどんな形があり得るのか。

クロハは自らの記憶の集積へと、降りてゆく。視界がぼやけた。

この数日間に移動した場所は限られている。捜査で訪れた範囲ははっきりと憶えている。番地まで書き出せるだろう。自宅へ戻る時には、タクシーを使った。時々は食料品店へ寄った。植木鉢のようなものは店内に存在しただろうか。その程度のものにすぎない、と考えるべきなのか。

クロハは瞼を閉じる。

何処かでこの黒い粒子と、もっとはっきりと出会っているような気がした。

戸別訪問より以前の捜査では、駐車場を巡っていた。ワンボックスを探すためだった。

瞼の裏に、浮かび上がる光景があった。

雨を防ぐために青い波形のビニルを頭上に敷いた、立体駐車場。

ざらつき。

手のひらに、感触が残っている。

私はあの時一つの車両へ、確かに近付いた。盗難車らしき黒いセダンへ。

……トランク・ルームにならば、遺体を隠すことはできる。

瞼を開けた。クロハの想像と同期したように、張り詰めた表情でこちらを見詰める研究職員の姿に気がついた。科学捜査研究所を訪れていたことを、思い起こす。

失礼します、と断り、クロハはコートから携帯電話を取り出した。

＋

霧雨が降っていた。傘を差す者は、誰もいなかった。

トランク・ドアが開くのを、その場の全警察官が瞬きもせず見詰めていた。

二階建ての立体駐車場、その一階の奥にクロハは再び足を踏み入れた。一歩ずつ黒いセダンへ近付くにつれ、想像は確信へと変わっていった。車両は異様な気配を放っていた。クロハの首筋の産毛《うぶげ》が逆立った。

黒い車体の後部を汚していたのは、砂埃だけではなかった。セダンのトランク・ドアの隙間には黒い土が挟まっていた。同じ質感の粒子はその下にもこぼれ、車体の影と同化していた。改めて観察すれば、明らかに車体後部のサスペンションは沈んでいる。トランク・ルーム内に、重たい何かが入っているのは間違いなかった。タケダと二人、そのことを確認したクロハは特捜本部へ連絡を入れた。

交通課からの報告によって、すでに盗難車であることは確認していた。駐車場の利用は被疑者により、無断で行われたものだった。鍵を所持するレンタカー・ショップの店員がやって来るのを待つ間に、特捜本部の鑑識課員が先着した。捜査員も引き連れていた。管理官の姿さえ混ざっていた。

若い男性の店員は、大勢の警察官に囲まれる事態に驚き、脅えているようだった。店員の気持ちを和らげようとする者はいなかった。皆が緊張していた。

ドアを解錠した店員を、鑑識課員が無言で下がらせた。持ち上がろうとするドアを、鑑識課員が押さえていた。店員は自然と、警察官の輪の外に立った。駐車場を管理する不動産業者の中年女性の隣で息を呑む店員を、クロハはちらりと振り返った。管理官へ頷き、鑑識課員がトランク・ドアから手を離した。

暗闇が現れる。

冷気が立ち昇ったように、クロハは感じた。

内部には黒い土が詰まっていた。異臭はしなかった。鑑識課員が、手袋を装着した腕を土の中へゆっくりと差し込んだ。手のひらが全部土に隠れる前に、ある、とひと言だけ小声でいった。慎重な手つきで表面の土をかき分けた。白い肌が出現した。人の横顔が、突然クロハの視界に飛び込んできた。

女性だった。四番目の犠牲者。腐敗してはいなかった。こめかみに、樹枝のように青い血管の走る頭部があった。

何か溜め息のようなものが、捜査員の間から漏れた。

地域課員の応援を呼んでくれ、と管理官が私服警官の一人へ命じた。

「ビニル・シートを張る。車ごと運ぶ前に現場から必要な証拠を採取する」

細かい雨の降る中へ、捜査員が走り出した。今より現場は、捜査一課と鑑識課が中心となるべき領域だった。クロハは捜査員の群れから、一歩後ろへ外れた。

血の気を失ったレンタカー・ショップの店員へ、

「被疑者に関係する書類を、提出していただけますか」

店員は大げさな身振りで二度、頷いた。もちろんです、といった。携帯電話を震える手でつかみ、慌てた口調で店側へ連絡を入れた。

書類を受け取りにゆく旨を、管理官へ伝えた。管理官は一瞬だけ振り返り、よし、といった。それ以降は、クロハのことは眼中にない様子だった。

タケダとともに捜査車両へ乗り込もうとすると、背後に管理官の大声が聞こえた。怒鳴るように、鑑識員へ指紋採取の指示を出していた。運転席へ、クロハは体を滑り入れた。

＋

十数階分の灰色の建物全体を、機械式駐車場として使用しているようだった。

レンタカー・ショップの店構え自体に飾り気はなく、車両を出し入れするエレベータの銀色の大きな扉が、薄暗い空間の奥に見えていた。広大な倉庫のような屋内の床には、車両の向きを変えるための回転盤がアスファルトに埋め込まれ、設置されていた。他には、ほとんど何も置かれていなかった。業務用の円筒形の掃除機と小さなパンフレットを並べたアルミ製の棚が、店の隅に並んでいるだけだった。クロハは空間の上部に位置する監視カメラを見上げる。クロハ達の立つ、受付前の動きを撮影するには、やや遠いようにも思えた。

受付とは窓硝子で仕切られていた。小型のカウンタには料金表と車種の一覧を細かな文字で記したＡ４用紙が載っていた。その隣の金色のチャイムを、クロハは指先を揃え、鳴らした。

慌てる様子もなく、店員が受付の狭い空間に現れた。警察手帳を開き提示すると、思い出したように身を屈め、何処からか被疑者関連の書類を持ち出した。解錠し、硝子戸を開けた。どうぞ、と店員は書類を差し出した。よく見れば、その顔には緊張が表れていた。ふくよかな面立ちに、隠れていたのだった。

クロハは念のため、綿の手袋をはめた。その手で受け取り、印刷された運転免許証の情報と、被疑者自らが筆記した申込書の二通を確かめる。隣からタケダが覗き、唸った。

「……周到ですな」

といった。

「以前に発見されたものとは、名前も住所も違う」

タケダのいう通りだった。同じ偽造免許証を使い続ければ、たとえ同一のレンタカー・ブランドを利用しなくとも、同業者間で流される要注意人物一覧《ブラックリスト》を元に、不正を暴かれる可能性があった。

ｅｃｈｏは用意を怠っていない。クロハは、申込書の一部に目を留めた。

黒い四角形があった。文字がインクで塗り潰された痕跡。

凝視するうち、それが何を意味しているのか、クロハは徐々に理解する。

屋内の天井へ申込書をかざし、蛍光灯の光を透かした。思わず、目を瞠った。

クロハは硝子越しにこちらを窺う店員へひと言礼をいうと、歩道に接して停めた捜査車両へ戻るよう、タケダを促した。

細かな水滴を全体にまぶした捜査車両の扉を開け、運転席に座ったクロハは、

「これを」

タケダへ向け、書類上の黒い四角形を指差した。

「緊急連絡先の欄ですか」

助手席に腰掛けるタケダは訝しげな面持ちで、

「訂正した部分が二ヶ所、ありますが……」

「被害者の順番を考えれば、この申込書は前回に発見されたものよりも、以前に書かれた書類であるはずです」

「それが……」

「被疑者は運転免許証に記載された以外の情報、緊急連絡先の偽造情報までは考慮していなかった可能性があります。申込書は普段利用しているレンタカー・ショップでは必要ありません。会員でないものだけが書くことを義務づけられた書類です。これを作成することは実際に書面を目にするまで、被疑者の念頭になかった、と考えることはできます。突然書き込む必要に迫られた被疑者の、その動揺が二ヶ所の訂正部分に表れているのではないでしょうか」

「ということは」

タケダは驚いた顔でクロハを見返し、

「上書きされ、消された部分には……」

「被疑者に関係する文字が記されていたはずです。本来の住所が。被疑者の住所か、あるいは関係者の住所。筆記した後、被疑者はそのことに気付き、塗り潰し、書き直した。光に透かして見てください。筆圧として、完全な形で文字の一部と数字が残されています」

水滴を模様のように付着させたフロント・グラスへ書類を差し上げ、タケダは再び唸った。

浮き上がる文字を読み取り、

「……文頭には『ノ』の字。番地を示す最初の数字は……『3』」

「『ノ』は人偏《にんべん》、あるいは『川』。『大』の一部かもしれません」

大きく息を吸うタケダへ、

「『川』であれば、現在戸別訪問を行っている範囲の一部と重なります。番地を考え合わせれば、範囲はさらに絞ることができます」

「……戸別訪問も現実味を帯びる、と」

「その通りです」

「戻りましょう」

タケダは高揚する気持ちを隠そうともせず、慌ててシートベルトを助手席の側面から引き出した。

「まだ現場に管理官もいるはずです。書類を直接届けましょう」

はい、と了解するクロハ自身も高揚していた。

霧のような雨が、すでにやんでいることに気付いた。

四

警察車両のサイド・ウィンドウ越しに、集合住宅の一室から被疑者が連れ出される様子を、クロハは目を凝らし見詰めていた。

黒色の冷気が窓の隙間から流れ込んでいても、ほとんど気にはならなかった。被疑者確保に興奮し、緊張してもいた。これほど大掛かりな逮捕劇に立ち会うのは、初めての経験だった。周辺を固めるための待機任務ではなく、舞台中央への参加をクロハが許されたのは、事案を解決に導いた功労者であると認められたからだろう。とはいえクロハの役割は、ほとんど終わっていた。捜査一課の車両、その助手席に乗り込むことはできても、被疑者確保に直接関わる立場にはいなかった。

確保の準備が整う間は、捜査員の一人がダッシュボードに置いた携帯電話のTV放送を、車内の助手席で視聴した。携帯電話は報道番組を映していた。消費者金融での被疑者射殺の話題に入った。警察における武器使用の妥当性を、二人の識者が賛否それぞれの立場から意見した。クロハの背後の中年の捜査員が、何時までもうるせえな、とつぶやき、それを受けて誰かが小さく笑った。シガー・ソケットと携帯電話を接続するカール・コードが空調の風を受け、揺れていた。必要な人員が集まったことを知らせる無線連絡が流れ、同乗の捜査員はクロハを置いて皆車を降りた。巨大な集合住宅を取り囲む警察車両の群れの一台から、被疑者確保の動きをクロハは見届けようとしていた。

建物の階段を踊り場で折り返す被疑者が、視界に入る。レンタカー・ショップの監視映像に残されたものと同じ眼鏡をかけ、藍色のフライト・ジャケットを身に着けていた。少し俯いてはいたものの、男に自分の顔を隠そうという素振りはなかった。

子規《シキ》孝《タカシ》。三十一歳。集合住宅の賃貸契約書によれば。

偽造の運転免許証とは、一つ違いの年齢以外、重なる箇所はなかった。

クロハ達が特捜本部へ届けた書類は、被疑者の現住所を推定するその範囲を、著しく狭めた。以前の戸別訪問時に被疑者と接触することができなかったのは、捜査範囲の最重要領域から、ほんの少しだけ外れていたためだった。位置のずれを修正したのは発見された書類上の、隠された二文字だった。重要捜査範囲が慎重に修正されると、光学レンズの焦点が突然合ったように、被疑者の目撃情報は具体性を増した。子規孝へ辿《たど》り着くまでに、時間はかからなかった。それからは、何も難しいことはなかった。突き止めた集合住宅に捜査員十数名が張り込み、部屋へ戻る人影の確認が完了すれば、後は特捜本部からの応援を加えて建物周囲を固めるだけだった。

捜査一課の私服警官に、左右から上腕をつかまれた被疑者が駐車場を横切り、クロハの乗る車両の傍を通りかかった。間近で見れば、監視映像に残されたものよりも、小柄に思えた。暗い目付きを前方の遠い何処かへ向け、色素の薄い唇は微かに開かれていた。細身の顔立ちの中に、感情らしきものは窺えなかった。ただ内部の空白を支えるだけの容器のように見えた。街灯の光を浴び、顎先の尖った横顔のラインが、一瞬強く浮かび上がった。一台の警察車両の後部座席へ、捜査員とともに静かに乗り込んだ。クロハの視界から消えた。

撮影班が慌ただしく鑑識車から出る様があった。共同住宅を囲む捜査車両をさらに取り巻くように、野次馬達が集まり始めていた。その中には大型の撮影機材を携えた、報道記者達の姿も交ざっていた。被疑者確保の瞬間を捉えるために、急ぎ機材を設置する様子が方々にあったが、無理に前へ出ようとする姿勢は見られなかった。警察と報道との間に、今回の逮捕劇について、すでに何等かの話し合いが持たれている、ということだった。

覚えのある人物を認め、クロハは咄嗟《とっさ》に顔を背けた。

臨港署のエントランスでクロハの手首をつかみ問い詰めた、あの女性記者が数メートル先の人混みの中にいた。現場を整理する地域課の制服警官へ、大きな身振りで何かを訴えている。

被疑者を乗せた車両が発進した。被疑者が移動したことで現場の喧騒は大分、静まったようだ。車内の無線機をクロハは見遣った。捜査員達が大声で現在状況を伝え合う中に、気になる報告を聞いた。

入院治療中の被害者が供述を始めた、という捜査一課からの情報だった。現場、所轄署、本部に散らばる幹部達へ確実に伝達されるよう、敢えて捜査系の無線に乗せて、流したものらしい。

『わずかではありますが、受け答えもできる状態です。名前はヤクノ。二十四歳』

病院側から連絡を受けて面会へいったという警察官の声は、震えていた。相当興奮しているらしく、

『当時の状況を整理して話せるほどには回復していませんが……明日からまた、少しずつ質問を重ねるつもりで……』

肺の中に残る、微かな腐臭を意識した。それもやがて完全に消えるだろう、と思えた。事態はとうに新たな局面に入っている。共犯者が何人いようと、事案はすでに解決へと進み出している。

けれど問題が全て霧散するわけでもなかった。事案解決に対する不安が薄れると、今度はまた別の影が心の中で色濃くなるようだった。影は一つではなかったが、気持ちの中で混ざり合い、クロハの鳩尾《みぞおち》の辺りを内側からつかみ、ゆっくりと締めつけた。影の一つは、今クロハの傍に実在した。

腰を座席の前方へ滑らせ、姿勢を低くする。クロハはこめかみに指先を当て、手のひらで顔を隠しつつ、外を見遣った。女性記者の位置を確かめた。見付かった時には車外の何処へ

逃げ出すべきか、考えながら。意外なことが起こっていた。

女性記者は誰かといい争っていた。小柄な体付きに似合わない鋭い眼差しを、背広姿の男性へ浴びせていた。女性記者へ立ち塞がるらしき、その私服警官がイワムロであることを知り、クロハは驚いた。

周りの人目を引く大きな声で、罵《ののし》り合っていた。いい加減にしろ、というイワムロの台詞が、車内のクロハにも届いたほどだった。女性記者が高い声色でイワムロへ何かをいった。嘲笑するように。記者の視線は、時折クロハのいる辺りにも向けられた。

あの女は、と記者が乱暴にいう声が聞こえた。その台詞を契機に、記者の言葉が聞き取れるようになる。クロハは寒気を覚えた。記者の目的が自分であることが、はっきりしたからだった。誰から私の居場所を聞いたのだろう？

憎しみを宿すように強張らせた面立ちを、クロハは直視できなくなった。今や女性記者の口にする言語の全てが、被疑者へ発砲しなかったクロハの行動を非難するものとなっていた。

クロハは深く身を沈めた。

「射撃競技の成績というものはね」

女性記者の声はそれでも届き、

「人を殺すための成績よ。それを彼女は本当に自覚しているの？」

問題は決して霧散しない。何時までも私の周囲に漂い続ける。

老人の太腿から流れる血は、止まらなかった。

もっと以前の事件までも、クロハの脳裏に甦った。ある女性はクロハの目前で自らの意思のもと、大型貨物自動車の前に飛び出し命を絶った。車体の陰から流れ出した鮮血。薬物中毒の少女の体はクロハの腕の中で強く硬直し、最期に溶けるように弛緩した。乾いた唇。太腿の、注射針の痕。

両手のひらで、顔を覆った。

もう一人の女性を、クロハは想像する。

あの女性《ひと》のように。

ユキのように強くなれたら。

＋

所轄署の小さな食堂の隅にクロハは座った。アサクラはなかなか現れなかった。

暖房の風が直接当たり、クロハの頭をぼうっとさせた。紅茶の入ったカップが冷たくなってからは、自分の揃えた膝にコートの上から両手のひらを乗せた。手のひらだけが寒かった。

時々、指先を擦り合わせた。返却口へ食器を運ぶ警察官達が、見慣れないクロハへ不思議そうな視線を投げるのは、顔を上げずとも分かった。昼食の時間帯は過ぎていて、人の出入りは緩やかなものだった。

クロハの思考力を鈍らせているのは、空調の風だけではなかった。実際に再会する、という状況がクロハを動揺させていた。望んでいた機会のはずだったが、何を話しかけるつもりだったのか、思い出せなかった。謝罪の言葉。できることなら励ましの言葉。けれど何一つ具体的に思いついたものはなかった。互いの予定が合う、という状況は予想外に早く、思いがけずやってきた。


特捜本部は被疑者確保に関する書類を作成するのに忙しかったが、実際に犯行を目撃した人間が存在しないため、参考人供述調書を用意する必要もなく、労苦は一部の捜査員のみが負うものとなっていた。被疑者が使用した車両の発見経緯を説明するための捜査報告書等、作成義務のある書類をクロハも幾つか抱えはしたが、それ等の提出さえ済ませてしまえば、後の任務は捜査会議へ参加することだけとなった。

被疑者確保後初めての捜査会議は真夜中に、慌ただしく終了した。直後に記者会見が控えているせいもあった。これまで公開を制限していた情報の全てを報道陣へ伝えるための、重要な会見だった。会議では講堂の前方に陣取る幹部ばかりが話をした。刑事部長まで姿を見せていた。捜査一課長と並び、長机を前に堂々と座っていた。幹部の顔のそれぞれには時折笑みが浮かび、すぐにそれを隠した。

「被疑者の口は重い」

管理官は、講堂内の空気をもう一度引き締める強い口調で、

「完全黙秘を貫こうとしているようにも見える。殺人と死体遺棄についてはもとより、犯行に至るまでの経緯、計画あるいは準備段階の実情を一つもいい出そうとはしない。共犯者についても同様だ。しかしレンタカー・ショップの書類に残された指紋と被疑者のものが同一であることは、すでに確認している。起訴は先ず間違いなく、再逮捕の準備も当然、進めている。時間は充分にある。焦る必要はない。従って、これから被疑者の身柄を送検するまでの四十数時間は犯行の細部へ踏み込むよりも、被疑者の自供を引き出すための準備に使うつもりだ。一種の信頼関係を被疑者との間に築く。近年においては黙秘さえすれば罪を逃れられる、という風潮が犯罪者の間に見られるが……我々はそう甘くはない。その後の勾留期間中、被疑者の自尊心を損ねることなく、ゆっくりと情報を引き出すつもりだ。だが我々は実際には、決して被疑者の側に立つことはない。当然ながら、な」

管理官らしい方法とクロハには思え、悪いやり方ではない、とも思わずにいられなかった。

連続殺人の被疑者達に共通項があるとすれば、それは本人さえ持て余すほどの巨大な自尊心を抱き続けることを強制され、決して放すことが許されない、という宿命にある。クロハは以前実際に、その禍々《まがまが》しさを経験していた。

管理官は被疑者の自尊心を利用しようとしている。

「被害者の意識が戻ったことについて、皆にも連絡は回っていると思う」

管理官は手元の書類を手に取って眺め、

「未だ栄養失調状態にあり、頭痛、嘔吐感《おうとかん》も残っている。筆記もできない体調にある。長時間の聞き取りは不可能だが、少しずつ調書作成も進めており、この方面からの事案解明も期待できる。また、新たに発見された被害者女性の遺体についても、すでに司法解剖は終わっている。発見の早さもあり、今回はほとんど腐敗は進行していなかった。頭蓋骨に亀裂骨折箇所が複数あり、全て四番目の映像に記録された状況と一致している。一連の殺人の被害者に、間違いない」

新証言が得られ次第、諸君には動いてもらう、と管理官はいった。

「特捜本部に参加する捜査員、鑑識員、皆ご苦労だった。被疑者を拘束するこの二日間を利用して、書類作成の義務のない者を半数ずつに分け、自宅待機の扱いではあるが、休暇を取ってもらおうと思う。次の任務は証言に基づく裏付け捜査となる。また忙しくなるだろう。今のうちに英気を養ってもらいたい。ただし常に連絡のつく態勢を作っておくよう、重ねて注意する。私からは以上だ」

管理官の後を受けた捜査一課長が捜査員達へ労いの言葉をかけ、刑事部長は、事案の全貌解明はこれからである、との激励を口にした。

捜査の成果と休暇によって、講堂内は初めて穏やかな雰囲気で満たされた。クロハにも翌日一日の休暇が与えられた。特別捜査本部を立ち上げて以来、初めてのことだった。

目の前が陰った。

「ご無沙汰しております」

丁寧にいう声を聞き、クロハは慌てて起立した。机を挟んだ目の前に、制服警官が立っていた。ネット・カフェで見掛けた時よりも、さらに痩せたように思えた。頬からは刺のような黒く短い髯が数本、突き出ていた。アサクラは視線を合わせなかった。

こちらこそ御無沙汰しております、と挨拶するクロハが存在しないかのようにアサクラは着席した。

「どんなご用でしょうか」

乾いた口調でいった。

アサクラにとっては、様々な人間へ何度もいった言葉、機械的に繰り返した台詞だろうと思えた。アサクラに倣い腰を降ろしたクロハは狼狽えていた。緊張とはまた別の感覚だった。

別人のよう、と思わずにいられなかった。

「……お礼を申し上げるのが、遅くなりました」

それだけを小さな声で伝えた。沈黙があり、そしてまたクロハが口を開いた。

「消費者金融の屋上では、ありがとうございました」

頭を下げるが、返事はなかなか返ってこなかった。

「お礼をいわれるようなことは、何も」

アサクラが、やっとぽつりといった。クロハは会話の機会を逃すまいと、

「今までアサクラさんにだけ、責任を押しつける形になっています」

顔を直視することはできず、クロハは自分の手先を見詰めたまま、

「あの時、被疑者の銃口は私へ向いていました。撃つ必要があったのは私の方です。アサクラさんが拳銃を使用され、私が使用できなかったのは、警察官としての備えのなさによるものです。申しわけありません。幾つもの意味で、私はアサクラさんに命を助けられたと思っています」

「……あなたの命を助けるなど、私にはできませんでした」

アサクラはそういった。何の気負いもない口調で、

「結果は一つです。無防備な人間が一人死んだのは、私が放った銃弾によるものです。私の銃弾は結果として、一人の命を奪う以外の意味を持ちませんでした。不注意によるものです。私以外の、誰の不注意でもありません」

「あの時、私は被疑者の持つ銃が偽物であることを見抜けませんでした。同じ状況で、真贋を咄嗟に判断できる者がいたかどうか……私にはそんなことをいう資格は、ないのでしょうけど……」

「私達の世界は、結果で判断されます。それを不服とは思っておりません。先程からのあなたの仰りようはまるで」

一瞬、アサクラの瞳がこちらを捉えた気がした。

「まるで、あなたが撃っていれば、状況が変わっていたかのように聞こえます」

「……いえ」

「あなたが撃っていれば、男の動脈を一切傷付けることがなかった、とは限りません。あなたが如何に射撃の名手であろうと、男の身じろぎ一つで、全ては変化するのですから。私と同じように偽の拳銃を見抜けなかったのであれば、後は確率の問題にすぎません」

その通りだ、とクロハは思う。事実以外の結果を考えるのは——例えば、自分が撃ってさえいれば被疑者を死に至らしめることはなかった、と考えるのは——傲《おご》りが夢想させる無意味な光景でしかなかった。

「私は自分の責任において、発砲したのです。それだけは確かです」

アサクラの言葉は、クロハを突き放すようだった。気がつくと、両瞼をきつく閉じていた。きっと、そういうことなのだろう。クロハは失意の中、思う。アサクラは私のことを、同じ側に立つ人間とは、もう捉えていない。

何か、特別な感情が胸の内をよぎった。けれどそれをクロハは抑え込み、

「屋上の件から今まで、沢山のご苦労があったことと思います」

別れの言葉を探している自分を見付けていた。

「正直申し上げて、ご心中を察することさえ難しいと感じています」

「報道機関。市民団体。個人的な苦情。県議会議員。訪問者は多くやって来ました」

アサクラはあくまで静かに、

「何事もありませんでした。直接話をした相手は一人もいません。全て警務課が間に入り、直接接触することのないよう、計らってもらいました。充分に、保護してもらっていると思っています」

アサクラの顔立ちをクロハは一瞬、視界に収めた。

何事もなかった、とはとても信じられなかった。

「自宅に、誰かがやって来るようなことは」

クロハの質問に、アサクラはわずかに頷き、

「公表していないはずの自宅にも、確かに彼等は訪れました。私が残念に思うのは、そのことです」

言葉の端に神経質な響きが足され、

「来訪を受けること自体をいっているのではありません。残念なのは、警察内部には機密であるはずの情報を漏らす人間が存在する、という事実です。報道記者や違法な組織との癒着。ごく一部であったとしても、それ等に手を染める者は確実に存在します。そして私は」

固唾《かたず》を呑む音が聞こえ、

「そんな警察官達よりも悪質な人間であるとして、世間から責め立てられたのです。今も続いています。きっとこれからも」

この場にいることの心苦しさが、耐えられないほどクロハの体内で膨らんだ。高潔なのだ、と思う。警察官としての誇り高さが、アサクラをいっそう惨めな立場へと追い込んでいる。

「……世論に負けて欲しくない、と思っています」

最後に何かをいわなければいけない、という気持ちになり、

「お話をうかがい、僭越《せんえつ》ないい方ですが……アサクラさんのお考えは、警察官として相応しいものと感じています。私もアサクラさんに倣おうと思います。警察官として、努めます」

アサクラは返事をしなかった。

「職務に戻ります」

クロハはそういい、立ち上がった。ちらりと確かめたアサクラの瞳は、しかし出会う以前よりも生気をなくしたように見えた。頭を下げ、開け放たれたままの食堂の出口へと歩いた。廊下に出た時に振り返り、もう一度辞儀をした。

アサクラは支柱の陰に隠れ、丸められた背中の一部以外、確認することはできなかった。

エレベータの中で、クロハは一人になった。自分が何を伝えたかったのか、今では全然分

からなくなっていた。アサクラのためになったことは、たぶん一つもない。

きっと私は。

私は、互いに励まし合うような関係を作りたかったのだ。私の都合だけを考えて。

会話中に覚えた悲しさが、心の内にはっきりとある形を作っていた。憂いを帯びたアサクラの顔立ちだった。夢の中でも見たことがある。成人したアイの姿として。

アサクラに好意を持っている自分を、クロハはようやく意識した。自覚したことで、いっそう胸が苦しくなった。潰れて欲しくない、と思う。また何処かで出会い、もっと別の、何でもない会話が交わせる未来をクロハは息苦しさの中、願った。

扉が閉まり、エレベータが動き出しても、アサクラの表情が頭から離れなかった。私が追い込んだのだ、と思い至った。

乾いた瞳だった。以前何処かでも、見たことがあるように思えた。

クロハはぞっとする。

間違いに気付いた。

私は今、恐ろしいことをアサクラへ仕掛けたのだ。

取り返しのつかないことを。

クロハは手のひらで階数ボタンを叩いた。全てのボタンを押した。食堂のある場所よりも二つ下の階で降りることになった。緩慢に開く扉の隙間から、クロハは廊下へと飛び出した。靴音が大きく鳴った。

階段を駆け上がる。全力で走った。

食堂から出たばかりの女性警官の驚いた顔と擦れ違った。

クロハは歩調を緩めた。息が切れていた。

食堂の奥、支柱の近く、窓際の席からアサクラは動いていなかった。アサクラの背中がぴんと張るのを、クロハは見た。黒い鉄の輝きが持ち上がるのを見た。

クロハはリノリウムの床を蹴った。

アサクラが、自らのこめかみへ当てた回転式拳銃の引き金を絞り、銃声が食堂の空気を震わせた。

銃口から硝煙が立ち昇った。

クロハの、思い切り振り上げた腕によって、銃の先は天井へと弾かれていた。

手首をつかむ機動捜査隊員の顔を、大きく見開いた両目で、アサクラは振り返った。

今日初めて、ひどく脅えた視線がはっきりとクロハを捉えた。

食堂が厨房の中まで静まり返っていた。クロハは、ごめんなさい、と声に出した。

アサクラの瞳を見詰めたまま、

「警官を辞められるべきだと思います」

アサクラの腕を握った片手に力を込め、

「ごめんなさい。私がいうべきことではないかもしれません。ですがあなたは今、職務と世論に挟まれ圧殺されようとしています。辞めるべきです。それがきっと、唯一の選択です。死んでしまっては、全てが終わります」

騒《ざわ》めきが周囲に発生していた。けれど、ほとんどクロハの意識には入らなかった。誰かがアサクラの手から、そっと拳銃を離した。

アサクラの目は見開かれたままだった。ふと、目元の緊張が緩んだ。アサクラの顔から、体から力が抜けた。そうか、といった。

「辞めればいいのか」

アサクラは視線を落とし、ぽつりとそういった。

気がつくと、狭い食堂の中は大勢の警察官で一杯になっていた。

うなだれるアサクラから、クロハは手を離した。

指先に、アサクラの重みが残っていた。

クロハとは入れ違いに、署長は青ざめた顔で逃げるように署長室を出ていった。

所轄署の警務課員は、クロハを責めようとはしなかった。あり得ることが実際に起こり、本部所属の機動捜査隊員が未然にそれを防いだ、とむしろ淡々としたいい方で機動捜査隊の班長と捜査一課管理官へ報告した。その後に、受話器は署長の机の前で直立するクロハへ渡された。クロハです、と伝えるが、管理官はなかなか喋り出そうとしなかった。

数十秒間の無音ののち、

「会いにいくな、といったはずだ」

怒りを押し殺した声が受話器のスピーカから聞こえた。クロハもしばらくは沈黙で答える。そして自分でも思いがけず、強い言葉が口をついて出た。

「処分していただいて結構です」

本気でいったことにクロハは気がついた。後悔もなかった。

「ふざけているのか」

管理官は低い声で、

「処分など、後の話だ。今お前に何等かの処分を与えれば、問題が発生したことをこちらから宣伝するようなものだ。余計な動きをするな。俺が出せというまで報告書も提出するな。自宅に帰って、そこを動くな。いいな」

はい、と何とかそれだけは返答することができた。

乱暴に通話を切断する音がクロハの鼓膜を震わせた。受話器をそっと机の上に戻した。

クロハが手を離した途端電話機が鳴り、警務課員が受話器を取り上げた。

自宅へ帰りたくはなかった。部屋の中で一人になることを想像するだけで、気が滅入《めい》った。

「アサクラは警察病院へ送られました」

警務課員の声がした。

「自分の足で歩いていたそうです。落ち着いていたそうですよ」

呪いのように縛り続ける責務から、逃れる決意ができたのだろう。喜ぶべきなのだ、とクロハは自分へいい聞かせる。

「帰宅されますか。いえ……管理官の声が聞こえたものですから」

はい、としか答えようがなかった。

警務課員はクロハの前を横切り、署長室の、木製の扉を開けた。

誘いに従って出口へ向かう。立ち止まったクロハは警務課員へ深く頭を下げた。心の整理は、まだ何もできていなかった。ただ署長室を出なくてはならない、という義務を感じただけだった。視線を上げたクロハは、警務課員の視線に含まれるものに気がついた。

どうしても確かめたくなり、

「……消費者金融の件以来、アサクラさんは」

扉を押さえる警務課員へ、

「署内で、どのような立場に置かれていたのでしょう」

「あなたが気にする必要はありません」

姿勢を正すが、表情もなく警務課員はいった。アサクラと同世代の男性だった。クロハとは関係のない話、といいた気な口振りは所轄署側の、一種の配慮と捉えるべきかもしれなかったが、クロハにしてみれば、ほんの一瞬だけ生まれたアサクラとの絆《きずな》を断ち切るひと言としか、受け取ることはできなかった。

「アサクラさんを追いつめたのは、私です」

事実から逃げるつもりもなく、

「私は鞭打たれ続ける人間に、それでも列を乱さないよう、忠告したのですから」

「銃弾を逸らしたのも、あなたです」

警務課員の声は意外に柔らかく、

「彼は今後、新しい道を進むでしょう。後は、アサクラ個人の問題です」

一旦は大きく開けた扉を、警務課員はゆっくり閉じて、

「正直にいいましょう」

今まで以上に落ち着いた口調で、

「私達は、早くアサクラを辞めさせたかったのです。この小さな警察署のためにも」

「アサクラさんは署内で……」

「署内は消費者金融の件があったのちも、何も変化はしていません。皆が努めて平静に振舞い、通常通りの業務をこなし、アサクラへも話しかけていた。彼目当ての訪問者を追い払い、それを一々アサクラへ報告することもありません。しかし結局は……日常的であろうとする環境そのものが、アサクラを追い込んだのでしょう。平静を装い、私達は目を閉じ続けていた。日に日に痩せ細ってゆく姿を見て誰かが、辞めろ、というべきでした。私達があなたを非難することはありません」

警務課員の顔立ちの中に一瞬、痛みを堪《こら》える表情を、クロハは認めたように思う。

「アサクラさんとは、お知り合いですか」

「知っています。昔から」

歩き出すと、応接用の机に置かれた筆立てと硝子製の灰皿の位置を直し、

「県警に入ったばかりの頃は、同じ寮、同じ部屋で過ごしていました。彼は働き者でしてね、最前線で懸命に働き出世が遅れ、要領のいいだけの私の方が何時の間にか、上の階級となりました。あいつに何か問題があったとすれば」

小さな音で吐息をつき、

「責任感が強すぎ、無口であったことです。そういう人間はどんな組織の中でも重宝される。いい方を換えれば、利用される。結局は何時も自分の身を削ることになり……いえ、それももう終わりです。いずれにせよ、彼は警察官を辞める」

扉の前に戻り、再びノブに手を掛けた。

「最良のことです。誰にとっても」

落ち着きを取り戻した声でいい、扉を開いた。

外には所轄署のエントランスが広がり、そこはすでにアサクラとは何の関係もない場所だった。クロハは警務課員へ一礼し、署長室を退出した。

背後で、木製の厚い扉が静かに閉じる音。

交通課の受付の前を通り、クロハは面を伏せたまま自動扉を抜け、所轄署の外へ出た。

+

細かな雨の降る光景は変わらなかった。

城塞は人よりも大きい石材を大量に組み合わせることで、作られていた。石材のおうとつが、複雑な影の模様を城壁に描く。けれど、これはただのバンプ・マッピングにすぎない。実際には存在しない起伏だった。簡略化した光源計算を、城壁のテクスチャへ適応させているだけだ。

それでも赤味の差した空の下、城郭の中央に建つ天守の存在は圧倒的だった。

巨大な直方体と円柱が密集して並ぶ天守の壁面には、守りのために間口を狭くした窓が切れ目のように設えられているだけで、後は塔の天辺に翻《ひるがえ》る旗以外飾りもなく、凝集された質量を誇示し、クロハを見下ろしていた。

敷地内には多くのキャラクタが動いていた。平野で負け戦となった場合の、城塞に逃げ込んだのちの防戦の備えを完了させようとしている。城壁の、それぞれの矢狭間《やざま》の傍に弓を立て掛け、落石の準備をし、陥穽《かんせい》の位置を決めようと話し合いが行われていた。敷地内では野戦に勝った際の攻城戦を想定して、車輪のついた投石機と破城槌と攻城塔が、ところ狭しと並べられていた。

跳ね橋はまだ下りていた。多くのキャラクタと擦れ違いながら、クロハは橋を渡り、城塞を後にした。誰もクロハに気付くものはいなかった。

戦の用意だけでさえ見て回る価値はある、とクロハは素直にそう思った。

森の間の街道を、徒歩で歩いた。前回とは逆方向からの移動となった。時折、直接座標を入力して、道のりを短縮した。正確な位置は書き留めていなかった。

コンパスに目印は表示されず、記憶を頼りに、クロハは小高い丘を目指した。

身につけたクロークが脚にまとわりつく様子は液体のように表現され、その感触が実際に伝わりそうなほどだ。

街道は静かだった。道の上にはクロハ以外、誰も存在しなかった。

辺りが暗くなった。

時々は周囲の森の中に、生きものの気配を感じた。脚の速い動物の群れの動きを音に聞き、巨大な何かが木々の枝を掻き分ける雰囲気が多角形《ポリゴン》の肌に伝わった。

憶えのある地形を認めたように思え、クロハは進路を変えた。黒々とした森へと分け入り、斜面を登った。苔のついた大きな岩と再会し、道のりに間違いはなかったのだと確信した。

丘の頂上に出ると、星空のように細かな光が集まる風景が、眼下にあった。石造りの城を縁取る光の群れ。城塞のあちこちに篝火《かがりび》が焚《た》かれ、戦意を示している。

丘の上の大木は炎を点《とも》していなかった。


ユキは現れなかった。

＋

霧が街を覆っていた。雲が地表に降りてきたようだった。

家庭裁判所支部の入り口に設置された傘立てに、クロハは傘を固定した。鍵を抜き取ると盗難防止用の錠が掛かった。壁には、エネルギー節約のために暖房を抑えております、との張り紙。屋内でもクロハの吐息は、少しだけ白く染まった。前回と同じように。

エントランスに足を踏み入れた途端、意表を衝かれ、クロハはひどく緊張する。

見知った人物が長椅子に座っていた。ミハラだった。誰かと話し込む元義兄の前を通らないよう、クロハは通路へ入った。そのままエレベータを目指す。

前歯が下唇に食い込んでいて、傷付けそうになるのを辛うじて堪えた。

元義兄とは一切顔を合わせたくない。裁判所へ、はっきりとそう伝えるべきだった。

歩きながら冷たい指先を揃え、両方のこめかみを押さえた。動揺を静めているつもりだった。確かに動揺していた。元義兄の存在が、今では自分で思っていた以上に、気持ちへの圧力となっている。小豆《あずき》色の扉の前で上昇ボタンを押した瞬間、名前を呼ばれ、クロハはぞっとするような心地で振り返った。

小柄な丸顔の男が駆け寄って来た。身に着けた高級そうな外套から、名刺入れを抜き出した。名乗り、初めまして、といった。

「ミハラ氏の弁護士を務めております」

エレベータが到着することばかりを、クロハは考えていた。

「待っていれば、現れると思っていました」

弁護士は愛想よくいい、

「あなたから何か要求がある場合、私を通していただければ、と思います。その方が交渉も円滑に進むでしょう。この件に関しては、私がミハラ氏の正式な代理人であるとご理解いただきたい」

「分かりました」

クロハはエレベータの到着階数を示すデジタル表示へ向き直った。内心、落ち着こうと努力はしていた。不必要な接触、としか思えなかった。

「何か、具体的なご相談があるのなら、私が承りますが……」

クロハは弁護士の顔を見ず、

「どういう意味でしょう」

「例えば、金銭的なお話であるとか。あなたが必要だと思う金額が現実的範囲内であれば、私からミハラ氏へ掛け合ってみることは可能です。ミハラ氏もある程度の金額は考えておられるものと……」

クロハはかっとなった。

もう一度、上昇ボタンを押した。手のひらを叩きつけるような格好になった。

落ち着けユウ、と心の中でクロハは命じる。弁護士の言葉は、また別の駆け引きのためにあるのかもしれない。冷静さを失わせるのが、彼等の目的かもしれなかった。

「私からの要求は」

クロハは弁護士の目を横顔で睨みつけ、

「ただ一つです。アイと一緒にこれまで通り暮らすことです。他に望むものはありません」

少し脅えた顔をしたのは一瞬だけで、弁護士は外套の襟を正す仕草をみせると、その口元には余裕らしきものが表れた。

「これから、また思い浮かぶかもしれません」

両手を外套の前で組み、

「その際は、遠慮なく仰ってください。できる限り、お応えしようと思います。私はミハラ氏の弁護士ですが、ミハラ氏とあなたとの丁度中間に立てたら、と考えていますから」

クロハの怒りは収まらなかった。

扉が開き、エレベータの中に乗り込むと、もう一度相手を正面から見据え、

「あり得ません。二度とお話しすることもないでしょう」

クロハはそういい切った。弁護士は微笑んだようだった。


待合室で、クロハは気持ちを静めようとする。

今日も聞き取りのために呼ばれただけ、と声にせず何度もいった。

緩やかな呼吸を意識し、両手の爪の縁のささくれを探し、時には瞼を閉じたが、なかなかうまくいかなかった。元義兄の方が社会的な交渉事に長けている、という可能性にクロハは初めて気がついた。焦りを感じずにはいられなかった。

壁に沿って設置されたソファには、他に数名の中年男女が腰掛けていて、額を寄せ合い、遺産分割に関する話し合いを小声で続けていた。調停に先立ち、どんな手だてを元に臨むべ

きか、打ち合わせをしているらしい。奴等に渡せるか、という台詞が聞こえクロハはその言葉にも嫌気が差した。ソファの鮮やかな青色が神経に障るようだった。全てがクロハにとってのノイズとなり、落ち着くことができない。

名前を呼ばれた。深呼吸をしてから、クロハは立ち上がった。

立ち上がる時には、ソファに置き忘れるつもりだった弁護士の名刺を取り上げた。先導する書記官とともに家事審判廷へ歩きながら、手の中で握り潰したためにくしゃくしゃになった名刺の皺を伸ばし、コートへ仕舞った。審判に関して、これから元義兄との間に如何なる交渉が発生するものか予想できないことを、クロハは認めた。安易に捨ててしまっては、むしろこちらの不利になるだろう。これからは、とても現実的な思考法が必要となる。感情に任せて動いては、きっと足元をすくわれる。

家事審判廷への扉を通る前に、クロハは足を止めた。もう一度、深く息を吸い、吐いた。

室内では、前回と同じ配置で審判官と書記官が席に着いた。

ブラインドで窓が塞がれ、景色が見えないのも以前と同様だった。ブラインドを開けば、霧によって空気まで灰色に染まった風景が窺えることだろう。

一礼し、クロハは着席した。経験を踏まえ、コートは脱がなかった。審判官へいった。

「一階で、元義兄とその弁護士に会いました」

つい、非難めいた口調になった。審判官は書類から顔を上げ、

「何かお話はされましたか」

「金銭的要求があるのなら伝えるように、と弁護士を通じて話がありました」

「私も同じ内容のお話を先程、聞いています。あなたはどう返答されましたか」

「アイとの生活以外、望むものはありません、と」

「金銭の要求はされなかった？」

「当然です」

審判官は、全くの部外者であるように落ち着き払い、

「今回もう一度ご足労を願ったのは、ミハラ氏側のいい分をあなたに確認するためです。繊細な問題を含んでいますので。ゆっくり話をするべきと考え、お越しいただきました」

「はい」

クロハは頷いた。

「当然のことですが、あなたにもお考えがあるように、ミハラ氏にもいい分はあります。あなたからどう見えるかは、また別の問題です。ご理解の上、冷静に聞いていただきたいと思います」

「はい」

答えはしたが、クロハの体内には不安がはっきりと形を成していた。彼等が何をいい出し

たのか。想像できる気もする。

審判官は書記官から渡された書類を片手に持ち、

「要約しましょう。ミハラ氏のいい分とは、金銭的な報酬を得るために、あなたが甥御さんを不当に利用している、ということです。あなたから送られた甥御さんの食物アレルギーについての書類は、つまりのちに必要経費を請求するための既成事実工作である、と。そう考えたため、ミハラ氏は敢えて返答を拒否したそうです。ただし必要経費を支払う準備はミハラ氏側にもあり、具体的な計算を記した請求書類が届き次第検討する、と。またそれ以外の金銭の発生は不当ではあるが、しかし話し合いが円滑に完結するために必要と判断すれば、考慮する可能性も残す、ということです」

クロハは自分の太腿を包んでいるコートの裾を、両手で強く握り締めた。驚きと怒りで顔が紅潮するのを、自覚した。

「冷静に」

クロハの憤りを察したらしく、審判官がもう一度そういった。

「これはミハラ氏側の主張にすぎません。確認させてください。あなたはミハラ氏に対し、金銭的な請求を行ったことはありますか」

「いいえ」

「甥御さんとの生活費用に関連して、必要経費も含め、請求する予定はありますか」

「ありません」

想像したこともない、と心の中で強くいい、

「たとえ金銭的な意味でも私は、私とアイとの生活に誰かが介入する、という事態を歓迎しません」

「分かりました」

審判官は小さく何度か首を縦に振り、

「ミハラ氏とあなたが出会う可能性を考えなかったわけではありませんが、もっと慎重に配慮するべきだったかもしれません。しかし裁判所自体の日程もあり、あなたのご予定に合わせ、同じ日に聞き取りを行う必要がありました。迅速に審判を進めるためです。ご理解いただけるでしょうか」

「……了解しています」

「今日はミハラ氏に対しても、確認事項が存在しました。またその結果をあなたへお伝えするために、あなたよりも先にミハラ氏への聞き取りを行うことになりました。あなたにもミハラ氏の回答が正しいものであるか、確認していただきたいのです。あなたが以前、仰っていたことです。甥御さんの健康状態について、乳幼児への食事についての話です。前回、あなたの後に聞き取りをした際、ミハラ氏は詳細には答えることができませんでした。保育士に一任している、ということで。今回は資料を提出していただきました」

審判官が、数枚の書類をクロハへ提示した。息を呑み、クロハは書類を手に取った。アレルギー検査の結果を細かな文字でまとめたものだった。審判官が言葉を続けた。

「よく確認してください。ミハラ氏が独自に行った食物アレルギー検査は、多岐に亘っています。あなたからの手紙を受け取る以前に検査は実施しており、結果に基づいて未成年者には食事を与えている、とのことです。あなたからの手紙は、たとえ利己的な、戦略的なものであったとしても内容は確かめており、情報の重複を確認している、ということです。手紙は必要なかった、と。全ての情報は重複していて、それどころか、あなたの手紙に書かれたアレルギー抗原の種類は少なく、充分な検査とはいえない、ということでした」

審判官の説明通り、クロハの知らないアレルギー抗原が、一覧表には幾つか存在していた。檸檬《レモン》は与えたことがあるはずだった。軽度の反応、という表記ではあったが、クロハは自分が把握していなかったことに驚いた。知らなかったことが、悲しかった。

「その一覧に問題はありますか」

審判官の質問にクロハは、ありません、と答えた。最後の頁に記載された数値に、意識のほとんどを奪われていた。

最後の頁には、アイの現在の身長と体重が記されていた。

……アイ。

少し大きくなっている。

それが分かっただけで、安堵が全身に広がった。クロハは胸の内の灯火《ともしび》を、机に乗せた両腕でそっと抱きかかえるようにした。

「未成年者の健康状態は全く問題ありません。調査官をミハラ氏の自宅へ派遣し、実際の様子を観察させました。ミハラ氏の雇った保育士にも話をうかがい、健康であることを確認しています。未成年者の写真を撮ることは、ミハラ氏が拒否しました。写真の甥御さんを改めて見ることで、あなたの態度が益々強硬になるのを、ミハラ氏は警戒しています。ですが実際に出会った調査官によれば、未成年者の血色はよく、肌も荒れておらず、潤いがあったということです。人見知りのために調査官へは泣いてみせたそうですが」

クロハは瞼を閉じていた。アイの泣き顔を思い浮かべた。

「もう一つ、確認したいことがあります」

審判官が続ける。こちらの様子に無頓着であるのを、クロハはかえってありがたく思った。

「ミハラ氏側は、あなたが後見人として相応しくない理由を挙げています。たった一つですが確かに無視できない事実でもあります。以前にも質問したことです」

「……何でしょう」

「ミハラ氏側がいうのは、あなたのご職業のことです。未成年者を預かる者として果たして機動捜査隊員という職業が適当であるのか、私も多少の疑問を感じずにいられません。時間の自由になり難い、激務といえるのではないでしょうか。たとえ朝晩の決まった時間帯で働く部署へ移ることができたとしても、そこでようやく民間職と同程度、という勤務態勢となるにすぎません」

クロハは頷いた。クロハの肯定に、審判官の方が意外そうな顔をしたようにも見えた。

審判官は咳払いを一つしてから、

「ミハラ氏側の主張によれば、あなたが警察官でいる限り、未成年者にも危険の及ぶ可能性がある、とのことです。私にはそこまでの想像はできませんが」

クロハは肯定も否定もしなかった。ある光景を思い起こしただけだった。思い出す度に、心は黒く塗り潰される。馴染み始めていた天井の低さを再び意識し、息苦しさが甦った。

「この審判に金銭的な交渉事を持ち込む意図は、あなたにはないものと裁判所では判断しています。あなたが金銭的な要求を通すために後見人選任の申立てをした、というミハラ氏側の懸念は、否定していいものと考えています」

審判官は机上で書類を丁寧に重ねると、顔を上げ、

「もう一つの事項をここで、再確認させてください。あなたの今のご職業は通常の基準から考えて大変な労働であるのと同時に、公務員として一定の給与を保証された安定職でもある、といえるでしょう。とはいえ一般の仕事と比べれば遥かに融通性に欠けることも否めません。あなたの選択が間違いだとは、もちろん思いませんが、これは親権を巡る審判です。あなたは前回の聞き取りでは、職業を変更する意志はないといわれましたが……」

「もし警察官であることが、後見人となるのにどうしても相応しくない理由になる、というのであれば――」

躊躇いはなかった。そのことに、クロハ自身が驚いていた。

「――警察を辞める心積もりは、あります。第一に、アイのことを考えたいと思います」

ゆっくりと審判官が頷いた。

書記官がノートに素早く鉛筆を走らせる音が、静かな室内に響き、そして止まった。

＋

機動捜査隊分駐所を収める警察署の門の傍には、赤く光る数字で交通事故発生数を知らせる電子掲示板があり、タクシーを降りたクロハはその前で立ち止まった。

管轄内と県下に分けて示された発光ダイオードの輝きを見詰める。空気に広がる水蒸気がわずかに光を滲ませていた。昨日は県内で死亡事故は一つも発生していなかった。自動車警邏隊に所属し、路上が勤務場所だった頃には、各所に表示された事故発生数の値を、真剣に意識したものだった。

今は、遠くのできごとを表す見知らぬ文字のように感じられた。クロハは四階建ての警察署を、霧の中のコンクリートの塊を見上げた。傘を差すことを思い出した。

二階へは階段で昇った。

昇るうちに、警察官としての感覚が甦った。そのこともまたクロハを混乱させた。

扉の傍の金属製の筒にビニル傘を入れる。扉を開く前には、一呼吸置いた。

室内に、隊員はほとんどいなかった。空席の机ばかりが目についた。

奥の席に座る分駐隊長が顔を上げ、クロハの直属する班長が、ソファから立ち上がった。

厳しい表情の二人の上司以外には、庶務係の数名がいるだけで、この時間帯らしからぬ分駐所の様子だった。

敢えて人払いをしたのだ、ということをクロハは察した。そのために時間指定をして、呼び出したのだ。分駐所を訪れることは管理官にも伝える必要はない、といわれていた。

分駐隊長が人差指で軽くクロハを招いた。隊長席の前で、班長と並び立つ格好となった。

「怪我はないか」

横から、少し声を落として班長がそう質問した。

「ありません」

とクロハは短く応じた。すでに警察官としての心構えが、クロハの体内に戻っていた。

問題を引き起こしたことを二人の上司に謝罪し、ことの経緯をできる限り詳細に報告した。

アサクラの精神にクロハの言葉がどう圧力をかけることになったのか、という推測まで説明を試みた。触れなかったのは、アサクラに対する個人的感情だけだった。

班長と同じ浅黒い初老の肌をした分駐隊長は回転椅子にもたれ、時折質問を挟んだ。班長はもう何も訊ねようとせず、クロハがちらりと確かめた時には、眠っているように瞼を閉じ口元を引き結んだまま、耳を傾けていた。

以上となります、とクロハが告げると分駐隊長は腕組みを解いた。

「管理官からその後、何か指示はあったか」

「ありません」

「基本的には、謹慎を続ける他ない」

分駐隊長は机の上でもう一度腕組みし、

「次には、機捜の仕事に戻ることになるだろう。特捜本部に所属していたところで、もう重要な仕事を任されることもあるまい。あるいは」

怒りを言葉に込めることもなく、

「機捜の任務に復帰し、特捜本部への参加も継続する、という手もある。形だけのことだが。そのまま徐々に、特捜本部から消えればいい」

独り言のようだったから、クロハも返事はしなかった。煩わしい思いをさせていることに対し、改めて分駐隊長へ謝罪をいうべきなのは分かっていたが、言葉は出てこなかった。状況の全てが朧気《おぼろげ》に感じられた。

「……こちらでも情報は集めた」

沈黙ののち、分駐隊長が口を開き、

「上は様々な線で動いている。全てを把握しているわけではないが、有力な筋書きは幾つか聞こえている。最も可能性の高い筋書きは」

直立するクロハには視線を送ろうとせず、

「世論の圧力に押し潰されそうになった交通課巡査長が一人、食堂で自殺を図り、しかし拳銃は暴発し、命は幸運にも助かった。そして辞職……理解しやすい話だ。報道にとっても、世間にとってもな。恐らく、そういうことになるだろう。本人も異存はないはずだ」

淡々と続け、

「今度は同情を引くことができるだろう。世間からの非難に堪えかねた結果である、ということになるのだからな。逆方向への強い風が吹くかもしれん。警察官を自殺に追い込むほどの非難が果たして必要だったのか、と。少なくとも、非難をしていた人間は口を噤《つぐ》むだろう。そうすれば消費者金融の件はこのまま収束する。結局、世間は積極的に忘れようとするだろう。時間が幾らかかかるとしても、それで終わりだ」

分駐隊長のいいたいことは、手に取るように分かった。返答の必要すらなかった。

生徒の自殺を非難された学校長が耐え切れず、自ら命を絶った時と同じように。汚職の嫌疑をかけられた国会議員が死を選び事実を曖昧にした時と同じように。

「理解していると思うが」

分駐隊長はちらりとクロハを見上げ、

「この話に必要のない要素があるとすれば、お前だ。誰にとっても分かりやすいはずの筋書きは、お前が入り込むことで混乱する。お前は所轄署の食堂にはいなかったことになるはずだ」

数秒の時間が必要だった。上書きされたその筋書きが最も平穏な解決策であるのは、深く考えるまでもなかった。必要だったのは、気持ちに生じた起伏を静めるための時間。

はい、とクロハは頷いた。

「お前は所轄の交通課員とは、会わなかった」

分駐隊長はクロハの心情を見透かしたように声を低め、

「お前と交通課員との間には、何の関わりもなかった。それでいいんだ」

「はい」

返事はほんの少しだけ遅れた。

再び体の中の何かがぼやけてゆくのを、クロハは感じた。

＋

運転手は壊れものを扱うようにステアリングを操り、集合住宅の玄関口にタクシーを停めた。深い霧が辺りに満ちていた。葉を落とした歩道の街路樹が雲の中に植えられた影のように並び、クロハを戸惑わせた。もう少しで夜が訪れる。そうなった時どんな景色が完成するのか、クロハは期待よりも畏《おそ》れを感じる。

クロハを降ろし、用心深く発進したタクシーは一〇メートルも進まないうちに、車体を水蒸気の幕の内に隠した。テールランプの赤い光だけが空間に残されていた。

集合住宅の木製の扉に手を触れた時、クロハは建物隣の公園から現れた人影に気付いた。人影は背中を丸めたまま霧の中へと消えていった。イワムロのように思えたが、確信は持てなかった。声をかける間もなく、後ろ姿は完全に見えなくなった。

エントランスで操作盤のスリットにカード・キーを通そうとした時、振動を懐に感じた。特捜本部からのメイル送信であるのを見て取り、クロハは緊張する。送られた文面を読み進めるうちに、それが捜査状況を知らせる報告であることが分かった。黒いセダンから発見された新たな遺体、女性の被害者についての情報だった。遺体の指紋を警察庁のデータベースに照会したところ、被害者女性には窃盗による補導歴があり、そのために素性が明らかになった、という。

被害者のうち、唯一の生存者であるヤクノについての続報のないことが、クロハは気になった。意識を取り戻した、との報告があってから、聴取が進んだ気配はなかった。ヤクノの体調がすぐれないせいだろうが、それにしても進展がなさすぎるように思えた。判明したのは本人の口から語られた名字の読みと年齢だけで、その二つを風貌等の身体的特徴と合わせ、被害者情報として各種報道機関を介し公表も行っていたが、親族からの問い合わせはなく、何か状況そのものがぎこちなく、不自然であるようにクロハには感じられる。

メイルの後半は十数名の捜査員の名前を連ねた名簿となっていた。新事実を受けて、被害者とその周辺を調べるために、休暇を取り消された者達の名簿だった。呼び戻される捜査員の中に、クロハの名前はなかった。当然の話、と思う。

管理官が私を呼ぶはずはない。子規孝の尋問の方は、どうなっているのだろう。少しでも進展はあったのだろうか。

自動扉の解錠時間がとうに過ぎていることに気付いたクロハは、携帯電話とともに握り締めていたカード・キーにも気がついた。もう一度、操作盤のスリットへ通した。

自分の役割は終わったのだ、と考えようとする。洗面台に軽く腰掛け、クロハは洗濯乾燥機が衣服を回転させる様子を眺めていた。顔の周囲に強張りを感じ、保湿クリームを塗っていないのを思い出した。水を含んだ髪の毛が冷え、重みを増したようだった。

クローゼットの扉の上部に、形状記憶シャツを通したハンガーを掛けていった。暖房の風が当たりやすいよう間隔を調整した後は、絨毯に座り込んだ。ノート・コンピュータを開いた。眠気はまだやって来なかった。考えごとのできる状態で瞼を閉じるのは、無謀な行為のように思えた。

メイル・ソフトウェアを立ち上げると、広告メイルがずらりと並んだ。その中に、キリからのメイルが混ざっていた。開いてみると、クロハと食事をするための店舗の候補が、キリなりの解釈も書き添え、箇条書きになっていた。何時ものメイルだった。ここから先へキリの計画が前進したことはなかった。次に候補が送られてくる時には、お店の名前はまた全て書き換えられていることだろう。クロハは微笑んだ。キリの優柔不断に苦笑したつもりだったが、胸に残ったのは安堵の気分だった。非実用的なやり取りが心地よかった。キリが食事を引き延ばし続けるわけが、初めて分かったのかもしれない。

思考に空白が一瞬でも生まれると、自動的にアイのことを考えそうになる。

広告メイルを一つずつ消去した。最新高級バッグと腕時計の販売を促すメイルに挟まれた位置にレゴからの発信があり、クロハはそのことにやっと気がついた。控えめに記された短い件名を、見逃していたのだった。新規情報を送付します、とそれだけの件名。

内容は興味深いものだった。クロハの提出した報告書が、特捜本部を通して電脳犯罪対策室まで届いている、ということでもあった。メイルを読み始めた途端、捜査員の視点に戻った。戻る時には瞬間的な混乱が起こり、そのせいで胸の辺りに、微かなむかつきを覚える。今は深く考えないよう、決めた。

レゴからの丁寧なメイルを、初めから読み返した。

黒葉佑様

ご無沙汰しています。レゴ（佐藤）です。

有限会社閃光舎について、生活安全総務課電脳犯罪対策室で知り得た情報を、再度送付いたします。暴力団対策課と連携態勢をとったこともあり、対策室では以前よりも閃光舎へ強い関心を持って、注目しています。

リアルマネートレーディング（ＲＭＴ）と閃光舎との関係に対策室が気付いたのは、ごく最近のことになります。対策室では通常業務として、アンダーグラウンド・サイトの監視を行っています。アンダーグラウンド系の掲示板に幾度か書き込まれた同一の電話番号、それが閃光舎のものであることに先日、総務課員の一人が気付きました。閃光舎であることを隠した個人名による書き込みは、ネットに関する何等かの仕事、その働き手を数名募集する、というものでした。仕事を希望する人間を装い情報を得る、という方針を採択し分かったのは、閃光舎は現在でも活動を続けており、以前と変わらず灰色の事業に関わっている、という事実です。ＲＭＴ事業を立ち上げており、恐らくそれが最も大きな収入源になっているものと思われます。

閃光舎によるリアルマネートレーディングの対象はもちろんＭＭＯであり、ＭＭＯ内の仮想通貨、武器、防具、その他のアイテムを現実の貨幣で売買する行為を繰り返すことで、収益を得る手段としています。民間の研究機関の報告によれば、RMT事業は現在では国内だけで数百億円の規模に達しており、未だ成長を続けている、ということです。RMTを利用するプレーヤは専用のサイトで売買契約を結び、入金し、MMO内でアイテムを受け取ることになります。

歴史的に見れば、RMTは現実時間を大量に消費するMMOシステムへの一種の反発であるとも、いえるでしょう。RMTは貴重なアイテムを、現実時間を浪費することなく現金を対価として得ることができる、運営者側が意図しないもう一つのシステムとして働いています。

様々な問題がRMTには内包されています。売買だけが目的となれば遊技の範囲を逸脱し、MMOの存在意義から乖離することになります。MMO内の希少な資源を金銭目的で独占しようという業者によって（この目的のために専属の仮想狩人を募集したのが、前述の閃光舎による掲示板への書き込みでした）、他のプレーヤを排斥する状況が生じ、また貴重な装備を得るために、それを身に着けたプレーヤ・キャラクタを殺害する事態にまで発展したこともあります。MMOの運営者側の意図から離れた経済活動、アイテムの大量供給や仮想通貨の過剰生産によって、MMO内の物価が乱高下を繰り返し、その経済を大混乱させたこともあります。

これ等の理由により運営者側は通常、RMT行為を利用規約によって禁止していますが、実際には、RMTは利用規約違反であっても法律違反ではなく、少なくとも規制は現在まで存在しません。そして恐らく灰色の領域である、というその事実こそが、有限会社閃光舎が新たな業務としてRMTを選んだ理由であると思われます。

閃光舎は特に『微雨ノ降ル王國』を対象として売買を大量に繰り返しています。閃光舎が仮に事実だとすれば、奇妙な状況が発生していることになります。閃光舎は『微雨ノ降ル王國』に対して、二重に関わる状態となるためです。MMOを運営するエンジン・フィスト社の繊細な運営方針が急激な利益追求型へ転身した理由は、その二重性にあるのではないか、と現在対策室では推測しています。閃光舎の業務には、単純なRMT行為による以上の収益確保のからくりが存在するのではないか。そう考えざるを得ない原因は『微雨ノ降ル王國』内の物価の高騰にあります。閃光舎では貴重なMMOアイテムをRMT業務の主力商品としてサイト上に大量に並べ、販売しています。この状態であればアイテム供給の過剰により、物価の下落が起こるのが通常ですが、実際には逆の様相を呈しています。物価は上がり続けており、その恩恵を、閃光舎は恐らく莫大な持続的利益として受け取っているはずです。この状況そのものが閃光舎によって意図されたからくりではないか、との見方が今では対策室内での一致した意見となっています。MMO内での武器防具等、貴重アイテムの出現頻度を人為的に下げ、閃光舎が特権的にそれ等を得、販売する、という一連の不正行為が行われているのではないか、と。

慎重な議論が対策室と暴対課の間で重ねられています。これ等の行為についての確かな証拠をつかむ方策を検討することはもちろん、それ以上に、不正行為が実際にあった場合、どの法律を適用すべきか、という議論が交わされています。詐欺罪とするべきか、特定商取引法違反とするべきか。会社法違反を持ち出し、解散を命じるべきか。また捜索・差押の必要性。前例のない事案でもあり、時機を誤り強引な捜査に突入すれば全てを水泡に帰すかもしれず、しかしまた傍観を続けることによって、重要な不正行為を見逃すことも考えられます。

生活安全総務課電脳犯罪対策室では、暴力団対策課との間で情報交換を益々密にすることを、取り決めております。

くれぐれも一人で危険に足を踏み入れることのないよう、お願いいたします。

レゴ。

閃光舎はエンジン・フィスト社を、『微雨ノ降ル王國』を食い潰すことで、利益を最大限に上げようとしている。強引なRMT、短絡的な事業方針。彼等らしいやり方。エンジン・フィスト社の体内に一滴の血液もなくなるまで、その方向性は恐らく変わらない。

文字を打っては消すのを繰り返し、クロハはレゴへのメイルを慎重に書き上げようとする。『微雨ノ降ル王國』内の緊張が高まっている、という情報は伝えたかったが、ユキの名前を強調することは躊躇われた。

電脳犯罪対策室へも、被害者の一人としてユキの話は届いているはずだったが、何処まで真剣に考慮されているものか、分からなかった。

ユキの計画が、どんな形であれ閃光舎側に漏れた場合、取り返しのつかないことになるだろう。クロハはメイルから、ユキの名を注意深く取り除いた。今は、ＭＭＯ内の殺伐とした状況が伝わればいい。もし本当に、ユキのいう通り閃光舎が崩壊するのだとしても、それは彼女がコードを書き上げた後でしか起こりえない話だった。

――もう一度連絡するわ。冷雨が降る前に。

ユキは確かにそういった。そして連絡を、クロハは待っている。

もう一度会いたい、と思っていた。

ユキは特別な何かを持っている。ユキの屈強な内面を支えるものが何であるのか、知りたかった。その精神に再び触れてみたかった。


机の上に置かれた携帯電話が騒々しい音を鳴らし、振動した。

特別捜査本部庶務班からの、被疑者である子規孝が自供を開始した、という報告にクロハは驚かなかった。被害者女性の身許が明らかになったこともあり、自供は自然な流れのように思えた。けれど読み進めるうちに、首を傾げた。

子規孝は車の手配と運転を担当し、暴行にも加担しており、動画サイトへの投稿までを含む一連の犯行を計画した主犯格であることを認めた、ということだった。共犯者については口が重く、むしろ犯行の動機についてばかり取調官へ捲《まく》し立てている、という。

五人の被害者達は皆過去に重大な犯罪歴があり、正当に裁かれないまま平穏な生活を送る彼等への制裁が犯行の目的、というのが子規孝の主張する動機だった。映像の公開は同種の罪びと達への警告である、と。社会的正義に基づいての、独自の懲罰だという。

クロハは眉を曇らせる。子規孝の語る動機は何か、ひどく表面的な取り繕《つくろ》いに感じられた。後からつけ加えられた飾りのように。

子規孝が被害者達を知っているなら、怨恨による犯行と考える方が自然だろうし、面識がないのであれば、それは殺人自体が目的の、通り魔行為の連鎖だろうと思われた。制裁、警告とはいずれにせよ口実にすぎない。

子規孝はそれぞれの犯行の細部についても開示する意思を仄めかせている、との一節はあったものの、メイルではそれ以上知りようがなかった。詳細を伝えるための捜査会議を開く、ということだった。特捜本部に所属する捜査員は全員臨港署に集合してください、との命令が記されていた。

全員、という表現には自分も含まれているものと、クロハは解釈することにした。今の謹慎状態も口頭によるもので正式な処分ではないのだから、この解釈も講堂の隅で会議を傍聴するいいわけくらいにはなるだろう。

眠気が訪れるのを待つよりも、捜査に従事して身体を疲労させたかった。

クロハは読んだばかりのメイルを消去した。文章の末尾に、重要事項により本文を削除するように、と記されていたからだった。

ノート・コンピュータを閉じ、数日分の着替えをまとめるために立ち上がった。


メッセンジャー・バッグに着替えを詰めた。入り切らなかった分は、ビニル・コーティングされた紙袋へ。コートに袖を通したクロハは、机上の小さなデジタル式の電波時計を見遣った。習慣としての動作だったが、何時もの場所に時計は見当たらなかった。室内をじっくり見渡すと、奇妙な気分に襲われた。何処かが、何かが不自然だった。

空気清浄機の角度。小型のTVボードの上に飾られた、乳児が飲み込まない大きさで成型された三台のミニカーの、それぞれの位置。床に積まれた雑誌の順序。その傍に、時計は無造作に転がっていた。クロハは足元を見た。

ソファと絨毯との隙間が開いていた。床に薄く積もる埃がソファから離れ、灰色の直線を形作っている。ソファが動いた形跡だった。クロハの体重がかかっても簡単には動かないはずの、重いソファ。

クロハは両目の瞼を指先で押さえる。考えすぎだろうか。

捜査三課に連絡すべき？　それともただ神経過敏になっているだけ？

——問題は、あなたよ。

ユキはそういっていた。殺しにまで踏み込む用意が閃光舎にはある、と。

玄関の扉のノブの周りを、クロハは確かめた。新しくつけられた傷らしきものはなかった。無理に解錠した様子は存在しなかった。

クロハは混乱していた。もう一度目を凝らし室内を見回せば、今度は普段と何の変わりもないように感じられた。どうかしている、とクロハは思う。

コートのボタンを全てはめた。明かりを落とした部屋を、玄関で振り返った。黒色の中、電気製品に内蔵された発光ダイオードがあちこちで小さく輝いていた。

ただそれだけの部屋にすぎない、ということをクロハは思い出した。

アイがいなければ、何の価値もない。

冷たい空気を求め、クロハは扉を押し開けた。

＋

エントランスを出たクロハの全身が、夜の闇と一体になった霧に包まれた。

車道を走る車はどれも人力で動いているように、速度を落としていた。霧の中から次々と現れる車両は他の世界から来訪し、また消え去るようだった。

想像以上の気温の低さに、クロハは身震いする。歩道に立ってタクシーを待つ気にはなれなかった。駅へ向かって歩いていれば、いずれ通りかかるだろう。クロハは頭上に傘を広げた。荷物を持った手で、肩に掛けたメッセンジャー・バッグの位置を直し歩き出す。歩道がクロハの靴の踵に張りつくような、湿った音を立てた。

別世界を歩いている気分だった。童話的な美しさは感じなかった。孤独な悪夢を見ているように思えた。道路沿いに並ぶ街灯ばかりが、ぼんやりとクロハを見下ろしていた。大通りに沿った歩道を、クロハはほとんど無心で歩いた。視界の悪さが胸騒ぎを呼んだ。徐々に大きくなろうとする不安を抑えるために、クロハは足の運びを速くした。それでも胸騒ぎはクロハの体内で変質し、固まり、確かな質量を持ち始めた。以前にも覚えた感覚だった。孤独の重さだった。

クロハは立ち止まり、道の後方を顧みた。タクシーらしき姿は、未だ一台も現れようとはしなかった。ただ立っていることは苦痛だった。

臨港署へは鉄道で向かおう、とクロハは決めた。直線距離ではなくなるから、普段ならむしろ時間のかかる交通手段だったが、この状況の中では一番確実な方法だろうと思えた。

道を曲がると、暗さが増した。

仄かに遠くが明るく見えた。駅周辺に広がる繁華街の照明。霧の中では驚くほど遠くに感じられ、幾ら歩いても到達できない幻のようだった。水蒸気に包まれるうちに、足の先端が冷たくなってゆくのを感じた。街路には人気《ひとけ》がなく、クロハの靴裏が発する道路との接触音が生々しく耳に届いた。

閉業した飲食店が連なる狭い通りへ入った。砂埃にまみれたプラスチックの立て看板と空調の室外機ばかりが目についた。一際《ひときわ》巨大な室外機に数台の自転車がもたれて重なり、打ち捨てられていた。見上げれば街灯の一つが完全に光を消していた。ただでさえ設置間隔の広い明かりの一つが壊れているせいで、道は益々暗さを増した。何かが視界に入った。

真っ白な塊が、地面に薄《うっす》らと存在していた。

塊の傍を通り抜けようとした時、白い塊が痩せ細った猫の死骸であることを見て取り、クロハは目を逸らした。

歩き続けるうちに罪悪感が膨らんだ。死骸そのものにも、目を逸らしたことにも、不吉な意味が隠されているような気がしてきた。何かを象徴し、アイとの関係に悪い影響を与えるできごとのように。

明日の朝、環境局に連絡しよう、とクロハは決める。そうすれば死骸は生活環境事業所に引き取られ、火葬してもらえるはず。

クロハは小さく首を振った。もう不吉な兆しを数えるのはやめよう、と思う。

気配があり、顔を上げた。道の先へ視線を向けた。繁華街の光彩を何かが遮っていた。

人の形。けれど、それにしては大きすぎるように思えた。

人影が動き出した。こちらへと近寄ろうとしていた。クロハの全身に鳥肌が立った。

霧を掻き分けるように現れた黒い姿は接近しきる前から、すでに見上げる必要があった。

長いパーカ・コートの前面に金属のボタンが並ぶのを、クロハは見た。

吸血鬼を目の当たりにするようだった。その光景にクロハは圧倒されていた。フード内部の、窺うことのできない顔貌から漏れる息遣いに混じるものは、男の憎悪としか思えない。

クロハはようやく我に返った。

長い腕がクロハへと伸ばされ、咄嗟に差し向けた傘を無造作につかんで引き剝がし、その勢いのまま放り上げた。高く上がった透明なビニル傘は非現実的な優雅さで、男の背後に落下した。

クロハは悲鳴を呑み込んだ。逃げろ、今すぐ、と体の奥の原始的な部分が叫んでいた。術科訓練で培ったはずの格闘術を思い出そうとするが、覆いかぶさるような恐怖がクロハの思考を白濁させた。

踵を返し、クロハは駆け出す。着替えの入った紙袋を捨てた。

襟足の辺りに、巨人の手が伸びるのを感じた。指先がクロハのコートの襟をつかみ損ねたのが分かった。死骸を飛び越え、クロハは振り返らなかった。

何かがクロハの頭上を越え、目の前で大きな金属音を立てて転がった。視界の中に突然出現し、路地に接触したのは錆で全体を赤茶色にしたロード・バイクだった。避けようとしたクロハはバイクのフレームに足を取られ、転倒した。

痛みを感じる余裕さえなく、クロハは背後を見た。

片腕の先に、新たな自転車をぶら下げる姿が霧の中に浮かび上がり、クロハを見下ろしていた。男の手が後ろへ、前へと振られた。放物線を描き飛びかかる金属を、地面を蹴ってクロハは避けた。小さなレストランの廃家、その店先に並べられたガーデニングの残骸へ倒れかかった。幾つかの鉢が割れ、自転車が接地する金属質な音と重なった。

小さな立方体の鉢が目の前にあった。手に持つと、繊維強化プラスチック《FRP》製であることが分かった。クロハは土と雑草の根ばかりが詰まったそれを、巨人へと思い切り投げつけた。何処かに当たった気配はあったが、どんな結果を生んだのか、確認する暇はなかった。

クロハユウ。

呼びかける大声を、クロハは立ち上がりながら背中で聞いた。恐怖が体を竦ませた。

その呼びかけは、男は通り魔ではない、ということを意味していた。

私だけを狙い、殺そうとしている。

歯を食いしばり、金縛りを解いた。

繁華街を目指すべきだった。人通りの多い場所へ。そのためには道を大きく迂回《うかい》する必要があった。息が切れ始めた。自分が警察官であることが、信じられなかった。何処をどう曲がったのかはっきりとは把握しないまま、路地を走った。背後の足音が、消えない呪いのようにクロハから離れなかった。やがて自分の靴音との区別もつかなくなった。

狭い街路を抜ける道を、クロハは選んだ。舗装状態の悪いコンクリートの地面には細かな起伏が多くあり、それぞれが小さな水溜りを作っていた。何度も足を取られそうになった。その度に靴を濡らし、水飛沫が光った。

姿勢を崩し、クロハは肩口から街灯脇のポリエステル製の容器に、激突した。子供の大きさほどもある容器の、その中身を路上へ撒いた。腐敗臭と混ざった甘い匂いを放ちつつ、飲料水のアルミ缶が八方へ散っていった。

起き上がる時には視界の隅に、近付く巨軀《きょく》が映った。

首の骨を折ってやる。

こもった声で、男がクロハへいった。

そこにいろ。首をねじ切ってやる。

クロハの口の中で鉄の味が広がった。何にぶつかって切ったのかは、覚えていなかった。

コートの何処かを握られたことを、クロハは知る。

男の腕力に振り回され、クロハは鉄製の街灯に激突した。衝撃はクロハの意識を一瞬、霞ませた。顎下をつかまれた。男の長い指は左右の頸動脈にまで届いた。顔面が紅潮するのをクロハは感じた。息もできなかった。沢山の、摩耗した刺のような感触を首筋に覚えた。絞殺により舌骨を折られた遺骨の写真を、思い出した。

渾身の力で身をひねり、首を男の手からもぎ放した。訓練で繰り返した動作だった。そのまま男の片腕を抱きかかえるように巻き込んだ。投げを打つための挙動と察し、逃れようと脇を空けた男の動きと合わせ、大きな背中へ回り込み、押し退《の》け、身を離すことに成功する。

再び竦みそうになる脚へ、動け、とクロハは命じた。声に出していたかもしれない。

ほとんど本能の塊となってクロハは男から逃げた。

街明かりもない路地で躓《つまず》き、クロハは転んだ。すぐに跳ね起きた。自分のものではない息遣いが、恐ろしい速さで接近する気配があった。走るうちに片足に水の冷たさを感じた。片方の靴がなくなっていることに気付いたが、どうしようもなかった。少しでも明るく見える方向を目指し霧の中、クロハは全力で駆けた。

次に転んだ時は、車道の上だった。

急に光に包まれたように思えた。数人の通行人が小さな悲鳴を上げ、転倒するクロハを除《よ》けた。両膝を突いたまま、クロハは背後を確かめる。水蒸気と奥の闇が見えるだけだった。

周囲へ視線を彷徨わせると、繁華街の車道を歩く人間達の怪訝な色を湛《たた》えた瞳と、それぞれが手に持つ傘の鮮やかな彩りが目についた。

背の高い人影を、クロハは道の奥に見付けた。

道沿いに建つ商店のビニル製の庇《ひさし》の下で佇み、クロハを見詰めるようだった。通行人の差す傘が、男の胸の辺りを通りすぎてゆく。霧が男の輪郭を曖昧にしていた。その存在を気にする者はいなかった。男は風景に溶け込んでいた。

街灯の光を誰かの傘が反射し、ほんの瞬間、深緑色のフードの内を、男の表情を明らかにした。蛇のような目で睨み、薄い唇の両端が吊り上がった。

クロハは立ち上がろうとして、革靴の踵を滑らせた。荒い呼吸は少しも収まっていなかった。走れるか、と自分へ問いかける。

目を離した寸時の間に、男の姿は消えていた。いきなり手首をつかまれ、クロハは愕然とする。心臓を握りしめられたようだった。

真剣な表情でクロハを見下ろす小顔があった。十五、六歳の制服姿の少女だった。

クロハは少女に支えられ、体を歩道から離した。


大丈夫ですか、と少女から声をかけられ、クロハは呆然としたまま頷いた。

周りを見渡しても、巨人の姿はもう何処にも存在しなかった。車の通りの少ない繁華街の道路の隅にクロハはいて、傘を持った人々がゆき交う風景に囲まれているだけだった。

気がつくと、頭上には傘が差しかけられていた。

傘を差しかけつつ、少女は深刻な顔つきで、クロハのコートの汚れを片手に持ったハンカチで払っていた。棒立ちでいる自分を、クロハは初めて意識する。靴をなくした方の足へ目を落とした。迷子にでもなった気分だった。二人の制服警官が通行人の傘を避けながら急ぎやって来るのを見た。

少女と同世代の、学生服を着た少年がクロハのことを指差した。地域課警察官をクロハの元へ案内しようと、急いでいる。

どうしました、とまだ若い制服警官が寒さに頰を赤くしながら声を落とし、クロハへ訊ねた。擦れ違う何人かが、クロハの顔を見た。

「男が私を……」

掠れた声で、クロハは答えた。発声する時には咽喉に痛みを覚えた。声色が変わってしまっていた。男の片手の食い込む感覚が、首筋に残っている。震えが背中を走った。

もう一人の警官が無線のマイクロフォンに手をかけながら、少年と少女に状況を訊ねようとする。若い制服警官はクロハの顔をのぞき込むように、

「怪我は」

「……ありません」

「唇が切れているようですが、その男に？」

「いえ……」

クロハは首を横に振り、

「自分で転倒し、何処かにぶつけたのだと思います。もう痛みもありません」

「男は凶器を所持していましたか」

「……していないと思います」

「男はどのような風采でしたか」

「非常に背が高く……一九〇センチ前後。深緑色のパーカ・コートを着用していました。体付きは細身でしたが……体格自体はよかったと思います。年齢は二十代から三十代。襲われた場所は……」

クロハは証言を続けたが、思い出せる特徴は限られていた。自分の観察力がひどく拙いことを知り、悲しくなった。

「交番が近くにあります」

制服警官はさらに小声となって、

「そこで、休まれますか」

お願いします、とクロハは力なく返答した。

署活系の無線に連絡を入れる中年の警察官が怪訝な顔で、時折こちらを窺っていることに気がついた。状況を説明するクロハの言葉遣いに、意外なものを感じているようだった。

無線連絡を行いながら、こちらが事実を口にしているのか、観察してもいるらしい。クロハはコートの内から警察手帳を出し、開いて示した。二人の警官が揃って驚いた顔をした。

「……男は通り魔ではなく、私個人を狙ったのだと思います。一般市民への危険は、恐らくないだろう、と」

襲われたのは警察官、と中年の制服警官がマイクロフォンへ大声を出した。これで事案は街で転倒した女一人の訴えから、警察官への襲撃、に変質した。事案の重さが変わる。男を捕らえるためにこの変化は必要なものだったが、クロハは自らが新しい問題を抱えたことも分かっていた。

特捜本部に所属する身でありながら、県警の面子に関わる新たな事案を作り出すことになったのだ。管理官が喜ぶはずはなかった。

クロハは手元を見た。着替えの入ったバッグが地面で形を崩し、その肩紐だけを握りしめていた。鞄の水滴を払おうとするが、うまく力が入らず、時間がかかった。

ようやく肩に掛け直し、本部所属の機動捜査隊員をどう扱うべきか困惑しているらしい若い地域課員へ、

「……本部へ向かう途中です。身繕いする場所を貸していただけますか」

こちらへ、と若い警官が駆け出すようにクロハを促した。その場を去る前に、クロハはもう一度辺りを確かめた。

霧があり、傘の群れがあった。巨人など初めから存在しなかったように、湿気を含んだ空気の中、穏やかな風景が人混みの足音に合わせ、揺れている。

少女と少年が、心配そうにクロハを見詰めていた。

「……ありがとうございました。」

目を伏せ、クロハは頭を下げた。

＋

被害届の形式で書類を作成することは、断った。

作成してしまえば、地域課の事案として記録に残り、もしも男を捕らえ損ねた場合、未解決事件として数えられることになる。そこまで地域課に迷惑をかけたくなかった。多少強引であっても、特捜本部の追う事案の関連事項、と位置づけるつもりだった。

クロハの意図は、言葉にせずとも若い地域課員へ伝わったらしい。報告書のための参考人供述調書の用紙を、交番の一隅にある小さな机の上に広げた。

本籍、住居、所属、氏名、年齢をクロハは告げた。被疑者の特徴と最初に襲われた地点を繰り返し伝え、発生の時刻と状況、それ以降の経過を説明した。硬い折畳み椅子に座り、時間は淡々と過ぎていった。時折、地域課員が制服に装着するスピーカ・マイクから、捜査状況の連絡が聞こえた。すでに管轄署の地域課が一帯を捜索する、小規模の緊急配備が発令されていた。無線連絡の中、略語や数字の意味を知るクロハは、それ等が並ぶことで示される、被疑者の発見ははかどっていない、という実情を憂鬱《ゆううつ》な気分で把握した。

報告の要請がスピーカ・マイクから流れた。

地域課員が肩からマイクを外し、口に近付けるのを見て、

「本部の暴対課にも伝わるよう、通信室へ依頼していただけますか」

とクロハはそういい、

「暴対課と関係のある組織と接触することで、発生した事案です。所轄署から概略さえ伝えていただければ、暴対課にはすぐに把握してもらえるものと思います」

頷いた地域課員はマイクへ幾つかの報告を済ませた後、書類を書き上げ、

「……遅くなりました。休憩室を使ってください」

開けられた小さな扉の奥に、雑然とした部屋が窺えた。天井の蛍光灯を点《つ》けると、小型のキッチンが見え、厚みのある古びた液晶TVを載せた木製の机が、狭い部屋のほとんどを占領していることが分かった。

汚いところで申しわけありませんが、と地域課員がいい、扉近くの、円筒形のストーブに触れた。微かに灯油の匂いがした。クロハが礼をいうと、扉は閉まった。

部屋にあるものは全て使っていただいて結構です、と扉から声がした。

何度か大きく息を吸ってから、携帯電話を手に取った。一枚の名刺を、手帳の中から探し出した。少しだけ迷いはしたが、携帯へ元義兄の弁護士の番号を打ち込んだ。

はい、という弁護士の言葉とともに、通話は繋がった。不審がはっきりと表れた小声だった。弁護士の携帯電話には、見覚えのない電話番号が表示されていることだろう。

「クロハです」

と静かに名乗ると、弁護士の声音は急に高くなり、ああどうも、と挨拶をした。

驚きを隠せない口調で、

「何か……ご用ですか」

「ミハラさんへお知らせください。私は今日、路上で暴漢に襲われました」

感情を殺し、クロハはいう。

「現在私は職務上、危険な立場にいます。親族であるアイにまで危害が及ぶことはないはずですが、念のためを思って、連絡いたしました。ご自宅の防犯には充分に注意されるよう、お願いします、とミハラさんへ伝えてください」

しばらく間を空けてから、弁護士は答える。

「……了解しました」

携帯のスピーカから聞こえる声には、戸惑いが含まれていた。提案の裏を探ろうとする様子だった。クロハは苛立ちを抑えつつ、

「安全が確認され次第、また連絡を差し上げます。それまでは、くれぐれも気をつけてくださるよう、お伝えください」

零に近い、ほんのわずかな可能性だとしてもアイの周囲には今、どうしても教える必要があった。以前には、本当に起こった事態だった。

あの時のアイは、実際に生死の境にいた。二度と繰り返したくはなかった。

もう一度アイに災厄が降りかかるようなことがあれば――

了解しました、即急に、必ず伝えます、と弁護士がいった。

――私の精神がもたないだろう。

携帯電話の液晶画面を見詰め続けた。表示が暗転し、視線を外した。

自分が今何を弁護士へ告げたのか、クロハははっきりと理解していた。

弁護士との会話は家庭裁判所の判断に大きな影響を与えるだろう。審判は元義兄へ有利に傾くことになる。自分から、後見人として不適格であることを宣言したようなものだった。

体を重く感じる。金属を詰め込まれたように。

耐え切れず、クロハは室内の折畳み椅子に腰掛けた。人形のように何時の間にか体が傾いた。体の部分を繋ぐ糸が重さに堪え兼ね、解《ほど》けかけている。

水の中を透過する光が頰に当たる光景を、クロハは思い出す。アイの頰。

アイと姉さんと三人で、初めて出かけた日の記憶。

水族館へ向かうために車を運転したのは、クロハだった。車と一緒に借りたチャイルド・

シートにもたれたアイは、走り出すとすぐに眠ってしまった。

乳母車の中から、アイは不思議そうに水族館の水槽を眺めていた。

鏡のように照明の光を反射する、小魚の群れ。アイよりも確実に大きい海水魚。

触角を揺らす、鮮やかな花と同じ色合いをした海老《えび》が、珊瑚《さんご》の上に。

明度を絞った天井からの光が、アイの瞳の中で青色に輝いた。

屋外で食事をした。アイには南瓜《かぼちゃ》と林檎《りんご》の、瓶詰めのデザートを食べさせた。

離乳食を食べ慣れていなかったアイは最初の一口のほとんどを前掛けに落とし、唇ばかりを舐めていた。それから、笑った。

――アイの顔が見たい。

クロハは心の底からそう思った。

もう一度姉さんと会いたい。

もう一度三人で笑い合えるなら、どんなことでもするのに。

しんとした室内で一人、クロハは俯き、身動きを止めていた。小さな音が聞こえた。

机上の液晶TVからだった。絞られた音量で、連続殺人犯の逮捕を大々的に知らせる報道を、流していた。自分が所属する特別捜査本部の事案であることに、クロハはなかなか気付かなかった。

そう、特捜本部へ戻らなくてはいけない。

クロハはのろのろと席を立った。

脱いだコートの表面に付着した汚れを、機械的にクロハは確認する。クロハを助け起こしてくれた少女が、汚れのほとんどを拭ってくれたようだった。上着を脱ぎ、コートとともに折畳み椅子の背もたれへ掛けた。鞄の中にまとめていたハンドタオルの一枚を抜き出し、シンクへと近付いた。壁に貼られた小さな鏡へ顔を寄せた。

蛇口からの水流にタオルを浸し、裂けた唇から流れ固まった口元の血を拭った。額についた泥の粒を拭き取った。シャツの白い生地にも細かな泥は付着していた。ボタンを外し始めて、クロハは息を呑んだ。

首に、男の手のひらの形が赤く残っていた。粒子で手のひらを表現したように、沢山の斑点が刻印されていた。手袋の表面上に施された、摩擦力を上げるための加工。ゴム製の滑り止め……

そしてクロハはなくしたものに気がついた。

アイと自分を象徴するはずの、バロック真珠の首飾りが消えていた。

身動きもできずにいると、扉を叩く音がした。驚き、クロハは振り返った。

「先程の学生達が」

地域課員の声が遠慮がちに、

「靴の片方を見付けたようです。届けてくれました。扉の前に置いておきます」

すみません、と何とかクロハは声に出した。

瞼を閉じてうなだれると、肩から流れ落ちる髪の毛の数本が、汗の残る頬に絡みついた。

クロハは涙を堪えた。

五

送りましょう、という地域課員の申し出を、クロハは辞退した。すでに首に残る痣《あざ》を撮影させ、見付かるとも思えない首飾りの紛失届を受理してもらっていた。地域課員はクロハが男の襲撃を最初に受けた現場まで戻るのに同行し、クロハより先に霧に晒されていた着替えの袋を見付けてくれさえした。小動物の死骸の話をすると、環境局へ連絡することまでも約束してくれた。これ以上の世話になることは、考えられなかった。

鉄道を乗り継ぎ、臨港署近くの駅まで着くと、クロハはタクシーに乗り込んだ。捜査会議はとっくに始まっているはずだった。晴れようとしない霧のせいで、短い距離であっても、車は滑らかには進まなかった。

臨港署とは反対側の車線に、タクシーは停まった。歩道へ降りたクロハは異変に気付いた。夜と溶け合う霧に半ば隠された臨港署の駐車場から次々と警察車両が出発する光景に、道路は騒然とし始めていた。警光灯こそ発光させていなかったが、ありったけの車両で何処かへ向かおうとする様子を見れば、特捜本部に関連する重要な事案の発生を、容易に想像することはできた。

警察車両の連なりはクロハの目の前で曲線を描いて車道に入ると、速度を上げた。車内から、数人はクロハを認めたようだった。その中には後部座席に座るタケダもいた。

クロハは折畳み傘を鞄から取り出し、広げた。傘布で少しだけ顔を隠し、歩道の上、警察車両の列が切れるのを待った。

＋

臨港署の幹部はいなかった。管理官の姿もない。

閑散とする講堂では、室内前方を占める庶務班ばかりが活発に動いていた。書類を捲り、コンピュータへ何かを打ち込み、携帯電話と警察電話を交互に取り上げる。クロハが近付くと、顔を上げた一人が何かに思い至った様子で、

「所轄の地域課から連絡が……路上で騒動に巻き込まれたとか。怪我は」

庶務班員の、正確とはいえない理解をクロハも今ここで訂正する気にはなれず、

「ありません。報告書を提出します」

了解しました、と機械的にいう庶務班員が差し出した報告書用紙を受け取った。

クロハは事態の進み具合を把握できていない自分に、後ろめたさを感じながら、

「何か……こちらの方では進展が」

「子規孝が、共犯者を自供しました」

クロハが驚くのを気にすることもなく、庶務班員はいい、

「子規孝は共犯者の居住場所を知りませんでしたが、運転免許証を名前から検索し、割り出しました。ほとんどの人員は現在、共犯者の自宅へ確保に向かっています」

そのまま液晶画面へ注目し続ける。詳細を知りたいとクロハは思うが、庶務班員を煩《わずら》わせるわけにもいかなかった。少なくとも、警察車両が群れとなって出動した理由は、これで分かった。管理官はじめ幹部達もいずれかの車両に乗り、臨港署を出ていったのだろう。

講堂の奥行きへ視線を向けた。席に着いているのは、書類を書き上げようと真剣な顔を机に近づける者が一名。後方の席に固まり、小声で雑談する者が数名。それだけだった。

クロハは講堂の中ほど、窓から離れた席に腰を降ろした。冷気を避けるためだった。

捜査の現況を正確に知ろうと、講堂の前方に置かれた三枚のホワイト・ボードへ目を遣るが、そこに記された乱雑な文字の全てを、庶務班員の一人が一気に消してしまった。その後で、庶務班員は改めてボード上に油性インクペンを走らせ始めた。整理した情報をもう一度書き起こそうとしている。クロハは目が離せなくなった。増えてゆく文字列を順に読みさえすれば、子規孝の証言の隅々を知ることができた。

庶務班員は中央のボードの上端に、二枚のＡ４用紙を並べて貼りつけた。運転免許証を引

き伸ばした印刷物だった。一枚は子規孝のもの。

もう一枚には、柊木了平《ヒイラギリヨウヘイ》と書かれていた。

この男が新しい被疑者、とクロハは察した。

二十八歳。本籍、住所ともに県内。普通自動車免許。視線を少し上向けて、免許証写真に写っていた。短めの直毛。細い顎。薄らと口を開けた、眠た気な表情。

普通の奴だな、という感想が後方から聞こえた。クロハも同感だったが、被疑者に対してそう思ったのは初めてのことではなかった。三枚のボードが丁寧な文字で埋められてゆくにつれ、ｅｃｈｏによる犯行の細部が明らかとなる。

子規孝は柊木了平と携帯サイト上で出会ったという。サイトへは、リンクを辿ることでいき着いた。アドレスを子規孝は記憶していない。もし改めて再訪できたとしても、犯行に関する過去記録《ログ》は消去されていることだろう。

子規孝の誘いに柊木了平が乗る形で、一連の殺人は始まった。子規孝は自らが発案し仕向けた溺死、殴打死、窒息死、転落死、未遂となった事故死、いずれの事案も、偽造の免許証で借りた車を運転し標的と決めた人物の後を追い、路上、人気のない場所に入った瞬間を狙って、柊木了平とともに被害者達を拉致《らち》していた。

計画時にはより多くの共犯者を集めようと呼びかけたがうまくいかず、二人だけで実行することを決めると、拉致の際には揃って目鼻口の箇所に穴を開けた長いニット帽をマスク代わりとして車から降り、犯行に及んだ。結果的には、何の問題も生じなかった。五人とも後ろから袋を被せるだけで捕らえることができた。袋を被ったまま逃げ出そうとした者もいたが、二人がかりで脚へ飛びつくと簡単に転がり、袋の上から数回蹴り飛ばして言葉で脅すとすぐに大人しくなった。

二番目の被害者が車内から携帯電話で一一〇番通報する場面も子規孝は覚えており、特捜本部が把握する情報との矛盾もなかった。拉致、殺害に使用した工業材料用の袋やビニル・シートは方々の工事現場から、盗んだものだった。共犯者である柊木了平が撮影、編集を担当し、ネット・カフェから投稿した。投稿の際は子規孝が建物の外で見張りを務めていた。

国道上での五番目の犯行が未遂で終わったことは、結果を確かめるために視聴していた報道番組で知った。映像の投稿を中止し、二人は当時使用していた携帯電話をそれぞれ細かく分解し、捨てた。子規孝は実家の製塩工場に社員として在籍し、柊木了平は情報産業系の派遣社員であるという。

人名がボード上、次々と箇条書きされる。

キムラ
フジワラ
イワタ

高志那祥子《タカシナショウコ》　二十三歳
ヤクノ　二十四歳

被害者達の名前が、時系列順に並ぶ。ヤクノだけが唯一の生存者だった。入院治療中、全身に打撲箇所、左前腕部に骨折箇所あり、との説明が名前の傍に添えられた。意識は戻り、食事を自分で取れるほど回復したものの、体調不良を訴え、聴取は進んでいない。得られた証言は口頭により、名字、年齢、突然車に連れ込まれた、という状況説明のみ。

高志那祥子とは、黒いセダンのトランク・ルームで発見された女性のことだった。土の中から現れた白い横顔と、こめかみに浮かび上がった青い血管をクロハは思い起こした。補導歴の記録から身許が明らかにされ、被害者の中では最も捜査の進んでいる人物といえた。

補導歴があるという事実は子規孝のいう、被害者達は皆、過去に重大な犯罪を犯している、との証言を裏付けるもののようにも思えた。

一番目から三番目の人物は子規孝の口から公開された、被害者名だった。

クロハは不審に思う。

子規孝が被害者全員の名前を知っているという事実は、不特定の対象を狙った通り魔的な犯行ではないことを、確かに表している。正当に裁かれない者達への制裁、と子規孝はいった。

けれど、それにしては奇妙だった。

名字の文字を知らず、名前部分も覚えていないというのは。対象への執着が感じられない。

子規孝は何処で、被害者となった者達を知ったのだろうか。

被害者名の周囲に、庶務班員が情報を書き足してゆくのを、クロハは見守った。被害者五人は過去の集団暴行事件の加害者でありながら刑事裁判を免れ、遺族の起こした民事裁判で決定した賠償金も支払わず、平穏な日常を不当に享受している。子規孝の証言によれば、そういうことだった。彼等の存在を何時、何処で知ったのか、との質問には黙秘で通しているという。被害者五人の犯歴については捜査中であり、確認されたのは現在のところ、高志那祥子の窃盗による補導のみ……

……取り調べ、難航中だそうだ。

捜査員達の会話を、クロハは背中で聞いた。

……子規孝の話は自己主張ばかりでな、すぐに社会的正義云々の話題に逸れるんだとよ。急に塞ぎ込んだみたいに黙秘に入ったり。罪の意識が零なんだと。大きな身振りで少年法がどうの、と喚《わめ》いて、しまいには取調官相手へ説教じみた話を始めるって……

クロハが報告書を書き上げる間に、捜査員は皆室内から消えていた。帰宅するか、待機中の者は就寝場所として指定された道場へ移動したのだろう。すでに深夜の時間帯に入っていた。

報告書を庶務班に手渡したクロハも講堂の外へ出た。休憩場所として設けられた長椅子に座り、コンクリートの壁に後頭部を当てた。寒かったが、居心地は悪くなかった。自宅にいるよりも、遥かに安心することができた。クロハの体が疲労を思い出した。水分が浸透するように、全身の隅々にまでゆき渡ろうとしていた。

次第に瞼が重くなった。


夢は見なかった。目覚めた時には、ただ少し長い瞬きをしたような感覚だった。

講堂の扉を開けると、眠気はすぐに消え失せた。

異常な事態が起こった、ということをクロハは悟る。室内の雰囲気は一変していた。

庶務班員はそれぞれ手に持った受話器や携帯電話へ、怒鳴り声を上げて質問し、指示を出していた。その気配を感じ取ったらしい捜査員達が、道場での休息を中断し、講堂に戻り始めていた。男性警官の集団に押されるように、クロハも席に着いた。

捜査員へ向けて事情を説明しようという者は、誰もいなかった。それでも、交わされる大声を聞くうちに、少しずつ事態は把握できるようになった。一つだけ、明白なことがあった。


――第二の被疑者である柊木了平が、死んだ。

その事実が庶務班を沸騰させ、混乱の極みに陥らせていたのだった。殺害の可能性あり、という新たな情報が衝撃とともに、捜査員の間に知れ渡った。騒めきが講堂内に広がった。警察医と検視官が現場へ急行しているという。

……被疑者は頭から血を流している？

……いや、致命傷かどうかは。

……被疑者死亡は警察の動きとは関係のないものと、本当に……

……本当にヒイラギですか。誰が断言しているんです？

……管理官を誰か、電話に出るよう伝えて……

喧騒はなかなか静まらなかった。

他の捜査員と同様に、クロハもその様子を言葉もなく眺めていた。

＋

わずかな落ち着きが庶務班の中に表れたのと、クロハが正確な状況をつかみ始めたのは、同じ頃だった。やがて庶務班員の一人が立ち上がり、捜査員達へ状況説明を始めた。

運転免許証に記載された集合住宅に、柊木了平が今も住んでいることを管理会社へ確認すると、特捜本部は住宅街を幾重にも包囲した。大きな建物に囲まれた、日陰の古びた木造の集合住宅だった。住宅近くには普通自動車仕様の捜査車両を、逃走路となり得る要所には交通課の警察車両を配備し、確保の瞬間に備えた。被疑者の部屋を窺う捜査一課の警察官が電気メータの動きを伝え、柊木了平は在宅中であると断定された。暖房器具が動いているようだった。TVの音も聞こえた。そのまま就寝しているらしい、という報告だった。捜査員が大勢扉の脇に張りついた状態で押されたチャイムに、柊木了平は全く反応しなかった。合い鍵を差し込むまでもなく、少し力を加えただけでノブは回転した。施錠はされていなかった。慎重に扉を開けた捜査員が覗き込むと、暗闇の中、男性とおぼしき誰かが木製の床で俯せに倒れていた。床と強く接触したらしく、頭部からは血液が大量に流れ出ていた。床にできた血溜りは、完全に乾き切ってはいなかった。捜査員の一人が男性を仰向けに直し、懐中電灯の光を当てると、柊木了平は生気のない両目を薄く開け、その呼吸を止めていた。

説明を聞き終え、息を呑んで黙り込む捜査員達へ向かい、庶務班員は次々と名前を呼んだ。待機中の警察官の中から、応援として現場へ送り込む人員を任命するための呼びかけだった。呼ばれた捜査員達は講堂前方で任務内容の説明を受け、皆、紅潮した真剣な顔で頷いていた。

クロハは席に座り直した。浮き足立つ心と体を、落ち着かせるためだった。

名前を呼ばれるはずがないことは、分かっている。

+

艶《つや》消しの黒い家具で統一された部屋。絨毯には適度な弾力があった。

入室してすぐに、霧が薄れ無地の白いスクリーンとなった空を、カーテンを引くことでクロハは遮った。庶務班の手配によってあてがわれたビジネス・ホテルの錠の性能が信用できないわけではなかったが、内開きの扉には、机の下にあった空気清浄機を立て掛けた。その手前に回転椅子も移動させた。気休めにはなった。

沈黙が怖く、机の上のTVに歌番組を表示させて環境音楽の代わりとし、ようやくクロハは高さのあるシングル・ベッドに腰掛けた。

部屋は一人暮らしの小さなワンルーム程度の大きさだった。ベッドの傍にはフット・マッサージャがあり、机にはメイクアップ用の場所が設けられていて、そこには顔に潤いを与えるためのスチーム発生器までもが置かれていた。TVから流れる何かの映画の宣伝を耳に入れながら、クロハはぼんやりとそれ等を見渡した。女性専用の空間となっていた。とても贅沢に感じられた。

徹夜の疲れがクロハの全身にゆき渡っていた。肉体的な疲労ではなかった。

大男に襲われた一件がクロハの望み通り、特捜本部に関連した事案、という扱いに決定したのは明け方近くだった。

二番目の被疑者が死亡し、その捜査のための応援が次々と現場周辺へ送られる中、クロハはただ自分の処分を待っていた。周りの時間はクロハとは関係なく動いた。気持ちの高ぶりは何時の間にか冷えていった。

気がつくと、見覚えのない警察官に声をかけられていた。臨港署の盗犯係と鑑識係だった。念のためクロハの自宅へゆき、侵入の痕跡を探りたい、といった。捜査員を部屋へ入れる前に、室内で干していたシャツだけは壁際へまとめて寄せた。まだ誰も招いたことのない部屋だった。

盗犯係が、フィルムに写した小さな掌紋をクロハへ見せた。甥の手です、とクロハは感情を込めずに答えた。部外者の指紋は、何処にも見当たらなかった。家具のところどころ、クロハが普段触れるはずのない箇所の埃が消えていて、誰かが接触した跡のようにも思われたが、クロハにも鑑識係にも断定的なことはいえなかった。報告書へ、自宅に住居侵入の疑いあり、と書き込んだことが恥ずかしく思えた。

鑑識係が捜査本部へ携帯電話で報告を入れる間、クロハは立ったまま、惨めな気分でその内容を聞いていた。鑑識員がクロハへ携帯を差し出した。指定したホテルに泊まるように、との庶務班からの指示が、小さなスピーカを通して告げられた。

管理官の処置だったのか、庶務班による計らいだったのかは分からなかった。新しいベッドが用意されたことには、先ずほっとせずにいられなかった。

小さな電熱器で湯を沸かし、紅茶をいれた。紙コップが少し冷めるのを待つ間、クロハはTVへ向けコントローラのボタンを順に押していった。報道番組が始まるはずの時間だった。連続殺人被疑者の死亡は大きな事件として、どの放送局でも扱われていた。記者会見の様子が映し出されたのを見て、クロハはコントローラをベッドに置いた。

捜査一課長が手元の紙へ視線を落とし、喋っている。司法解剖により、遺体の血液中からは睡眠導入剤成分とアルコールが検出されていることから自殺、あるいは朦朧《もうろう》状態での転倒事故の可能性が高い、という発表だった。クロハの疲れた体の内で、小さく泡立つような胸騒ぎが起こった。被疑者単独の死、という形が県警にとって最も安全な結末であるように思えた。

番組内での話題は、被害者の素性へと移った。五人の被害者達の過去、未成年時の犯罪に関することだった。クロハはベッドの上で身を乗り出す。特捜本部のホワイト・ボードに記された、子規孝の証言。子規孝は本当のことをいっていた……

『今回の被害者達は全員、当時十六歳だった少年を暴行し殺害した加害者、もしくはその関係者ということになります。七年前の話です』

そう女性司会者が液晶画面の中で解説した。公立高校で起こった学生による、集団暴行事件だった。

『当初、学校側からの発表では、仲間内での関係がもつれた上で発生した個人対個人の喧嘩、というものでした。しかし捜査が進むに従って、集団による暴行であることが明らかになりました。当時の被害者への暴行は校庭の中、夜の十時から十一時まで行われたということです。家庭裁判所の判断により、暴行自体には加わらなかった女子生徒が事情聴取のみ、男子生徒の内二人が保護観察処分、残りの二人が中等少年院へ送致された、ということですが』

解説者である元検察官が後を受け、

『強い殺人の意思は認められない、という家庭裁判所の考えでしょう。被害少年が閉じられた門をよじ登り、加害少年達とともに校内へ侵入した事実があり、犯行全てが強制的であったとは認められない、ということも判断の要因として存在すると思います。この辺りはその場の雰囲気も強く作用しますから、実際に強制力がなかったのかどうか、微妙なところですが。そもそも年間に家庭裁判所が刑事処分相当、と判断するケースは未成年者の傷害致死、殺人の内の約半数ほどです。加害者達が原則逆送致の下限である十六歳であったことも、影響しているでしょう』

『加害者となった少年達を含む学生達は当時、工場跡地等、無人の建物に夜間集まり、飲酒や喫煙をしながら騒ぐ姿が近隣住民によって目撃されています。建物内で火を焚き、問題になったこともあったそうです。集団暴行は被害者が急性硬膜下血腫を起こし死亡にいたるまで約一時間継続されました。加害者達の供述によると、その発端となったのが、被害者となった少年の目付きが悪い、という些細な理由であるとの話ですが』

『集団でいることにより、集団内での価値観が絶対視され、ついには常識的行動範囲から逸脱してしまった、とはいえると思います。集団でいるがゆえの暴走、一種のカルト化である、と。もちろん、許されることではありません』

『処分が軽すぎるとお考えですか』

『何とも……ただ事件後の経過をみますと、加害者本人達に、本当の意味での反省があったのかどうかは、疑わしいといわざるを得ません』

『ただ一人のご遺族であった被害者の母親は半年前、病死しています。親族の話では、母親の元に直接謝罪に訪れた者は一人もいなかった、ということです。母親の死は心労による過労死に近かった、とも……母親が損害賠償を求めた民事訴訟では、その後の調停により賠償金額が確定しましたが、ご遺族の存命中、支払う意思を積極的に示した加害者は一人もいなかったと、やはり親族の方が証言しています。賠償金額の未払いというもの、これは許されるものなのでしょうか』

『当然、支払う義務はあります。支払わない場合、強制的に履行させることも可能です。ただし……この場合、被害者の遺族自身が、細かな手続きをする必要があります。例えば加害者の給与から賠償金を回収するには、口座の開設された銀行の支店名まで独自に調査する必要がありますし、財産を差し押さえるには、その対象物を具体的に把握していなければなりません。加害者が行方をくらませば、個人ではなかなか調査のしようもありませんし、もし破産宣告でもされてしまえば、履行は益々困難になるでしょう』

『この暴行事件の場合、最初のうちは支払いを続け、後に経済的に不可能であることを訴え、入金を中止した者が二名。被害者からの要請を無視し、最初から支払っていなかった者が二名。後の一名は加害者本人ではなく、その母親が支払っていましたが、途中でやはり入金をやめた、ということです。五人全員が被害者に知らせることなく転居をしており、連絡先は不明となっていました』

『こういった事例は、最近よく耳にするようになりました。現代社会の特徴であるのか、あるいは古くからの問題が最近になって浮上したものか……これは法律制度の一種の陥穽ともいうべき状況ではあります』

『番組では、少年院で加害者Aの執筆した反省文を入手しました。これによると、真摯《しんし》な態度で過去の行いを省みる文章となっているのですが』

『退院後の賠償金に関する態度と比較すると、結局は表面的な反省で終わった、という以外にないでしょう。加害者の一人は、約一年間少年院で矯正教育を受け退院したのちも、あろうことか暴行事件を起こしており……』

クロハは息を潜めるように、液晶画面へ見入っていた。初めて耳にする話ばかりだった。特捜本部も入手していない情報。報道機関に先んじられた、ということになる。

今回の被害者である、集団暴行事件の加害者達の本名は全員、伏せられていた。

画面の中には、加害少年達が夜ごとに集っていた場所の一つ、巨大な総合病院が聳《そび》え立つ風景があった。建物の下部を覆う極彩色のペイント。破壊し尽くされ、足の踏み場も見えない病室。疑問に思うこともあった。

報道機関はどんな方法を使って、この情報を仕入れたのだろうか。被害者の名前について特捜本部では生存者である男性の名字『ヤクノ』を除いて、一旦報道機関へも公開を見送る方針を取っていた。過去の少年犯罪との関わりを考慮したためだった。

七年も前の、刑事裁判にもならなかった未成年者による傷害致死事件から該当する一つを探り出し、断定的に報道できるだけの裏付けを得るのは、そう短時間にできるものではないはずだった。現に、特捜本部は未だに辿り着けないでいた。報道番組は事実を放送しているのだろうか。過去と現在の事案は、本当に繋がっているのだろうか。

灰色の塗装がところどころ剝離した、かつての麦酒《ビール》工場。赤く腐食した、建物内部を走る鉄パイプ。一部を黒く焦がしたコンクリートの壁。

繋がる、と考えれば理に適う。

今回の被害者であり、唯一の生存者であるヤクノのことをクロハは思っていた。名字と年齢と事件端緒のみの記憶。ヤクノは氏名を公開され、過去が暴かれるのを恐れたのではないか。三点だけを覚えていたのではなく、多くを喋って素性を明らかにされたくはなかったのだろう。

親族からの問い合わせが存在しなかった理由も同じだろう、と思えた。事案が風化するのを待っている。親族全員が、ヤクノの生死に興味を失っているのでなければ。腐敗が進行していたため、すでに茶毘《だび》に付され、臨港署内に安置された四人の被害者達の遺骨も、実名を公開するまでもなく、いずれは引き取り手が現れるだろう。

そして疑問はもう一つあった。講堂でも感じた疑問だった。

事件の関係者でもないはずの子規孝が、暴行事件の詳細を手に入れたいきさつが分からなかった。部外者が正義感だけで取得できる情報ではないはずだった。

何等かのやり方で、子規孝達は、ｅｃｈｏは標的を選び出した。そして。

回線上の死。

殺人の記録。

制裁、とは逆算した動機にすぎない、とクロハは思う。最初に存在したのは内部からの衝動。その狂暴な衝動に応えるために、ｅｃｈｏは標的を見出したはずだった。

何か、足りないものがあった。

このままでは衝動と動機の間に、距離がありすぎる。

双方を接続するための何かが存在しなければ、衝動は単純な暴力を引き起こすだけで、計画的、連続的な凶行を生じさせるには足りない。何かが、動機を形作った。後幾つかの要素が中間に入り込む必要があった。

それこそが、肺の底に残る腐臭の正体のように、クロハには思えた。

子規孝の、実際の取り調べの様子が気になった。参加する機会があれば、と考えるが、許可が下りるはずのないことも分かっていた。

今更私は、どう捜査に参加するつもりなのだろう。

分駐隊長の言葉を思い起こした。そのまま徐々に、特捜本部から消えればいい。

眠気が瞼を重くし始めた。降雪の可能性を予報する、TVの電源を消した。

立ち上がった瞬間に、心の中にノイズを感じた。ヤクノ達を憎んでいる自分に、クロハは気がついた。私刑《リンチ》によって少年を亡くした母親の心情に同調していた。

……echoがしたことも、同じ。そう思い直さなければいけなかった。

消費者金融の話題にも、自殺未遂を起こした交通課員にも報道番組が触れなかったことをクロハは思い出した。

携帯のメイル着信音を聞き、クロハは目覚めた。

腕を持ち上げ、手首にはめた時計を見ると、二時間ほどが経過していた。何も体に掛けてはいなかった。身震いし、ベッドを一旦離れ、暖房の温度を上げた。メイルはタケダからのものだった。遠慮がちな、こちらの様子を窺うためのメイル。クロハは近況を返信した。心配してもらえるのは嬉しいことのはずだったが、何故か今は心に響かなかった。数日分の疲労が、体内に蓄積されたままになっている。

シャツの襟の内の首筋を指先でさすった。さすっていることに気がついた。顎の下の広範囲に細かな起伏が幾つも感じられ、それぞれが紫色の痣になっているのは、鏡を覗かなくとも確かだろう。鈍い痛みを伴う不快な模様、感触だった。

バロック真珠の首飾りのことを、思い出した。

もう一度身につけられるとは、思えなくなっていた。机に置いたままの紙コップが目に留まり、すっかり冷えたその中身をクロハは一息に飲み干した。

＋

指先で、目頭を擦った。高架駅の階段を降りてゆくと、すでに暴力団対策課の私服警官が二人、改札の前で待っていた。

三十代前半らしき男の姿を視界に捉えたクロハは緊張した。以前捜査をともにした男性警官だった。当時は捜査一課に所属していた男が暴対課へ異動したとは、少しも知らなかった。

カガは外套に両手を差し込んだまま、無人の改札を通るクロハを見遣り、遅いな、といった。カガの隣には、小柄な女性が立っていた。二十歳を幾らかすぎたほどの、少し顔色の悪い、何処か幼さを面立ちに残した女性。困惑した顔でクロハへ一礼した。カガの傍にいて、その口の悪さにつき合っていれば、そんな表情にもなるだろう。余り関わりを持たないように、後で忠告するべきかもしれない。

「始めてるぜ、さっきから」

カガがそういい、歩き出した。初対面の挨拶をする間もなかった。カガの後を追う女性と並び、クロハは歩き出した。

高架下の空間は、夜に訪れた時とはまた別の質感を持っていた。薄暗かったが、風景を観察するには充分だった。酒場は閉じていた。人の気配も感じられなかった。高架を構成する素材の全てが、コンクリートも鉄も木材も色褪《あ》せ、使い古された様子だった。アーチの塗装は何度も重ねられ、ひび割れを起こしていた。靴音がクロハの頭上で反響を繰り返した。

そして恐ろしさがクロハの内に甦った。閃光舎へ近付こうとしていた。

閃光舎の建物の前には、数名の私服警官らしき男達がいた。鑑識員の、紺色の制服姿も交ざっている。男達の足元に車輪のついた小型の発電機があった。

「刃に木屑《きくず》が詰まったか」

とカガが一人に声をかけた。交換しました、もう少しです、と返答した捜査員はリコイル・スタータを力を込めて引き、発電機のエンジンを始動させた。途端に大音量が轟き、ガソリンの匂いが辺りに漂った。

捜査員が手に持った大きな切削工具、そのドリル状の銀色の刃が回転した。そのまま刃は扉のノブの付け根に押し当てられ、クロハをびっくりさせた。

「蹴破るよりはましかと思ってな。どうせすぐに、全部塞いじまうし」

金属が削られる音に負けない大声で、カガが怒鳴った。

私に説明している、ということにクロハはやっと気がついた。

「登記簿を調べるのは面倒だったよ。オンライン化はされていても、こっちがどうにも不慣れで、な。相続財産管理人に確認を取るのも、苦労したぜ」

カガは声を張って続け、

「結局分かったのは、ここの所有者はもう死んでいてな、相続人もいないってことさ」

回転する刃が木製の扉を荒々しく削り、ノブが付け根から歪んだ。小柄な女性のことを思い出し振り返ると、呆気に取られた顔で強引な解錠作業を見守っていた。

「元々国有地だがな。建物も、今では国に還ったってわけだ」

ノブがコンクリートの床へ落ち、高い音を立てた。ノブの消えた箇所には丸い金属の土台が見えていて、それも強引に、捜査員は切削工具で抉《えぐ》り出そうとしていた。

解錠業者を呼ぶ手間を省いた効率のいい方法、というつもりなのだろう。暴対課ならではのやり方。あるいは、カガならではのやり方。

土台が外れ、今度は錠の本体を削り出し、そして扉は開いた。不思議な気持ちで、クロハはそのわずか数分の作業工程を眺めていた。クロハとユキを完全に外の世界から隔離していたはずの、その境界となった扉が、これほどの短時間で壊されたことが意外でならなかった。別の次元から観察している気分だった。

見な、とカガが顎で何処かを指し示した。クロハが視線を上げると、多くの電線が毛細血管のように壁に張りついていた。その中の数本が換気扇の隙間から室内へ入り込む様子があった。電気メータを介さず、直接電線を引き込んでいる。

私服警官の一人が、クロハへ綿の手袋を差し出した。カガに促され、クロハは最初に小さな入り口を潜り、閃光舎があったはずの建物の中へもう一度足を踏み入れた。

不安がクロハの胃を満たすようだった。以前の来訪時の感覚をクロハは思い出していた。ほんのわずかとはいえ誰かが今も潜んでいる可能性に気付き、足が止まりそうになる。

カガが無造作に室内の照明を点けた。何の気負いもなくそうしたカガに、助けられた心地になった。カガが受付台の前にある分厚い扉を開くと、奥の部屋が見えた。深紅の絨毯に、煙草の焼け焦げ跡が飾りのように散らばっている。天井には小さなミラー・ボールと、クロハの銃撃によって砕かれた一つを除く蛍光管が、整然と並んでいた。あの時と変わらない。

捜査員、鑑識員に訊ねられるまま、クロハは建物内部のあちこちを指差し、当時の状況を説明した。奥の部屋でも身振りを交え、暴力を受けた女性の状態を、居並ぶ男達の位置を教えた。天井を指し示し、楕円形の机の上に散らばった蛍光灯の破片を解説した。絨毯の上の薬莢の存在理由を話した。

鑑識員は机上に残された、飲み止《さ》しの液体の入った硝子容器を中心に、手際よく指紋をゼラチン・フィルムに写していった。クロハの指先にもフィルムを押し当てた。暴対課の捜査員は粗雑にも思える潔さで、机に脚立を組んで土足で昇り、弾痕を覗き込んでいた。

女性警官も他の捜査員に交ざり、クロハの説明を熱心に聞いているようだった。カガは一人ソファの隅に座って粒状のガムを時折口の中へ放り込み、しきりに欠伸を嚙み殺していた。

作業の終わりとともに、クロハへの質問も終了した。鑑識員はフィルムに採取した指紋を丁寧に分類し、持ち込んでいたジュラルミン・ケースへ仕舞った。暴対課の捜査員は天井の壁紙を剝がし、内部のフェルトらしき防音材を引き出すと、その奥の木材に食い込んだ、ひしゃげた小さな金属を見付け出した。
・四五口径APC弾。クロハの放った銃弾。
カガはそれを手のひらの上で転がし眺めると、

「ややこしいもんが見付かってよかったぜ」

面白くもなさそうな口振りでいい、捜査員へ手渡した。

「持っていけ」

暴対課は証拠の収集をしているのではない、ということをクロハはようやく察した。彼等は一人の警察官が引き起こした面倒な事態の、後始末をしているのだ。

クロハは思わず身構えるが、カガはそれ以上、何もいわなかった。捜査員と鑑識員が部屋を出た。カガと女性警官とクロハだけが室内に残された。大勢の人間が動き回ったせいで、沢山の埃が空中で光っていた。

「さて」

ソファの背もたれに片肘を乗せたカガが、女性警官へ呼びかけた。

「そっち側の話が聞きたいね……座りなよ。あんたもな」

クロハの方をちらりと見た。女性警官は黙って場所を空け、座席の奥をクロハへ譲る姿勢を作った。


シイナです、と女性警官は緊張の面持ちで名乗った。生活安全総務課電脳犯罪対策室の巡査です、といい足した後は、楕円形の机を囲むソファの端で、膝の上に置いた鞄に両手を揃えて乗せ、小さくなって座っていた。暴対課の捜査員ではなかった。閃光舎への捜査に立ち会うために勝手の分からない現場へと派遣され、不遜《ふそん》な態度の男と向かい合わせに腰掛けるはめになれば、萎縮するのも無理はない、とクロハはそう思う。

クロハはマフラーの隙間に指を入れ、首飾りの不在を確かめ、自分の咽喉に触れた。そうすることが癖になっていた。厚みを増し、少し硬くなった痣が首筋に並んでいるのは、目覚めた時から変わらなかった。柊木了平の自宅室内のシンクを覆う埃の上に残された、手袋の滑り止めらしきドット状の痕跡のことを、思い出した。今朝の会議で新たに知らされたことだった。マフラーを顎先まで引き上げた。

「手短にな」

乱暴にいうカガの声を聞くと、シイナは慌てて手提げの鞄を探り、クリア・ファイルから数枚の書類を取り出し机上に置いた。細かな文字が書面を埋め尽くしていた。日付と、秒単位までの時間記録と英文字と桁数の多い数値の羅列が升目《セル》に分けられ、列としてまとめられている。

「結論からいいますが」

シイナはまた鞄の上に両手を置き、躊躇うような声色で、

「閃光舎は再び地下へ潜ろうとしているのではないか、と。その兆候が見られます」

クロハは思わずシイナの横顔を見た。

「抱えている事業を放り出して、かい？　そいつは解せないな……ああ」

カガは目線をクロハへ移し、揃えた指先で机を叩いた。

「あんたとの接触がきっかけになったか、な」

シイナはカガの疑問には答えず、

「これは、閃光舎が関わっていると思われるリアル《R》・マネー《M》・トレード《T》の一覧です」

そういうと書類へ身を乗り出し、その一枚に人差指を置いて、

「日時と売買された品目、そして売却額を一列に書き出しています。閃光舎が管理していると思われる売買契約用サイトは七ヶ所見付かっていまして、これはその全てを合わせて書き出したものです」

「どうして、その七ヶ所のサイトが同類だって分かるんだい」

カガが遠慮もなく口を挟むとシイナは早口に、

「同じアイテムが売られているからです。値段はほんの少しずつ違っていますが、一つのサイトで売買契約が結ばれると、そのアイテムは全てのサイトから、一斉に消去されます」

「へえ」

カガは気のない声で、

「で、兆候って奴は何処に」

「閃光舎は変化し始めているようです」

シイナは書類の最後の頁を指し示し、

「緩やかな変化ですが、ＭＭＯ内貨幣、武器、防具、宝石、アイテム、全ての価格が徐々に下落しています。今までも需要に応じて時間単位で価格を上下させていましたが、私達の知る限りこの半月ほどは、一度も値を上げていません。このような動きは初めてのことです」

前回ここを訪れたのも半月前だった。奇妙な心地がした。ユキと出会い、硝煙の匂いを嗅いだあの時。数年前のことのようにも、昨日のことのようにも感じられる。

「閉店セールってわけだ」

カガの軽口に、シイナは生真面目に頷いて、

「商品の更新頻度も上がっています。ですが、サイトに掲載された広告画像等にはリンク切れによって空白化しているものが多く見られます。丁寧に運営されているとはいえず、これは、近く閉鎖されるサイトの特徴を表し始めたといえるでしょう。少なくとも、ＲＭＴ事業からの撤退を視野に入れての変化だろう、と電脳犯罪対策室では考えています」

「サイトを作ってるＲＭＴ会社のどれかに踏み込む口実はないのかい。事務所を引っ繰り返せば、流石《さすが》に閃光舎の名前の一つも、出てくるだろ」

「ＲＭＴ自体は違法ではありませんから……」

「お前等の仕事が羨ましいぜ」

カガは鼻で笑い、

「冷暖房完備の部屋の中で、全部完結するんだからな」

「必要があれば、部屋を出ます。今回のように。閃光舎関連会社の所在地は現在三ヶ所、判明しています。そこへ踏み入るのに必要なものは、確かな口実です」

シイナの喋り方は、今や意外なほどしっかりしたものとなり、

「閃光舎には、自らの輪郭を明確にしようという意思はありません。浮かび上がっては消える、ということを繰り返しています。一度消えると数年は姿を現しません。確かな口実とともに捕らえることができなければ、彼等はまた姿を隠すでしょう。次の機会はないかもしれません」

口実は、用意できるかもしれない。ユキのことを想像していた。けれど、この場でいい出すのは躊躇われた。確実に起こる、と断言できる根拠はまだ何も存在しなかった。

今度は、シイナの横顔をクロハはそっと盗み見た。小柄な女性警官は会話が進むに従い、物怖じというものを忘れてしまったようだ。ひた向きさを無防備にさらけ出している。レゴに似ている、とクロハは思う。それに、レゴと同じようにシイナも清潔そうに見える。頰に浮き上がった肌荒れも、むしろ彼女の若々しさを強調しているようだし、少しだけブリーチをかけた髪の毛には奇麗な艶があった。

「面倒なことだ」

クロハが開け、暴対課が広げた天井の孔をカガは見詰めているらしく、

「拳銃の件だがな……はっきりしたのは、上が気にしていた件とは少しも関係がないってこ

とだ。これは単純な話でな」

興の醒めた口調で、

「中古車に隠して運ばれた十三丁はどれも、自動拳銃も回転式も、ぴかぴかの新品なのさ。あんたが持ち帰った奴は製造国こそ合致するが傷だらけで、明らかに転売の重ねられた古い品だ。見ればすぐに分かりそうなものだが、上は十三丁全部押さえたくてうずうずしている。おかげで目が曇っちまった。鉄屑が宝石に見えたらしい。早く踏み込めばいいものを、周辺捜査を固めて、だの、建物の所有者の確認を、だの、壊れものを扱うみたいにしてな……拳銃からは結局、前科者の指紋の一つも出ないときた。今回の鑑識作業で何か発見されれば少しは上の面子も立つだろうが、どうだかね……閃光舎の奴等に前科があるとも限らねえし。汚れ仕事は他の人間に押しつければいい。ビジネスで稼いでいるんだからな。で、奴等は今、儲けとは別に欲しいものがある」

顎を上げたままクロハを見て、

「奴等は消える前に、鋼鉄の処女《アイアン・メイデン》の首を欲しがっている。そのためにでかい猟犬を放った。そうだろ……」

揶揄するようではなかった。霧の中の襲撃。記憶の再生が、クロハの首筋を強張らせた。

「それだけ奴等は頭にきてる、ってわけだ」

カガは人差指で、自分のこめかみを二度叩き、

「その猟犬に縄をつけるのはこっちの仕事だがね……あんたは不用意にうろちょろしないことだ。どんな鍵だい」

最後の言葉は質問だったらしい。

「鍵」

クロハが聞き返すと、

「あんたの自宅の鍵だよ。どんな奴だい。侵入者が入った、って聞いたぜ」

「……指紋等は、発見されませんでした」

「だから安心、とは限らないだろ。俺も昔三課にいたんだ。いいから、見せてみな」

財布の中から磁気式カード・キーを取り出し、クロハは机に置いた。反発心は、わずかに遅くした動作の中に隠した。

カガはカードを無造作に拾い上げると裏返し、製造番号をしばらく見詰めた後、

「いい種類じゃないな。記録ＩＤの桁数が少ない奴だ」

カードを放って返し、

「これなら、あんたの部屋の鍵を直接読み取る必要もない。他の住人のカードが手に入ればその記録から、あんたの部屋のＩＤも推測できちまう。管理会社にいって、鍵も錠も交換してもらうんだな。ついでに、硝子には防犯フィルムを張ることだ。さっき見せただろ……」

外套についた埃を払い、

「錠前ってものが結局、時間稼ぎにしかならないことを。錠には種類がある。見極めて、手段を工夫するか、時間さえかければ必ず開く。問題は、どの程度の時間稼ぎがそこに必要か、ってこと。例えば俺達の使う手錠は、その気になれば鍵がなくても開けられる。それについての講習は受けなかったか？　慣れさえすればクリップ一つで十秒もかからない、ってさ。被疑者が開けられないのは、そんな隙も与えられないから、だろ。だから貧弱な錠前でも何も不都合はない。ということは、あんたの自宅の扉には、もう少しましな奴が必要、ってわけだ。気をつけなよ……」

そういうとカガは立ち上がった。歩き出すと、落ち着き始めていた埃の粒子が絨毯から再び舞い上がった。重い扉を、カガは肩で押し開けた。

木製の扉に触れた途端、簡単に隙間は空き、冷たい外気がクロハの頰に触れた。縄目を解かれた気分だった。微かに遠くの道路からの、排気ガスの臭いが鼻腔に届き、クロハはそのことにさえほっとした。

他にも臭いがあった。酸味の混ざった接着剤の臭い。見下ろすと、金属製のノブが元の位置に戻っていた。金具の周りからは詰め込まれた木片と白い接着剤がはみ出していて、その不格好な出来にクロハは唖然とする。乾けばそれなりに体裁は整うのかもしれない、と無理に思い込もうとした。

高架下の空間が突然軋み、揺れた。列車が頭上を通過する。静かになると、少し離れた場所に立つカガが、おい、と声をかけ、外套から何かを取り出し、クロハの背後へ放り投げた。振り向いたクロハは、空中で輝くそれをシイナが不器用に受け止めるのを見た。金属がぶつかり合う音がシイナの手のひらから聞こえた。

「こっち側の車線に車を回しておけ」

命じられたシイナは、失礼します、とクロハへ深く頭を下げ、この場から逃げ出すように小走りに去っていった。数回大きく鳴った靴音が、徐々に小さくなってゆく。

「ぞっとするぜ」

カガは顔をしかめ、

「帰りも、あのお喋りにつき合うかと思うと、な」

「シイナさんのことですか」

女性警官を萎縮させる居丈高なカガの態度に、ずっと嫌気が差していたクロハの言葉は強い調子になり、

「彼女の何処がお喋りなんです?」

カガは煩わしそうに片手を振っただけで質問には答えず、

「報道に先を越されたんだってな……」

高架下建築の、出口の辺りを見遣ったまま、

「どうしてそうなったのか、分かったかい」

echoの被害者五人の素性についていっている、とクロハは気付き、

「……雑誌記事だそうです」

疲労で朦朧としながら出席した捜査会議の内容を思い起こし、

「一年前に、ある週刊誌が少年犯罪の特集を組み、その中で被害者に賠償金を支払わない加害者達の一つの例として、集団暴行事件が取り上げられたそうです。当時の記事を報道番組のスタッフが覚えていて、出版社へ問い合わせ、事件後の民事訴訟を裁判所に確認することで詳細を把握し、放送に踏み切った、ということでした。主犯格の男も、恐らくその雑誌記事から今回の標的を選んだのだろうと、特捜本部は推測しています」

「推測かね……被疑者はそこの部分を自供していないのかい」

「子規孝の供述には偏りがあるようで、積極的に自供するかと思えば、完全に黙秘を貫く時もあって取調官も苦戦している、と聞いています」

「犯行自体は認めているんだ。問題ないだろうよ。報道のおかげで、被害者の身許も割れたことだしな。まあ表面上だけでも、知っていました、って顔をしておけばいい。あの管理官にならできるだろ。そうしておけば、もう事案は解決したようなものだ。共犯者が眠剤《ミンザイ》絡みで死んで被疑者が一人になったのは寂しいところだが、起訴に必要な証拠はもう揃っている、って聞いたぜ。再逮捕の必要さえないいんじゃないのか」

「けれど共犯者に……柊木了平に精神科への通院歴はありません。司法解剖で血液中から検出されたバルビツール酸系は、睡眠導入剤の中でも強力な種類です。たとえ精神科に通っていたとしても、簡単に処方されるものではありません」

「疑っているわけだ」

カガは小さく笑い、

「そんなもの、他人からだって買えるぜ」

「逃走を図った形跡もありません」

「せっぱ詰まった時に見せる行動なんてものは、人それぞれだろ。大体、誰が柊木了平を殺《や》るんだい」

「また別のトラブルに巻き込まれた可能性もあります。動機の有無だけでなく、状況から推測することも必要かと……」

シンクの上の痕跡。クロハの首筋の痣。いい立てるつもりはなかった。滑り止めのついた化学繊維製の作業用手袋など何処にでもある、余りにありふれた製品だった。心には引っかかっている。クロハの周辺、不穏な場所に限って二度現れたことに、偶然以上のものを感じていた。それが何の証拠にもならないことも、理解していた。

「やめときなよ。きれいに収まっているものを掻き回すのは……そう睨むなって」

馬鹿馬鹿しい、といった顔でカガはいい、

がね」

「管理官へ直接いったらどうだい。採用されるかどうかは、お互いの信頼関係の問題だろう

クロハは言葉に詰まった。今朝再会した時に見せた、管理官の苛立たし気な目元の皺を思い起こした。捜査会議の開始前に、幾つもの問題を生じさせたことを直立姿勢で謝罪したクロハへ、管理官は無言のまま、ほんのわずかな動作で頷いただけだった。体を強張らせるような動き。それからは、クロハは発言権を奪われたのも同然だった。

「滅多にないことだがな……全く信用できない野郎、と決めつけるのは」

カガの口調が、変わったような気がした。

「とはいえ実際に信用できないのなら、仕方ない。イワムロのことだ。あんたが一時組んでいた、と聞いたもんでな」

クロハは次の言葉を待った。イワムロの名前を聞いた瞬間に、気持ちは引き締まっていた。

「奴に近付くな。嘘をつくわけでも捜査に不熱心なわけでもない。捜査一課の中で、無害そのものの存在だからな。ただ、奴のところへは報道記者からの問い合わせが多くあってな、任務の途中でよく席を外し、携帯へ向かって口座番号を伝えている。同僚からすれば、日常の風景でしかないがね。誰かに見付かれば、ネット・オークションのやり取り、と本人は何時もいう。平然とな」

何の感慨も、クロハは覚えなかった。想像していたことでしかなかった。

「奴の取引相手が報道だけとは限らないだろ。そこから先は、ただの噂だがね……奴に個人的な情報を漏らすなよ。自分の首を絞めることになるぜ」

「……分かりました」

「鑑識の結果が出次第、連絡する」

そういうとカガは、クロハから離れた。

そのまま高架建築の暗がりに薄く光を差す出口へと、歩き出した。

＋

午後からは臨港署の中で、クロハは無為に時間を過ごした。

廊下の長椅子に座りコンクリートの壁の染みを見詰めるか、講堂で曇り空の下の産業道路を眺めるか、どちらかの格好で勤務時間のほとんどを潰していた。他の捜査員達は皆、事案関係者への事情聴取へおもむき、書類を作成することに注力しているはずだった。

指定された任務を持たない身であっても、特別捜査本部から解放される気配はなかった。ただ特捜本部に所属し、夜の会議を待つだけの役割だった。そうしているうちに、掠れた音声がクロハの意識に上った。庶務班が時折声に出す実務依頼の言葉でも、捜査員同士の話し合いが漏れ聞こえたわけでもなかった。少し音の割れた、性能の悪いスピーカから流れる声だった。クロハは緩慢に立ち上がる。机と机の隙間を縫って講堂の前方へ、ホワイト・ボードの傍、映像解析班の席へと近寄った。

長机に液晶モニタとディスク・ドライブが幾つか置かれただけの席だった。腕を組んで腰掛ける解析班員の後ろには、数人の捜査員が立っていた。

彼等の眺めているものに、クロハも引き寄せられる。

白い壁に囲まれた部屋が液晶モニタの中に、映し出されていた。小さな机を挟み、一人の青年と二人の中年男性が向かい合っていた。青年が子規孝だろうということは、解析班の後ろに立つ前から分かっていた。二階刑事課室の奥に位置する取調室内の風景だった。

取り調べの様子を映像記録に残している、ということをクロハは知らなかった。映像には撮影日時が、今日の午前の時刻が表示されていた。鮮明な記録ではなかった。実験的な試みに古い機材を持ち出し撮影した、というように見えた。

『ｅｃｈｏっていうユニット名は』

組んだ脚に両手を乗せた姿勢で、子規孝は回転椅子に腰掛けていて、

『反響、って意味です。世論、といい換えてもいい。奴等にとっては因果応報って話ですよ。悪には罰を。画期的な話。本当に天誅《てんちゅう》を下したのは、俺達くらいだからさ。俺の名前は残るでしょ。特に俺は。企画者なんだし。誰も本当は否定できないはずだよ。俺達のしたことを。みんな心の底では願っているわけだから。正義を信じているんでしょ、信じた甲斐《かい》があ

った、ってことでしょ。こんな話、TVでは何時もやってますよ。主人公が悪を懲《こ》らしめる。主人公はみんな悪を殺してる。子供番組だってそう。力で悪を潰す。でも、現実世界でやったのは、俺達だけ』

緊張感が映像解析班の机の周りに広がった。

構図上、取調官は白髪の交じる頭髪と背中だけが映っており、

『殺せば、君も罪びとになる。凶悪犯だよ。そういう発想はなかったかね』

『なくはないけど。でも極刑にはならないと思う。みんな望んでいることなんだから。なったらおかしいですよ。TVは全部嘘ってことにしたい？』

『皆が望んでいたかどうかは、ともかく』

取調官は子規孝のいうことを受け流すように、

『殺人の前歴があれば、誰でも君達の標的になった可能性はあったわけだな』

『殺人者で、処罰を受けていない連中だったら。贖罪《しょくざい》の態度のない連中。許せない、ってよく本にも書いてあります』

『雑誌から対象となる人達を見付けた、ということでいいんだな』

『雑誌ね……そう……』

『君の自宅の中からも、柊木了平の自宅からも該当する雑誌は見付からなかったが』

『車に入れといたのかな……何時の間にか、なくなった。薄い雑誌だし……』

子規孝の表情が突然、曇った。思考の焦点を失ったように。共同住宅から連れ出された時の姿と重なって見えた。こちらの方が本来の姿であるようにも思えた。

もう一人の取調官は無言のまま、ノート・コンピュータへ子規孝の証言を打ち込んでいる。打ち終わり手が止まったのを合図に、灰色の頭髪の取調官が質問を再開する。

『仕事は好きかね』

『別に。けど俺の居場所ではないですよ。親が作った工場だから。真っ直ぐな線路の上をずっと同じ速度で歩いているような気になるんだよな。暑いしね……親には子供の頃から娯楽も色々と制限されてたし……だから空想好きになったっていうか……』

『柊木了平のことをどう思う』

『優柔不断。でも結構自分好きで自惚れ屋。企画がないと動けないのにさ、自分が一旦動き出せば、たちまち脚光を浴びると信じてるみたいに。一方で自分一人では、本当は何もできないことも分かってる。だから精神状態が二種類しかないんです。重要人物みたいな顔をしているか、もう俺死ぬしかないよな、って自嘲してるか。人間的には悪い奴じゃないですよ。もうこっちに来ているんですか？』

『柊木了平は死んだ』

沈黙があり、

『我々が発見した。アルコールと睡眠導入剤を大量に服用したのち、自宅の床に昏倒して頭部を強打した。彼はどうしたかったんだろうな』

子規孝はパイプ椅子に脱力した格好でもたれかかり、しばらく何かを考えているようだったが、

『自殺でしょ。でも薬で死ぬ前に、頭を打って逝《い》った』

クロハの気のせいでなければ、顎を引く子規孝の顔には笑みが浮かんでいて、

『そう……あり得ますね……まあ、そういうことかな……』

溜め息を一つつき、

『悪い奴じゃないですけどね……』

『どう思う？　柊木了平の死については。君の唯一の共犯者のはずだろう。友人かね』

『友人……共犯者……そう……かわいそうですね……ひと言でいえば』

笑みらしきものが消え、

『あいつはね、母親と愛人から虐待を受けていたって。背中に熱湯をかけられた大きな火傷《やけど》跡があるって。母親はまた別の愛人と失踪したそうですよ。児童養護施設でも学校でも同級生からひどい暴行を受けて、片腕が頭の上まで上がらなかったんです。借金させられたり。孤立して。鬱病の薬はまだ呑んでいたし、色んな過去のせいで瞼がよく痙攣したり……』

早口でそういうと、子規孝は押し黙った。

その様子に、クロハは混乱していた。突然、柊木了平に対する憐憫《れんびん》の感情が、子規孝の中

に生じたようだった。黙り込み、項垂れていた。子規孝の証言は散漫で取留めがなく、そして勝手な独白に近かった。感情が高揚すると幾らでも喋り、沈み込めば無言となる。

画面の中の子規孝は今、完全に口を閉ざしていた。取調官の問いかけは、一切耳に入らないように。取調官が、顔を上げて、と声をかけるが、子規孝は俯いたまま微動もしなかった。取調官二人が顔を見合わせた。沈黙が続く。

変化のない映像に飽きた捜査員達が、映像解析班から離れ始めた。面倒な奴を背負い込んだな、と立ち去りながら誰かがいった。クロハはその場を動かなかった。

静止したままの子規孝の姿を見詰めていた。

ｅｃｈｏのしたことに同調する気持ちは、すでに失せていた。

クロハには、子規孝が不安定な情緒と自己顕示欲だけで作られた、ひどく空疎な人物であるように思えてならなかった。

＋

捜査会議中、講堂に充満していたのは事案の終局を予感する人々の気色だった。

会議での報告は子規孝の証言の裏付けに終始し、目新しい情報を聞くことはできなかった。

会議を終えても捜査員達は庶務班の席へ向かい、担当任務の確認や、書類の優先順位を訊ねることに忙しそうではあったが、以前は講堂中に漲《みなぎ》っていた焦燥の気分は何処にも、誰の表情にも存在しなかった。

もう一つクロハが気付いたことがあった。管理官の機嫌はそれほど悪くない、という様子。けれどそれも、クロハとはほとんど関係のない話だった。

捜査会議の終了間際に管理官は立ち上がり、矢久野樹世彦《ヤクノキヨヒコ》の退院について短く語った。語り始めたその瞬間だけは、苦い表情を作った。ヤクノは過去の暴行事件が明らかになるのを恐れ、体調不良を装い証言を拒んでいた。報道に事件を公表され、匿名が保証されることが分かると詐病を告白し、警察に随時の協力を約束すると、自ら退院を申し出たのだった。

管理官はまた、切れ切れにしか語ろうとしない子規孝の供述態度に改めて触れ、そのため再び検察へ送致し、供述内容の確認が必要となりそうなことを今度は苦笑とともに説明した。自己愛の強い実に現代的な青年、と子規孝を評したが、そんな個人的な感想が管理官の口から出る場面を、クロハは初めて見た。

明日午前中にもう一度取り調べを行ってから、報道に気付かれないよう単独で秘密裏に検察へ送る、と宣言する管理官の顔には、満足そうな微笑みが一瞬、浮かんだようだった。

特別捜査本部からの離脱を願い出るべきか、クロハはずっと迷っていた。することもなく過ごす時間は耐え難かったが、事案を最後まで見届けたい、という気持ちを失ったわけではなかった。初動捜査を担当する機動捜査隊員にとって、捜査本部の終盤にまで参加できる機会自体が、通常ではあり得ない貴重な経験、といえた。子規孝が起訴されるまでに、そう時間はかからないだろう。勾留期間の再延長も含めて、後二週間と少し、というところだった。

今にも席を立ち講堂から去ってゆきそうな管理官の様子を講堂の隅から窺うクロハは、自分が何故特捜本部から去りたくないと感じるのか、その本当の理由に思い至った。

特捜本部へ訴えたいことがある。自らの去就とは、関係がなかった。

その主張が説得力を持っていないことにも、気付いていた。個人的な感触でしかなかった。

本事案には今も、全く未知の部分が残されているのでは――

子規孝の供述に矛盾らしき箇所は見当たらず、証言は次々と、捜査員達によって裏付けられていった。何処で園芸用土を購入したのか。何処の建設現場から資材用の大きなナイロン袋を盗んだのか。

それでも足りないものがある。クロハはそう思う。

衝動と動機と犯行を結ぶ、何かが。

子規孝の証言は、余りに断片的に聞こえた。余りに乾いていて、細密な計画を構築するために必要な情念が欠けているように聞こえた。

もう一度事案全体を見直すのも、悪い考えとは――

クロハは肩の力を抜いた。

感覚的な不満にすぎない。たぶん、朧気に予想した凶悪犯と実物との乖離が、違和感を生んでいるのだろう。だとすれば、何か、とはただ単に殺人者らしき風貌、挙動のことでしかない。殺人者の実像が、霧の中の襲撃者のような異相の姿ばかりでないことは、理解しているはずなのに。進言して受け入れられるはずもなかった。クロハ自身、本当に信じているのかも怪しいのだ。

——主犯格が他に存在するなんて。

一瞬の想像。クロハは狼狽えた。初めて明確にした自分の本心に、むしろ懐疑を覚えた。根拠のない話。でも、本当にあり得ない話だろうか？

子規孝が、断片的な証言を何時までも続ける理由。何かを未だに隠しているのだとしたら。隠した上で、犯行の辻褄を合わせようと、慎重になっているのだとしたら。振舞の不自然さは子規孝生来の、浮き沈みの激しい性質に紛れる格好となり、誰もそのことに気付かないのだとしたら。

……私はそんな空想を、実際に信じているのだろうか。

そして結論は、また一周する。何か、など最初から存在しないのだと。

クロハの隣に誰かが座った。

お疲れさまです、といったのはタケダだった。クロハも同じように返し、初対面のようなぎこちない挨拶を交わした。顔を合わせるのは霧の夜、臨港署の前で擦れ違って以来だった。

懐かしい心地にもなった。タケダはもう、クロハの相棒ではなかった。

「怪我がなくて、何よりです」

ぽつりというタケダの言葉に、クロハは頷いた。

「女性となると」

タケダは気落ちしたように、

「やはり心配になりますから」

クロハはその気遣いに感謝しながらも、

「ご心配をおかけしました……警戒心が欠けていたようです」

静かに答えた。甘えてはいけない、と思う。タケダが口を噤んだ。沈黙が再びぎこちなさを生んだ。講堂の扉から次々と退出する捜査員達の姿を、クロハは眺めていた。

呟くように、タケダがいう。

「辞表を提出して、受理されたとか」

一瞬、クロハの心臓が高鳴った。アサクラの話をしている、とすぐに分かったからだった。

「私の方には、何も……」

タケダが目を伏せたのは、クロハの動揺を察したのかもしれず、

「私も、伝え聞いただけですが」

申しわけなさそうにいった。

人が減ることで、講堂内には静けさが現れ始めていた。クロハは耐え切れず、

「タケダさんは今、どんな捜査を担当されているんですか」

訊ねると、タケダは少し嬉しそうに顔を綻ばせ、

「私の方は今日から、人捜しですな」

「人捜し……加害者か、被害者に関係した者を？」

「いや、それが」

背広の内から折り畳まれた書類を取り出して、

「この記事です。暴行事件を取材した……」

クロハは書類を広げた。雑誌記事を縮小複写したものだった。

『少年達の贖《あがな》いは』と印刷されたタイトル・ロゴが目に入る。鼎計《カナエケイ》の記者名も。

クロハは書類を一枚ずつ後ろに送り、記事内容を概観する。私刑によって一人の少年を死に至らしめた人間達が、今度は子規孝の犠牲者となるきっかけを作り、また事後の身許解明の端緒ともなった雑誌記事。そう考えると、黒一色の文字の羅列が、複雑な色彩を帯びるようだった。記者がかつての少年犯罪者を一人ずつ訪ね、損害賠償金の未払いについて問いかけ、それぞれの反応を確かめる――

「その記事の執筆担当者からも当時の話を聴取する、と決まったものですから。七年前の暴

行事件をよく知る人物でしょうし、被害者を理解する上での参考に、ということで。ですが……記者は出版社を辞めたばかりだそうで。出版社の者も、連絡がつかないのだとか」

怒る加害者、との見出しをクロハは読んだ。

過去の行いを取材する記者へ、怒りを露にする青年。

「記者は携帯電話の解約までしたようです。どうも今回の騒ぎに巻き込まれることを嫌い身を隠した、というのが本当のところらしくて……それで、居場所を探すのを、私が担当することになりました。事案の中心からは離れた周辺捜査ですから、気楽なものですが」


Aは怒りの余り、汚い罵声《ばせい》とともに私の頬を張った。


記事にはそう書かれていた。やり切れないものを感じた。続きを読む気の失せたクロハは折り目の通りに書類を畳み、タケダへ返した。いずれ、私への非難も何処かの報道雑誌に載るのだろうか、とクロハはふと考える。消費者金融でのできごとには、もうそれほどの価値もない、と思えた。

「有能だったそうですよ。人脈が広くて。少々変わった人物のようですがね」

タケダは書類を受け取りながら、

「記者のことを訊ねると、同僚は皆、奥歯にものが挟まったようになる。今回の事件の前から、孤立していたのかもしれませんな……」

アサクラのことを思い出す。

自分についていいわれた気分にもなった。タケダが席を立った。

「何をするにしても」

その横顔には、真剣な皺が幾つも刻まれていて、

「無理な行動は控えるべきかと」

「はい」

素直に返答したつもりだった。タケダが講堂の扉を開け、外へ出る様子をクロハは見送った。

しばらくして、同じ扉へ向かう管理官の姿を認めた。立ち止まり、クロハへ鋭い視線を向けた。クロハが驚き、身を竦ませていると、満足したように管理官は頷き、退室した。

動くな、と命じられたのだ。

+

ビジネス・ホテルの扉を開けただけで、確かな安堵をクロハは感じることができた。

朝方に少し過ごした、というだけの空間でしかなかったが、もう小さな愛着が自分の中に芽生えているのを知り、不思議な気分になった。

ユニット・バスの中で湯を浴び、部屋の一面を塞ぐ机の端のメイクアップ・コーナーに付属したドライヤを髪に軽く当て、フリース地の室内着を身につけると、居心地のよさは益々高まった。ホテルへ戻る前に、機動捜査隊分駐所へ寄ったことも関係しているのだろう。機捜任務への復帰について簡単な打ち合わせをしただけだったが、クロハの要望をかなえるために班長が書類上の辻褄を合わせてくれたことが、心持を軽くしたらしい。

自宅の扉には、ＩＣカード方式の補助錠が増設されることになっていた。クロハが既存のカード・キーの脆弱《ぜいじやく》さを主張してもなかなか納得しようとしなかった管理会社の担当者は、職業名を告げた途端、対応策を積極的に口にするようになった。携帯電話越しに聞こえる音声は、油を差されたように、突然滑らかになった。集合住宅内全ての玄関扉に補助錠を設置することを、クロハは管理会社に約束させた。設置を完了した、と管理会社から知らせを受けるまでは、自宅に戻る気にはなれなかった。

ベッドのさらさらしたシーツに背中をつけると、今朝よりもずっと寛《くつろ》いだ気持ちになった。受付で貰った説明書きを読みながら、サウンド・プレーヤの画面に親指を滑らせ、ホテルの所有する無線基地局《アクセス・ポイント》の暗号キーを入力した。

クロハのコンピュータ宛てに送付されたメイルを確かめる。すぐに返事を出すべきメイルは、一つだけだった。ユキからのもの。捜査に必要な書類を渡したい、というものだった。ＦＴＰアドレスが記載されていた。

時間を指定して。前後三十分間、そのアドレスにファイルをアップロードする。過ぎたらすぐに消去する。メイル・サーバに複製を残さないための、確実な方法。私からのメイルは全部すぐに消すこと。

クロハは少し考えてから、明日の夜までには何処かでUSBメモリを購入して連絡します、と返信した。他に方法はなかった。コンピュータの設置された小部屋はホテルの一階に存在したが、ダウンロードした情報を保存するための媒体を、今のクロハは持ち合わせていなかった。サウンド・プレーヤは記憶媒体《ストレージ》としては利用できない仕様だったし、コンピュータと接続するためのケーブルさえ用意してはいない。これから媒体を近辺で探すには、もう時間も遅かった。

返事はすぐに来た。クロハがプレーヤを手から放す前に。確実に渡したい、と書かれていた。

明日直接手渡せる時間、ある?

空いた時間帯を想像しようとして、クロハは一人苦笑した。そんな時間は幾らでもあった。特捜本部から何の任務も与えられていないのだから。それでも捜査会議が行われる時刻を確実に避けるために、正午前後と指定した。

ユキからの返信には、午後の早い時間と、待ち合わせ場所として鉄道駅内の公園が指示されていた。駅の所在地は海沿いで、街なかから離れた場所にあったが、そう遠い距離でもなかった。クロハは了解し、メイルを消去した。奇妙な気分だった。

ユキとの再会を、私は楽しみにしている。とても。

暖房の温度を高く設定しすぎたらしく、クロハはぼうっとした気分になった。おかげで、洗顔後に試してみるつもりだったスチーム発生器への興味が失せてしまう。

天井と壁の、落ち着いた光量に調整された橙色の照明を頼りに、暖房のコントローラを探して部屋の中を彷徨っていると、机の上の内線電話が鳴った。

「ご友人だそうですが」

受付の従業員が、そういった。クロハは眉を顰める。受話器を誰かに渡す気配があり、

「……イワムロです」

クロハは返答ができなかった。暖かい室内で、首筋に鳥肌が浮いた。

「突然、すみません。こちらに泊まっていると特捜本部で聞いたもので」

感情を押し殺した低い声だった。

「会って直接お話がしたい、と思っています」

「今から、ですか」

「できれば。場所は何処でも……警察署ではないところなら」

最後のひと言によって、イワムロが内に抱えた問題を開示するつもりで訪れたことを、クロハは知る。素早く計算した。ホテルの喫茶店はとうに閉じていた。部屋に通した場合の問題点を数えようとするが、受付を経た正式な訪問である以上、クロハに不利な騒動が起こるとは考えられなかった。

ただし、イワムロが自暴自棄に陥っていない、という保証があるならの話。

自分の姿を見下ろした。肩に掛かった髪に触れるともうほとんど乾いていることが分かった。フリース地の部屋着は薄くはないにしても、ひどく頼りないことだけは確かだった。着替える必要がある。

「五分、時間をください」

クロハはできるだけ落ち着いた口調を作り、

「五分経ったら、こちらへお越しください」

返事を待たずに、受話器を置いた。

控えめに扉を叩く音が聞こえ、クロハはイワムロを室内へ招き入れた。暗い照明を浴び、イワムロの顔色は黒ずんで見えた。一礼して上げた顔貌の両目の中に、光は窺えなかった。

クロハは上向けた手のひらで、机の傍の小さなソファを指し示した。無言のままイワムロは座った。少し脚を伸ばし、両手を外套の上で組んだ。二メートルほどの距離を開け、クロハはベッドの上に腰掛けた。

イワムロは、なかなか口を開こうとしなかった。クロハへ視線を移そうともしなかった。組み合わせた手のひらに力を込め、緩める仕草を繰り返していた。

ふと両手が離れ、一方が外套のポケットへ入った。その動きに反応したクロハは大きな純白の枕の下へ、片手を差し入れる。

クロハの緊張に初めて気付いたらしいイワムロは、手に取った煙草の箱を外套へ戻した。

「……謝罪をしに来ました」

ようやくそう言葉にして、

「前には、うまくいえませんでしたから。どうしてこうなったんでしょうな……県警に入り立ての頃は、警察手眼《しゅがん》だって読みましたよ。随分と熱心に。幾つかの言葉はまだ覚えている。『官員ハ元来公衆ノ膏血《こうけつ》ヲ以テ買ハレタル物品ノ如シ』、『我ハ安寧ノ保護官ナリ』、とね」

そしてまた口を閉ざした。イワムロの様子は、雨に濡れた小動物を連想させた。クロハは小柄な来訪者が何かいい出すのを、待った。

「よく晴れた日に、十字路の前に立って」

ぽつりと、イワムロがいった。

「信号が青に変わるのを待っていると、真実らしきものがはっきりと見える瞬間があるんです。俺は。十年に一度くらいの話だが……」

俯いた顔は陰になっていて、

「横断歩道を渡る時には、脚はひどく重くなる。発見したことが、そうさせるんです。十年前に分かったのは、俺には家族も友人もいない、ということで」

少しだけ身じろぎし、

「ひと月前に悟ったのは、俺はずっとこのままだろう、ということでした。これから先、死ぬまで俺はスーパーマーケットで缶麦酒と出来合いの食料を買い、ビニル袋を手に持って信号が青になるのを待ち、誰もいない部屋へ帰り、TVを観ながら煙草を吸い、布団の中で詰まらない夢を見る。起き出して博打《ばくち》に金を使っては……」

自分の胸の辺りを人差指で叩き、

「ここに開いた黒い孔《あな》を、さらに広げる。繰り返し繰り返し……俺の未来は、それだけです。もう未来まで完全に把握したんです。それなのに」

両手の指先でこめかみを押さえ、

「情報を金に換えるのが、やめられない。結局、機械に飲み込まれるだけの金なんです。馬鹿げた話だ。俺もそれは分かっているんだが……」

手のひらで顔を覆った。口元だけを晒していて、

あなたの情報も売りました。

イワムロはそういった。

「相手は女性記者です。あなたに詰め寄っていた記者がいたでしょう。あの女に、あなたの居場所を何度か知らせました。迷惑をかけたと思っています。面会して取材を申し込みたい、というだけの話だったんだが。子規孝確保の現場には、やって来ない約束だった」

両手を除けた顔の目元がわずかに赤味を帯びているのを、クロハは見て取った。

イワムロは酔っている。今度はクロハの方から、

「情報を売ったのは、報道記者だけですか」

低い吐息をイワムロは吐き出し、

「……情報を売っているのは、俺だけじゃないですから。俺以外にもいますよ。あなたが思っているよりも、多いかもしれない」

質問には答えずに、

「監察官室にでも伝えますか。今の話」

「……いえ」

クロハは小さく首を振って、

「伝えるつもりはありません。けれど……閃光舎と接触しているのなら、その情報をできるだけ詳細に、渡してください。あなたから聞いた、とは他言しません」

イワムロはまた口を閉ざした。苦しそうに時々唸り、熟考し続けていた。

「難しいですな……」

ようやくそういうと、苦々しい笑みを顔に浮かべ、

「命に関わることですから。こんな先の見えた命が惜しいとは、我ながら意外なことですがね……それに、接触するのは何時も向こうからで……」

「それなら」

目付きが険しくなるのは止められず、

「次に接触があった際には、会長かウスイへ伝えてください。私からの言葉として。あなた達の思い通りにはさせない、と」

また小さな苦笑がイワムロの顔貌に表れる。両手のひらで擦った後には、消えていた。

すみませんでした、ともう一度小声でいい、立ち上がりかけるが、

「ちょっと違ったな」

動作を中断し呟いた。少し声を大きくして、

「いや、相当違う。想像していたのとは、違う」

力のない両目がやっとクロハを見据え、

「あなたは俺を罵るはずだったんだ。目茶苦茶に。それで、俺は警察を辞める決心がつくはずだった」

気怠《けだる》そうに立ち上がった。まだ何かいいたそうにしていたが言葉はなく、扉へと歩き出した。

振り返らず、イワムロは部屋を出た。

鉄製の扉が閉まったことを確認し、クロハはシーツと枕に挟まれていた片手を、そっと抜き出した。

+

受付に鍵を渡した。お待ちください、と従業員がいい、身を屈めて何かを探し始めた。クロハは硝子製の自動扉越しに、外を見遣った。

モノクロームの濃淡だけを微かに加えた白い空が、エントランスから見えた。朝の冷気がクロハの位置まで届き、呼気が白く染められる。コートの襟を、マフラーをクロハは整える。

これを、といった従業員が艶やかな石造りの受付台の上に、封筒を置いた。折り畳んだ手紙が入る程度の大きさだった。

「昨日受け取っていたのですが深夜でしたので、こちらでお預かりしておりました」

受け取って礼をいい、メッセンジャー・バッグの内へ仕舞おうとした時、クロハは封筒に何も入っていないことに気がついた。歩きながら指先で封筒のあちこちを挟み確かめていると、底の部分に小さな硬い膨らみを感じた。

クロハの足が自動扉の前で止まる。襟足に鳥肌が立った。振り返り、天井を見上げた。

受付の上部に半球状のプラスチックが見えていた。監視カメラだった。

従業員のところへ駆け戻り、

「何時、この封筒を受け取りました?」

抑えたつもりでも、詰問する調子になった。

気圧《けお》された様子の従業員は、慌てて受付台の裏からノートを取り出すと頁を捲った。午前二時四十分です、と返答した。

「封筒を受け取った受付の方と今、連絡が取れますか」

「私ですが……」

戸惑いは少し充血した目の中にも表れていた。クロハが警察官であることを、従業員は知っている。不穏な雰囲気を感じたらしく、少年の面影の残る頬が紅潮した。

クロハは封筒を持ち上げて見せ、

「これを持って来た人間は、他に何かいっていませんでしたか」

「いえ、特には……あなたへ渡して欲しい、とだけ。渡せば分かる、と。男性でしたが、お名前は告げられませんでした。お急ぎなのか、車から降りることもありませんでした」

「車……エントランスへは、入っていないのですか」

「はい。電話で呼び出されまして。ホテル前で停めた車の中から手渡されました」

監視カメラを避けるために、そうしたのだ。男の周到さに、クロハは気分が悪くなりそうだった。

「……車種を覚えていますか？」

「銀色の４ＷＤワゴンでしたか……運転席は右側でしたが、外国車だったかと」

「男性の特徴は」

「暗かったですし、車から出ませんでしたから……こちらへ伸ばした腕が随分長いな、と感じたくらいで……」

間違いなかった。クロハは封筒を逆さにして、首飾りを手のひらに滑り落とした。

「お知り合いかと思ったのですが。問題があったでしょうか」

「いえ」

バロック玉を手の中に握り、不安を隠すこともできずそわそわする従業員へ、

「何でもありません。お騒がせしました」

その顔に少しだけ安堵の表情が浮かんだのを見届け、クロハは受付台を離れた。


タクシーの後部座席に乗った瞬間、クロハの気が変わった。臨港署へ向かうのをやめた。駅近くの繁華街を、運転手へ指定した。コートのボタンを外し、マフラーを緩めた。

鉄色の真珠と繋がった細い鎖を、クロハは首に巻く。シャツの襟の中に収めた。

マフラーとコートを整え、シートベルトを締め、そして胸の上に両手を乗せた。

待ち望んでいた肌触りだった。

硬く、氷のようでもあった。

＋

街灯の上部に設置された固定式監視カメラをまた一つ、クロハは見付ける。

繁華街のところどころから通りを撮影するカメラの位置を、立ち止まり一つ一つ確認した。それぞれの距離が少し離れすぎているようにも思えた。けれど、いずれかのレンズが男の姿を捉えている可能性は充分にあった。

足元へ目を落とす。終着点にクロハは立っていた。

霧の夜の襲撃の、終着点。少女に助け起こされた場所。視線に気がついた。

狭い道路の反対側から何の遠慮もなく、クロハを見詰める中年の男がいた。まるで視線を外そうという様子はなかった。背丈はクロハと変わらなかったが、厚みのある体格がダウン・ジャケットの内に隠されていることは見て取れた。値踏みするように、クロハを凝視し続けていた。

クロハは男へ向かい、歩き始める。すぐに距離は縮まり、男の表情は険しさを増した。

通行人を除けながら、さらに近付くと、避けたはずの肩が誰かにぶつかった。

つかまれたのだ、とクロハは気付いた。

人通りのある繁華街で、日の出ている時間帯に仕掛けられたことにクロハは驚いたが、警戒心を失っていたわけではなかった。比翼で隠し、コートのボタンの幾つかは外したままにしてあった。全ての覚悟を決めた時、聞き覚えのある声がした。

「落ち着きなよ……」

クロハの肩から手を放し、カガがそういった。

コートの中の装備を見て取ったらしく、呆《あき》れた、という顔をして、

「物騒な奴だ。どうしても、じっとしていられねえ質《たち》らしい」

クロハはダウン・ジャケットの男を見遣った。男は顎でこちらを指し示し、カガへ説明を求める態度だった。

「同業者だ。こっちは機捜」

声を投げると今度はクロハの方を向き、

「あいつは暴対課だ。同じ係の捜査員。力を抜きなよ。俺達はあんたの件を捜査しているんだぜ」

男は肩を怒らすようにして、ゆっくりと目前の、コンクリート造りの建物の内部へ消えた。カガがクロハの背中を押した。後に続け、という意味らしい。建物の入り口に立つと、灰色の狭い階段が上方の暗がりへと続いていた。小型の金属製のポストが壁に据え付けられ、横

一直線に整列していた。反対側には半年前の夏祭りを知らせる色褪せたポスターが。二階だ、と後ろから声がした。

小さな踊り場の前には扉があり、そこには、商店組合事務所、と印刷されたプラスチック・プレートも。戸惑うクロハの背後から手を伸ばし、カガが扉を開けた。

室内にいた幾人かが振り返った。その中にはダウン・ジャケットの男もいた。全員似た風体で顔付きも厳《いか》めしく、捜査員を名乗るよりも組織側に属した方が似合うような男達ばかりが、事務机の並びの合間に思い思いの格好で、回転椅子の背もたれに寄りかかっていた。カガも同類に見える。同じ環境で育ってきたように。暴対課へ異動したのは正解だったのだろう。

男達の注意は、室内のブラウン管式ＴＶへ戻った。金属製の棚の中に、他の機材とともに収められている。天井の蛍光管の半分は外されていて、西側の窓からの光も足りず、全体が薄暗く感じられた。仕切りが隠す奥の空間に、小さなシンクとソファが窺えた。広さはあったが、それだけの部屋だった。

ブラウン管の中に映し出されているのは、繁華街の監視映像。

「レコーダはまとめてここに置かれている。昨日から俺等は、その記録をずっと眺めている」

扉近くに立ったままカガがいい、

「が、一九〇もある長身の猟犬なんぞ、何処にも写っちゃいない」

「襲撃者の正確な身長を報告したわけでは……」

クロハが説明しようとするのを、カガは遮って、

「あんたの報告を疑っているわけじゃない。見間違えだとも思ってねえさ。俺がいいたいのは、どうやら質の悪い犬に食いつかれたらしい、ってことだ。つまり、この手の荒ごとに慣れた連中があんたを狙ってる」

カガのいい方にクロハは眉を曇らせ、

「連中？」

思わず聞き返した。

「来なよ……」

カガは人差指でクロハを誘い、窓際へ寄った。ブラインドを乱暴に上げると、目の前には街灯の照明部分があった。傍で見ると大きく感じられ、そのすぐ下には路上を覗き込む監視カメラが存在し、背面からは幾つかのコードが太い蔦《つた》のように伸びていた。

クロハはあることに気がついた。小さく息を呑んだ。カガは手近な机の上に腰掛け、

「見ての通りさ。あの切断されたコードはカメラの電源系統。切れた端が照明の根元と繋がっているだろ……この一帯は、全部同じ有り様だよ。記録の末尾から、切られた時間は正確に分かる。で、あんたの証言に間違いがなければ、切断されたのはあんたがこの道路に入る直前ってことになる。たぶん時差は十五分もない。一帯の監視カメラのほとんどが動作不能となった頃、あんたは通りに逃げ込んだわけだ。随分と周到なやり方じゃないか。俺等が指

摘するまで電源の切れたカメラに気付かない商店組合の奴等も、どうかしてると思うがね……」

クロハはブラウン管へ振り向き、目を凝らす。日付の表示はクロハが襲撃された当日の、日中を示していた。灰色に霞む繁華街の雑踏が映し出され、腕組みをした捜査員達の視線を集めている。

「霧が出ていたからな」

カガは物憂気《ものうげ》にいい、

「霧自体は問題じゃない。どうせ、防犯カメラは遠くまでは写さない。結局記録に残っていたのは」

机上の書類の一枚を手に取った。渡されたクロハは、意外に鮮明に印刷された監視映像の一フレームを眺めた。色とりどりの傘を差す通行人の流れとは異質な動きをする作業服姿の男が、背景に溶け込むように小さく写っていた。脚立《きゃたつ》に乗り目深《まぶか》に作業帽を被り、カメラの裏側を覗く男。華奢な体。少年のようにも見える。

「要するに、あれは一人の犯行じゃない、ってことさ。あんたの逃走進路を連絡し合い、襲撃が記録に残らないよう、即座に細工を施した。初めての犯行とは思えないな」

腕組みをして顎を上げ、

「繁華街の中で作業服の人間が何をしようが、誰も気にしない。霧が出て通行人全員が傘を持っていれば、頭上の空間は全て死角となる。奴等には全てが好都合だったわけだ。監視映像は傘で埋まっちまうし」

「ここに写っているのは……閃光舎の人間でしょうか」

「違うだろうな。最近じゃあ、汚れ仕事に手を出すのは、正式な構成員の役割じゃない。何かあった際にも組織に累《るい》が及ばないようにしている。金で請け負う人間がいるのさ。仕事が済めば、海外へ高飛びする。国際捜査課が、企業研修の途中で失踪した外国人の可能性を疑っていたがね。実際にそうだとしても、その手の話は幾らでもあるからな……不法残留者は今でも十万人を超えている」

心の中には騒めくものがあり、ざらついた質感を伴っていた。恐怖の感覚であることは知っていたが、クロハはそれを怒りに変換しようと努めた。戻された首飾りが和解の印であるとは、とても信じられなかった。

何時でも近付くことはできる、という意味の、証拠の品。

ことり、と硬質な音がした。机に、陶器製のカップが置かれていた。ベージュ色の飲みものが湯気を立てていた。珈琲と牛乳の香りがした。どうぞ、と小声でいった人物はシイナだった。今まで同じ部屋にいたことを気付かなかった自分に驚き、そして不快にもなった。シイナの顔は、前回会った時と同様、緊張で満ちていた。

飲みものなど、自分達で注げばいい。暴対課は女性警察官の扱い方を間違っている。

クロハはカガへひと言いいたくなり、

「事務所の設備を使っても、いいんですか」

「いい、とは聞いているがね」

シイナへ鋭い視線を送り、

「報告書を書き上げるって話だったよな……」

顔を赤らめ、シイナはクロハへ頭を下げた。仕切りの奥へ逃げ込むように隠れた。カガの舌打ちが聞こえた。

クロハは、今やはっきりと腹を立てていた。

呆れたような表情で、ようやく仕切りから目を逸らしたカガをクロハは睨みつけ、

「何故、彼女はあんなに緊張しているんです？」

暴対課員の数人が、こちらを振り返ったのが分かった。

「さっきまでは緊張していなかったがね」

平然とカガはそう答えた。非難の言葉を発しようとしたクロハへ、

「シイナはあんたの話ばかりをしている。ここでもあんたが自邏隊に所属していた頃の噂話を散々聞かされたよ。喋り疲れて奥に引っ込むまでな」

溜め息をついて机の上で脚を組み、

「交通捜査係に代わって何かの事案を解決したとか、射撃大会の優勝まで後一歩だったとか、

県警と県議会議員が裁判沙汰になった時には、証言に出向いたついでにお偉いさんの名刺を相手の目の前で破り捨てた、とかなんとかな」

「そんなこと」

クロハはびっくりして、

「するはずがありません。名刺をいただいた時には……」

「俺にいうなって」

カガは煩《うるさ》そうに片手を振って、

「向こうへいって、シイナに直接いってやれよ。聞けば喜ぶだろうさ。あんなに緊張していたくらいだからな。サトウを差し置いて、会いに来た甲斐があるってものさ。ついでにいってくれ。こっちにも珈琲の一杯くらい持って来たらどうだ、とよ」

気がつくと暴対課員全員がこちらを見ていて、皆、苦笑らしきものをそれぞれの顔に浮かべていた。クロハは気恥ずかしさを、慌ててカップを手に取り、ごまかした。何もいい出せなくなった。陶器の暖かく滑らかな表面を手のひらで意識し、息をついた。


事務所を辞去したクロハは通りに立ち、空を仰いだ。雲が厚みを増しつつあるようだった。背後の階段を降りて来る足音が聞こえた。カガがそこにいて、

「今、鑑識から連絡が入った」

暗がりの中、コンクリートの壁に片手を突き、

「閃光舎の、あのおんぼろの建物からも、前科者の指紋は出なかったとさ」

分かりました、ありがとうございます、と答えたクロハは、閃光舎へ少しも近付けないことに、焦りを覚えた。見るとカガの表情にも苛立ちが表れていた。意外なことだった。警察官として同じ方向を見ている、という当然の事実を、クロハは初めて知ったような気がした。

同じ過去、同じ痛みを共有していたことを、思い出した。

思い出さないようにしていたことも、思い出す。

面倒なことだ、といい置いて階段を昇ろうとする背中へ、

「不確定な情報ですが」

クロハはそう切り出した。

「近いうちに、閃光舎は大きな動きを見せる可能性があります」

「動き、って何のことだい」

少しだけ振り返り、しかめた横顔でこちらを見遣るカガへ、

「ユキ、という名の女性からの情報です。閃光舎に捕らわれていた」

ユキの名前を出すことに、多少の躊躇いを覚えながら、

「彼女は閃光舎の足元を崩すために、何かを仕掛けるつもりのようです。電子的な仕掛けを。崩れた瞬間には、捜査のための好機が訪れる、と」

「信用できるのかね、その女。ああ……エンジン・フィスト社の女だったな。会社の黎明期には、役員にも名前を連ねていた女だ。どうやって閃光舎を崩すつもりか、あんたは知ってるのかい」

「……詳細は分かりません。本人によると合法的に、ということでしたが。個人的には、本当に閃光舎の瓦解《がかい》は起こるだろうと予想しています」

「ちと話が曖昧すぎないか……」

そういうカガも、何かを真剣に考えているようだった。

「これから、彼女と会う予定でいます。できるかぎり、詳細な話を聞こうと思っています」

「結構なことだね」

何時ものように鼻で笑い、

「その好機って奴が訪れたら、俺にも知らせてくれよ」

引き返す素振りを見せたが、

「左前頭葉のブローカ中枢の機能障害だとさ」

カガの表情は階段の暗さに遮られて窺えず、

「言語活動に対する自己監視機能の障害が原因だと」

クロハがぽかんとしていると、

「俺の婚約者の話さ。前に話したろ。病の原因が分かれば、治療法も見付かるかもしれん。

悪くねえ話だ。そうだろ？」

話の内容をようやく把握したクロハは、そうですね、とだけ答えた。驚いていた。精神的な病を発症させ入院を続ける婚約者との不運な関係を、以前少しだけ本人の口から聞いたことはあった。カガが個人的なことがらを何度も自分に明かすことが、意外だった。

「そうですね、か」

カガの声に暗い調子はなく、

「詰まらねえ返事だな」

少し丸めた背をクロハへ向け、ゆっくりと階段を昇ってゆく。

+

路線を換えるために列車を降り、クロハはプラットホームで別の車両を待った。吐く息は全て白く染まったが風はなく、屋根も防風設備もない剝き出しのプラットホーム上でも、しばらく佇むのに問題はなさそうだった。内陸と埋立て地との境に位置する無人駅だった。

プラットホームは二つに分かれた路線の間で三角形の中洲となっていて、広い場所では外套を着込んだ老婆がコンクリートに座り込み、二匹の猫の相手をしている。赤く錆びた線路の周囲には多くの雑草が入り込んでいた。送電線を支える白銀の鉄塔が一方の路線に沿って並び、クロハを見下ろしていた。

やがて、遠くから三両編成の銀色の列車が近付くのが、クロハの視界に入った。


街なかで鉄道駅に入った時からクロハは背後を気にしていたが、ここではその必要もなかった。同じ列車に乗り合わせた人数はクロハを含めても十人に満たず、最後尾車両の座席に腰掛ければ、全員を一度に把握することができた。窓の外を眺める余裕も生まれた。景色の下半分を、運河が占めるようになった。間近に見えていた工場施設は、クロハから遠ざかっていった。ユキの指定した終点駅に着くまで、クロハは静かな車内から、墨で描いたような空と輝きのない海を見詰めていた。


小さな、幅の狭いプラットホームは海に浮かぶようにあり、その上を歩いていると、潮風が時折強く吹いた。

短い階段を降りた先には開け放たれた金網の扉があり、その奥が公園だった。クロハ以外の乗客は全員、改札を抜けた。工場の白い建物が改札の向こう側に聳え立ち、屋上には電機メーカの大きな赤いロゴタイプが並んでいた。従業員証を持たないクロハが、駅の外へ出ることはできなかった。

プラットホームの延長線上に造られた公園には奥行きがあった。様々な木々が植えられ、色々な形の葉を茂らせていたが、寒さのためにどれも色褪せて見えた。植え込みの中、水色の小さな風車を空へ向けた街灯のような発電機が設置されていて、風の音が鳴る度、羽根が短い間、音もなく回転する。

潮の香り。少し、生臭さが混ざっている。救命用の浮輪を固定するスタンドに塗られた白い塗料を、錆が侵食していた。緑色に濁った緩やかな波の表面に、細身の魚が鏡の欠片のように浮いていた。

歩くうちに地面のタイルは石畳へと変化した。木製のベンチがあり、脚を組んだユキが前屈みに座っていた。身に着けているのは、ファーのついた淡い金色のダウン・コート。

「時間通り」

クロハをちらりと見て、ユキがいった。

携帯電話に収納していた記録カードを抜き出し、クロハへと差し出した。

クロハは自分の携帯からもカードを出し、空いたスロットへ受け取った小さな記憶媒体を押し込んだ。指先で挟んでいたカードをユキへ渡す。それも、ユキから預かったものだ。

「律義ね」

ユキが苦笑する。カードを無造作にコートの内側へ落とした。

ユキの顔の腫れはほとんど引いていたが、顔面の半分には暴力の痕跡がはっきりと残っていた。時々風がユキの短い髪をさらにはね上げ、内出血で緑色になった顔色を露にするが、本人は何も気にしていない風だった。その顔で遠くを見詰めていた。透明感のない空も海もユキの真剣な眼差しを受けると、新たな価値が与えられたように、クロハには思える。ユキは奇麗だった。

隣に、クロハも腰掛けた。硬い木の質感。列車の出発を告げる警笛の音が聞こえた。クロハは、ユキがこの公園を再会の場所に選んだ理由に気がついた。

「あいつ等は」

ユキが前方を見据えたまま口を開き、

「私が短期記憶しかないと思ってる。すぐに何でも忘れると」

言葉には静かな怒りが込められていて、

「忘れるわけないのに。どうして、あいつ等には分からないのかしらね……」

「……彼等の所有物に何かをするつもりなら」

クロハは警察官としての自分を思い起こしながら、

「それがたとえ物理的な攻撃ではないとしても、電子的な損害に収めるとしても、やはり犯罪です。以前にもいったはずですが」

「私も前にいったわ」

ユキはまた微かに笑い、

「人の所有物に危害を加えるつもりはない。私が攻撃を仕掛けるのは、私が今も在籍する会社。エンジン・フィストのサーバよ。会社の正式な権利は、閃光舎へ移っていないわ」

「だからといって、問題がない、とはいえない」

「誰も被害を訴えないのに？　会社に残ってる腰抜け連中も、あいつ等から解放されたら涙を流して感謝するわよ。幾ら稼げる話でも……咽喉元に何時も刃物を突きつけられていたんじゃ、ね」

クロハを見遣り、

「それに攻撃、っていうのも正確じゃない。正確に表現するとすれば、ＭＭＯ運営上の演出。だって、雨を降らせるだけだし」

「コードは完成した、ということ……」

「ほとんど。『微雨ノ降ル王國』のシステムを、どうごまかして優先的な正常処理と見せかけ、冷雨スクリプトを割り込ませるか。後一歩」

「雨が降ると、サーバはどうなるの」

「過負荷で停止する」

ユキはそう断言した。

「停止すれば、顧客の怒りは爆発する。散々あくどいことをやってきてるわけだから。顧客からの通報があれば――あるいは、なくても――電気通信事業法違反を名目としてエンジン・フィストに踏み込むことができるでしょ。適正でない電気通信役務の品質、とか何とか。

で、踏み込んだ、という既成事実さえ作れば、後は」

クロハの携帯電話を収めたコートの脇腹辺りを指差し、

「カードの中身が証拠になる。そこにエンジン・フィストと閃光舎との繋がりをたっぷり詰め込んだわ。会計情報の表計算ファイル。社内報告書PDF。キーワードで抽出したメイル・ファイル。あなた達が嚙みつくのに充分な証拠」

素直に頷くことはできなかった。ユキの提案は、法の範囲をわずかに外れている。けれど電脳犯罪対策室や暴対課は違う発想をするかもしれない。選択はそれぞれの部署が行うだろう。強引そのものの捜査手法。とはいえ、不可能な手続きではない。

クロハは冷静に、

「エンジン・フィスト社は、何故閃光舎と関わるようになったんですか」

「役員の一人から未公開株があいつ等に渡ったの。三年前の話。その役員も大学時代からの知り合いなんだけど、ちょっと色々な支払いに緩いところがあってね……博打絡みであいつ等と接触したみたいでさ。たぶんあいつ等は、最初からRMT事業を狙っていたんだと思う。だって変でしょ、借金の形《かた》に未公開株を一株、って。役員は株の譲渡を誰にも報告しなかったから、私も知らないうちに、エンジン・フィストはゆっくりと蝕《むしば》まれていった。必要のない融資を会社に押し込み、事業に口出しをするようになった。あいつ等を儲けさせるために私達は無理な運営をし始めた。で……勝手に退職した社員は、酷い目に遭った。それは私の弟の話」

　ユキの顔立ちは鋭さを増し、

「深夜、警察から連絡が来た。弟が国道で事故を起こした、って。泥酔状態でシートベルトも締めずに車を走らせて、ガードレールに激突して前方へ飛び出して、フロント・グラスを粉々にした後ボンネットに乗り上げたんだって。アルコール、一滴も飲めないのにね。次の日にウスイが病院に来て、見舞金の入った薄っぺらい封筒を渡しながら、私に聞いたの。弟は何かスポーツをやっていたかって。水泳をしていたことを教えた。そうしたら、ああなるほど、それなら外見よりも重いことでしょう、どうりで運んだ人間がぼやくわけだ、って。あいつ等、酔わせた弟を助手席に乗せて、ガードレールにぶつけたのよ。被害者自身が事故責任者で泥酔状態……分かりやすい原因と結果。だとしたら、警察も保険会社もそれ以上調べない。彼等は常に忙しくて、次の事故処理が常に彼等を待っているから。ウスイは微笑んでいた。微笑んで、ところで早くコードを書き上げてもらえませんか、って。弟さんの分を、って」

　次の言葉を、ユキはなかなか発しなかった。

　込み上げる憤りを顎を引いて抑え込んでいるように見え、

「……今でも体半分の麻痺が残っていて、右足は少しも動かない。一日の半分以上は、横になったまま過ごしているわ。弟はただ、エンジン・フィスト社を辞めただけ。雰囲気に嫌気が差して、辞表を出して。もっと雰囲気を読むべきだったのかもしれない。そう忠告するべきだったのかも。幹部じゃなくても、あなたはメイン・プログラマなんだから、って。辞めれば、業務日程に少なくとも半月分のずれが生じるのは、間違いなかったから。もっと大人になれ、って伝えるべきだったのかもしれない。でも、若くてきらきらした目を見ているとさ、何か、すんなりいきそうな気もしたんだ」

低い声でいうと、またしばらく黙り込んだ。それで、とようやく言葉を継ぎ、

「私達は皆、あいつ等のいうことを聞くようになった。誰も、ひと言も反論しなくなった。簡単だもの。頭の中にある、何処かの神経細胞を停止させれば、後は何も問題なし。ＭＭＯアイテムをあいつ等のいう通りに増産するだけ。法にも触れない。給料が下がるわけでもない。利益さえ出ていれば、あいつ等も上機嫌でいてくれる。エンジン・フィストが倒産するぎりぎりまで、搾り取る。あなたが介入することで、その動きも加速したわ。あいつ等の引き際の潔さったら、惚れ惚れするくらい。一気に稼いで、きれいに身を隠すつもりでしょ。でも、そうはいかない」

さらに顎を引き、

「私が逃がさない。弟にしたことを、絶対に許さない。冗談じゃないわ」

クロハの想像の中、ユキの弟は幼かった。

「……弟さんは、お幾つなんですか」

訊ねるとユキは夢から覚めたように、

「二十二。私とは歳が離れてる。父が再婚して、それからの子供だから。私が一人で育てたようなものよ……」

ユキの言葉はクロハの心に刺さるように、響いた。

「今は、何処に」

「海外。入院。リハビリ」

素っ気なくいった。

「それなら……海外でコードを作成した方が安全では」

躊躇いつつ訊ねると、

「『微雨ノ降ル王國』の管理サーバは、海外からのアクセスを完全に禁止しているから。通信の間に海外サーバが介入することも認めない。基本的な安全対策として」

ユキは組んだ膝に肘を突き、手のひらに顎を乗せ、

「何であなたをここへ呼んだか分かる……」

「状況を把握するのが、容易だから」

クロハは静かに答える。

「工場に勤める人達は皆、改札へ向かう。周りは海で、隠れるところもない。公園に入る人間だけを警戒していればいい。もし何か問題が起これば、改札近くに常在する警備員を頼る

ともできる」

「正解」

表情がわずかに緩み、

「少なくとも冷雨を降らせるまでは、私はこのセキュリティ・レベルを維持するつもりだから。安全対策が無駄になる、って別に悪いことじゃないからさ。まどろこしくて、あなたには悪いんだけど。でも……ここで不自然な人間は一人だけね」

軽くクロハを見遣り、

「あなただけ」

「不自然、ですか」

「浮いてるって意味。美人だから、ってだけじゃなくて、何か、精巧な人形みたいに見えるもの。たぶん、あなたは何処にいても浮いているんじゃない……」

クロハが黙っていると、

「別に悪い意味でいってるわけじゃないわ。簡単に触れることのできない希少品、って話」

ユキの目元に皺が浮かび、

「もう、下手に手を出したら呪われそうなくらいの」

クロハの体の内に、ある懐かしさが甦った。ユキの瞳を見返した。

「冷雨が発動したら、それから、どうするつもりですか」

「本当はね、全部終えたら私もすぐに飛行機に乗るつもりだった。弟の傍へいって、もう戻らないつもりだったの。でも、あなたと話したら、そうもいかないような気がしてきた。一連のできごとを全部説明する人間が必要でしょ」

わざとらしい微笑みを浮かべ、

「あなた、几帳面そうだから」

私がこの女性《ひと》に、どうして思い入れを持つのか。

胸の辺りに暖かさを感じながら、クロハは考える。分かり切ったことだった。

ユキの遠慮のない喋り方が姉さんの面影と重なるから。

迷いのない態度に、守られているような心地になるから。

ユキは、目前を白く変える長い息を吐き出し、

「もう四ヶ月会ってないんだ」

フードについたファーに顎を埋《うず》め、

「あなた、兄弟は？」

「姉がいましたが、亡くなりました」

「そう。子供産んだこともなさそうだしね……じゃあ、分からないかな。弟は私の理由なの。目が覚めるでしょ。欠伸をして瞼を擦る。それから、動き出すための理由。体に力を入れるための理由。あなたにはそんなもの、必要ないかもしれないけど」

理由となるものは、クロハの傍にはいなかった。

それでも、体の奥に感じることはできる。

「さよなら」

とユキがいった。初めて、本当に楽しそうな顔をした。

「あなたを見てると、大理石の彫刻を思い出すわ。真っ白な女の人。教会の中で背筋を伸ばして立っている。少し俯いてる。教会の写真資料、会社にたくさんあったから」

数秒間だけ瞼を閉じると、

「ほら、電車が来た」

耳を澄ましていたらしく、

「あなたはあれで帰って。私は別の奴に乗る。冷雨を降らせるのに、もう予告はしないからね。きっと見物《みもの》だけど……あなたには、そんな暇ないかな。だから、あなたと直接連絡を取るのは、これでお仕舞。数日は飛行機に乗らずにいる。証言が欲しいなら、その間に……担当はあなたなの？」

「いえ」

クロハは立ち上がり、コートの後ろを軽く片手で払った。

「暴対課の捜査員か、電脳犯罪対策室の者になると思います」

「そう……じゃあ、やっぱりお別れね」

それっきり、何もいわなかった。柔らかい眼差しが送られた。

クロハは頷いた。


先頭車両に乗り込んだ。風の音が完全に消え、クロハはふと不思議な気持ちになった。海を背にして座った。窓外は、工場の白い建物ばかりが通り過ぎるようになった。

ユキの話、冷雨の話を、受け取った小さな外部記憶装置《ストレージ》のことを誰に伝えるべきか考えた
クロハは、二人の顔を思い浮かべた。

レゴへメイルを打った。レゴならば電脳世界で進行する事案にも、完全に対応できるだろう。カガには概略を送り、電脳犯罪対策室と連携するよう、文末に添えた。これで冷雨に関する事案は、クロハの手から離れたことになる。

機動捜査隊へ戻る頃合いとなった、ということなのかもしれない。

＋

街なかに近付くほど、車内に人が増えていった。

臨港署へ向かうために、産業道路が近くを通る無人駅で降りた。プラットホームからは幾つもの線路が交錯する、錆色の風景を見渡すことができた。遠くで、真っ赤な貨物列車が緩

慢に動く姿が目についた。

トタン屋根で覆われた階段を降りると高架線路が目前を横切っていて、その奥にも橋梁構造の高速道路が走り、複雑な空間を作り上げていた。

産業道路には貨物自動車の走行音を頼りにするだけで、辿り着くことができた。

タクシーの後部座席から運転手へ行先を告げた途端、クロハの脇腹に振動が届いた。

特別捜査本部庶務班によるメイルは、捜査員全員へ向けての連絡事項だった。クロハにはもうほとんど関係ないはずの、一斉送信。機械的な作業として、クロハは文章の上に視線を走らせた。読み進めるうちに、意識が痺《しび》れるような感覚が起こった。

「停めてください」

クロハは思わず声を上げた。

速度を落とした車体が歩道へ寄った。運転手が怪訝な面持ちで、後ろを顧みた。

メイルに記された住所を、新たな目的地を伝えようとすると、言葉がつかえた。

一字一句間違えることなく、正確に伝える必要があった。

遠い場所ではない。一刻も早く、現場へ。

子規孝が殺害された、その現場へ。

六

消防車と擦れ違い、クロハの緊張は増した。事案との関連を想像せずにはいられなかった。路上に乱雑に停められた、数台の警察車両が見えた。地域課員の振る誘導灯に従い、クロハを乗せたタクシーは国道を進んだ。道路沿いに、黒い物体が転がっていた。焼け焦げた大型の単車が二台、歩道に少し乗り上げる形で置かれていた。一台は今もエンジンの辺りから白い煙を上げている。傍には救急車両が停車していたが警光灯は暗く、怪我人の姿も見えなかった。警察官ばかりが目についた。特別緊急配備が発令されていた。

「脇道へ入ってください」

後部座席から乗り出してクロハが指を差すと、中年男性の運転手は慌ててステアリングを切った。すぐに、行く手を制服警官に遮られた。クロハは窓硝子へ開いた警察手帳を押しつけ、機動捜査隊であることを示した。制服警官は首を傾げるような仕草で、身分証票上のホログラムを見詰め、やがて姿勢を正し、クロハへ挙手の敬礼をすると立ち去っていった。

料金を支払い車を降りると、車内にいては分からなかった喧騒がクロハへ押し寄せ、取り巻いた。騒めきが空気を震わせている。その中心点は、もっと先にあった。

住宅街の細かな道を小走りに急ぎ、警察官と出会った時にはすぐに警察手帳を掲げ、事案の発生地点を目指した。道を曲がると突然、警察車両の色鮮やかな警光灯が、クロハの視界に飛び込んできた。

立ち入り禁止《キープアウト》テープで仕切られたその奥に、銀色の小型護送車が丁字路の一方へ差しかかる位置で、停まっていた。護送車の開け放たれたスライド・ドアに数人の撮影班員が殺到し、体をねじ込むように車内を撮影している様子が、遠目からでも窺えた。テープの手前で、クロハは立ち止まった。ワンボックス型の護送車の、無残な状態を認めたからだった。

運転席側のサイド・ウィンドウが消えていた。フロント・グラスも同じ状態であることが見て取れた。リア・ウィンドウは複雑な模様を描いてひび割れ、歪んだ形を保ったままハッチ・ドアに収まっていた。被疑者を車外の視線から隠すスモーク・フィルムに遮られ、護送車後部、その内側の様子を確認することはできなかった。

フィルムによって飛散を免れた後面の硝子。その中央の、ひびの形状は襲撃の状況を物語っている。クロハは信じられない思いで場景に見入っていた。これだけの損傷を一気に護送車へ与える力を持つ者達が存在することが、信じられなかった。霧の中のできごとが一瞬、脳裏に甦った。

それ以上に、不思議なこともあった。産業道路から国道へ曲がるだけで検察庁支部に到着するはずの簡単な経路を逸れ、何故護送車がわざわざ道の狭い、入り組んだ住宅街の中へ入り込んだのか、その理由が分からなかった。

クロハは機動捜査隊員の姿を捜し、辺りを見渡した。初動捜査に参加するつもりで臨場したものの、覚えのある顔は存在しなかった。交通捜査課、と制服に印刷された男達が、身を縮めるクロハをさらに押しのけるように、乱暴に傍を通った。テープを潜る時には、舌打ちが聞こえた。

緊張と混乱が、渦巻く色彩として実際に見えるようだった。

検視官はまだか、と誰かが大声を上げ、そこには触れるな、と怒声が飛んだ。クロハはその場に、呆然と立っていた。中心地点へ近付くべきではない、という気になった。

おい、と嗄《しわが》れた大声で呼ばれたらしく、クロハの両肩に力が入った。

「捜査する気があるなら」

テープを軽く持ち上げて、こちらを見詰めていたのはカンノだった。睨むように見詰め、

「見せてやる。来な」

言葉に背中を押され、クロハはテープの下を屈んで通り、歩き出したカンノに続いた。

実際に近付けば、現場の惨状は遠方からの印象を大きく超えていた。生々しい鉄の臭いが車体から漂ってきた。内部を覗くまでもなかった。大量の血の臭い。口元を片手で覆った。

扉に張りつき指紋の有無を観察する鑑識課員達の隙間から、運転席に座る制服警官を視界

に入れたクロハの背筋に震えが走った。車内にいた者への救命活動が少しも行われないそのわけを、クロハは知る。運転手の死は明らかだった。

遺体は座席と三点式のシートベルトに支えられ、頭だけを少し俯けた形で固定されていた。帽子の落ちた頭部、その額には落ち窪《くぼ》んだ箇所があり、後頭部の短い髪の毛の中には、それよりも遥かに大きな傷口が見えていた。運転席の背もたれには血液だけではなく、制服警官の頭蓋骨と内部の組織だったはずの白い小片が多く付着していた。クロハは鑑識員にぶつからないよう慎重に、ゆっくりと車体の正面へ回り込んだ。

目を逸らしそうになった。

二列目の座席は、全て遺体で埋まっていた。私服の男性が二人。制服警官が一人。警務課員らしき制服警官は助手席の陰に隠れるように体勢を低くし、扉に寄りかかっていた。中央の、トレーニング・ウェアを着た男性は子規孝のはずだった。背広姿のもう一人は捜査一課の人間だろう。内側からリア・ウィンドウを確かめると、飛び散った人体組織を獲物とするように、中央から蜘蛛の巣状のひびが周囲へと走っていた。

子規孝と捜査一課の捜査員は、折り重なるように死んでいた。子規孝の、大きく削り取られた後頭部がクロハへ向いている。全ては血の中にあった。車内に飛び散り、流れ出た血液は今も生々しい光沢を帯びていた。

護送車から目を背け、息を吸った。幾らかは車両から離れたはずだったが、鉄の臭いでむせ返りそうだった。細かな震えが止まらなかった。路上に置かれたアルミ・トランクに足を取られ、クロハはよろめいた。

邪魔だ下がっていろ、と誰かに怒鳴られ、クロハはしゃがみ込みそうになる。冷や汗がこめかみに浮いた。以前の光景を思い出していた。無理に咳き込むことで、記憶を振り払った。

「何をしている」

五十代と見える鑑識課員が、荒々しい声でいった。係長と呼ばれ、証拠採取の指揮を執っていた男だった。機動鑑識係長はクロハの前に立ちはだかり、

「腕章もつけずに。あんた、何者だ」

目前の鑑識係長は捜査状況を体現していた。混沌。視界不良。焦燥。

雪さえ降り出しそうな寒空のもとで、汗をかき制帽の下の顔を光らせ、血走った目付きでいた。クロハは圧倒されつつ、

「機動捜査隊……分駐所に所属しています」

「機捜が、何故鑑識の真似をする」

「黙ってろ」

口を挟んだのは、カンノだった。

「こいつはいいんだ。見せてやれ」

いわれた鑑識係長は咽喉に何かを詰まらせたような表情を見せた。クロハも同様に驚いて

いた。鑑識係長は殺気立った目線をカンノへ送るが、もう一度クロハを睨みつけただけで、結局何もいわずその場を離れた。

カンノは護送車へ向け、顎をしゃくった。よく見ろ、という仕草だった。自ら望み、立ち入り禁止《キープアウト》テープを潜ったことをクロハは思い出す。両手のひらで顔を覆い、一度深く息を吸った。残響のように体に留まる震えが、ようやく収まり始めた。

全員の遺体が視界に入る場所に、もう一度クロハは立った。砕け散ったフロント・グラスとサイド・ウィンドウ。リア・ウィンドウに描かれた特徴的な図案《パターン》。ひびの中心の位置に、クロハは眉を顰めた。運転席で頭《こうべ》を垂れる制服警官の手のひらが、ずたずたになっているのを発見した。助手席の背もたれには、内部のウレタンを露出させる小さな孔。子規孝は二点シートベルトで腰だけを座席に固定し、上半身を隣の遺体、私服の捜査員の膝の上に投げ出すような姿勢だった。額と後頭部に運転手と同様の破壊痕。脇腹からも血を流していた。私服捜査員はこめかみから血を流し、子規孝の背中に覆い被さっていた。捜査員は子規孝を守ろうとしたのだ。怒りを覚えたが、それ以上に、送検中の被疑者と同時に警察官が三人も殺害された、という事実にクロハは衝撃を受けていた。

側面に戻り、助手席の背に後ろからもたれかかる警務課員を見た。頭部の損傷。腹部にも出血痕。何処にも焦点の合っていない視線。右手の親指が、腰のベルトに引っかかり、もう片方の腕は未装着のシートベルトに挟まれていた。拳銃をホルダーから抜き出そうとする途中で絶命した、ということだった。

クロハはすでに確信していた。全ては、同じ凶器の物理作用によるものだ。確かめなければいけないことが一つ、ある。

護送車の後方に回り込み、リア・ウィンドウと斜めに向かい合う住宅のコンクリート壁をクロハは確かめる。穿《うが》たれた小さな孔から、証拠品の採取が行われている最中だった。意外に高い位置にある、とクロハは思う。車体を振り返り、その軌道を何度も想像した。

――これがきっと、最初の銃撃。

カンノさん、という怒りのこもった低い声がすぐ傍で聞こえた。機動鑑識係長があからさまにクロハを睨み据え、いった。

「連れ出してください。どういうつもりかしらないが、もう充分でしょうが」

護送車のタイヤを覗き込んでいたカンノが、顔を上げた。隣で同じようにしゃがみ込む部下へ何か指示を出すと、膝を庇いながら立ち上がった。片脚を引き摺り、やって来るが、

「そこの娘に現場を説明してやれ」

カンノは命令口調でいった。

鑑識係長の怒りは、むしろ膨れ上がったようで、

「交通捜査課は応援にすぎない。今の状況で、何故そんな指図をあなたから受けるのか……」

「怒鳴るな」

カンノの声色には静かな凄みが含まれていて、

「お前は鑑識を長く務めている。が、射創による遺体なんてものは、初めて見るはずだぜ。俺もそうだ。この娘は銃器の扱いに長けていてな。実際に射創にまつわる事案も手掛けた、と聞いている。話に耳を傾ける価値はあるはずだ。国道での事故状況も知っていた方がいいだろう。新たに判明した事実もある。俺が教えてやる。先ずはお前からだ」

鑑識係長が口ごもった。訝しげにクロハを見遣り、帽子の鍔《つば》を持って被り直すと、紅潮していた顔色が少しだけ薄れた。

敵意の込められた視線は変わらなかったが、声量は抑えられ、

「事案発生の推定時刻は現在から約二時間前。一一〇番通報があり、明らかとなった。護送中の被疑者が襲われたと分かったのは、もっと後だ。付近での交通事故と情報が交錯して、なかなか通信指令本部へ正確に伝わらなかったらしい。被疑者は何時到着するのか、と検察庁支部から臨港署へ苦情が入り、確かめに出た地域課員の発見によって、事案の子細が明らかになった」

何か同意を求めるようにカンノをちらりと見て、

「銃弾は民家のコンクリート壁に食い込んだものが、一つ、車内からは二つが発見されている。遺体を搬出すれば、もっと多く見付かるだろう。運転席の警察官と捜査員は、それぞれ

頭部に一ヶ所の射創。子規孝ともう一人の警察官は、頭部と腹部に銃撃を受けている。硝子の破損状態は、車両の前方と運転席側面から襲撃を受けたことを示している。襲撃者は二人以上、と推測される。足跡の採取は行ったが、鮮明な証拠を拾うことはできなかった。襲撃を直接目撃した者はいない」

「護送車がこんな奇妙な場所にいるのは」

カンノが口を開き、

「国道での単車同士の事故に、進行を阻まれたせいらしい。車体は双方とも燃料が引火し、炎に包まれていた。俺が直に調べた。四〇〇と七五〇。どちらの単車も転倒した際に、インジェクタから燃料《フューエル》ホースが外れている」

「単車同士ですか」

思わず聞き返すと、

「珍しい、といえるだろうな」

カンノは声を落とし、

「どちらの単車も恐らくは盗難車だ。車体番号もエンジン番号も削られている。事故を起こした当人達は、現場から逃走した」

急に、ぼやけていた現場の全体像が明確になった気がした。

「つまり」

クロハは両目を細め、

「護送車は意図的に、この場所へ誘導された可能性がある、と」

「決まったわけじゃないが、な」

カンノの顔に表れた焦りの色を、クロハは発見した。

焦っているからこそ、私にさえ意見を求めている。

鑑識係長は啞然とした表情でいた。彼にとっても、初めて耳にする情報なのだ。

路上で突然燃え上がる単車二台を、クロハは想像する。

計画的に護送車が誘導されたのだとすれば。

「……意図的な誘導だとすれば、襲撃者達は護送車による今日の被疑者送検を知っていたことになります。公的機関に所属する何者かが子規孝送検の情報を漏らした、ということに」

「だろうな」

特別捜査本部全体が身動きの取れない状況に陥る、とクロハは気付いた。襟首の辺りが粟《あわ》立つのを感じた。苦々しい表情でいるカンノへ、

「ですが……特捜本部所属の捜査員、鑑識員、検察事務官等が襲撃者へ直接漏らしたとは思えません。襲撃の計画を知っていながら、安易に情報を渡す者がいるとは。もし完全に倫理観を失った公務員がいたとしても、自らが被る罪の重さを考えれば、どんな金額を提示されたところで割が合う取引にはなり得ないでしょう。襲撃者側からも同じことがいえます。情

報提供者が自供して、すぐに足のつく単純な関係性は襲撃者にとっても危険です」

クロハは背後を振り返った。新たな喧騒が発生していた。野次馬に交ざって報道記者が立ち入り禁止《キープアウト》テープの向こう側に、集まり始めていた。すでに記者クラブへは事件発生の第一報が流された、ということだろう。

例えば、とクロハは続ける。

「例えば情報提供者が、被疑者を撮影したいと考える報道関係者複数へ送検の詳細を教えたとして、そこからまた情報が渡ったとも考えられます。こちらの方が可能性のある話ではないでしょうか。問題はそこからどの程度枝分かれをしたか、です。報道関係者の横の繋がりに乗る形で送致情報が広められ、すでに公然の事実となっていたとすれば、たとえ最初の情報提供者が名乗り出たとしても、襲撃者まで辿り着くには相当な時間が必要となるでしょう。それ以前に、最初の情報提供者を捜して公的機関内が疑心暗鬼にでもなれば、特捜本部そのものが機能不全に陥ることになります」

口元を歪めたまま、カンノは黙り込んだ。

「……いや、俺達が悩むべきは、もっと目先のことだ」

組んでいた両腕を静かに解くと、

「政事が関わる話は、上の連中に任せればいい」

カンノの目線の先には、数人の私服姿の男達がいた。集合住宅の駐輪場の中、人目を避けるように額を集めている。両目を閉じたまま、部下の説明に聞き入る捜査一課長の姿があった。そのすぐ脇では管理官が落ち着かない様子で、ネクタイを緩め、締め直すのを繰り返していた。

「何か、他に聞きたいことはあるか。この現場で」

カンノが事務的な口調で訊ねた。心の中の何かを、切り替えたようだった。

クロハは少し考えてから、

「……発見された銃弾の口径は分かりますか」

毒気を抜かれたような顔でいた鑑識係長は表情を引き締め、

「一応、計測は済んでいる。銃弾の直径は九ミリ。薬莢《やっきょう》も一つ、見付かっている」

薬莢？　クロハは驚き、

「それは、何処から」

「ダッシュボードに落ちていた」

「見せていただけますか」

不愉快そうな表情は見せたが、通りかかった若い鑑識課員の腕をつかみ、証拠品を持って来るよう、指示を出した。

ビニル袋に保管された銅色の小さな筒が手渡された。鑑識課員は上司へ躊躇いがちに、

「捜査一課長が鑑識の状況を報告しろ、と……」

分かった、俺が直接いく、と鑑識係長が鷹揚に答える声がクロハの意識に届き、すぐに薄れた。金属製の短い薬莢。

クロハは奥歯を噛み締めた。

「これは・三八〇ＡＰＣ弾のものです」

鑑識係長へ差し出し、

「この薬莢は、襲撃に使われた銃弾とは関係ありません」

クロハがそう断言すると、

「口径は合っているよ」

受け取った鑑識係長は苦笑し、

「そろそろ、解放してもらおうか。カンノさん、この娘は本当に……」

「遺体の射創は前方が小さく、後方は大きなものとなっています」

クロハは構わず、

「これは内部の骨が破壊され細かな欠片となり、弾丸と同時に外部へ射出された、という状態を表しています。射出口の大きさから考えて、もっと火薬量の多い実包が使用されたはずです」

「それが何か、重要なことかね。銃弾の特定など、科捜研に任せておけば……」

「薬莢が発見される、ということ自体が不自然です」

少しでも早く、鑑識係長に理解してもらう必要があった。

捜査が間違った方向へ導かれようとしている。

「現場を見る限り、襲撃者の技術はある程度の水準に達しているものと思われます。被害者は全員、一ヶ所ないし二ヶ所を撃ち抜かれ、致命傷となる部分に傷を負っています。それだけ拳銃の扱いに慣れている者であれば、薬莢を一々外へ放出して証拠を残す自動拳銃ではなく、射撃後も内部に収めたままとなる回転式拳銃《リボルバー》を凶器として選んだはずです」

鑑識係長は唸るように、

「他に選択肢がなかった、ということだろう」

クロハは首を振り、

「被害者の射創は・三八〇ＡＰＣ弾の威力で作られたものとは思えません。九ミリ口径であれば・三五七マグナム弾によるもの、と見るべきです。ですが、九ミリ口径のマグナム弾に自動拳銃用のものは通常、存在しません。側面方向へ放出されるはずの薬莢が車内に一つだけ残されていた、という様相も不可解です。捜査の攪乱を狙い、敢えて証拠品となるものを現場に残した、と考えるべきではないでしょうか」

「襲撃者のそれぞれが違う種類の拳銃を使った。それだけのことではないのか」

「護送車を襲った人間は、一人です」

鑑識係長の顔に、紫色に近い赤味が戻り、

「根拠は」

「被害者の位置関係からの、推測です」

「下手な推測など必要はない」

「範囲内の警察官を総動員する特別緊急配備はご存じの通り、そう長く続けられるものではありません。捜査力が最大である三時間以内の被疑者確保を考えるべきです。そのためには被疑者の推定も、できる限り絞り込む必要があります」

黒いスモーク・フィルムによって内部を隠すリア・ウィンドウの、放射線状に広がるひびの中心をクロハは指差し、

「破損した硝子は正面、運転席側面、背面の三点です。リア・ウィンドウの弾痕とコンクリート壁に食い込んだ着弾点を合わせて弾道を推測すれば、この一撃が車体正面からの、フロント・グラスを砕き、車内中央に座る子規孝をも貫いた初弾であることは、明白です」

「何故、それが初弾であると分かる。全員を殺害するつもりなら、先ず運転手を狙うはずだ」

「子規孝が最も無防備な体勢で射殺されているからです。眉間を撃ち抜かれているのは、子規孝だけです。次に撃たれたのが運転席の警務課員でしょう。片手で防御をした形跡が存在します。手のひらごと、少し顎を引いた姿勢で頭部を撃ち抜かれています。この射創の角度も、正面からの銃撃を受けたことを示しています。次には」

黙り込む鑑識係長へ、

「子規孝の隣に座る私服捜査員が犠牲になったはずです。反射的に子規孝を庇おうと、自分の方へ引き倒した形跡があります。身を捩って子規孝に覆い被さり、側頭部に銃弾を……」

胸苦しさを呼気にして吐き出し、

「最後に撃たれたのは、助手席の背後に位置する警務課員でしょう。ただ一人、シートベルトに拘束されていません。自ら外すだけの時間があった、と考えるべきです。襲撃者は同じ場所から、助手席の背もたれに発砲しています。そこに隠れた警務課員の動きを止めるために。警務課員が携行する拳銃を警戒したのだと思います。銃弾が座席の金属製フレームに弾かれる可能性もありましたが、実際にはウレタン部分を貫通し警務課員の胸部へ到達した、ということになります。その後襲撃者は運転席側面へ移動し」

クロハは体の角度を変え、伸ばした肘から先で弾道を示し、

「警務課員の死を確実にするために、もう一撃を頭部へ放ったものと考えられます。子規孝は脇腹も撃たれていますが、これもやはり慎重を期した結果でしょう。どの時点で撃たれたものかは断言できませんが、出血の少なさから、側面に回り込む直前か、一番最後に撃ち込まれたのではないか、と。銃弾は計六発。回転式拳銃《リボルバー》の装弾数と一致します。そして説明した通り、一連の動きの合間にはわずかではありますが、明らかな時間経過が存在しています。一斉に殺害された形跡は、何処にも存在しません。襲撃者は一人です」

鑑識係長は何かいいたそうに口を開けたが、発したのは真っ白な吐息だけだった。

「運転手よりも先に子規孝を撃った、か……少し、奇妙にも思えるな」

険しい顔でそういい出したのはカンノの方で、

「護送車内全員の殺害を計画していたのなら、先ず運転手を狙い、車両の動きを確実に奪うべきだと思うがな」

「……弾数《たまかず》も限られた中で、子規孝だけはどうしても仕留めたかったのではないでしょうか。警察官の殺害は副次的な目標だったのかもしれません。また、護送車がこの狭い道を曲がるには、停車寸前まで徐行する必要があります。正面に人が飛び出せば、警務課員は車両をすぐに停止させるはずですから、運転手を最初に撃たなくとも結局、標的は静止状態だったと考えられます」

「襲撃者が一人、というのは事故現場と矛盾しないか。誘導目的の事故の発生に二人を使い、襲撃そのものは一人……」

自らも考え込むように唸り声を出し、

「逆の配置である方が、現実的に思えるが」

「単車あるいは車一台の単独事故では、二車線分を完全に塞ぐことはできませんから……誘導を完全なものとするために、より多くの人間をそちらへ割いたのでは。と同時に、襲撃者は銃の扱いに自信を持っていた、という事実を表しているようにも思えます」

「それだけの射撃技術を持った人間、ということか」

「いえ……」

クロハはどう説明するべきか考えながら、

「特殊な技術を持っている、という意味ではありません。火薬量の多い銃弾を扱うにはそれなりの訓練が必須ですが、海外へ出るなどすれば、誰にでも可能です。火薬量にごまかしのない既製品《ファクトリーロード》を探すことも、難しくありません。そして……至近距離からの銃撃、という方法は姿を相手に晒すことになります。どちらかというと、襲撃者が射撃技術を持っていないことを示しているように思えます。車体の前面から腕を伸ばせば、子規孝までの距離を二メートルほどに縮めることもできるでしょう。その程度の距離であれば、着弾させるのに必要となるのは精緻な技術よりも、むしろ冷静さです。本事案の襲撃者は――」

血塗《ちまみ》れの車内空間が脳裏に甦り、

「――人間離れした冷静さを備えた人物、といえると思います」

慌ただしい空気の中、護送車の後方にだけ沈黙が発生した。鑑識係長は制服の上着に両手を差し入れたまま、もう言葉を挟む素振りさえ見せなかった。

カンノが口を開いた。

「襲撃者には何か身体的な特徴はあるか。絞り込めるような」

「……身長は高くないはずです。少なくとも私よりは低いのではないか、と」

クロハは両脚を少し開いて立ってみせ、

「襲撃者は足と足に間隔をとり、若干姿勢を低くして立射を行ったはずですが、コンクリート壁への着弾、リア・ウィンドウの弾痕からその軌道を車体前方まで繋げると、一七〇、八〇の身長は全く想像できません。一六〇よりもさらに数センチ下、ではないでしょうか」

「体付きのいい、身長の低い男、か」

「厚着の外見から判断できるほどの体格は、必要ありません。女性がマグナム弾を撃つことも、不可能とはいえません。少なくとも私には可能です」

「全ては単なる推測だな……」

呟くように、鑑識係長がいう。

「第一、襲撃者の動機さえ判然としない」

「そこから先は、上の連中に任せておくんだな」

カンノが割り込み、

「報告するんだろう。今の話を最初に、な」

「科捜研なら、違う推測をするかもしれませんがね……」

それでも鑑識係長は駐輪場の方へ、幹部達が苦い顔で集う場所へと歩き出した。

もっと下げろ、とカンノが何処かへ向け、大声を出した。クロハへは無言で頷くと、その場を離れた。路地に空間を作るために鑑識車両を移動するよう、歩きながら部下達へ命じ始めた。

クロハは捜査一課長や管理官に自分の話がどう伝わるのか、気になった。

小柄な人間、というだけの身体的特徴が、被疑者確保にどの程度役に立つものかを想像すると、心許なく思えた。それでも、まるで情報がないよりは数等ましなはずだった。硝煙の匂いも、被疑者の特徴といえるかもしれない。離れていても判断できるような目印にはなり得なくとも。

重い足取りの鑑識係長よりも先に、一人の制服警官が捜査一課長へ駆け寄る姿がクロハの視界に映った。制服警官が何ごとかを伝え、それによって男達の顔色が変わったのが、離れていても分かった。有力な情報が入った、という気配をクロハは感じる。どんな内容であるのか知りたかったが、クロハが簡単に入り込めるような領域ではなかった。苛立ちが靴の踵をわずかに持ち上げ、アスファルトを数回、小さく踏み鳴らす。

緊急配備の最中だった。襲撃者の確保こそ全て、といえた。追いつめることができるならどんな情報も歓迎されるだろう。

全ての情報を考え合わせた上で方向を定め、県警が被疑者捜索に全力を尽くすなら、短時間での決着も充分に……

クロハは護送車の傍を離れた。遺体の搬送が始まる素振りが、周囲に見えたからだった。

何故こんな形で襲われたのだろう。少し離れた場所から護送車を眺めるクロハは、改めてそう思う。どんな計画を元にすれば、これほど残忍な襲撃形態が生まれるのか。

——襲撃者の動機さえ判然としない。

鑑識係長が口にした言葉だったが、それはクロハの疑問でもあった。

恨みによる殺害、と推測するのが自然なように思えたが、そうであれば襲撃者は『回線上の死』の被害者と関係する人物と考える他なく、警察官まで巻き込む大胆さは不可解だった。追跡を逃れ切るために必要な方法ではあっても、被害者側の人間関係を辿られた時には、逃れようがないのだから。

あり得るのだろうか。他の可能性が。

全く違う場所に襲撃者が位置する可能性。クロハには想像できなかった。

何より確かなのは襲撃者の抱える、子規孝への殺意の大きさだった。

襲撃者はどうしても、子規孝だけは確実に殺害する必要があった……

携帯電話の振動を感じ、取り上げたクロハは顔をしかめた。特捜本部から送られたメイルは、所属する全捜査員、鑑識員に対しての待機命令を伝えていた。早急に、全員が臨港署へ戻るよう指示していた。懸念していた事態が実際に起こりつつある、ということだった。

クロハは顔を上げた。警察官達の動きが加速したようだった。

鑑識係長の姿が、視界に入った。落ち着いた表情に、クロハは違和感を覚える。もっと不思議だったのは、その顔付きのまま、クロハの前までやって来たことだ。

「緊急配備の範囲を狭める」

自身からの発令のように鑑識係長はいった。目の中に湛えているのは優越感のようだった。

「北西方面に捜査力を集中する。そこで、自動拳銃が見付かった」

思わず鑑識係長へ詰め寄り、

「どんな場所で見付かったのですか」

「ここから約三五キロ先の地点、公園内の水飲み場。排水口を塞ぐビニル袋を、付近を警邏中だった地域課員が発見した。中に入っていたのが自動拳銃だ。弾倉は抜かれていた。周辺の捜索にも力をいれるようにと……」

クロハは駆け出した。数人の警察官にぶつかりながら、捜査責任者の元へ辿り着き、

「課長」

強い口調で呼びかけた。

「緊急配備の重点を移動するということですが……」

捜査一課長の視線はクロハを素通りした。

「少し待っていただけますか。公園で発見された自動拳銃は、捜査を攪乱するために……」

コートの肩先を強くつかまれた。乱暴に引っ張られ、クロハは後ろへ倒れそうになった。

管理官はつかんだ布地を離そうとせず、

「今すぐに臨港署へ戻れ」

額がつきそうなほど顔を寄せ、押し殺した声で管理官はいい、

「特捜本部に参加した人間は全員一旦待機するよう、命じたはずだ。単独行動をとるな」

「お聞きください。大切なことです」

怯《ひる》まず説明を続けようとするが、

「お前が今、考えるべきは」

肩口が吊り上げられ、

「これまでお前がしたことへの説明、いいわけだ。今、お前がしていることも。何も思いつかないようなら、首が飛ぶことも覚悟しろ。何時までも俺が甘い顔をすると思うな」

集団の外へ、突き飛ばされた。クロハはよろめき、そして言葉を失った。

もう一度発声しかけた時、捜査一課長が管理官へ頷くのが見えた。

集団そのものがクロハを拒絶し、そのことに満足したようだった。

クロハへ注意を払う者が、消えた。目に見えない球体が目の前で閉じたように。

＋

気温は高揚したクロハの体から、急速に熱を奪おうとしていた。

立ち入り禁止テープ《キープアウト》へ戻るつもりでいたが、ふと方向感覚を失い、路上で佇んでいると誰かに背中を軽く叩かれた。カンノだった。

「できる範囲でやるしかねえ」

厳しい目付きでそういい、

「現場の人間達には、できるだけお前さんの話を伝えるようにする。俺にはお前さんの話が、一番まともに聞こえる。とはいえ、全員に同じように聞こえるとは、限らないだろうよ」

ご苦労だったな、といい足すと、カンノは鑑識車の誘導作業へ戻っていった。

臨港署に戻れ、と暗に忠告されたのかもしれない。けれど、考えずにはいられなかった。

考えろ、ユウ。自動拳銃の遺棄が、捜査の攪乱を意図したものだとすれば。

拳銃が発見された北西三五キロの地点は、丁度山地帯の入り口に位置していた。山中を目指し逃亡するものと、襲撃者はこちらに思わせようとしている。

実際は、その反対であるはずだった。北西地点から離れた場所。

海へ。あるいは街なかへ。ならば、まだ近くに潜伏している可能性さえ……

クロハは足を止めた。

鼓膜を小さく一瞬、震わせたものがあった。笑い声だった。

面を上げ、声の主を捜す。その声色が遠くから聞こえた途端、警戒心がクロハの内に甦っていた。何処かで聞いた声。思い出せなかった。

何故これほどの緊張感を伴って聞こえるのかも、分からなかった。

テープ越しに、女性記者がいた。テープを越えてはいなかったが、たわませるほど密着し、若い制服警官と談笑している。寒さの中、脱いだ外套を脇に抱え、スーツ姿だった。重ね着を暑く感じるほど取材に奔走していたのか、それとも、奔走していると強調したいのか、どちらかだろうと思えた。警察官へ接近し、日常会話を引き延ばしながら、少しでも事案の情報を得ようと躍起になっているのが、遠目からでも窺えた。初めて見る笑顔だった。クロハは眉を曇らせた。消費者金融でのできごとをクロハへ問い詰めた時とは、別人のような表情。引き攣《つ》ったような笑み。制服警官は困惑を隠せずにいる。女性記者の笑顔は、親しさを相手へ押しつけるための、強引な演出にすぎない。

どうかしている、とクロハはそう思う。

女性記者に対する厭《いと》わしさが、自分でも驚くほどの強い嫌悪感を作り上げたようだった。逃げるつもりもなかった。テープを潜り、無言で擦れ違う。女性記者との関係はそれで全て終わるだろう。

再び、クロハは立ち止まる。嫌悪からの印象ではない、という気がした。

神経に響くような、高い高い笑い声。

感情が警告を発したのではない、と自覚する。発したのは記憶だった。

私は確かに、この声を知っている。

でも、何処で。

笑い声など数え切れないくらい聞いてきたはず。何故私は、女性記者の声にだけ意味を持たせようとするのだろう。名前も覚えていない相手だというのに。

女性記者はふとその場を離れた。何か大切なことを思い出し次の場所へ向かう、という風だったが、その前にこちらへ一瞬、目線を向けたようにも見えた。

クロハが脚の動きを速め、国道の方角を目指す記者を追う気になったのは、彼女の華奢な背中に、脅えの気配を認めたからだった。

女性記者の足取りも、速まった。私を避けようとしている。

何かを思い出すべきだ、とクロハは思う。

何処で。

女性記者との間隔は縮まらなかった。走るべきか、と考えた時、広い歩道へ出た記者が、まだ遠くにしか見えないタクシーへ手を挙げた。乗車を止める権利は、クロハにはなかった。訊ねるべき内容も思い浮かばなかった。けれど。

クロハは駆け出した。黄色い車体が一気に近付く。それでも接近し切る前に後部扉は閉ざされ、女性記者を乗せたタクシーは発車した。地域課員の誘導灯の動きに従い、徐々に速度を上げてゆく。

タクシーが視界から消えるまで、クロハはそのリア・ウィンドウを見送っていた。

記者は一度も背後を見なかった。

手帳を開き、会社名とナンバープレートの文字を書き込んだ。

そのタクシー会社が何処にあるのか、クロハは知っていた。赤味が少しだけ加えられた黄色の車体に、群青《ぐんじょう》色のライン。国道を挟んだ反対側、枝道を少し入ったところに、トタン屋根の整備工場と、青い塗料の色褪せた四階建ての事業所は存在した。

少し迷った後、クロハは携帯電話を取り出した。国道に沿って吹き抜ける風を避けるため歩道橋の陰に入った。臨港署へ戻る前に、確かめなければいけないことがあった。

女性記者が所属する出版社の電話番号を、ブラウザで検索した。彼女の向かった先が気になった。呼び出し音を聞く間に、女性記者の名刺の内容を、一瞬目に入れただけで捨ててしまったその文字情報の細部を、クロハは何とか思い出そうとする。

編集部へは、すぐに繋いでもらうことができた。応対に出た社会部の編集者は、クロハが警察官である事実を知らせても、愛想よくすることも態度を硬化させることもなかったが、子規孝殺害に関して取材中の女性記者を捜しています、という用件には、誰のことを仰っているのか分かりません、と短くはっきりと答えた。

「消費者金融会社の強盗事件に絡んで、人質となった記者です」

クロハがいい添えると編集者の声には急に険が表れ、

「どんな事件であっても、彼女に関しては同じことです。繰り返し申し上げたはずです」

クロハは戸惑い、

「いえ……そちらの編集部にも、その方自身にもご迷惑をかけるつもりはありません。少しお話をうかがいたかったものですから。編集部に不都合のない範囲で……例えば名刺に記された連絡先、電話番号なりメイル・アドレスなりを教えていただければ、と」

「お問い合わせには、全て同じ返事をすることしかできません」

編集者は溜め息らしきものを受話器のマイクロフォンへ吹きかけ、

「あの記事を書いた者はすでに、編集部を辞めています。編集部に在籍していた当時の名刺は、今では彼女と何の関係もありません。編集部の中にも、彼女と現在連絡をとることのできる者は、おりません」

足元が崩れるような感覚を、クロハは味わった。何かを聞き違えたのかとも思い、

「……どういうことでしょうか」

「ですから、最初の論点として」

編集者の口調は刺々《とげとげ》しさを増し、

「今回の事件があったからといって、記事に責任があるという発想を、編集部が受け入れることはあり得ません。記者自身も受け入れることはないでしょう。編集部が当時、数年前の

少年事件に関する記事を載せたのは、賠償金未払いを続ける人間達の、あくまで一つの例としてであって、個人攻撃を目的としたものではありません。今回の被害者のご遺族から非難を受けた、というような事実もありません。また、記者は編集部と相談の上、今回身を隠した、などということも、それは部外者の単なる憶測にすぎません。実際は、カナエケイからの速達による辞表提出が編集長宛てにあって、そこに、騒ぎが収まるまで人目に触れたくない旨が退社の理由として記されており、それから現在まで連絡を絶った状態が続いている、というだけのことです。これだけが事実です。記事については、それ以上の……」

「ちょっと待ってください」

クロハは記憶の錯綜を解きほぐそうと努めた。

子規孝達が、ｅｃｈｏが被害者を選ぶための拠《よ》りどころとした、あの雑誌記事は。

鼎計《カナエケイ》。

『少年達の贖いは』。

被疑者に引き摺られるように、消費者金融の屋上に連れ出された記者。

私を非難し続けたあの女性記者が、鼎計。

眠りから覚めたように、今編集者がいった言葉を思い起こし、

「……鼎計氏は何時、編集部を辞められたのでしょうか」

「ひと月半前です。皆さんにも、説明した通りです」

「失礼ですが」

携帯電話を押しつけた耳殻に痛みが走ったが、すぐに忘れ、

「その方は、他の編集部へ移られた、ということはないでしょうか。また別の新聞社、出版社で記者として働かれているというようなことは」

「……聞いたことはありません」

編集者はようやく会話に齟齬《そご》があるのを認めたらしく、語勢は少しだけ弱まり、

「移籍したのであれば、すぐに私達の耳にも届くでしょう。この業界は、そう広いものではありませんから……そもそも、移籍を隠す理由もありません。断りなく他社へ移り、余計な揉めごとを作る必要はないでしょう」

「では現在、事件現場に現れることはない、と」

「私達の媒体は週刊雑誌ですから……記者クラブに所属し、第一報を受けて真っ先に現場へ向かう新聞記者とは仕事の内容も異なります。発生直後の事件報道よりも、ある程度時間が経ったできごとの意味を問い直す記事を重要視しています。彼女の場合、広い人脈を生かして、直接現場へ取材に向かうこともありましたが。いずれ記事にするための予備取材、という形で。今現在、彼女が事件現場を訪れることは、先ずないはずですが……」

いい難《にく》そうに、

「他社の記者から噂として、何処かの現場で見掛けた、という話は聞いたことがあります。あくまで噂ですけれど」

ｅｃｈｏ。子規孝。柊木了平。集団暴行事件。

衝動と動機と犯行を結ぶ、何か。

「よく聞いてください。大きな事案に関わることかもしれません」

クロハの思考の中で、多くの要素が一つの場所に集まろうとしていた。

「鼎計氏のご実家の連絡先を、教えていただけないでしょうか」

気持ちは逸《はや》り、

「通話で個人情報を伝えることはできない、というのであれば、これからそちらへ向かい、正式な捜査として警察手帳を提示したいと思います」

「いえ……臨港署の特捜本部の方にも説明したのですが、それもできません」

「必要であれば、令状も用意します。もちろん、編集部そのものを問題にするつもりはありません。事案に関係した、どうしても必要な捜査であると、ご理解いただけないでしょうか」

「理解の問題ではなく」

編集者はいい淀み、

「彼女には身内が存在しないんです。書類上の緊急連絡先は児童養護施設となっているのですが、現在では閉鎖されています。私達も、連絡を取ろうと色々な手段を考えましたが……彼女が自分の意思で住居を移し、電話番号、携帯番号を破棄した以上、無闇に追いかけるべきではない、と今では判断しています」

「児童養護施設というのは……鼎計氏は孤児だった、という意味でしょうか」

「いえ、そうではなく……」

また言葉を濁しながら、

「私が直接聞いたわけではありませんが……彼女は以前、大変な苦労をされたとか。児童相談所を通して養護施設へ送られた、という経験があるようですから」

鼎計は幼い頃、保護者から虐待を受けていた、ということだった。

クロハは奇妙な既視感を覚えた。

虐待。児童養護施設。子規孝の証言。

「――背中に火傷痕」

クロハは記憶を辿りつつ、

「片腕は、今でも自由に動かすことができない……」

「そんな話を、聞いたことのある編集者もいるようですが……」

二つの要素が繋がる。不自然な位置関係のまま。

彼女の甲高い笑い声が、クロハの耳の奥で再生された。

中心点が見えた気がした。

「今後、正式に捜査のご協力を要請するかもしれません」

緊張の中、会話中であることを思い出し、

「その際は、よろしくお願いします」

分かりました、と当惑しながら返答する声を聞き、クロハは接続を切った。

恐怖も感じていた。


子規孝が語った共犯者の過去。それは、柊木了平の過去ではない。


携帯電話が、クロハの手の中で震えた。

庶務班からの、通話を求める呼出しだった。

「ほとんどの捜査員が、臨港署に戻っています」

庶務班員の口調は詰問に近く、

「緊急配備の範囲が変わり、現在臨港署は担当から外れています。課長と管理官が到着する前に、講堂の席に着いてください。課長が戻られた時点で、すぐに会議が始まります。非常に重要な会議となるはずです。今後の捜査方針の伝達と、情報漏洩《ろうえい》の確認を行います。捜査

ようか」

員と鑑識員、全員の参加が必要です。大至急、こちらに。後どれくらいで到着する予定でしょうか」

はっきりと告げなければいけない。クロハは意を決し、

「今すぐに臨港署へ戻ることはできません」

「何か、そちらで問題が生じたのですか」

「護送車襲撃の現場で鼎計を見掛けました。雑誌記者です。『少年達の贖いは』と題された記事を執筆した者で、特捜本部でも、参考人として行方を捜しているはずの人物です。これから、後を追おうと思います」

キーボードを叩く音がスピーカから聞こえ、

「……雑誌記者の捜査については、他の捜査員が担当しているはずです。すでに……担当捜査員はこちらに戻っています。捜査会議にて報告をいただければ、担当捜査員が捜索に向かいます。特捜本部の捜査方針に従って、行動してください」

「今すぐに動けば、早期の接触も不可能ではありません」

伝えるべきかどうか、迷ってから、

「個人的な見解ではありますが、私は鼎計が護送車襲撃に関係していると考えています」

捜査資料を慌ただしく調べる衣擦《きぬず》れの音がしばらくの間続き、

「そのような話は、これまで報告されていません」

庶務班員の声には、動揺が表れたようでもあり、

「何か新たな証拠が見付かった、ということでしょうか」

「いえ」

提示できる証拠は一つもない。胸騒ぎをどう言葉にするか、クロハは考えながら、

「事実だけをいえば、鼎計はｅｃｈｏに関連する様々な場所に出現している、としか説明のしようはありません」

「誰か、そちらの捜査を了解している者がいますか。管理官や臨港署の強行係長等の内……」

「おりません」

「そういうことでしたら、やはり一度、臨港署に戻ってください。庶務班が今、そちらへ捜査の許可を与えることはできません。会議での報告を受け、また情報漏洩の確認が済んだ後に、改めて全捜査員へ指示が与えられるはずです」

「今すぐに動き、接触するべきです。まだ間に合うかもしれません」

クロハは自分の決断が意味することに、気付いていた。覚悟はできている。

これからの私の行いは、特別捜査本部から完全に孤立する行為となるだろう。

「鼎計は重要参考人です。臨港署へ戻れば、確実に逃すことになります。これから、彼女を追います。私の捜査に成果があろうとなかろうと、処分は受けるつもりでおります」

返答を待たず、クロハは通話を切った。曇り空を仰いだ。雪の雰囲気を孕《はら》む空を。

——鼎計は護送車襲撃に関係している。

自分が口にした言葉を反芻《はんすう》する。控え目にしか、伝えることはできなかった。

回転式拳銃を用い子規孝と警察官三人を殺害したのが鼎計だと、断言することはできなかった。

確信はクロハの内部、思考の中のリンクとして完成していた。けれど、それを証明するための言葉が見付からない。

鼎計は立ち入り禁止《キープアウト》テープの傍、制服警官に張りつき、捜査状況を知ろうと躍起になっていた。寒空の下で外套を脱ぎ、折り畳み、脇に抱える格好でいた。外套の内に、鼎計は何を持っていたのか。付着した硝煙とガン・オイルを内側に隠し、密封するためにも必要な振舞のはずだった。

人に話せば、想像にすぎない、といわれることだろう。

それでも確信が揺るがないのは、リンクの交点が今もはっきりと耳に残っているからだ。

交点は、聴覚の記憶。

鼎計の嬉笑がもう一度、クロハの脳裏に鮮やかに再生される。最初にクロハがその音声を聞いたのは、科学捜査研究所法医科の部屋の中だった。神経に障るような、金属的な音。古びた蝶番が軋む音のよう。あるいは、家畜の悲鳴のように聞こえた。

彼女も、あのカプセルユニット式のホテルにいた。

殺人の現場に、ｅｃｈｏの一員として。

共犯者を銃殺したのは、一刻も早く口を封じる必要があったから。

日に日に少しずつの変則的な証言ではあっても、供述をやめる気配のない子規孝の口からいずれ発せられるだろう一つの名前、鼎計の名前を封じるために。

＋

突然の警察官の訪問に、タクシー事業所の事務員達は驚いた様子だったが、乗車記録を調べて欲しい、というクロハの要望を拒否することはなかった。

犯罪に巻き込まれる可能性が常に存在する職業ならではの好意的な対応、といえるのかもしれない。そのおかげで、個人情報保護に関する何等かの議論が起こった場合に備え、道すがら構築した急拵《ごしら》えの理論武装は不要となって、クロハをほっとさせた。

緑の薄らと混じる黒色の、きれいなベスト・スーツを着た白髪の女性事務員は、慣れた様子で鉄製の机の隅に置かれた無線機のマイクロフォンへ手を伸ばし、街を巡るそれぞれのタクシーへ向け淡々と、現在の乗客についての特徴を報告するよう、専門用語を多用して依頼した。神様、という単語が乗客を表しているのを事務員は教えてくれたが、クロハには無線でのやり取りの半分も、聞き取ることはできなかった。

運転手とともに無線を聞く乗客の気分を考慮したのだろう、白いプルオーバーとベージュ・グレイのスラックス姿を探している、と事務員がマイクロフォンへ直接いうことはなかったが、それでも用件は各運転手へ伝わったらしい。雑音に近い音声が無線機のスピーカから流れ、回転椅子に座り、頬杖を突いてそれ等を聞いていた事務員が、クロハへ顔を向けた。

つい先程降車しました、と変わらない口調でいった。

タクシーから急ぎ歩道へ降りたクロハに、紺色の背広を着た運転手が近寄った。手には運転日報、と表紙に印刷されたノートを持っていて、クロハの前で広げ、降車の正確な時間を示してくれたが、わざわざ確かめるまでもない。三十分も経っていなかった。

乗客自身が降りる場所を迷うように、同じ区画を三周しながら何度も一時停車を指図し、片手に持った携帯端末《スマートフォン》と窓硝子越しの風景を交互に見遣り、何ごとか吟味する様子で、最終的にはこの地点を目的地とした、ということだった。

運転手が指し示す方向へクロハは視線を移した。指先が動き、細かな道筋を伝える。枝道からさらに延びた狭い枝道を示していた。

二人の運転手にクロハは礼をいった。女性を降ろした地点まで戻り待機してくれた一人と、事業所からここまで自分を運んでくれたもう一人へ改めて会釈をすると、どちらの顔にも目に見えて安堵の色が広がった。クロハは歩道を横切った。


街の中心からは、わずかに外れた区画だった。それでもまだ建物の一つ一つには、見上げるだけの高さがあった。波紋の縁のように建築群が盛り上がり、郊外との区切りを作っていた。クロハは立ち止まる。

足を踏み入れた道は薄暗く、建築物の隙間のようなものだった。非常階段と配水管と摺《すり》加工を施された内部に光の見えない窓硝子ばかりが目についた。仰ぎ見ると切り取られた空があり、低く起伏のない雲に覆われている。動きのない空。

鼎計が何故この場所で車を降りたのか、クロハはその理由を考えていた。

すぐ傍に潜伏しているようには見えなかった。見えないだけでなく、理にも適《かな》わなかった。身を隠すつもりなら、むしろ繁華街の人混みに紛れ込むべきだろうし、予《あらかじ》め決めていた場所があるなら、何度も周囲を巡って迷う必要はないはずだった。

かといって気紛れに降車地点を選んだとも思えなかった。巡りながら決めたのだろう。決めるために、携帯端末と風景を見比べていたのだろう。

この道から続く何処かに、何かが存在する。鼎計が目的地と定めた何かが。

クロハの周りにあるものは……営業しているのかどうかも分からない不動産店の扉。小さなネット・カフェの裏口。風雨に晒され、文字も読めなくなったプラスチック製の看板。飽和状態となったアルミ製の郵便受け。乱雑に電線を伸ばす、少しだけ傾いた黒色の電信柱。埃を被ったまま放置された原動機付自転車。踏み潰されたペットボトル。大通りをゆき交う車両の走行音が灰色の壁面を数回反射して、クロハに小さく届いてくる。

疎《まば》らとはいえ人通りはあった。抜け道として皆足早に、クロハの前を過ぎてゆく。

クロハは歩みを再開させる。道の先に、金色のリボンで飾られたプラカードを掲げる人影を認めたからだった。抜け道に入る通行人へ携帯電話の販売店を広告するために、寒さに首を縮めながらその場を動かない一人の宣伝員がいた。

突然警察手帳を提示され、プラカードを肩に載せた初老の男性は驚いた様子だったが、小柄な女性が急ぎ足で傍を通り、どの道へまた入ったのかを、身振りを交えてクロハへ伝えた。次には飲料水の自動販売機の隣に並んで座り、お喋りをしていた少年二人から話を聞いた。少年達はクロハへ、熱心に鼎計らしき人物の動きを教えてくれた。警察手帳を見た途端、少年の一人が靴裏で隠した煙草のことを、クロハが何もいわなかったのが効いたのかもしれない。すぐに目撃情報は途絶えた。人気の少ない道が続き、目撃者自体が見当たらなくなった。

クロハは丁字路まで戻った。少年の証言によれば、この岐路に鼎計は向かったのだ。焦りばかりが募った。鼎計がどの道を選んだのか推測しようとするが、想像できるだけの情報は揃っていなかった。

情報がなければ、街なかの、ここはただの往来にすぎない。

——見失った。

失望が、黒い染みのようにクロハの内に広がった。

単身での捜査。最初から無謀な試みであることは分かっていた。結局特捜本部へ戻り、多くの時間を費やして上層部を説得する方法の他ないのなら、庶務班員に帰還を命じられた時点で、そうするべきだったのかもしれない。

違う。クロハは手のひらで額を包んだ。第一、説得が成功した保証は何処にもない。捜査一課長や管理官が今更、自分の考えに耳を傾けてくれるとは思えなかった。どちらにしても見失う以外にない。そう考えるのは悔しかった。でもやはり、これでは——

両目まで覆っていた手のひらを、クロハは外した。

突然、鼎計がどちらの通りへ入ったのか、クロハはその答えに気がついた。

難しいことではなかった。

一方の道の突き当たりには宝飾店があり、少し古びてはいても清潔に整えられた小さな飾り窓が、店内からの照明をきらびやかに浴びていた。その方向を鼎計が目指したはずはなかった。近付いて覗いてみるまでもなく、監視カメラのレンズは内側から、道路へと向いていることだろう。反対の道には鎖で仕切られた粗末な駐輪場があるだけで、前を通ったところで姿を記録される心配は一つもない。

クロハは鼎計の思考をなぞるつもりで、丁字路を曲がる。

何もない、という状態こそが、鼎計の狙いだとしたら。

脇道が延びていた。目を遣らずとも繁華街へ繋がる喧騒が聞こえた。クロハは進路を変えなかった。

自分の姿が映像記録に残ることを、鼎計が徹底的に避けているとしたら。映像に写り込む行為が被疑者にとってどれほど不利になるものか、被疑者を記録する映像を探すことに特捜本部が現在どれほど注力するものか、報道記者である鼎計が知らないはずはなかった。

車を何度も周回させて風景を確かめ、端末で情報を集め、鼎計は何もない道を選び、機械にも記憶されることなく、そして何処かへと向かっている。

気をつけなさい、ユウ。クロハは自分を戒めた。

鼎計が思う通りの人物であるなら、何処で何を仕掛けてくるか、予想することはできない。誘《いざな》われている可能性さえあった。

背中を丸めてゆっくりと歩く老人と擦れ違った。消費者金融の屋上で死んだ人間を、思い起こした。ダウン・コートの表面の擦れる音に脅え、クロハは背後を振り返る。老人は歩調を乱さず、足元を見たまま、歩みを止めなかった。

賑《にぎ》やかな通りに入り、クロハは自分の位置を思い出す。わずかに覚えのある場所だった。通り沿いに飲食店が並んでいた。鼎計の思考を見失ったように感じたが、店と店の合間の、小さな未舗装の道が目に留まる。そこに靴跡らしき模様があり、一歩近付くと光の加減により、消えた。鼎計の痕跡を渇望する余り、幻を見たようにも思えた。細かな模様だった、とクロハは思い直す。運動靴に使われる目の粗い滑り止めよりも、もっと細かなもの。革靴に後から貼られた、ゴム製の薄い踵のような。

足を速めた。幾つかの枝道を通り過ぎた。それぞれの道の先を明るく感じたからだった。飲食店の換気扇から漂う料理の香りと、地面に散布されたらしい消毒液の臭いがクロハの鼻腔と肺で混ざり合い、気分を悪くさせた。湿っぽく、光の差さない道を見付けた。

コンクリートで地所を固めた駐車場が視界に入る。入り口を、柱に設置された監視カメラが見下ろしていた。クロハはその方角を避けた。街の死角を目指している、という自覚はあった。機動捜査隊員としての密行警邏中であっても通行したことのない、隘路《あいろ》ばかりの地域だった。やがて少しだけ道幅は広くなり、アスファルトが表面を覆うようになったが、舗装には色の濃淡があり、おうとつが多い。泥濘《ぬかる》んだ公園の前をクロハは通り過ぎる。狭く、石造りの水飲み場とぶらんこだけが設置されている。ぶらんこが風に揺れる。

今度こそ見失ったのかもしれない。

空間の質感が変化していた。人の気配が周囲から完全に消えたことに、クロハは気付いた。

それとも追跡を知り、鼎計は息を潜めて、こちらの動きを観察しているのか。また何かが変化した。空気が小さく震える。立ち止まり、耳を澄ませた。

誰かの声が聞こえたように思った。子供の声が。

啜《すす》り泣く幼児の声が。

クロハは歩き出す。すぐに、小走りになった。

声は路地の中で何度も木霊《こだま》し、正確な位置を計るのは難しく、狭い通りをクロハが折れる度に遠ざかり、あるいは近付いた。先の見えない路地の構造そのものが、クロハへ緊張感を与え続けていた。どんな道へ入る時にも、気を緩めることはなかった。足を前へ出す度に体にまとわりつく、洗顔用具と化粧品だけを収める柔らかなメッセンジャー・バッグが、不快だった。

視界が開けた。啜り泣きの声がやんだ。

そこは、コンクリート製の小さな傾斜地を集合住宅の背面が囲む、灰色の空間だった。銀色の円柱同士を鉄鎖が結び、道路から傾斜地を区切る柵を作っていたが、鎖は途中で千切れ、その役割を果たし切れていない。空調の室外機と換気扇が、それぞれ規則正しい列を作っていた。互いの建物と電信柱へ幾重にも繋がる真っ黒な電線が、地形に骨組みを与えるようにずっと上部まで張り渡されている。雨染みで暗く汚れた小豆色の庇が、かつては倉庫として使用されたはずの、シャッターの並ぶ一階部分を覆っていた。

庇の下に二人の人物がいた。予想もしていなかった光景だった。

「放しなさい」

クロハが張り上げた声は、ほんの一瞬周囲へ響き渡り、消滅した。その場に満ちる湿り気に吸収されたように。

シャッターとシャッターの合間に立つ男が、振り返った。

深緑色のパーカ・コートのフードの内から、吸血鬼じみた鋭い眼差しがクロハを捉える。

片手は、小柄な女性の首をつかんだままだった。壁面に押しつけられた鼎計は男の頭上高く差し上げられ、涙を流し、息を詰まらせていた。両足が力なく、宙を蹴っている。

クロハは傾斜地でとぐろを巻く鉄鎖の端を踏んだ。

男の顔色が変わった。クロハの手中にあるものに、気付いたのだ。

迷わずスライドを引き、初弾を薬室へ装填《そうてん》した。

両手で構えた自動拳銃の照星《フロントサイト》と照門《リアサイト》を合わせ、その先を男の胸元へと、クロハは向けた。

男はいきなり鼎計から手を放した。

背中を壁で擦りながら鼎計は落下し、排水溝の金網の上に座り込んだ。クロハは男から視線を外さなかった。鼎計が咳き込みつつ立ち上がり、外套を拾い上げ、男の横を擦り抜け、この場を去ろうとする時にも、視線を逸らすことはなかった。

足音が舗装の悪いアスファルトを駆け、遠ざかってゆく。

全ての事象が出発点に戻ったように、クロハは感じる。

今は、目の前の人間だけに集中するべきだった。

クロハから四、五メートル離れた位置に佇み、全身から死の気配を放つ一人の男に。

「相手が違うだろ……」

男の声は、クロハをぞっとさせた。手のひらで口元を覆ったような、こもった声色で、

「間抜け。今ごろのこのこ現れて、折角整ったものを、また複雑にしやがって」

「殺人未遂容疑により、現行犯逮捕します。両手を上げなさい」

クロハの宣言に、男が恐れる様子はなかった。自らを指す銃口のことさえもう忘れたように、フードの暗がりからクロハを見詰めていた。浅黒い、極端に脂肪の少ない顔立ち。頬骨が目立ち、両目の周りは眼窩《がんか》の形で落ち窪んでいる。皮膚と骨の間の、凝縮された筋肉が顎の辺りで、苛々と蠢《うごめ》くのが分かった。黒い手袋をはめた両手をだらりと体の脇に下げていた。

命令に従おうという意思は少しも見せず、男は訝しげに、

「本物かい、それは……この俺を嵌めようってんじゃねえだろうな」

「霧の夜以来」

冷たい金属の感触がクロハを落ち着かせ、

「私は機動捜査隊分駐隊長により、拳銃携行を許されている。元々特別捜査本部の運営規程

に、参加する捜査員の装備に関する項目はないから。書類上の問題」

「規則を都合よく解釈するわけだ」

男は小さな笑みを浮かべ、

「お前等の得意な遣り口だな。が、俺にだってできるぜ」

「両手を上げなさい」

男は片方の手のひらだけを少し上げてみせ、

「ちょっと待ってもらいたいな……」

残された腕の指先で、パーカ・コートのボタンを外し始めた。クロハは焦り、

「動くな」

声を大きくして命じるが、

「少しは俺の解釈も聞いたらどうだい」

コートの内側には暗色の、絞り染めにされたTシャツが見え、男は数枚重ねられたそれ等をめくり上げ、腹部をクロハへ晒した。

蛇の鱗《うろこ》を思わせる起伏が胴体に並び、肋骨《ろっこつ》へと繋がる辺りが、裂けていた。夥《おびただ》しい血液が流れ出た跡があり、冷静に観察すればその流れはデニムにまで繋がっていたが、傷自体はすでに塞がっているように見える。

「正当なる防衛行為。だろ？　女に、刃物で斬りつけられた。ステンレス製の折畳み式だっ

たぜ」

男の指先が独立した意思を持つように、滑らかに金属のボタンを掛け直す。両手を軽く上げた。

「俺にお縄かね……お門違いって奴」

「それなら」

怯んでいないことを誇示するために、強い視線を意識的に作り、

「私への暴行事案の被疑者として、緊急逮捕する」

男は短い笑い声を上げると、

「何時の話だい……何処に証拠がある……」

クロハは拳銃を持っていない方の手で、首に巻いたマフラーを引き下げ、

「柊木了平の部屋に、あなたもいたのかもしれない」

痣の並ぶ咽喉《のど》を晒し、

「殺人も、嫌疑の一つとできるかもしれない」

「まさかな……」

ゆっくりと片手で、フードを後ろへ下ろした。少し尖った耳と頭蓋骨そのもののような禿《とく》頭《とう》が現れ、細く筋肉質な首の後ろに彫られた刺青《いれずみ》の一部が、こちら側にも見えていた。

クロハは男の両手の黒い手袋を見遣った。化学繊維製だろう。内側には小さな発光体のよ

うな、白いゴムの並びがあった。

柊木了平の部屋で見付かった手袋の跡。そこに目前の男がいた可能性。男を拘束する手段がない、という事実がクロハを焦《あせ》らせていた。彼我《ひが》の腕力の差が、逮捕術では補えないくらい大きいことも理解していた。手錠の用意があれば、と後悔もするが、もし携えていたところで、男にどんな体勢を取らせようと、その長い手足が届く範囲まで接近するのは自滅的な行為としか思えなかった。

男に悟られないよう、クロハは静かに呼吸を整えてから、

「あなたの名前は」

「サイ」

クロハがコートから携帯電話を引き出すと、男の目の中に異様な輝きが表れ、次の瞬間にはほんの少しだけ頭を下げ、微かな前傾体勢を作った。

こちらへ跳びかかる予備動作を始めたようにも見えた。クロハは緊張し、思わず拳銃を握った片腕を伸ばして、射撃競技の基本姿勢、射撃線上に両足を揃えて立つスクウェア・スタンスをとった。

男の方が、先に力を抜いた。質感の粗いコンクリートの壁に背中をつけ、

「よしなよ。取引をしようって時に」

クロハは取り合わず県警本部へと連絡を入れようとするが、液晶画面は電波受信の途絶を

知らせていた。その原因に、すぐに思い至った。地形全体の緩やかな傾斜と分厚いコンクリート製の建造物の密集が組み合わさった、人工の窪地に位置しているためだ。腕を伸ばして携帯の位置を変えてみるが、何の変化も出現しなかった。迂闊《うかつ》な動きをしたことに、クロハは気付く。その動作によって、サイと名乗った男に受信不良をわざわざ知らせたようなものだった。サイは、クロハの心境を見透かした風に落ち着き払って、

「任意、というのなら協力しないでもない」

口の端を歪めているのは、たぶん微笑んでいるからで、

「あくまで逮捕と主張するのであれば、俺は抵抗する」

「初めて会ったはずはないわ」

携帯電話の撮影機能をクロハは思い起こした。片付けるのに手間取る振りをして人差指でスピーカ部分を押さえ、サイの姿を記録する。状況の読めない中、これは何等かの保険となるかもしれない。携帯を仕舞いながら幾つもの不安をねじ伏せ、

「忘れた、とはいわせない」

「もし仮に」

低い声が灰色の空間を漂い、

「覚えがあったとしても、抵抗することには変わりない。お前の持っている銃は七・六五ミリだろうが……そんなもので俺を止めるつもりかい。制服警官が持っている奴よりも、威力

のないそれで。海外じゃあ何処にも、そんな哀れな弾薬で武装する組織はないぜ」

一瞬、サイの顔にまた凶暴な感情がよぎったが、

「仮の話さ」

すぐに声からも硬さが消え、

「任意であれば、協力する。今ここで」

……サイは楽しんでいる。

状況に身を浸して寛ぎ、言葉による駆け引きを仕掛け戯れようとしている。暴力的な動作を見せなければ目前の警察官が発砲することはない、という当然の事実を、論理としても感覚的にも、完全に理解しているようだった。

サイをどう扱えばいいのか、クロハには分からなかった。連行のためだけに拳銃を使用できるはずもなかったが、たとえ銃口を体に直接突きつけたところで、サイがいわれた通りにするとは考えられなかった。拘束されたように、自由の利かない状況に置かれたことを自覚した。サイを制御する手段が見当たらなかった。

けれど、それはサイも同じだ。クロハは銃把を握り直し、刻まれた網目模様《チェッカリング》の手触りを確かめた。

この手に拳銃が握られている限り、サイが私をコントロールすることもまた、できない。

そして駆け引き。

「何故あなたは、ここにいるの」

クロハは徐々に落ち着きを取り戻し、

「何故、鼎計を狙うの」

最初から問い質す気になった。

「それが俺の仕事だからな……で、ここにいる。その点については、感謝してもらいたいな」

サイは歯軋りするような口元を一瞬見せて、

「ここは本来、俺のために用意された座標だ。女は自分の目と携帯端末の地図情報を頼りに座標を選び、俺を誘い込んだ。お前なんぞ添えものでしかないのさ。俺がもしあの女を見失い、お前が先に会うことにでもなれば……殺されていただろうよ。間に入って防いだのは、俺だぜ。鈍間《のろま》なら鈍間らしくもう少し後で登場すればいい。そうすれば全部、きれいに終わっていたはずだ」

クロハが口を挟む前に、

「逃がしたのもお前だぜ」

「閃光舎と関係のある話……」

「あるね」

にやりとして、

「大いに関係ある……むろん、個人的興味で動いてもいる。仕事と興味を合わせれば、俺とあの女との関係は宿命的、といっていいんじゃないか。生き別れの双子みたいに」

「閃光舎があなたを使っている、と考えていいのね」

「ほとんどの場合は、な」

閃光舎との関係をサイが簡単に認めたことに、クロハは驚きながら、

「鼎計を閃光舎が追うのは、何故なの……」

サイからの返答が急に途絶えた。質問が細部に触れたせいかもしれなかったが、今までにない、全く別の感情がその顔貌に表れたようにも思えた。明確な凶暴性とは違う、何か。眼窩に収まった球体の中の、乾いた、ひどく冷静な何かがクロハを見返していた。

「その質問は、後だ」

クロハには想像のできない意味を視線に乗せたまま、

「守秘義務、って奴だからな。後でなら、喋る気にもなるかもしれない。なあ、手を下ろしてもいいかい……座らせてくれたら、もっといい」

顔をしかめると、まだしも人間らしい形貌《なりかたち》となり、

「首が痛いんだ。天気が崩れると、どうしても、な」

禿頭《とくとう》を左右へゆっくりと気怠気《けだるげ》に傾け、

「なあ、俺が座り込んで、お前が不利になることもないだろ……」

その通りだろう、とは思う。けれど、サイをこの場から移動させるのを、さらに困難にす

るはずでもあった。他に選択肢はない、ということも分かっていた。

駆け引きは一方的に、常にサイの側から仕掛けられている。

クロハは焦燥を隠し、

「……いいわ。その代わり、私の指示があり次第、立ち上がること」

「一々大袈裟ないい方をする。公務員ってのは」

サイはコンクリートの地面に、直接腰を降ろした。脚を伸ばす時にはもう一度顔をしかめ、

「さて、話を続けようか」

主導権をサイに渡したくはなかった。質問をより直截に、

「私を狙ったのも、閃光舎からの依頼でしょ……」

「仮の話だが……もしそんな依頼があったとしても」

瞬きもせずサイはクロハを見据え、

「脅すだけで充分だろうな。命までを取る理由はない。閃光舎にも、俺にも。実際に、お前は大した怪我をしていない。ということは」

脂肪の少ない顔立ちのあちこちに、微笑の波紋としての皺が刻まれ、

「俺の罪状はまた軽くなったわけだ」

クロハは口籠る。次の質問が、すぐには思い浮かばなかった。

「お前のことも、少しは調べている」

笑みを消し、静かにサイがいう。

「俺が聞いた話に間違いがなければ……ちょっとした経歴だな」

「何のこと……」

「銃の腕前の話じゃないぜ。あんた、タカハシと絡んだことがあるんだってな……本当かね。奴はある日突然、消えちまった。行先、知っているんじゃないのか」

浮上した意外な名前に、クロハは当惑する。以前の事案に関係する男の名だった。

「……あの男の本名は、タカハシじゃないわ」

知った風を装うつもりもなく、

「後は、もうこの街にはいない、ということ以外、私は何も知らない」

「いない、ってことを知っているわけだ」

何かを思い出すような顔付きで、

「俺達の世界では、タカハシで通っていたよ。本名など、俺達には重要じゃない」

「あの男から、仕事を受けたことがあるのね」

「わずかながら、な。冷酷な男だったが、少なくとも、俺を野良犬のように扱ったりはしなかった。奴は生きているのか」

「たぶん」

サイは小さく唸ったようで、

「ちょっとした経歴だ」

上目遣いにクロハを睨み、

「悪くねえ女だ」

「鼎計の素性も、あなたは知っている」

クロハも視線を外すことなく、

「仕事、でしょ」

サイの微笑み。顔面に沢山の皺。

「本来はお前の相手さ。感付いたからこそ、ここにいるんだろうに。お前こそ、女について何を知っている」

再び駆け引きが始まったように思えたが、

「雑誌記者」

クロハは慎重に、

「少年達による、集団暴行事件とその顚末《てんまつ》を取材した」

「他には」

少し躊躇ってから、

「児童養護施設に入所していた。母親は失踪……」

そう伝えたクロハはたじろいだ。サイが笑い声を上げたせいだった。

「俺の知っている女とは、随分違うな。俺が聞いたものとは」

顎の辺りを片手で擦り、

「俺が知っているのは、人を利用する女だってこと。金でも体でも、必要なら何でも使う。奴にとっては、世の中も人間も犬も花も、全部プラスチックでできているんだ。その程度の価値しかない。心は世界からも、自分の体からも分離している。奴の中にあるのは、馬鹿でかい自尊心だけだ」

子規孝の証言をクロハは思い出す。虐待によってその精神は作られた、という事実を。

「お前も、すでに奴の手の内にある」

サイの笑みには、また別の質感が混ざり、

「女の二親は平穏に暮らしている。二人とも現役の教師だ。温厚な二人、だという」

口調は淡々と、

「女が自分で語る過去は、全て嘘だ。奴は同情を引くことで、他人に取り入る」

両目はクロハの混乱を楽しむように、

「奴の経歴は安定したものだ。表面的には、な。子供時代から成績は優秀。問題児扱いされたことはない。が、女の小さな頃を知る人間であれば誰もが、奴の虚言癖を最後につけ加える。取り立てていうほどのことじゃないが、といって。女は小さな、意味のない嘘を繰り返した。家族に関することや、他人の噂話。本人以外価値の分からない、不必要な嘘を。母親はずっと病院にいるだの、友人がクラスで誰かのものを盗むのを見た、だの。次第に普通になった、と皆がいう。成長することで虚言癖が消えた、という。実際はそうじゃない。嘘が上手《うま》くなり誰にも見抜けなくなった、ってだけさ。女は精神科へ通院している。そこで、両親から受けた虐待を訴える。若い精神科医は腹を立て、女の両親を告発する寸前までいった。精神科医の入れ込みようといったら、恋愛関係にまでなった、という話だ。当人は認めようとしないがね。精神科医は気がついたんだ。女の体に、虐待の跡など何処にもないことに。女にとっては、自らの影響力を試すための準備運動のようなものだ。女は何度も病院を変えている。何処の精神科医も個人情報として明らかにはしないが……女が治療を続けているのは、どうやら人格障害にまつわる鬱状態を抑えるためらしい」

クロハはサイの話に聞き入っている自分に気付いた。

真実として聞いていた。真実のように聞こえる。腕を持ち上げ続けているのが辛くなり始め、クロハは効力を失いつつある自動拳銃を、腰の位置まで降ろした。

「あなたは、それを自分で調べたの……」

「この手の調べには興信所員を使う。腕のいい奴が、金額に従って何処までも掘り進んでくれる。必要な場面以外、裏に隠れていたい質でね。俺は」

「彼女は今も」

いうのを躊躇うが、

「精神に問題を抱えている、と」

「女の虚言癖は、表面に現れた小さな傷にすぎない。深刻なのは、もっと奥にあるものだ。奴の性質の生々しい部分……問題は、奴の興味だよ。女は人を責め、あるいは操ること以外に興味はない。いや、もう一つある。一番重要な興味が」

サイの舌が蛇のように唇を舐め、

「奴が子供の頃、クラスで飼っていた小動物は、どれも長生きしなかった。奴こそが、ｅｃｈｏだ。ｅｃｈｏそのもの、といっていい」

クロハは骨にまで染み入るような寒さを感じ始めていた。気候のせいだけではないのかもしれない。サイからの情報によって、要素の全てが繋がったことになる。

子規孝と柊木了平の衝動。人を殺《あや》めたい、という衝動。

少年犯罪加害者への制裁、という後付けの動機。

鼎計がその二つを引き寄せ、結びつけた。

クロハの肺に何時までも残る腐臭を放つ何かとは、鼎計――

「鼎計が子規孝を銃殺したのは、口封じのため……」

言葉は気温によって白色の結晶となり、重みを持ってクロハの目前に現れる。

サイは冷たい瞳で凝視したまま、

「他に方法もないことだからな。少しずつ、男は口を割り始めていたって話だろ……だが実際、女が子規孝を殺したのは、もっと単純なことだ。女自身が、プラスチックでできているのさ。だから、人並みに興奮したくて仕方ないんだ」

クロハは小さく頷いていた。鼎計が、同じ衝動を抱えているとするなら、それこそが最も相応しい理由のように聞こえる。そして。

「あなたは、どうなの……」

緊張が、声帯を強張らせた。サイの本質に触れる質問だった。

「さっきいったろ」

一瞬、サイの声にも震えが混ざったように聞こえ、

「女と俺とは、生き別れの双子のようなものだ。それに……この手の話をしているとな、お前達はすぐに分からない、といい出す」

憤りを示す吐息を吐き出し、

「これほど分かりやすい話はないっていうのに。殺したいから殺すんだ。興奮し、生きていることを実感して、感情を再確認する。何が不思議なんだ？　同じことばかりが繰り返されるこの街で、一番現実味のある話だろうに。俺達の性欲は……まあ、いい。品のない話はやめようじゃないか」

何かを抑え込んだ。クロハにはそう思えた。

深入りするべきではない、という反射的な恐れが鳩尾の奥に生じた。

それでも質問は、続けなければいけない。事実関係に基づいた質問だけを。

「……柊木了平が死んだのも、偶然じゃない。そうでしょ」

サイの懐へ切り込むつもりで、

「殺したのは、鼎計？　それともあなた……」

「主には女だ。捜査には、それで充分じゃないか。実際は少々複雑だしな」

乾いた微笑みを見せ、

「柊木了平は、眠剤《ミンザイ》の事故で死んだわけじゃないがね」

「鼎計に飲まされた、ということ？　口を封じるために？」

「そうともいえる。が、少し違うな……理由というよりは、口実だ。口実さえあれば、人を殺すことができる。口実さえあれば、色々な殺害方法を試すことができる。ｅｃｈｏを名乗るまでは、抑えつけていた本性だったがね。そいつを自覚するまでは、他のことに熱中していたはずだ。他の、もっと無難な興味の方に」

クロハが眉を顰めると、

「人を操っている方が、ずっと無難だろ。だから女は常に周囲を踊らせていた。女と肉体関係を持った職場の同僚は――皆なかなか認めようとしないが――結構な数になりそうだぜ。もしかすると、男女問わず。そして女の周辺では小さな争いごとが絶えない。備品の紛失。陰口。出火騒ぎ……報道を仕事に選んだのも、奴の興味と関係がないとは思えないな。影響力の強い場所だ。特等席だろ。子規孝と柊木了平を誘惑したのも、感情的な欲求からの話じゃないぜ。人間を制御したかった、ってだけさ。結局、子規孝と柊木了平が用意したのは女のための舞台だ。用意させるのも簡単だったろうよ。何も持っちゃいないくせに、自惚れだけは化けものみたいな奴等だ。で、自分達が用意した舞台の上から吊るされた、ってわけだ」

全て本当の話とは限らない。クロハは自分へそういい聞かせる。少なくとも、サイは自らに不都合な部分は、隠しているはずだった。それでも全部が嘘だとは、とても思えなかった。

各々《おのおの》の事案の実際とも、クロハの推測とも、矛盾する言葉は一つも存在しない。

これほどの情報を調べ上げるのには、一人の興信所員を雇うだけではとても足りないはずだった。人員を増やせば、莫大な金額が必要になる。支払ったのは閃光舎。それが何を意味するのか、けれどサイが口を割るとも思えなかった。

もう一つの疑問は、鼎計のことだ。十数年間こらえていたはずの衝動を今になって発露させたのは、何故なのだろう。これまでただひたすら抑え続けていた力が綻《ほころ》びたのか、あるいは欲望が噴出する契機となるものがあったのか――

楽しむようにこちらを見詰めるサイの表情に気がついた。

「……鼎計には、今も別の共犯者がいるはずだわ」

サイの持つ情報に、頼り切りになろうとしている自分を意識しながら、

「護送車襲撃を、助けた人間達がいる」

「その辺りは、また複雑でね」

関わりを仄《ほの》めかしているようにも聞こえた。

サイの駆け引き、口先の言葉に乗せられないようクロハは心掛け、

「あなたは閃光舎からの依頼で鼎計を追っている。命を狙っている。私は鼎計を逃がし、あなたを捕らえた」

冷笑を無視して、

「それが間違いだと、あなたはいう。あなたは何処で正解に辿り着いたの……鼎計という一人の女性を標的と定めた、その理由は？　最初から鼎計を追うように依頼されていたのなら、興信所を使って履歴を調べる必要もないはずよ」

「銃だ」

サイは短くいう。

「先ず最初は匂いだ。捜せ、と依頼された対象は想像の中でさえ、俺と同じ匂いがしたものだ。それも、まだ初々《ういうい》しい匂いだ。力ってものの意味をようやく理解し始めた。その程度の奴だった。暴力が珍しくて仕方がない。だから次には暴力の種類を増やし、試そうとする。暴力の単純な形は、武器だ。そうなれば、拳銃ってのは見逃せない。俺はすぐに飽きたがね……何しろ、ばしんと鳴って、それで終わりだ。手に入れようとするなら、方法は三つしかない。買うか、造るか、奪うか。環境がなけりゃ造るのは端《はな》から不可能だし、警官を殺して

奪うのは簡単だとしても、逃げ果《おお》すとなると、これも難しい。入手方法が一つに絞られるなら、こっちも網を張ることができる。拳銃売買の流れに網を張ればいい。現地で試し撃ちまで済ませた最高品質の銃が持ち込まれると聞けば、注目せずにはいられない。だろ？　その流れの行く末に、組織の人間でもない奇妙な購入者が一人、ってこと」

回転式拳銃。・三五七マグナム弾。高級中古車に隠された密輸拳銃の、最後の一つ。組織に属さない人間の手に渡ったために、入手経路に混乱が生じ、暴対課は見付け出すことができなかった。

「やるよ。手柄にすればいい」

気付いた時には、拳銃はすでにパーカ・コートから抜き出されていて、

「もう価値もない。弾がないからな。重さがある分、投げれば武器にもなるがね」

銀色の塊は放物線を描いてコンクリートに接し、跳ね返り、心にも響く金属音とともに身構えるクロハの足元まで転がった。

クロハはハンドタオルを取り出した。落ち着いていることを誇示するために、殊更《ことさら》ゆっくりとした動作で拳銃をタオルに包んで拾い上げ、バッグの底に、静かに仕舞った。銃口を覗くまでもなく、手に持った瞬間に本物であることは分かった。三人の警察官と子規孝を殺害した凶器。拳銃の重みで一方の肩だけが下がりそうになる。男が一瞬でも武器を手にしたことに、クロハは動揺していた。

さらに驚いたのは、サイが身じろぎし、立ち上がろうとしたからだった。

「動いていい、とはいっていない」

腕を伸ばし、自動拳銃を構え直すが、

「もう充分に貢献しただろうが……」

完全に立ち上がると、その巨体は脅威以外の何物でもないように思え、

「とはいえ、お前には、ここからが肝心だ。俺はこれから、ある提案をする」

再び壁にもたれ、

「お前がそれを呑み込む」

「動かないで」

「時間を無駄にしたくないんだがな」

溜め息をつき、

「今まで長々と情報を提供してやったのは、何のためだと思っている？　お前の出世を助けるためじゃないぜ。取引だっていったろ。俺の首の代わりに、女を差し出したんだ」

「そんな取引には、乗れないわ」

「お前に選択の権利があるとでも思っているのか？　自慢気に持ったままのそれも」

クロハの持つ自動拳銃を顎で指し示し、

「撃つ気がないなら、ただの錘《おもり》さ。つまり俺達は話し合うしかない。今後の動きについて、な」

「これから、どうするつもり……」

間の抜けた質問。狼狽えていることは、とっくに悟られているだろう。

けれどサイは笑みを消した。こめかみには静脈の形が浮かび上がり、

「女を捜しにいく」

「……鼎計の逃亡先を知っているの」

「知っている、といったらどうする」

「証言してもらうわ。警察本部で。そして、鼎計の場所へ向かうのは警察官だけよ」

「お前に渡してもいい、といってるんだ。畜生」

排水溝へ唾を吐き、

「お前は……さっきから誰かに似ているとは思っていたけどな……人を鈍間みたいに扱いやがって。首も痛えしな……」

サイの眼球からは、急に理性の艶が失われたように見え、

「もう少しで女の気道を潰し、頭から地面へ叩きつけてやったものを。その邪魔をした手前に渡してやる、って話をしてんだぜ。何が気に入らないんだ……全部に一々、反対してみせるつもりかい。あいつと一緒かい……」

また何かを体内で抑え込んだのかもしれず、

「提案とはな、こうだ。お前を女の元へ連れていってやる。奴に近付きたければ、俺の車に

乗れ。興味がないなら、俺の前から黙って消えるんだな」

「……本部で証言してもらう、といったはずよ」

「それができないことくらい、分かっていそうなものだがな……あくまでいい張るつもりなら、俺の方から立ち去ってやる。背中を撃つか？　やれるものなら、やってみるがいい」

クロハが言葉をなくしていると、

「お前が車に乗る理由は、他にもある。実のところ、女の正確な居所を今、知る人間はいない。俺が取調室に案内されてその気になったとしても、吐き出せる情報はない。情報を知るのはこれからだ。女はお前とここで会い、警察に追われる側に回ったことを自覚した。で、どうするか。お前には分からないだろうよ……分かったところで、女の居所はつかめない。情報網を持たないお前には。俺には女が何を目指して移動しているのか、手に取るように分かる。方向性、ってものを理解しているんだ。先ずは方向性だけを頼りに、車を走らせる。そうしている内に、詳しい位置情報も届くだろうよ」

クロハは注意深く、

「この取引で、あなたは何を得るの……」

「全てから解放される。閃光舎からも、あの女からも、な」

「鼎計と引き換えに、あなたを逃がすわけにはいかない」

「そいつは警察側の都合さ。俺には俺の考え方ってものがある。よく頭を働かせてみな……

あんたが今、首を縦に振らなければ、俺と女を一度に逃がすことになるんだぜ」

「罠ではない、と保証できる？」

無意味な質問だった。罠であることを、サイが認めるはずはないのだから。

「お前の用心次第」

顎を引いて三白眼《さんぱくがん》となり、声は益々こもって、

「だろ？」

吐息が、何度もクロハの眼前で白く染まる。サイの台詞を思い出していた。

選択の権利があるとでも思っているのか……

クロハは自動拳銃を脇の下のホルスターへは戻さなかった。コートのポケットへ、拳銃をつかんだままの片手を差し入れた。少しだけ後ろに下がり、サイのために道を空ける。

「鼎計のところへ案内してもらうわ」

満足そうに細められた両目を強く見返し、

「その後にどうするか……逃走するなら、追われることになる。刑をほんの少しでも軽くしたいなら、大人しく出頭することね。あなた自身が決めればいい」

「あんたにも、大人しくしてもらいたいね。少なくとも、あの女の居所に着くまでは」

コンクリートの斜面を登り始めた。急ぐ風もなく歩くが、すぐに鉄鎖まで辿り着き、軽く跨《また》いだ。たったそれだけの動きの中にも桁違いの身体能力が含まれているように思え、クロ

ハは身が竦みそうになる。

少し距離を置いた場所にサイが立っていて、

「お互いの信頼関係のためにな」

そういい足した。クロハは頷いたが、頭では別のことを考えていた。サイを確保する方法を。県警本部とどう連絡を取り、連携して男を確保するかを。

サイのひと言は明らかに、連絡をさせないための牽制《けんせい》だったが、素直に従うわけにはいかなかった。サイの四輪駆動車に同乗するとなれば、確実な保険となり得るものが必要だった。先手を打つ必要がある。

クロハが頷いたのを確認すると無言で後頭部へ手を遣り、深緑色のフードをつかんで頭部を覆った。何の合図もなく、サイは歩き出した。

＋

サイは大股で歩き、振り向かなかった。クロハなどのことは忘れてしまったように。クロハはその背中からおよそ二メートルの距離を取り、追いかけた。時折駆け足にならなければついていけなかった。

やって来た道のりとは、別の方角へ進んだ。舗装の崩れた、砂に覆われたアスファルトばかりをクロハは踏んだ。高層建築の陰に入り、ひび割れた路面に躓《つま》き、人気のない、枯れた蔦に覆われる崩れかかった木造建築の前を歩いた。すぐに方向感覚を失った。サイは何度も細かく道を折れた。その度にクロハは待ち伏せを恐れ、慎重に角を曲がることになり、少しずつ精神力を削られてゆくように思え、それこそがサイの目的ではないか、とも思えた。鼎計の元へ案内する気など最初からなく、私が疲れ、油断するのを待っている……

緊張感は、変わらず持続していた。その理由はコートのポケットの中にあり、両手の内にある。クロハの右手は自動拳銃の重さを意識していた。人差指は引き金に触れていた。安全装置《セイフティ》は掛けていなかった。

クロハは歩きながら、もう一方のポケットの切れ目を何度も覗き、左手が握り締める携帯電話の操作を完了させようと焦っていた。液晶画面が光っている。送受信可能な位置にいることを、アイコンが教えていた。文字を打つ余裕はなかった。男の風貌を写した一枚の画像を特別捜査本部庶務班と暴力団対策課員であるカガへ送ろうとするが、小さな機械に集中する余り足取りを大きく乱してしまえば、サイも後ろを見るかもしれず、一時も気を緩めることができない。

二ヶ所への送信を終えたクロハは安堵の余り、立ち止まりそうになった。少しだけ歩調を緩めた時、クロハは今まで意識しなかったもの音を聞いた。

静まり返っているとばかり思っていた街の中に、歩調の速い足音が、遠くの通り雨のように小さく響いている。サイの歩行の反響かとも思ったが、歩幅が違っていた。

新たな足音は、一人分ではなかった。クロハは足を止めることなく、周囲を見渡した。隘路が建物の隙間から窺え、そこを細身の人影が二人続けて横切った。クロハはぞっとする。横切った瞬間に分かったのは、二人とも顔の下半分を立体型のサージカル・マスクで覆っていたことと、外気に晒したそれぞれの両目が、完全にこちらを捉えていたことだった。もう少しで、クロハはサイの間合いに踏み込むところだった。サイは立ち止まっていた。クロハの方を見てはいなかった。

「リュウ。ササキ」

空中へ声をかけると、マスク姿の男二人が集合住宅一階の通路の暗がりに現れた。数戸分の距離を隔て、静かにクロハを観察していた。揃いの黒い革ジャケットを着込み、肩や肘の辺りが膨らんでいて、そこには防具《プロテクタ》が内蔵されているようで、一人の肩口は熱で溶けたらしく、その辺りだけが平らに硬質化し光っていた。もう一人が穿《は》くデニムは膝の部分が破れ、少なくない量の血液が流れ出た痕があり、黒く太い線が裾まで続いている。

二人は背丈も一重の若い目元もよく似ていて、まるで双子のように見えた。それに。

――交通事故に遭ったよう。

遭ったのではなく、起こしたのだ。そう考え直したクロハは、混乱せずにはいられなかった。サイの支援者である彼等が、どうして護送車への銃撃を、鼎計を助けたのか。

砂埃を踏む足音がまた別の方向から、背後から聞こえた。それも、一人ではなかった。囲まれている、という事実をクロハは悟る。微かな騒《ざわ》めきに囲まれていた。身じろぎが発する衣擦れの音。囁《ささや》き合う話し声。苛立つ爪先が、細かな砂を踏み躙《にじ》る音。クロハの周りを漂っている。

自動拳銃を握る手を、コートからゆっくりと抜き出した。

「ここはもういい」

サイが細身の二人へ声を投げた。するとその瞬間に、周囲の騒めきがやんだ。

「女を追う連中はそのままにして、他の全員で残りの金を貰いにいけ」

「ウスイさんが……」

一人が初めて声を発した。

少年のような、荒々しさのない不安そうな声色で。発音が微妙に狂っている。

「ウスイなんぞ」

吐き捨てるようにサイがいい、

「お前等の段取りは、最初から決まっているんだ。もう全部終わったろう。奴に文句をいわせるな。受け取ったらすぐに送金して、そのまま帰るがいい」

集合住宅通路の暗がりに、人影が集まろうとしていた。六人まで増え、落ち着かな気《げ》にマスクを装着した顔を見合わせ、小声で話し合う。微かに聞こえてくるのは外国の言葉。

「早くいけ」

サイは低い声に凄みを利かせ、

「急げ。お前等だって安全じゃない。稼いだものを持って帰りたけりゃあ、今すぐに動きな」

一番クロハに近い一人が、集団を代表するように頷いた。クロハを見詰めていた。何か、クロハには分からない異国の言葉で短くいった。サイが同じ調子で返答すると、男達は静かにクロハの視界から消えた。

戸惑わずにいられなかった。突然囲まれたことにも。その事態が簡単に消滅したことにも。場違いな世界に足を踏み入れている、という感触があった。自分の命がサイの一存にかかっている、という現実を認めるのは恐ろしかった。何故その特権を今ここで行使しなかったのか、不思議でもあった。死角の多い空間の中、六人もの配下がいれば女性警官の一人など簡単に袋叩きにできたはず。

気持ちを鋭利に研ぎ澄ます必要がある。

恐怖心を吹き払うつもりで、再び動き出そうとするサイへ、

「彼は今、何ていったの……」

ようやくクロハのことを思い出したように顧みる男へ、

「私に、何かいったわ」

「お前のことが奇麗だ、っていったのさ」

奇妙なのはサイの表情だった。

ひどく深刻な、悲し気にも見える目付きをクロハから逸らし、そしてまた歩みを開始させた。

＋

砂利を敷いただけの駐車場に着くまでに、三人の通行人と擦れ違った。

一人は中年の猫背の女性で、二人は老人だった。サイの車に乗ることに同意していながら逃げ出す機会ばかりをクロハは考えていた。泥の粒を多く付着させた貨物自動車の隣、銀色の四輪駆動車の運転席へ、サイが乗り込んだ。金属の扉が重量感を持って閉じる音が不吉に聞こえ、クロハの体内の恐怖がいっそう膨らんだ。

「何処へでも、好きな席に乗れ」

コートのフードをはね上げると、硝子越しにこちらを見下ろし、

「すぐに出るぞ」

運転席の斜め後方の席へ座ることに、クロハは決めた。バッグを肩から外し、シートベルトには触れなかった。サイが装着しなかったからだ。拳銃を握る右手は、膝の上に置いた。ルーム・ミラーの中でも、サイは目を合わせようとしなかった。

何かを思い詰めるように、しばらくステアリングを凝視していた。

景色が交通量の多い通りへ変わることで、視界が広がった。ようやく自分の位置を把握することができ、クロハは闇が晴れるような気分を味わった。記憶にある風景よりも白く、霞んで見えた。雪の匂い、透明な氷の匂いがしたようだった。

予想と違っていたのは、サイが四輪駆動車の運転に、少しも無理な動きを加えないことだった。加速も減速も充分に滑らかで、周囲に圧力を与える素振りもなく、道を曲がる時には車体の軌跡は常にきれいな円弧を描いていることだろう。最小限の、無駄な動作のない運転姿勢と車内の静けさが、クロハを不安にさせる。何かの前兆のようだった。県警本部へ詳細な報告を入れる隙を見付けようとするが、携帯電話を取り出すことさえできずにいた。

車は国道へ進入した。海のある方角へ。

「色々と、思いついた質問もあるんじゃないのか」

サイが唐突に口を開いた。驚きを顔に表さないよう、クロハは努める。むしろ好都合な問いかけであることに気付いた。まだ解決していない疑問も、新たに発生した疑問も胸の内で黒々とした靄《もや》となり、鈍く渦巻いていた。

「質問したら、答えてくれる……」

「気分がいいからな」

そういうサイの顔色は、むしろ血の気を失っているようにも見えたが、

「外国人へ、あなたは何か返事をした。外国語で」

六人の外国人達が暗がりに佇む姿は、もう朧気にしか思い出せず、

「何ていったの」

質問そのものが聞こえなかったように、サイは答えなかった。

禍々《まがまが》しく飛膜を広げる蝙蝠《こうもり》にも似た、抽象的な黒い刺青の描かれた襟首を、頭蓋骨と頸椎が接続される辺りをクロハは見遣り、

「たぶん、彼等は鼎計の護送車襲撃を支援した。付近で交通事故を起こすことによって」

確信を持っていい、

「でも、あなたは鼎計を殺そうとした。それなら、この移動は一体何？　仲間割れの結末に私は何か利用されている、ということ？」

「一時的な関係でしかない」

サイが身じろぎすると襟足の蝙蝠が歪み、

「リュウやササキも、仲間とはいえないな。何しろ、始終顔触れは入れ替わるものでね……」

「本名なの、彼等の名前は」

「まさかな。みんな偽名さ。お互いに、最後まで知ることはない」

「あなたの名前は……」

「偽名。当然。あいつが……俺の母親がつき合った男の中から気に入った名前を選んで、それを名乗っている」

刺青の意匠は背中まで繋がっているらしく、

「俺は奴等の母国語を喋ることができる。片言だがね。だから、それが俺の仕事になった。例えば閃光舎と奴等の間に入るわけだ。あるいは俺の仕事を、奴等に手伝わせる」

「鼎計とあなたの関係は」

「あの女との関係だけに絞れば、出会いは部屋の中さ」

ステアリングをサイが切ると、蝙蝠は再び飛膜を捩った。

「俺が柊木了平の部屋に入った時には、すでに野郎は泡を吹いてたぜ。鍵は閉まっていたよ。古い錠でな、器具で簡単に開いた」

突然のサイの供述に、クロハは息を呑んだ。

「野郎は両手を床に突いた格好で、震えていた。俺が部屋にいることにも気付かない。しばらく眺めていたがね、その内面倒に思えてきた。結末は決まっているようなものだからな。頭をつかんで、床へ叩きつけてやったよ。力が抜けていたから、ことは簡単に済んだ。顔を守るために反射的に動くはずの両手が、だらりとしたままなんだ……そこに、あの女が現れた。眠剤《ミンザイ》の影響を確かめに戻って来たのさ」

小さく鼻を鳴らし、

「奴はその時、拳銃を持っていやがった。だから、話し合いになった。俺は奴に近付けないし、俺を部屋の中で殺しては、奴の作ろうとしていた辻褄も一気に崩れちまう。俺はｅｃｈｏ全員の命が欲しいところだったが、妥協することにした。一人分減らせば、共犯者二人を狙うあの女と方向性を揃えることができる。子規孝を奴が殺《や》るのであれば、手間が省けるというものだ。だから、協力した。むろん、奴との約束など、単なるその場しのぎにすぎない。女もそれは分かっている。銃弾を撃ち尽くせば、当然関係は初期化される。刃物を手に、俺を路地へと誘い込んだ。俺さえ殺せば、終わると考えたんだろう。実際、そうなればリュウ達も散り散りになるはずだから、発想は間違っちゃいない。その後でお前と出会えれば、なお都合がいい……が、机上の計算だよ。俺を折畳みの小さな刃物で仕留めようと考えたのがそもそもの間違いだ」

「公園に自動拳銃を置いたのも……」

「奴等にやらせた。奴等の動きは速いからな……こういう時にこそ、役立つ連中だ。全く単純な手だったが……混乱している時には、誰もが単純な解決を望むものだ」

クロハの胃の奥に沈んでいた恐怖心が、痛みを伴うほど大きく膨れ上がった。

サイの証言には、刑事責任を問われた場合、自分自身を不利にする箇所が多く含まれている。何故告白する気になったのか。信頼関係からの供述、とは思えなかった。

サイに、私を生かしておく意思はない。

不可解なのは、何故その時機を引き延ばし続けているのか、ということだ。

サイの両目が、ルーム・ミラーの中で忙しなく動き始めた。クロハを見てはいなかった。何かを気にする様子が、クロハを緊張させた。サイは後ろを警戒している。

「この車は頑丈だがな」

クロハへいったらしく、

「それでも、頭は下げておけよ」

車内の重力が突然大きく変化し、クロハは助手席の背もたれに叩きつけられた。次の瞬間には空間が激しく揺れ、一瞬、クロハの体が宙に浮いた。車体の軋む音が甲高《かんだか》く、獣の咆哮《ほうこう》のように鳴り、リア・ウィンドウの硝子片がクロハへ降りかかった。短い悲鳴。自分自身の悲鳴だった。

空気の揺らぎが収まる頃、ようやくクロハは、サイが突然ブレーキ・ペダルを踏み込んだ、という事実に思い至った。頭を抱えて起き上がる時には、呻き声が自然と唇の隙間から漏れた。車体の後方を顧みて、サイの危険な行為が、完全に計算されたものであることを知った。

フロント・グラスを粉砕され、白いエア・バッグに内部を占領されたクーペ・フォルムの黒い車体が、クロハの目の前で停止していた。

サイが運転席の扉を開け、車外へ出た。

すぐに追いかけようとするが、体がうまく動かなかった。助手席内部のフレームで頭を打ったことを思い起こした。こめかみに片手を当てると濡れていた。手のひらが血で染まった。自動拳銃が自分の右手に今も握られているのを確認して、クロハは動き出す。ドア・ロックを解いた瞬間、その小さな振動で後部扉の窓硝子が細かく砕け、崩れ落ちた。アスファルトの上に立つと、足元がふらついた。

クーペからも背広姿の男達が降りるところだった。四人現れ、全員が呆然とした顔で棒立ちになった。無傷といえる者はいなかった。ある者は頰を切り、ある者は唸り続け、ある者は腕を押さえていた。その中にウスイの顔があった。わずかにクロハの思考が晴れた。

国道は騒然としていた。

歩道に人が集まり始め、停車して様子を見ようとする後続車と車線を変更して追い越しを試みる車両が、徐行して事態を窺いつつ通り過ぎる反対車線の交通と合わさり、混沌《こんとん》とした状況を作り出していた。サイが、片腕を押さえ苦し気に姿勢を傾げるウスイへと歩み寄った。

「会長に伝えておけ。何も心配はない、とな」

立ち塞がるように傲然と見下ろし、

「あの女は俺が殺す。契約通りに。それで、お前等と関わるのも終わりだ」

「誰に向かって喋っている……」

思い出したように怒りを露にするウスイへ、サイがさらに近寄る素振りを見せると、頰から血を流す男が、その間に割り込んだ。

次の瞬間には、サイが男の上着の襟をつかんでいた。男は抵抗する間もなく無造作に振り回され、反対車線へと放り出された。急制動の音が聞こえたのと、男が軽自動車のフロント・グラスに叩きつけられたのは、ほとんど同時だった。

急停車した軽自動車の前に男が転がり落ち、意味の分からない言葉を喚き、両手で頭を抱え地面にうずくまった。ひどく肩を震わせる男の首筋辺りから路面へ、血液が大量に滴り落ちるのが見えた。正面の硝子を失った軽自動車の中に、自失する若い男性の姿があった。路上の全てを凍らせるような悲鳴が何処かで起こり、クロハの鼓膜に突き刺さった。

景色は白く霞んでいた。サイの吐く息はまるで炎のように、クロハには見えた。

上着をつかまれ、引き寄せられたウスイの両足が浮き上がり、目を剥いた顔面は蒼白となるが、

「……ササキはすぐに口を割った。お前に逃げ場があると思うか」

震える声で、ウスイはそれでも罵り続け、

「会長を怒らせているんだぞ」

「俺以外に、あの爺《じじい》の要求を実行できる奴がいるのか、ああ？　お前等はどうせ、自分の手を汚さないんだろう」

サイはせせら笑い、

「女を殺せば爺は満足する。何が不満だ？　この際、詰まらねえ面子《メンツ》は捨てるんだな」

「屑拾いの餓鬼が」

声の震えは、怒りのためでもあるらしく、

「自分が誰の子かも分からねえ餓鬼が」

高く、ウスイは吊り上げられた。クロハは自分が動かなければいけないことを思い出す。けれど、止める前にウスイはクーペの歪んだボンネットへと、叩き落とされた。動くことができなかったのは、ウスイの部下も同様だった。脅えているのを隠そうともせず、逃げ出す気配さえ見せていた。痛みの余り、声にならない唸りを漏らすウスイのことはもう忘れた風に、サイは踵《きびす》を返した。

唐突に、クロハはサイが今何を目指しているのか、理解できたような気がした。

心の中の、たぶん本能的な部分が金切り声を上げ、クロハへ警告を発していた。クロハは後退《あとずさ》り、四輪駆動車の陰へ回った。コートに片手を差し入れ、携帯電話を探す。あり得ないほど時間がかかったように思え、手に持った時には、ボンネット越しにサイが立っていた。

「いくぞ。車に乗れ」

クロハはその場を動かなかった。燠火《おきび》のような光を微かに点す暗い瞳を見返したまま、視野の隅で特別捜査本部庶務班の番号を探す。

「どうした……」

不機嫌な声を発したサイへ、

「車には乗れない」

庶務班の番号が表示された液晶画面を一瞥し、クロハは通話ボタンを押した。もう片方の手は腰の位置にあり、衆目の中であってもすぐに発射できるよう銃口をサイの肩口へ向け、

「あなたは自分の身を滅ぼそうとしている。一直線に堕ちようとしている」

呼び出し音。

目前の、クロハを見下す男の表情が変わった。

自らの存在そのものを希薄にするような、乾いた表情だった。

「俺が奴に何ていったか、教えてやる」

サイが両瞼を閉じた。

呼び出し音。

「リュウへいった言葉だ」

柊木了平を殺し、鼎計を今も殺そうとする男がここに。

ひと言でいい。被疑者がここにいる、と特捜本部へ伝えることさえできれば――

「俺の女だ、っていったのさ。何処までもつき合ってもらうぞ」

呼び出し音が途切れた。そう思った時、風圧を感じた。四輪駆動車の車体をサイが一気に乗り越える姿が視界に映った。携帯を捨て拳銃を構えようとしたが、間に合わなかった。

強い衝撃があり、殴られたことを知るのと同時に、クロハの意識は光の射さない孤独な場所へと降りていった。

七

こめかみに脈拍を感じた。

拍動は眼球の奥の頭痛と連動していた。ゆっくりとクロハは瞼を開ける。クロハへと落ちてくる、幾つもの、ぼんやりとしたものがあった。

空が広がっていた。濃淡のない、灰色の空だった。フロント・グラスのフレームが空を四角く区切り、その隅には白い雪が積もり始めていた。フロント・グラスは破損を免れたのだ、とそんなことを考えた。クロハは大きく息を吸った。生きている、ということを夢を見るように感じていた。

視野の下方は運河が占めていた。そのずっと奥に高層建築が並ぶ景色が窺えるが、降雪に遮られ、真っ白な空気の中、灰色の影としか認識できなかった。

郊外にいるのではない、ということでもあった。

クロハは埋立て地の中にいた。埋立て地で、四輪駆動車の運転席に座らされていた。

何処かの駐車場のように見えた。海と敷地とを隔てる鉄柵が一〇メートルほど先にあり、ぼろぼろに腐食し、その根元には枯葉とビニル袋がまとわりついている。

以前に放棄され、閉鎖された場所。

車内は寒かった。コートを着ているのが信じられないくらい、全身は冷えきっていた。左腕の手首に、何かが食い込んだ。驚くほど硬い感触があった。見ると、漆黒の手錠が手のひらの付け根と腕時計の間にはめられ、ステアリングとクロハとを繫いでいた。

上唇の先から微かな湿り気が、苦味が口中に伝わったような気がした。シフト・レバーの傍にはホルダに留められた小さな無糖の缶珈琲があり、唇を人差指で拭うと、同じ匂いが鼻腔に広がった。クロハはアクセル・ペダルのある辺りへ向け、苦味とともに唾を吐き出した。

助手席には、巨大な気配があった。

「お前を手に入れるのは、難しい」

サイは少し倒した座席にもたれ、両手を腹の上に組み、空を見上げていた。重ねた両手のひらの下にはクロハが所持していたはずの、自動拳銃。

「お前の魂にはどうしても手が届かない。それくらいは俺にも分かる。だがどうしても、欲しいんだ。お前の魂なら、俺を潤すこともできるだろう」

白い空だけを見詰め、

「無理に手に入れようとするなら、殺すしかない。問題は殺し方だよな……首を絞めて殺した体は、きれいじゃないんだ。あいつはきれいには、死ななかったよ。真っ赤な目を見開いていた。唇の間からは紫色の舌が出て……」

息苦しそうに顔を歪め、

「これが見えるか」

そういってサイは顔を背《そむ》けた。首筋の筋肉と刺青が生きもののようにうねり、その中の一点、小さくへこんだ箇所を、指差した。

「ここはドライバで刺されたんだ。あいつに」

首を庇うように姿勢を戻すと、

「俺を罵り続けた母親だった。壁や家具。麦酒瓶。部屋の中にある硬いものであれば、何でもいい。叩きつけられた回数も、殴られた回数も覚えちゃいない。あいつがアルコールを口に含み始めた時が、恐怖の瞬間さ……だから今でも首が痛む。俺とのコミュニケーションは全てが暴力だった。あいつの笑顔は何時も、部屋に連れ込む男達へ向けられていた。一度だけ、あいつが泣いているところを見た。男に殴られ、捨てられた時だ。それから、俺を抱きしめた。強く強く」

重た気な息を長く吐き出した。

「そしてまた何時もの生活に戻り、あいつは手の届かない存在になった。自分の腕力に気付いたのは十代に入ってからだが、殺すのを決めたのは、もっとずっと前だ……殺した時に、俺も死ぬべきだった。それで、完璧だったのにな。いや、それ以前に、俺は生まれるべきではなかったんだろう」
長い間を空けてから、
「首を絞めている最中もあいつは暴れていた。獣みたいに暴れ、木造の古い建物だったから
もの音は辺りに響き渡って、誰かが警察を呼んだ。全て終わったものと思っていたが、俺の
体には火傷痕と打撲の痣が幾らでもあったから……初等少年院に半年。それだけだった。俺
は全てを終わらせたかったのにな」
サイが顔を向けた。クロハを見遣ったのではなかった。
「笑い声が聞こえなかったか……」
窓外を漠然と眺め、
「自尊心の話をしよう。俺には自尊心があり、だからこそあの女を、鼎計を生かしておくわ
けにはいかなくてね……あの女のせいで、俺の血が流れたわけだからな」
焦点を失った瞳が落ち窪んだ眼窩の中にあり、
「そしてあの女も、俺と同じ大きさの自尊心を持っている。だから、ここにいる。女は今、
終局を意識している。そういう時は、どうすると思う……」
問いかけているようではなく、
「殺したい奴を殺すのさ。今殺さなければ、次の機会はない。あの女は獲物だったはずの男
を一人、逃がしている」

「……ヤクノ」

思い至ったクロハが口を開くと、顎の片側に鈍い痛みが走った。指先で触れるとまた痛み、出血が皮下で硬化しつつあることが分かる。サイはゆっくりと頷き、

「ヤクノは、以前にあの女の取材を受けている。苛立ち、女の頬を張った」

暗い瞳が、亡霊のような女の姿を映した。クロハの姿だった。

「女がヤクノを許すはずがない。女の位置を知りたければ、ヤクノの居所を探せばいい。難しい話でもないだろ……お前がもう少し俺達側に立って情報を集めることができたら、単独でも、ここへ辿り着いただろうに」

サイが身を起こす。自動拳銃の銃身をデニムと下腹部の隙間に差し込み、

「とはいえ、俺からすれば悪くない話だ。お前と話し合う時間ができたんだからな。この仕事を選んだのは、俺に他の生き方ができないからだ。興奮するのさ……衝動を満たした瞬間の感覚。どんなことをしても、たぶんお前には味わえない。だが、俺がお前を殺すのは、それとは全然意味合いが違う」

目前のグローブ・ボックスを開けた。

「違う、と信じている。俺はお前の死ぬ姿を見たいわけじゃない。血の一滴も見たくはない。魂が欲しいんだ。約束するさ……女を殺した後に、俺も間違いなく海へ入る。今度こそ手に入れる。今の水温なら、苦しまずに死ねるだろう。体も腐らないしな……」

畳まれたフェルト布に入った何かを取り出した。金属の触れ合う音。フェルトを開くと、銀色の工具が現れた。幾つもあり、その内の一つを、スクリュー・ギアのついたレンチをサイは取り上げた。残りを仕舞うと、クロハの方へ大きく腕を伸ばした。脅えたクロハは扉へ身を寄せて、サイの体を避けようとする。サイの指はクロハには触れず、ステアリングの傍へ向かい、レバーを引いた。

ボンネットの蓋がゆっくりと持ち上がる。

サイが助手席の扉を開けた。車内の空気の流れが強くなり、すぐにまた静かになった。硝子に手を当て、車外からクロハの顔を、今度はまともに凝視した。

「すぐに済む。待っていてくれ」

サイが四輪駆動車の正面へ回り込み、ボンネットの蓋に隠れた。

手錠を外さなくてはならない、ということは分かっていた。

サイが何を企んでいるにしても。手首を持ち上げた。

鉄製の重い手錠だった。警察官の持つアルミ合金製の貸与品よりもずっと重く、それだけに頑丈に感じられた。こめかみの拍動が続いている。クロハは手錠の形を指先でなぞった。鍵穴が一つ。シングル・ロック構造。可動腕に歯車の役割をさせたラチェット形式。警察で使用するものよりも、より簡素な機構。だからといって……

前面から、小さな振動が起こった。もう一度振動し、ボンネットの蓋が閉じられ、再びサイの上半身が出現した。クロハの視野の先まで歩き、腐食した鉄柵を蹴りつけた。広い範囲が不快な金属音とともに壊れて傾き、もう一度サイが蹴ると、運河へと落ちていった。四輪駆動車の微かな動きを、クロハは意識した。前方へと動き始めていた。

ようやく、サイが何をしたのかを理解する。

サイはボンネット内部のブレーキ・マスター・シリンダーから、四輪へ液圧を与えるパイプを引き抜いたのだ。パーキング・ブレーキとも一体になった車両の制動機構を、サイは完全に破壊していた。

駐車場の傾斜に、クロハは気がついた。ほんのわずかな傾斜が、四輪駆動車に重力を加え、前方へと押し出させている。

運転席側の窓外をサイが過《よぎ》った。足を止めることはなく、敷地内の建物を目指していた。壁面に細かな装飾を施した三階建ての白い建物は、その下方部分の全面を、ビニル製らしき質感の板で囲まれていた。建物の陰にサイは消えた。

四輪駆動車は緩慢に前進する。確実に、運河へと進んでいた。

盗難防止機構の働くステアリングは、少しも回転しなかった。

座席を完全に倒し、体全体を思い切り伸ばして、クロハは後部座席の床へ片腕を潜り込ませた。

指先がメッセンジャー・バッグに触れた。引き寄せ、力を込め放るように膝に乗せた。片手で中を探り、取り出したポーチを逆さにして、その中身を全て、ダッシュボードの上へ落とした。

洗顔ジェルと保湿クリームのチューブ。口紅とリップクリームの銀色の小さな筒がフロント・グラスへと転がる。プレストパウダーのケース。折り畳まれたブラシ。ヘアピンか、それに代わるものが見当たらない。ポーチを助手席へ投げ出し、コートの内の手帳を取り出した。クリップはなく、小型のボールペンはほんの先端しか、手錠の鍵穴に入らなかった。解錠道具となり得るものを求めて、灰色のメッセンジャー・バッグの底をつかんで逆さにし、振った。筆記用具とクリア・ファイルが周囲に散乱し、ハンドタオルに包まれた弾のない回転式拳銃がクロハの膝に落ちた。それで終わりだった。

少しずつ、車両の速度が増してゆく。

顔を上げると、ずっと先にあったはずの、コンクリートで白く補強された水際が予想以上に間近に見えた。恐ろしさの余り錯乱状態へ陥ろうとした時、手首の上で手錠と何かのぶつかり合う感触が、クロハを正気に引き戻した。金属的な、澄んだ音が聞こえたような気がした。

金具だった。腕時計の革ベルトを留めるための、金色のピン。

クロハは引きちぎるように腕時計を外した。手は震えていたが、鍵穴の深いところまで、金具を差し込むことはできた。難しい仕組みの錠ではない。理屈だけで考えるなら。

後は、手錠の歯車機構を逆回転させないための歯止めを、ピンで押し込むだけだ。

冷たい水面からの冷気を感じたような気がした。けれど、汗をかいていた。

小さな手応えを感じ、その一瞬、手錠の輪が広がった。眩暈《めまい》を覚えるほどの成果だった。

クロハは指先の触感に集中し、手錠内部の歯止めをもう一度捉えようと焦った。

また隙間が広がった。手のひらがもう少しで通り抜けそうになる。その時、腕時計の金具が折れた。小さな部品は足元の何処かへと落ちていった。

半分になったピンを、何の価値もなくなった金具部分を握り締めるクロハの手が、震えた。

意識するのは、軽くアクセル・ペダルを踏んだように、四輪駆動車が速度を上げたことだ。

恐慌を来《きた》したクロハは、思わず運転席の扉を開け、外へ出ようとし、鉄製の手錠がそれを荒々しく止めた。骨を砕くつもりで、手のひらを手錠から引き抜こうとする。親指の付け根の骨がどうしても邪魔をした。引き抜こうと何度も力を入れていると、皮膚が裂けた。

思考が霞《かす》み始めた。恐怖のせいだった。何時の間にか、瞼を閉じていた。

海中の冷たさが、すでに感じられるように思えた。

サイのいう通り、楽に死ぬことができるとすれば——

——アイ

クロハへと、幼子の顔が振り返った。

胸の鼓動が一度大きく鳴り、クロハは両瞼を開けた。

もう少しだ、ということを思い出した。加速の続く車内で、クロハはダッシュボードに転がるチューブを手に取った。蓋を捻《ね》じ開け、チューブを握り潰し、乳白色の保湿クリームを手錠の上へ絞り出す。手のひらと手首に塗り込んだ。

成分の植物性オイルを潤滑油として使えば。

香料の、薔薇《ばら》の匂いが車内に広がる。液体は血液と混ざり、斑《まだら》な桃色を作った。

タイヤから伝わる振動の種類が変化した。四輪駆動車が、岸壁へ差しかかろうとしていた。

クロハは手のひらをすぼめ、渾身の力で引いた。

親指の付け根が金属の下をもぐる感覚が強い痛みとともにあり、骨が軋み、手の甲が抜ける手応えが起こった。

クロハはアスファルトへと倒れかかった。肩口を強く地面に打ちつけ、呻き声を上げた。振り返る暇もなかった。巨大な質量がクロハの背後で傾き、コンクリート製の岸と金属が擦れ合う恐ろしい音が聞こえ、その気配が消えた。大きな水音はしなかった。

呼吸を整えながら、クロハは立ち上がった。痛む左手を押さえた。運河へと近付くと、硝子のない車体後部を少しだけ下にして、四輪駆動車はすでに水面の奥に姿を隠していた。幻のようになり、影のようになり、そして車体は見えなくなった。

コートの中に、携帯電話は存在しなかった。

サイが内部へ消えた白い建物をクロハは見遣った。営業を停止し封鎖されたレストランか何かなのだろう、石造りに似せた重量感のある建造物だった。壁面のあちこちに凝った植物的な装飾があり、穿《うが》たれた小窓の中からは、天使の彫像が姿を覗かせていた。

人が殺されようとしている、ということをクロハは意識する。

ヤクノが。鼎計が。まだ銃声らしき音は聞こえない……

雪の舞う中、クロハは駐車場を横切った。途中で、回転式拳銃を拾い上げた。クロハよりも先に、あるいは同時に車から転がり落ちたものらしい。落ちていたのは、拳銃と一本のボールペンだけだった。疲労で重くなった体を引き摺るように歩くうち、現実感が甦り、頭痛までもが帰ってきた。

高層住宅に囲まれていた。玩具のブロックで組み立てたような真新しい建造物ばかりが並び、見上げると、どの建物も窓の半数以上が空室の内部を晒していて、人影は歩道にも見当たらない。突風が吹き、火照《ほて》ったクロハの頬を冷やした。風の音だけが聞こえた。

歩道を越え、広い車道の中央線を踏んだ。遠くに一台だけ見える車両を確実に停めるためだった。警察手帳を上着の中で探った。記章と身分証票を顕示するために手帳を開き、両手を広げて立ち塞がり、女性の運転するセダンを停車させた。

側面から運転席の硝子を指の関節で叩くと、女性は脅えた表情でクロハを見上げた。助手席に座る幼い少女が、怪我してる、とクロハの顔を指差していった。

小さなぬいぐるみをぶら下げる携帯電話を、窓越しに受け取った。一一〇番経由で特別捜査本部へ繋いでもらい、電話を取った庶務班員へ名乗り、幹部と直接話がしたい旨を伝えるが、微かなノイズとともに返ってきたのは困惑を表す長い沈黙だった。

「ご存じないですか……」

ようやく聞こえた庶務班員の声は、記憶にあるものより疲労が色濃く、

「課長も管理官も特捜本部にはおりません。理事官とともに同じ車両で、新たな現場へ向かったところです」

新たな現場、とは何処を指したものだろうか。クロハは訝しみ、

「……どういうことでしょう」

「警察官が新たに一人、殺害された関係で……」

海からの風が高層住宅の間を吹き抜けて勢いを増し、音を立てた。

けれど聞き違えたはずはなく、

「何時のことですか」

「約一時間前になります。繁華街を巡回警邏中の地域課員が裏通りで信号待ちをしていたと

ころ、後ろから被疑者に刃物らしきもので刺され、失血死。被疑者は逃走。警察官の使用していた自転車を奪ってその場を去り、その後行方不明。鉄道駅近くで自転車が乗り捨てられているのを、すでに発見されています。目撃者によると、被疑者は二十代女性」

不調和なその印象に、クロハは眉を曇らせた。

携帯電話のスピーカからは、庶務班員が他の誰かと話をする様子が伝わり、

「前回そちらの報告にあった鼎計の件は、どうなりましたか」

唐突に出現したその名に、クロハは不吉なものを感じ、

「鼎計について、特捜本部は何か、把握したのですか」

「そうではなく……」

クロハが状況を全く把握していないことに、庶務班員は苛立ち始めたようで、

「そちらからの報告があったのち、参考として鼎計の容姿を写した写真を雑誌編集部から取り寄せたのですが……むしろ、今回の警察官襲撃被疑者の目撃証言と似ているのではないか、という意見が捜査員の一部から出ましてて。被疑者はマスクを装着していた、ということですが、小柄、髪型、ほくろの位置、といった身体的特徴は一致しています。何かそちらで新たに判明した事実があれば、と。あくまで可能性を考慮する、という広い意味においてですが。県警本部はもちろん、被疑者そのものの足跡を追うことを重要視しています。現在、最大規模の特別緊急配備が発令されているのは知っていますか」

「いえ……」

「充分に警戒した上で、被疑者の捜索に協力してください。襲撃後、被疑者女性は警察官から拳銃を奪い、逃走を続けています。県警本部では護送車襲撃の被疑者と同様、警察官を襲撃した被疑者の捜索と確保を最優先事案としています。先程の鼎計の話ですが……」

口腔に張りつく粘り気のある唾を、飲み込んだ。

何が起こっているのか、クロハは今、事態の全てを捉えていた。

「私も現在、拳銃を奪われた状態でいます」

言葉にした途端、現実感が押し寄せクロハの心を圧迫する。呼吸が苦しくなった。

無言となった庶務班員へ、

「よく聞いてください」

強く打つ心臓の鼓動を抑えるために、胸の上に手のひらを押しつけ、

「私は今、ある建物の傍にいます。ここは連続殺人の被害者であり、唯一の生き残りでもあるヤクノの溜り場となっている廃墟です。ヤクノは今この中にいて、鼎計も近くにいるものと思われます。特捜本部の追うｅｃｈｏとは、鼎計のことです。鼎計はヤクノの殺害を再び謀《はか》り、そして彼女自身も命を狙われています。鼎計を狙うのは犯罪組織に関係した者で、私から拳銃を奪った男です。数時間前に送信した映像に写っています。鼎計はヤクノを殺すためにも、男から身を守るためにも武器が必要になった、ということです。警察官を殺害した

のが鼎計である可能性は高いと思われます」

どれほどの信憑性がこの短い説明から感じられるものか、クロハは自分自身で疑いながら、

「繰り返しますが、ｅｃｈｏとは、鼎計のことです。鼎計が護送車襲撃に使用した回転式拳銃《リボルバー》は私が押収しています。現住所を伝えます。急ぎ警察官を派遣するよう、連絡を行ってください。武装した二人が建物内で、民間人を巻き添えに殺し合おうとしています」

「……拳銃二丁は本来、どちらも警察の所有物である、ということですか」

庶務班員は明らかに困惑しており、

「拳銃所持者二人の争いと、ヤクノへの危険が同時に進行している、と」

「その通りです」

「被疑者達に何等かの交渉の余地はありますか。何か、警察その他の外部へ向け要求がある、というようなことは」

「そのような要求は存在しません。鼎計も男も今は人を傷付けること以外、考えてはいないでしょう。急いでください。できるだけ早く大勢で包囲し、取り押さえる必要があります」

「了解しました」

庶務班員の態度はむしろ落ち着いたものとなって、

「刑事部長に連絡します。銃器対策部隊や特殊部隊《SAT》の出動も考えられますが……当面の判断は刑事部長が行うことになるはずです。通信指令室へ通報し、付近の地域課、機捜、自邏隊

の応援を要請します。応援が到着するまでの間」

静かに息を呑む気配があり、

「そちらである程度、被疑者達の動きを阻止することは可能でしょうか」

クロハは気がついた。庶務班員は、私の責任を問うている。

胸の苦しさが増し、答えるのを躊躇った。可能だとも不可能だとも答えられなかった。

細かな飾りに包まれた白色の建造物を見遣り、善処します、とだけ返答した。


閉じた携帯電話の表面に写り込んだ自分の顔を、クロハは見詰めていた。何度かそこに雪が降りかかって水滴に戻り、青ざめる顔立ちを溶かした。

同じことを、ずっと考えていた。問題は、特別緊急配備が県内全域に敷かれていることだった。通報から警察官の臨場までの平均時間は、約七分。現場の混乱により、それがどの程度長引くのか。建物を包囲できるほどの人員が揃うまでに、どれくらいの時間がかかるのか。

その前にたぶんヤクノは殺されるだろう。鼎計かサイか、いずれかが死ぬことになるだろう。

拳銃を奪われたのは、私なのだ。

ふと、視線を意識した。

セダンの運転席に座る女性が高級そうなストライプ・スーツを身に着けていることに、クロハは気がついた。奥からクロハをじっと見続ける少女も、リボン・コサージュのついたボレロとワンピースをモノトーンで合わせ、何かの行事に参加した後のようだった。母親も血の気を失っていた。少女は息を詰めたように口を結び、視線を外そうとしなかった。

少女の瞳を覗き見るクロハは、肩の力を抜いた。

他に選択はありえない、ということに思い至った。


——我は安寧の保護官なり。


「ご協力、ありがとうございました」

クロハは改めて礼をいい、携帯電話を母親の手へ戻した。クロハにとってはしばらくの間、無用の品となる。音が鳴れば深刻な危険に陥るだろう。こちらから報告をする余裕もないはずだった。

「不審な点があるようでしたら、県警本部の方へ連絡してください。後日であれば、事情を説明できると思います」

車両から一歩退き、

「今はこの場を離れるよう、お願いします」

母親は緊張の面持ちで、頷いた。

クロハは人差指を片目の下に当て微笑みを作り、幼い少女へ向け、涙を拭う仕草をした。

少女は素直に、閉じた瞼を両手のひらで擦った。
今にも零れ落ちそうだった涙が、柔らかそうな頬と小さな手のひらの間に、消えた。

＋

鉄製の門に針金で括《くく》りつけられた厚いビニル板は歪み、牆壁《しょうへき》の役割を果たしていなかった。ビニル板の隙間を擦り抜けると、緩やかな坂道となった石畳があり、建物の入り口へと流れていた。
硝子製の扉が木枠だけを残し、砕かれていた。枠を潜る時には、硝子片を踏む音が、内部の高い天井に響いた。料理店にしては、エントランスばかりが大きすぎるように思えた。広い空間の調度品は全て倒され、壊されていた。机。鏡。ランプ。脚の折られたソファ。枯れた観葉植物。天井から落とされたシャンデリア。あの高い場所からどうやって落下させたのだろう。壁という壁は、何度も重ねて吹きつけられたせいで言葉としての意味を失った、油性の落書きで埋め尽くされている。模様からすれば、元は壺か灰皿とおぼしき陶器の破片が集められ、そこだけが煤で黒く汚れていた。火を熾《おこ》した跡だろう。潰れた飲料水の缶と器型の発泡スチロールがあちこちに転がっている。歩を進めるごとに何かを踏み、足音が鳴った。それもすぐに風音に掻き消された。屋内にも風の流れがあり、たぶん窓という窓が砕かれている。何処からか時折水滴が落ちた。

立ち止まり、すぐに荒くなろうとする息遣いを、回転式拳銃を持った手の甲でクロハは押さえた。耳を澄ませても、付近に人の動きは感じられなかった。動けば必ず破片を踏み、足音が響くはずだった。クロハの傍には仕切りがあり、奥にエレベータの金属製の扉が見えた。近付くと扉の脇に、よく磨かれた大理石の質感が存在し、そこに各階の案内が丸みを帯びたフォントで箇条書きにされていた。一階にはクローク、着付室、来賓控室。二階に化粧室、フォト・スタジオ。三階には食堂と礼拝堂。料理店の建物ではなかった。

クロハは静かに振り返った。小さな軋みの音を聞いたように思った。

連続する。階段から。

優雅な曲線を描いて上階へと巻き上がる階段を、クロハは窺った。一人の女性が暗い踊り場に立つところだった。緊張で、危うく相手を見誤りそうになる。

クロハは銃を構えたまま、仕切りから出た。鼎計よりも身長が高い。ランダム・ウェーブのかかった髪の毛は盛り上がり、胸元に大きなボタンの並ぶ白い外套を着込んでいた。踵の高い靴でよろめきながら一階へと降りる途中、女性はクロハに目を留めた。びくりとして、その場で動かなくなった。すみません、といった。

クロハは拳銃を降ろした。階段の傍まで寄ると、外套の裾がひどく汚れているのが見て取れた。女性は泣いていて、そのせいで流れ落ちたアイラインが目尻に溜まり、つけ睫《まつげ》毛の片方が取れかかっている。女性は降りてこようとしなかった。すみません、ともう一度いった。

コートを手探りしたクロハが警察手帳を提示するが、女性は一瞥さえ送らなかった。床へ向けた回転式拳銃を凝視していた。

「ヤクノさんの友人……」

声を落として訊ねると、

「悪気はないんです。キヨヒコも」

女性はしゃくり上げ、

「たぶん悪気はないんです。前から。撃たないでください。私もキヨヒコもソウイチも悪気はないですから。本当に……」

クロハはできるだけ口調を和らげ、

「警察です。降りてきて」

啜り泣きながら、おぼつかない足付きで女性は段を踏んだ。クロハは手帳を仕舞い、手を伸ばして一階に降り立つ女性を支えた。撃たないでください、と小さな声でまたいった。

警察です、とクロハも繰り返し、

「上の階はどうなっていますか。鼎計は、何処に」

目の前の人間が不審者でないことを女性はやっと理解したらしく、何か怪訝な表情となり、

「警察……」

クロハは女性の肘をつかんで、仕切りの中へ、金属の扉の前へと誘導し、

「状況が知りたいの。協力して。あなたはヤクノさんとここへ来たのね？」

「キヨヒコとソウイチとで……ソウイチの車で」

女性は途切れ途切れにいい、

「他所《よそ》の敷地に停めた方が見付かり難《にく》いって、ソウイチがいうから」

「三人で来たのね」

「みんな、忙しいっていうから」

「状況を説明できますか。ヤクノさんとソウイチさんは上に？」

女性は全身を一度、大きく震わせて、

「ソウイチは何処にいったか分からなくて。キヨヒコは階段から落ちて、動けなくなっちゃって。私は怖くて。足首を挫《くじ》いちゃうし」

「順を追って話せる……」

クロハの言葉に、女性は叱られたように黙り込んだ。落ち着こうと努めているらしく、白い外套を両手で強く握り締めた。唾を飲み込み、

「助けてくれるの……」

「もちろん」

「ソウイチも……キヨヒコも」

「そのつもりよ」

「上で……みんなで飲んでたの。キヨヒコが退院したから。お祝い」

女性の声は幾らか聞き取りやすくなり、

「でもキヨヒコはずっと落ち着かなくて。あたしとソウイチで、学校の頃の話を振ってんのに、ああ、とか、そう、とかしかいわないの。ずっと俯いてた。なんか、怖い目に遭ったのを思い出してるみたいで。そうしたら、急にキヨヒコが顔を上げて、何か音がする、って」

咳き込んで、

「でも、本当に誰か来たらしいの。銃だ、っていってキヨヒコが逃げるから、あたしも追いかけたんだけど、外の階段をキヨヒコが転がり落ちて、唸って、動かなくなった。たぶん脚を怪我したと思うんだけど……その時、女の人の笑い声が聞こえた。だからあたし、姿は見てないんだけど、確かに誰かはいたの。それで、ベランダを伝って中に戻って、転んじゃうし……」

「背の高い男を見なかった……深緑色のパーカ・コートを着た」

女性は首を振ってから、二階を小さな仕草で指差し、

「でも、誰かが通った気がした。あたし、化粧室にさっきまで隠れていたんだけど、誰かが階段を上がっていったと思う。三階まで、ずっと。キヨヒコは動けないはずだし、ソウイチがどう逃げたのか分からないけど、あんなに落ち着いた感じで上の階へ戻るはずないし。ね

え、本当に助けてくれるの」

何かを強く叩くような、乾いた音がした。遠くからの音だったが、クロハの心臓まで届き、エントランスの天井に余韻を残すほどの威力があった。

首を竦めた女性がクロハの片腕をつかみ、天井を仰いで、

「誰か撃たれたのかな」

クロハは何度か浅い呼吸を繰り返し、自分の息遣いが乱れていないのを確認してから、

「……あなた、お名前は」

「サヤカ……」

「サヤカさん。このまま真っ直ぐ外へ出てください。あの扉から」

女性を引き寄せて、

「外で誰かに会ったら事情を話し、助けを求めてください。会わなければ住宅の扉を叩くか、建物の陰に隠れるか。いずれにせよ、もう少しすれば大勢の警察官がここへやって来る。彼等に是非、協力してください。状況をできるだけ詳細に、説明して」

震える被害者の肩を抱きながら――

クロハは一瞬、そんな場面を思い浮かべた。

サヤカの体を支え、外へ出たとしても、誰も私を非難しないだろう。

――でも、そうはいかない。

恐れを押し退《の》けるつもりで女性の背中に手のひらを当て、

「早く。歩いて」

緩やかな螺旋《らせん》状の階段に、クロハは足を乗せた。散乱した硝子片で滑らないよう気をつけながら踊り場に立った時には、扉の前で不安そうに振り返るサヤカと目が合った。

光に包まれるように、サヤカは外へ出ていった。


最上階のテラスには雪が舞っていた。

中央に、かつては美しかったはずの五角形の浅いプールがあり、今では汚水が薄く張り、青いタイルの半ばは投げ込まれたものによって砕かれ、病的な状態を晒していた。プールの反対側には茶色い屋根を載せた食堂が存在し、比較的平穏を保っているようにも見えたが内部は暗く、はっきりとは分からなかった。何かが燃える臭いがした。視線を送るとテラスの隅で椅子が積み重ねられ、その一部が炭へと変わりつつある。雪で火は消えたらしく、立ち昇るのは灰色の薄い煙。

全身で、クロハは状況を知ろうとする。何も見逃すまいと。

風景も、音も、匂いも。

立ち止まり、耳を澄ませた。

細かなノイズとして聞こえるのは、雪の結晶がテラスに接する音。

その先から、声がした。苦痛を堪える息遣いだった。

振り返ると、金属製の華奢な手すりが外へと下っていた。声はその奥から、下方から聞こえてくる。近寄ろうとしたクロハは、再び足を止めた。

外階段の下に、怪我をしたヤクノがいる。たぶん動けないほどの怪我を負い、呻き続けている。だからこそ生かされている、ということでもあった。何時でも仕留めることのできる標的。先に安全を確かめるべきなのは、ソウイチという名の人物の方だ。

クロハは植え込みを枯らせた花壇の陰に、身を潜めた。

問題は、あの銃声だった。一度だけの発砲。銃弾を放ったのが、鼎計であるのかサイであるのかが分からなかった。鼎計もサイも、相手の銃器の携行を知らない。鼎計が撃ったのだとすれば相手はサイか、ソウイチだろう。サイによる発砲であれば、標的は鼎計以外ありえない。クロハはサイがウスイへ放った言葉を思い出す。

――会長に伝えておけ。何も心配はない、とな。あの女は俺が殺す。契約通りに。

――女を殺せば爺は満足する。

サイの言葉が意味するのは、会長と呼ばれる老人が鼎計へ殺意を抱いている、という事実だ。老人は個人的な感情によって大金をかけ、鼎計の殺害を依頼した。

その強い殺意の所以《ゆえん》。老人はきっとｅｃｈｏの被害者と関係している。

重い回転式拳銃の手触りが手のひらの中で、全くの異物のように感じられた。弾が尽きていることは確認していた。それでも、手放すわけにはいかなかった。

サイに対しては、何の効果もあり得ない拳銃だった。けれど、鼎計にとっては違うかもしれない。私が銃を奪われたことを鼎計は把握していない。時間稼ぎくらいにはなるだろう。

姿勢を低くしたまま、クロハは外階段を離れた。タイルで表面を飾られた花壇には高さがあり、膝を突いて身を屈めれば、周囲からの防壁となってくれる。微かに聞こえる苦悶の声が、クロハの身にまとわりつくようだった。奥の歯を強く噛み合わせた。ヤクノの体力が持つのを、祈るしかなかった。

花壇が仕切りとなり、テラス上に広い通路を形作っていた。床には花壇と同様の、煉瓦風の白いタイルが敷き詰められている。

前方に、風景とそぐわない異質な色彩を、筆で刷いたように掠れた赤黒い痕跡を見付けた。床に付着しているのは、血の色だった。

何処かへと流れるように続いていた。手のひらの形がところどころに見え、その一つ一つの指がとても長く、血痕は、床を這い進んだのがサイであるのを示していた。

肩が震えた。クロハは両腕で自分自身を抱きかかえた。ようやく思い出したのは、自分がぎりぎりの縁に立っている、という現実だった。命を奪い合う場所。その縁。違う。

違う。もう、私は只中に——

もの音に、クロハは振り向いた。

枯れ枝の間から食堂を視界に入れた途端、後ろ向きに倒れ込んだ誰かが窓硝子を割り、背中からプールへと落ちた。水音と水飛沫が起こり、ショート・ダウン・ジャケットを着た男が、プールの中で幼児のような金切り声を上げた。もう一人、食堂からゆっくりと姿を現した人物がいた。

現れた鼎計は前進しつつ、汚水に背中を浸す男へ、両手で持った拳銃を悠然と構えた。

「鼎計っ」

クロハは花壇から身を晒した。伸ばした両腕、拳銃の先は鼎計の胸元を指した。

鼎計からは、互角の状況に見えるはず。

鼎計がプールの縁で立ち止まる。そしてクロハへと、微笑んだ。

銃声をクロハは聞いた。鼎計が躊躇なく銃弾をソウイチへ撃ち込んだ、ということが信じられなかった。濁った低い苦痛の声が、ソウイチの口から漏れた。

次には、鼎計の瞳とまともに向き合っていた。銃口は音もなくクロハへ向いた。

身を伏せることに成功したのをクロハが知ったのは、その瞬間、頭上を銃弾の走る音が聞こえたからだった。銃弾は壁を穿ち、細かな破片をクロハの髪へ落とした。

嬉笑。ほとんど悲鳴のように聞こえる。クロハは総毛立った。

死は小柄な女性の形をしている。すぐ傍に存在する。

身を縮め、クロハは息を殺した。恐怖がクロハの四肢を押さえつけていた。

「あなたには撃てない」

鼎計がいった。口調の中に、喜びが満ちていた。

「あなたは弱い。気持ちがないもの。私の方が生きものとして、強い」

混乱の中、クロハの思考が焦点を結んだ。少なくとも鼎計は、この拳銃が自分自身のものだとは、気付いていない。そして彼女の持つ、地域課員を殺害し取り上げた回転式拳銃の装弾数は五発と決まっている。ならば、残弾は二発。こちらの武装を少しでも警戒しているのなら、残りの二発を簡単に使いはしない、と思えた。

「私にあって、あなたにないものは覚悟よ。自覚はある？　射撃の技術の問題じゃない」

クロハを威嚇する、嬉し気な声。

威嚇する必要などないはずだった。鼎計は今、どれほど自分が有利な状況にいるのか、把握してはいない。していれば、声はもっと近くから聞こえたことだろう。

タイルの上で手のひらが滑った。血痕の上に、クロハは倒れかかっていた。床に張りつくような低い姿勢のまま、クロハは血痕の流れを見詰める。

――一つは、逃げ出すこと。

心中の、ひどく冷静な部分がクロハへそう告げた。全てを捨て、建物から逃げ出す。ヤクノを捨て、ソウイチを捨てる。ソウイチは胸を撃たれた時、声を上げた。発声するだけの身体機能が残されている、ということでもあった。私に気を取られたために、鼎計の照準が少しだけ逸れたのだ。決して大口径とはいえない地域課員の拳銃。まだ生きている確率は零ではなかった。そのことも忘れ、自分の身だけを守ろうと思うのであれば、屋内の階段へ向かって、ただ全力で走ればいい。

「私は、ほら、喋り続けて居場所を教えているじゃない。それなのに、あなたは泣きながら逃げ回るだけ。顔を見せて。引き攣った顔を見せて」

もう一つの可能性は、目前の血痕を辿ること。

指先に力を込めた。濡れたタイルに膝を突く度に、クロハは転倒しそうになる。床の血は大きな木製の扉の先へと繋がっていた。両開きの扉は片側の蝶番が壊され、半ば外れた状態で傾き、風に揺れていた。

扉の向こうに、サイは礼拝堂の中にいる。

巨軀の男は出血により、放っておきさえすれば自然と弱ってゆく。鼎計の持つ怪物的な冷静さは、そう判断しているはずだった。

待つ間には活動的な者を狙う。ソウイチを。今は、私を。

動くことのできないサイとヤクノは、最後に仕留める。

だから恐らく、サイはどんな状態であろうと——

空き缶が詰め込まれた小さな噴水の前を伏せたまま過ぎ、クロハは礼拝堂の内部へ這い進んだ。

――まだ私から奪った拳銃を握り締めている。

多くの長椅子が二つの列を作り、並んでいた。見るからに重量のありそうな長椅子は、一つも倒されていなかった。最奥は祭壇となっていて、そこだけが外の空中へと張り出している。祭壇の背景、ほとんど壁一面を構成する嵌め殺しの大きな窓硝子は全て割られ、残された枠が運河の風景をスクリーンのように切り取っていた。雪に霞む高層建築は、とても遠い場所にあるように感じられる。

子供の頃に見た光景のように。戻ることのできない場所のように。

白い壁は猥雑な言葉で汚されていた。祭壇の左右に置かれた台座の上、その一方にだけ形を保った石像が残され礼拝堂の内を見下ろしている。血痕は中央の通路を通り、石像の足元へ、長椅子の陰へと続いていた。クロハは屈んだ体勢で壁沿いをぎこちなく歩き、回り込もうとする。

鏡のように艶のある床に残された血液の色は、まだ空気に触れて間もないものと見えた。靴の先が見え、デニムが見え、クロハは息を呑み、そして仰向けに倒れた男の全身が視界に入った。

サイは咽喉を撃ち抜かれていた。

襟首の辺りから、出血が今も続いているようだった。頭を少しだけ持ち上げ、血の泡を吐いた。何の感情も映さない両目をクロハは静かに見返し、見守った。

サイの魂は、今にも体から離れようとしている。その片腕が上がった。

自動拳銃が握られていた。銃口の暗い孔がクロハへ向いた。避ける暇もなかった。

サイは銃を持ち替える。銃身をつかみ、銃把をクロハへ差し出した。

近寄り、巨軀の傍《かたわ》らで跪《ひざまず》き、クロハは拳銃を受け取った。サイの手には力がほとんど入っていなかった。警戒しなければいけないことも、忘れていた。

サイは何処かへ視線を移し、嘲笑うように頬に皺を寄せた。

瞳の中の何かが、消えた。

クロハは半眼となったサイの目線の先を見上げた。

長衣を着た、真っ白な聖母像。全身には細かなひびが入り、それでも両腕の中には幼子をしっかりと抱え、微笑みを湛える。クロハは鼎計の拳銃を床に置いた。その手で首元を押さえた。コートの上から首飾りのバロック真珠を探し、鎖骨の付近で見付け、硬い感触をシャツの内で転がし、小さな粒を確認する。礼拝堂の入り口へ視線を送った。

壊れかけた扉を潜り、すぐに鼎計は現れるだろう。

私が、その小柄な人影を撃つことになる。撃たなければ私は殺され、民間人が死ぬ。

鼎計のように、迷いもなく。

でも、一つだけ……

クロハは床の上の、重さのある拳銃を再び取り上げた。

同じでありたいとは、思えなかった。

試みる価値はある。


「銀色だわ」

鼎計の声は扉の傍から聞こえ、

「私の銃でしょ。狡《ずる》い奴。警察官がそんな色の銃、持っているはずないものね……で、あの男の後を追った、と。何て汚い遣り方」

口調に恐れは微塵《みじん》も感じられず、

「銃を手に入れたのなら、撃てばいい。今から扉を潜るわよ……脚を撃つ？　肩を狙う？　もしも血が止まらなくなったら？　私を殺して、あなたはこれ以上、耐えられるの」

扉のすぐ向こう側に立つ気配があった。一瞬の想像の中、クロハは鼎計の体を扉ごと撃ち抜いていた。恐れが、引き金を絞りそうになる。

壊れていない方の扉がゆっくりと動いた。見開かれた目の中に歓喜を宿し、身を隠す素振りもなく鼎計が礼拝堂へ入る様を、長椅子の列の半ば、壁際からクロハは見詰める。

隔《へだ》たりは、およそ六メートル。

鼎計が室内を見渡そうとする前に、クロハは長椅子と長椅子の合間、艶やかな床へ銀色の拳銃を、力を込め滑らせた。拳銃は途中でサイの血痕を巻き込み、回転しながら反対側の、大理石を張った側壁に激しく衝突し、重く硬い金属音が、三角形の梁に支えられた天井に木霊した。鼎計が、音のした方角へ素早く銃口を突きつけた。

伸び切った両腕の先に握られる拳銃が真横を向き、その短い銃身をクロハへ晒す。

呼吸を止め、長椅子の背を支えにして、クロハは銃身を狙い引き金を引いた。

金属同士のぶつかり合う高い音が鳴り、腕ごと捥《も》がれたように回転式拳銃は鼎計から離れ、床の上で小さく弾んだ。

その場から立ち上がったクロハを、手首を押さえる鼎計が見遣った。いっそう見開かれた両目の瞳にはすぐに憤怒が表れ、猫のような敏捷さで、落ちた拳銃へ駆け寄ろうとする。

クロハは再び拳銃へ着弾させた。長く張った腕、その手先から火花を散らして拳銃は遠ざかり、礼拝堂の隅へ移動した。鼎計が呆然と体を起こした。

「その銃に触れたら、今度はあなた自身を撃ちます」

クロハがそう宣言すると、鼎計はゆっくりと振り返った。

自分の胸先を指す銃口を見ると、理解できない、という表情で、

「半端な真似。詰まらない真似」

鼎計はいい、

「できもしないことをいうんだから」

拳銃を構えたまま、クロハは場所を移す。礼拝堂中央の通路に、鼎計の正面に立った。

「……あの男、死んだんでしょ」

顎先で軽く、鼎計は前方を指し、

「あの男でさえ、私には敵《かな》わなかったのよ。力の使い方をよく知っていた、あの化け物みたいな男でさえ。あなたにそんな力ないじゃない……」

手首を持ち、その苦痛に耐えるように表情を歪め、

「あなたは、知らないでしょう」

いい聞かせるように、

「消費者金融の屋上へと、あの薄汚い年寄に引き摺られていた時、私がどれだけ暴れたか」

溜め息をついて、

「どれだけ逃れようとしても、私は襟首をつかまれたまま、引き摺られていった。つかまれて引き寄せられて、あいつの首筋からは垢の臭いがした。悔しくて、気が狂いそうだった。でも、たった数ミリ。たったそれだけの鉛の塊が当たっただけで、あいつは死んだのよ。見たこともない量の血が流れた。あなた、あれを見て何も感じなかったわけ……数十万を払うだけで、それだけの力、誰にも負けない力が手に入るのよ」

小さな顔を伏せ、上げた時には、何か歪みのようなものが視線に含まれていて、

「あなたに、できるはずがない。何も感じないいんだから」

鼎計は笑みを浮かべ、

「そんな覚悟、あなたにあるはずがない」

後退り始めた。回転式拳銃へ近付こうと。

クロハの方が早く、連続殺人者との距離を詰めた。鼎計は動きを遅くしたが、後ろへ下がるのをやめようとはしなかった。

口を開こうとする鼎計に、クロハは言葉を被せた。

「最初に、右足の甲を撃つ」

両手で実際に狙いをつけ、

「それでも止まらなければ、左足の甲」

「足にだって動脈は流れているのよ……」

作りものの笑み。緩やかに後退する。

「次は右肩。左肩。最後に胸を狙う。残りの弾は全て、胸へ」

クロハはそれ以上、鼎計へ近寄らなかった。

近寄る必要はない。射撃に必要な距離は、もう充分に保っている。

「それでもまだ動けるのなら」

クロハは静かに相手を睨み据え、

「あなたはその拳銃を手にすることができる。試してみる……」

鼎計は後退るのをやめた。クロハが本気であることに、気付いたようだった。

「私にだけ、威張るのね」

その目元に小さく、今までにない表情が出現したのをクロハは見た。小さくとも切実な感情だった。

「じゃあ、あなたのことは撃たないから」

本物の感情は微笑の下に隠れ、

「ほら、ヤクノだけは逃がさないようにしないと。みんな、期待しているんだし」

瞬きを忘れた両目は見開かれたまま、

「これから私がヤクノを殺して、世論の期待を実現する。一番自然なことでしょ」

当然の理を説くように、

「銃に触れなければ、撃たないんでしょ。あなた、そういったわよね」

今度は訴えかけるような声色を作って、

「もう私に後はない。理解しているわ。あなたには、それで充分でしょ。応援はまだ？　私は個人的な感情でヤクノを排除したいわけじゃないのよ。罪のない人間を傷付けたりはしない。ヤクノなんて、何の後悔もしていない。生かしておいても、誰のためにもならないわ。本人のためにも。一生、後ろ指をさされるだけ。自分で首を括るかも。あなた、正義ってどんなものか知ってる？　ヤクノを排除した後は、あなたに従うわ。それならいいでしょ？　銃もいらない。もうヤクノは動けないんだし、硝子か何かで充分だから」

「動かないで」

クロハは短く命じる。鼎計は姿勢をわずかに屈めて、床の回転式拳銃へ近付こうとする気配を、再び見せていた。

「応援はすぐに到着する。終わりよ。鼎計」

「お前を殺してやる」

双眸《そうぼう》が燃え上がり、声は高く、

「お前を殺して、その銃を奪ってやる。お前を殺し、ヤクノを殺し、弾が尽きるまで、警察官を殺してやる。捕まりはしないわ。きっと私も撃ち殺されるから。そして、そうすれば、私の名前は永遠にエコーする。人の会話の中に、TVの中に、物語の中に反響し続ける。記憶に刻まれるのよ。お前になんて、邪魔はさせない。私を誰だと思っているの」

背後から吹きつける風をクロハは感じる。体はずっと零下の中にあったことを思い出す。体温の低下を、体力の消耗を初めて自覚した。革靴に拳銃の照準を合わせ、視線だけは鼎計の瞳を捉えていたが、瞬きをする度に一瞬だけ視界が霞んだ。

生気に溢れた鼎計の瞳。鼎計も動かなかった。けれど、何時動き出してもおかしくはない。口を噤《つぐ》んでいるのは、きっと目前の警察官の、衰弱の兆しを見出したから。

雪が、時折クロハの視野を横切った。踵から、サイの血痕の粘りを感じる。

鼎計はまだ何も諦めていない。

クロハは自分の瞬きの瞬間を利用して、鼎計が小さく小さく拳銃へ近付いているように思えてならなかった。

でも、鼎計が拳銃を取る機会はない。私は機会を与えない。

与える理由は一つもなく、与えることのできない理由は幾らでもあった。

苛立ちらしきものが鼎計の眼光に含まれ始めたのを、クロハは確かに見た。


私は、もう一度アイと会う。


繰り返し繰り返し唱え——

時間の感覚をクロハが失った頃、礼拝堂の雰囲気が変化した。

鼎計が木製の扉へ振り返った。愕然とし、拳銃へ走り出そうとするが、腕をつかまれ、足を薙《な》ぎ払われ、鼎計は簡単に、硬い床に倒された。

鼎計の上げた悲鳴は礼拝堂を満たし、祭壇の窓を通り抜け、風の中に消えた。

＋

鼎計を取り押さえたのは、捜査一課の警察官達だった。幾人かがはめた腕章が、そのことを示していた。銃器対策部隊や特殊部隊《SAT》の姿は見当たらなかった。

涙を流しながら無茶苦茶に暴れる鼎計を、数人がかりで押し潰すように、確保した。

鼎計は後ろ手に手錠を掛けられても、引き起こされても、踠《もが》くのをやめなかった。

捜査員を蹴りつけ、一人の腕には噛みつきさえした。後ろから髪の毛をつかんで頭を引き上げられ、平手打ちを食らい、捜査員の腕から捥ぎ離された鼎計はもう一度甲高い、怒りの咆哮を上げた。

礼拝堂から鼎計が引き立てられる様子を、クロハは見届けた。

クロハへ向けられた鼎計の、充血した二つの眼球。

その焦点が何処にも合っていないのを、クロハは認める。

鼎計は何も見ていない。

自分の外側にも世界があることを、知ろうとはしない。

今までも。

今も。


警察車両の中へ案内されたらしい。どんな風に礼拝堂を離れ、階段を降り、装飾の多い建物から出たのか、クロハはほとんど覚えていなかった。

聞かれたことだけを機械的に答えた。疲労が指先にまで広がっていた。それに、痛みもあった。暖かい車内の空気は寒さを痛みに変え、クロハの皮膚を抓《つね》り上げた。手のひらを擦り合わせることで、少しずつ温度の変化を体に馴染ませていった。

硝子越しの駐車場の風景は、クロハがサイの車で到着した時とは全く変わっていた。赤い警光灯を輝かせた警察車両が集まり、捜査員達がひしめき、何かを怒鳴り合っている。陽も落ちつつあり、運河はより灰色へ。

三台の救急車両が見えた。クロハの視界を横切って、その内の一台にショート・ダウン姿の男性が担送車《たんそうしゃ》ごと運び込まれる。男性は眉間に深い皺を寄せていた。生きている、ということだろう。ヤクノの方はもっとはっきりと、救命士に痛みを訴えていた。ソウイチと同じように救急車両の中へ収められた。二台の車両が警報を辺りへ響かせ、駐車場を出ようとする。

「怪我の治療をしますか……」

捜査員に話しかけられ、クロハは我に返った。後部座席の隣に座る同世代の女性捜査員は本気で心配して、そう聞いたらしい。クロハが救急車の最後の一台をただぼんやりと眺めているのを、羨望の眼差しを送っているものと解釈したようだ。大きな怪我はありません、大丈夫です、とクロハは捜査員の申し出を断った。親指の付け根には火傷をしたような痛みがあり、頭痛も完全に消えたわけではなかった。顎の奥に鈍痛は残っていたし、あちこちに打身を覚えてもいたが、今は治療の時間に耐えるよりも、こうして暖かい場所でじっとしていたかった。

扉を開け、外に出ようとした捜査員へ、運河に誰も乗車していない四輪駆動車が落ちている、ということをクロハが教えると、相手は困惑した表情を見せた。

車内にはクロハ以外、誰もいなくなった。未だに捜査一課長の姿も、管理官の姿も見ていないことを思い起こし、けれどそれも重要な話とは感じられず、後部座席に体重を預け、クロハは瞼を閉じた。

周囲の喧騒を耳に入れながらうとうとしていると、誰かが車内に乗り込む気配を感じた。隣に腰を降ろしたのはイワムロだった。クロハへ携帯電話を差し出した。会長です、と目を伏せたままイワムロがいった。携帯を耳に当て、はい、と発声すると、

「もうすぐここへ、警察がやって来る」

掠れた声は、まるでノイズの混じる合成音声のようだった。

「悪意ある絡繰《からくり》が、私に向かって動き出したらしい。エンジン・フィスト社のMMOサーバが停止した。停止した途端、捜索差押許可状を提示された。その関連で、警察がここまで来るという。絡繰を仕組んだ人間が誰なのか、およその見当はついている。それに、絡繰には警察内の協力者が必要だ。違うかね……」

冷雨が発動したのだ、と気付いた。サトウ達が同時に動き出した、ということでもあった。

「君が上回ったことを認めよう」

老人の口調には抑揚がなく、

「もう私は充分に稼ぎ、使い、飲み、抱いた。今の私の興味は、昨日と同じ自分であることだけだ。昨日と同じように歩き、同じものを食べ、同じ葉巻を吸う……今日ではそれ等への興味さえも、失いつつある。思い残すことはない。ただ一つを除いて」

深い呼吸を数回繰り返し、

「私の息子を、返して欲しい。すでに火葬にされた、と聞いた。黒いシャツを着た、髪の短い若者だ。殴られ、殺される映像が流される以前から、手を尽くして捜していた。何時までも遊び癖の抜けない子供だったが、確かに私の、ただ一人の血縁だ。臨港署を直接訪れたいところだが、私はここで捜査員達が来るのを迎えなくてはならない。部下はほとんどが姿を消した。ウスイからの連絡も途絶えた。君はまだ、臨港署の特捜本部に所属していたはずだ。誰かに、息子を私に届けるよう計らってはもらえないか。私がここにいる間に」

言葉の最後に、微妙な震えが加わるのを、クロハは聞いた。

「……取り計らいます」

そう答え、携帯電話をイワムロへ渡した。イワムロは通話を代わることなく切断し、

「暴対課が、ずっと動いていたようですな……」

聞き取り難いほどの小声で、

「相手が一応知っている男だったもので、私が捜査一課との間に立って、詳しい話を聞くことになりました。あなたから送られた写真を見て、暴対課が異変を感じたようで……電脳犯

罪対策室と連携して、通話の呼出しにも反応しないあなたの行方を捜索した、ということです。緊急配備の流れに逆らって、特に対策室は躍起になって、あなたの携帯のＧＰＳ機能を頼りに、位置情報を通信業者へ問い合わせるまでした。情報公開された位置に到着してみると、そこは交通事故現場となっていて、怪我人は多くいても、あなた自身は存在せず、携帯電話だけが路上に残されていた。対策室の人間が――サトウという名前でしたか――携帯の中にカードを見付けたそうです。閃光舎へ乗り込むための書類が詰まった重要なカードだったとか。あなたが背の高い男に殴り倒され、連れ去られた、との目撃証言が現場には多くあったそうですが、その頃には益々、緊急の事案が重なっていましてね……暴対課も対策室も見付けられずにいた時、通信指令室へ通報が入った。あなたがここにいて、大変な事態が起こっている、と。最初の応援として、私達捜査一課の係も派遣されたわけですがね、拳銃携行命令を受けて。臨場した途端、暴対課から事情を説明する連絡があった、ということです。あなたを拉致した男が交通事故現場でいかに凶暴だったかも、聞きました。民間人が狙われているとの話もありましたから、銃器対策部隊を待たず、すぐに建物へ突入するべきでは、という意見が捜査員の中から出て、現場の責任者は係長でしたが、建物に張りついたまま、迷っていましてね、刑事部長へ報告すると――今なら笑い話に聞こえるでしょうが――臨機応変に行動せよ、というだけで。銃声が、二発聞こえました。それで、係長も決断したんです。一階から全ての部屋を確認しながら上の階へ進み、礼拝堂に達した、と。あなたの姿がなかなか見えないのは、気になっていましたが……一人で被疑者と対峙されていた、ということですよね……」

質問を投げかけられたとクロハが理解するには時間がかかった。理解し、ようやく頷いた。話を聞いている最中、クロハのまとまらない思考が唯一取り上げていたのは、ユキから受け取った外部記憶装置《ストレージ》が無事に役割を果たした、という事柄だけだった。

イワムロは扉に手を掛けて立ち上がる様子を見せたが、結局座り直し、組み合わせた自分の両手へ目線を落とした。何かをいい出し兼ねている。今のクロハにも、それくらいは分かる。物憂《ものう》げに、イワムロが口を開いた。

「信じてはもらえないでしょうが……まだ誰も名乗り出ていないわけですから」

喋りながらも迷っている、という口振りで、

「子規孝の護送についての情報を流したのは、俺じゃない。いずれ、はっきりするとは思いますが」

クロハはつい微笑みそうになる。考えてもないことだった。

「謝罪を受けて以降のことは」

体を少しだけ起こし、俯くイワムロの横顔を見た。

「疑う必要もありません」

イワムロは驚いたようだった。今まで落ち着きなく動かしていた両手の指が静止した。

クロハの耳には捉えられない声量で、何かいったようだった。決して顔を上げようとはせず、俯いたまま車外へ出てゆき、イワムロは後部扉を静かに閉じた。

終章

招待された場所は初めての座標。

建物同士が密集して林立するために道幅は狭く、コンクリートと金属で作られた迷路となっていて、見上げても薄闇の空はほんの一部しか、確認することができない。

路上には、アゲハには用途の分からない舞台装置《ガジェット》が、あちこちに置かれていた。パラボラ・アンテナが転がり、毒々しい注意書きを幾つも貼りつけたドラム缶が点在し、建物と建物の隙間には、銃器メーカの社名が刻印された段ボールが詰め込まれている。鉄紺《てつこん》色のアスファルトが演出も加え、街灯の光を強く反射させていた。

ウィンドウで区切られた地図の中央には小さな光点が、一つ。キリの位置だった。

歩くうちに、この誇張された夜の都市を、アゲハはそのまま現実世界でも知っている気がしてくる。曇りだらけのショウ・ウィンドウの前を過ぎ、電信柱から垂れ下がった太いケーブルを踏み越え、裸の女性がのけ反る姿勢を象《かたど》ったネオン・サインの瞬きを眺め、道端に立つ鎧《よろい》のような戦闘服を着込んだ人形《フィギュア》に目を留め、壁を這う排気ダクトの鉄の質感を見上げ、果物の房のように連なる道路標識の下を潜って、金網を通し立ち昇る地下からの水蒸気に、アゲハは体当たりをした。

弓形に中央を盛り上げる細く長い鉄橋が見えた。渡る途中に下方を覗き込むと、巨大な魚の黒い影が悠然と泳ぎ、遠ざかる。街の中央が見渡せるようになった。

急に、分身《アバター》の動きが鈍くなった。中央は広い窪地になっていて、瓦礫のようなものに囲まれていた。中心地点の長椅子に、少女が腰掛けている。

近付くにつれ、空間を取り囲む小山の細部が観察できるようになる。石や岩で作られたものではない、ということはすぐに分かった。小さな物体《オブジェクト》が窪地を囲みつつ長椅子の後方へ向かって積み上げられ、奇怪な集合体を形作っている。アゲハは少しだけ物体《オブジェクト》の層へ近付いた。内部を剝き出しにしたブラウン管式のTV。鉄道駅の券売機。古典的な形状の光線銃。フィルム映写機。錆びた蓄音機。変圧器らしき箱形の機械。機械でないものもあった。ヒエログリフの書かれた石板。驢馬《ろば》の形をした遊具。胴体だけのマネキンが着る、外国の民族衣装。毛並みの柔らかそうな洗熊の縫《ぬ》い包《ぐる》み。

「あんまり、そっちを向かない方がいいよ」

キリがいった。

「色んなものを置きすぎたから。そっちを視野に入れてると、世界の動作が凄く重くなっちゃうでしょ」

アゲハはキリへ歩み寄る。銀灰色《ぎんかいしょく》のドレスを着ていて、よく見るとキリの肌の上で液体のように、水銀のように生地が波打っていた。

「全部、キリが作ったの」

アゲハが訊ねると、キリは愛らしく首を振り、

「ううん。ほとんど貰ったもの。私は色を調整したり大きさを合わせたりして、配置しただけ。今、仮想空間から撤退する人って多いし、頼めば建物でも衣装でも無料でデータを譲ってくれたりもするから。ちょっと集めすぎて、だいぶ後ろに積んでいるけどさ。ほんとはちゃんと完成してから、アゲハを招待したかったたな……でも、やっぱり一緒に見たかったから」

「何時も思うのだけど」

キリの座る黒い長椅子、留金が繋ぐ捻《ねじ》れた黒い古木の組み合わせをアゲハは鑑賞しながら、

「個人的な作業するよりも、もっと相応しい場所でお金を貰ったらどう、って。コラージュにだって、才能は必要なんだから」

「楽しくない話題」

今度は悲しげに首を振って、

「何かを作る欲求と産業に組み込まれて作業するのとは、全然別の話よ。経済的な話をするなら、もうここで充分。土地の値段が下がってるおかげで、借りるのも簡単。これでほら、私達、漂流しなくて済むようになった。いいことでしょ。みんなも戻って来るかもしれない

し。ね、座って」

キリは現実的な話題のほとんどを、何時もはぐらかそうとする。

でも今は私も、キリを非難できるような立場にはいない。

「座ってよ。始めるよ」

急《せ》き立てられ、長椅子に、キリの隣に腰を降ろした。

正面には、電子回路のように細かな起伏を表面に施した円柱状の高層建築が二本、対称的に聳え立っていて、その合間に大きなスクリーンが渡されている。無意味な幾何学模様を繰り返し映していたが、瞬間的に鮮やかな緑色へ変化した。

平原。丘の上から、ユキと見渡したことのある光景だった。

以前と違うのは、景色を光射す水面に映したように見せる、ちりばめられた数百もの小さな煌めき。睨み合う両陣営の、兵士達の身動きに従って太陽光を時折強く反射する、鎧や盾の輝きだ。

どんな戦いとなるのだろう。兵力は、少なくとも見た目の上では拮抗していた。舞台は平坦で、奇策が生かせるような場所は見当たらない。消耗戦となる以外、アゲハは想像することができなかった。

密集する互いの軍勢が、陣形を変えた。

兵士達は集合形態を緩め、陣を薄く広げてゆくようだった。一人一人がばらばらに、足並みは揃わず、押し合いながら、それでも突撃の態勢を解こうとしていた。

鎧の触れ合う音が、虫の声のように小さく聞こえる。

戦いを放棄するような両陣営の態度は、アゲハをほっとさせた。何のゆかりもない、傍観するだけの争いだったが、心地の悪さはずっと感じていた。兵士の動きも収まり静まろうとする戦場を眺めるうちに、アゲハは映像の解像度の高さを改めて認識する。キャラクタの一人一人を見分けることさえできた。目を凝らせば、それぞれの兜《かぶと》や手甲《てっこう》についた鋲《びょう》や、鎧や貫頭衣《かんとうい》から覗く鎖帷子《チエインメイル》の網目までもが、確認できそうに思えた。

「これを記録するの、大変だった？」

アゲハが訊ねると、キリは軽く肩を竦めて、

「全然。『微雨ノ降ル王國』の基本的な機能の一つだもん。記録するのは動きの情報だけだしね。私の方で再映像化したの。記録時間によっては容量も相当大きくなるけど、退屈な部分はすぐに消去しちゃったし」

「この映像も、編集済みなの……」

「戦いが始まってから、ずっとこんな感じで、もう二時間経っているんだ」

アゲハは驚き、

「あれだけ軍勢を接したままでいて、どうして衝突が起きないの？」

「みんな、嫌気が差しているんだよ。計算されることに」

キリは座ったまま手脚を伸ばして欠伸をし、

「私は皇帝軍にいたんだけど、戦いが始まる直前、勝利した方へ贈られる経験値と賞金を四倍にする、って運営側からの通達があったの。でもみんな気付いたから。私達が興奮して斬り合って、貰った賞金で市場が活性化して、MMO自体がもう一度生き生きするようになる、って運営側が計算してることに。煽られているのを自覚したら、もう楽しくないでしょ。映像ではほとんど動きがないけど、実際はMMOの外で色んな意見がやり取りされているんだ。MMOの中では敵側に声が届かない仕組みになっているけど、ネットでは情報交換できる場所、幾らでもあるものね。だから運営側の見えないところで、不満が膨れ上がっているの。ああやって動いているキャラクタの中には、本人はとっくに戦場を抜けて、AIが肩代わりして動いている奴も結構いたみたい。で、MMOでは睨み合いながら、ネット上で両陣営の意見を集計して、共同でエンジン・フィスト社へ抗議する、っていう方針がまとまりかけていたんだけど、そうしているうちに、不思議なことが起こったんだ。ほら、見て」

俯瞰《ふかん》視点から一兵士の目線へと、スクリーンの構図が変わった。

最初は、映像に走る一瞬のノイズのように見えた。

青く輝く雨筋は草原に、あるいは兵士達の装備に接して弾けるまでの短い間だけ、周囲を煌々《こうこう》と照らした。青天から小さな稲妻が次々と落ちるのを見るようだった。

アゲハは気がついた。鎧や盾や剣の表面に映る雨滴は、一粒一粒が新しい光源として出現し、空間に異常な計算量をもたらしていることを。

何も潤さない、冷たい光。

冷雨。

兵士達が皆、空を見上げた。

瞬く間に雨は激しさを増した。影響はすぐに表れ、世界から滑らかさが失われた。実在する場面として見えていた光景は、青白く霞んで細部をなくし、時間の流れが紙芝居のように断続的なものへと変わり、ただ静止画を緩慢に描き替えるだけの映像となった。

雨音はしなかった。降り続ける雨はさらに勢いを強め、空間を容赦なく青い光で満たしていった。映像は完全な空白となり、スクリーンから一切の動きが消えた。

「過負荷。停止」

キリがそういった。

アゲハはしばらくの間、凍りついた無音の世界を見詰めていた。

ユキのことを思い起こす。

「エンジン・フィスト社の意図的な仕掛け、っていう人もいるけど」

何時の間にか、厚みを持つ楕円形の、黒檀《こくたん》らしき机が目の前に置かれていた。キリは立ち上がってその上にグラスを並べ出し、

「想定外の事故、って気がするよ。あれ以来、運営も再開されないし。でも、偶然の事故にしては奇麗だよね。不自然なくらい」

アゲハは何もいわなかった。ひと言でも返事をすれば、暴対課と電脳犯罪対策室が今も捜査を続ける事項、警察内部だけの情報を、うっかり口にしてしまいそうだった。

キリは机の前に膝を突き、両腕で抱えた大きな水差しの口を、透明なグラスに当てた。

「問い詰めたりしないよ」

飲み物を注ぐ分身《アバター》の横顔に小さな笑みが作られ、

「アゲハが見たい、っていったのは、仕事に関係するからでしょ……記録映像、ここからダウンロードできるようにしてあげようか」

「ありがとう」

グラスを満たした液体は橙色で、氷が一つ浮かんでいた。手に取ると液体の揺らぎに合わせて転がり、澄んだ音色を立てた。

「ほんとはね」

綿毛が着地するように、キリは長椅子に腰掛けて、

「アゲハを食事に誘うつもりになって、今日はここに招待したの」

立方体の氷の表面には、何かの模様が刻まれている。

アゲハはグラスを覗き込み、下からも見上げた。

六面全てに、翅を広げる揚羽蝶。

「でも、やっぱり食事には数えて欲しくはないな、と思って」

「駄目。今日は一回目の夕食」

仮想の都市の中でどう表現すれば、キリへ正確に伝わるだろう。

私が今、どれほど心安く寛ぎ、朗らかな気分でいるものか。

伝わらなければ、今度は実際に顔を合わせて。

「これからまた、何度でも」

アゲハがそういい足すと、キリは分身《アバター》に含羞《はにか》むような頷きの動作を加えてくれた。

＋

星空を遮る厚い雲は街明かりを受け、桃色に染まっていた。

雪は、今朝にはやんだ。少しだけ気温が上がり、そのせいで夜からは雨が降る、といわれていた。

……到着するまでこのまま。

詰まらない願掛け。自分でもそう思う。折畳み式の傘さえ持ってはいなかった。

……このまま雨が降らなければ、アイは私の元へ帰ってくる。

分かってはいても、午前中にそんなことを思いついて以来、機動捜査隊車両についた泥汚れをホースの水流で落とす最中にも、液晶画面の中で報告書を作成する間にも、警邏でステアリングを握る時にも、願いが適うための条件は脳裏に甦り、クロハは何度も空を仰いでいた。

大通りでタクシーを降りた。住宅街へ入ると静けさが路上の隅々にまで、ゆき渡っていた。昼間に少しだけ解け、陽が落ちて再び凍り始めた雪が踵の下で鳴った。雨の気配はずっと頭上に感じている。それでもどうやら、雨滴を受けることなく、目的の場所に辿り着くことができたらしい。馬鹿げている、と思いながらもクロハはほっとしていた。

元義兄の住宅には駐車場もなく、大きさはクロハの想像の、半分程度のものだった。鉄柵で作られた小さな門構えの前に立つと、玄関先の明かりが自動的に灯った。

コートから出した、何も持たない両手に不自然さを覚えた。最低限の礼儀として、少しは贈り物を、小さな洋菓子でも用意するべきだったのかもしれない。携えなかったのは、この招きを一種の対決とクロハが捉えていたためだった。元義兄は多くを語らなかったが、保育士や弁護士が同席している可能性もあった。

チャイムを鳴らす時には自分の息遣いが聞こえ、クロハは自身が今、どれほど緊張しているのかを知る。今になって当惑していた。余りにも無思慮に、元義兄の招待に応じてしまったことを。これから起こるできごとを考慮し尽くした、とはとてもいえなかった。

アイの顔が見たい、という気持ちだけを元にクロハはここへやって来た。

自宅へ送られた審判書は茶色い封筒の中に、三つ折りに畳まれていた。本件申立てを却下する、と短く書かれた主文の文字は、当然の審判のようにも、全く予想外の結果のようにも思えた。何度も読み返し、長く見詰め続けたことも覚えている。

その後、何も考えなかったわけではない。クロハはそう思い直す。

時間制の相談料を支払い、弁護士の話も新たに聞いた。後見人選任についての審判は不服申立ての対象にはならない、といわれた。まるで対抗する手段がないわけではない、とも。

家庭裁判所に認められた元義兄の親権について、その喪失の申立てを行うことは、アイの親族として可能だった。簡単な話ではなく、元義兄に、親権者として不適格な振舞が見出されなければ、中立てが成り立つことはない。

何か行動を起こさなければ、と焦りばかりが増していった。

――一度、直接会って話をさせてもらえないか。

二日前、元義兄は電話でそういったのだった。審判書が送付されてから、一週間後のことだった。

――その時は、息子に会ってもらっても構わないと思っている。

息子、という表現には胸が痛んだ。けれどそれ以上に、突然訪れた再会の機会がクロハの心を弾ませ、元義兄の意図を読むために必要な思考力のほとんどを、奪ってしまった。

審判で決定した以上、元義兄がクロハと関わる必然性はないはずだった。謝罪のようなものがあるとは考えられなかった。この面会によって、少しでも私に有利な結果の生じる事態があり得るのだろうか、と今さらながらクロハは疑問に思う。親権を取得したものの養育に倦《う》み、投げ出したくなった、という話がクロハの想像したうちの、最も都合のいい可能性。

インターフォンのスピーカからの声に来訪を告げた。

彼は何等かの忠告を、私に与えるつもりなのかもしれない。あるいは忠告を込めた条件の提示。きっと、そんなところだろう。

改めて、何の対策も持ち合わせていないことが悔やまれた。

内側から扉が開き、その隙間から見える人影にクロハは一礼した。

ミハラは、どうぞ、と乾いた声で短くいった。

玄関に揃えられていた室内履きに足を差し入れ、木製の床に上がった。

予想より小規模とはいえ、クロハの暮らす集合住宅のワンルームとは比較にならない広さだった。暖色系の光を浴びた廊下の床は、新築の木の香りがした。階段の踏板のそれぞれには、リーフ柄の、滑り止めのマットが敷かれている。踊り場の上の照明には、ユリ科の花弁を模した覆いが掛けられていた。階段の手摺に寄り添うように置かれた、幼児用の、押し車にもなるプラスチック製の乗りもの。無理に幼児を歩かせるのは脚の成長にとっていいことではない、とクロハは聞いている。ひと言、注意をするべきなのかもしれない。

面会が対決の意味を含んでいるのだとしたら、養育に関しての瑕疵《かし》を見付け出す好機、とも考えられた。自分の中の悪意らしきものにクロハは嫌気が差すが、つい方々に視線を送ってしまう。彼もそのことは意識しているのかもしれない。タートルネックのニット・セータを室内でも着込むミハラが寛いでいるようには、クロハには見えなかった。

心臓の高鳴りは、苦しいほどになっていた。

硝子製の扉をミハラが押した。

見渡す必要もなかった。

正方形の居間の奥の壁沿いに小さなマットレスが敷かれ、そこでアイが寝息を立てていた。

「起こしておこうと思ったんだが」

ミハラの口調は、患者へ病状を説明するようで、

「離乳食を与えている最中に、瞼が閉じてしまった」

クロハは静かに、少しだけアイへ近付いた。胸が熱くなり、抱き上げて小さな首と肩の間に顔を埋め、柔らかい感触を確かめたいという衝動を、息を呑むことで抑えた。やっと気がついたのは、厚手の毛布に浮かび上がるアイの体の輪郭が、クロハの記憶にあるものよりもひと回り大きくなっていることだった。口に何かを含んだように、アイの唇が動いた。

「部屋が寒くてすまない。さっき暖房を切ってしまった」

ミハラの声がクロハの後方で移動し、

「寝ている時に暖房の風が当たるのは、よくないような気がしてね。そこに座れば、少しは暖かいだろう。普段は置かない。アイが触ると危ないから」

ミハラの指先が、革製の大きなソファを差していた。ソファの傍には円柱形のハロゲン・ヒータ。クロハは勧めに逆らうことなく、脱いだコートを膝に乗せ、ソファの隅に、アイから一番近い位置に座った。

ゆっくりと、ほんの少しだけ上下する毛布。居間の半分は、明かりが落とされている。陶器の食器が触れ合う音が聞こえた。居間の中に設《しつら》えられたシンクの前に立ったミハラが、ステンレス製の茶漉《こ》しを手に持ち、カップへ飲みものを注いでいた。既視感を覚えたが、ミハラの給仕は仮想空間の分身《アバター》よりもずっとぎこちなく、手慣れていない様子だった。トレーにも載せず、ミハラはクロハの前に直接、紅茶の入ったカップを置いた。

弁護士さえもいない、という状況をクロハは意外に思う。ミハラの武骨なもてなしには育児の問題点が表れている、と考えることはできた。クロハは居間を見渡した。

居室はよく整えられていた。幼児がつい口に含んでしまう大きさの玩具や、先の尖った文房具は低い位置に存在せず、キッチンの奥へは進めないようフェンスが設けられ、壁やTVボードと接する一部の床にはコルク製のタイルが敷き詰められている。つかまり立ちに失敗して転んだ時のためのもの。アイはもう自力で立ち上がることができる……

アイの顔は清潔に保たれていた。口の周りに食べものがついていたりはしなかった。アイが頭だけで寝返りを打ち、後頭部をこちらへ向ける。切り揃えられた項《うなじ》の髪。姉さんと同じ形の耳。何処までが保育士による世話なのだろう。ミハラ本人が、一人で離乳食を与え、アイの口を拭ったとも思えなかった。

ミハラはシンクに寄りかかり、両手を暖めるようにカップを持ち、アイの方をじっと眺めていた。何時ものように表情に乏しく、まるで実験の結果を待っている科学者の風情だった。以前から、クロハはミハラの考えていることを想像できたためしはなかった。

紅茶を小さく飲み下し、ミハラが口を開いた。

「大変な事件に関わっていたとか」

アイを見詰めたまま、

「本部長賞詞が授与される、と新聞に載っていたよ」

「……形式的なものです」

謙遜ではなかった。特捜本部を離れ独自に動いた捜査手法を不快に思う人間がいる、という事実は誰かに教わるまでもなく、自身の肌で感じていた。警邏を主な任務とする機動捜査隊に所属する間は気付かない振りができたとしても、他の部署に異動を命じられでもしたら居心地は現在よりずっと悪くなるだろう。

クロハの方から、異動を希望する可能性もある。アイが戻って来るのであれば。

今でもクロハは居間の中を観察し、その可能性を探っている。

アイが身じろぎし、毛布から小さな手のひらが飛び出した。穏やかに息を吸い、吐いていた。アレルギーの兆候を示す呼気の濁りは少しも聞こえなかった。

警察官を辞める必要があるのなら、それも構わない、と思えた。

「……頼みがあるんだ。そのために、君を呼んだ」

そういうミハラの声には、わずかに硬さが加わったようだった。

クロハは頷いた。いよいよ始まる。

「会いに来るのは、構わない」

ミハラの横顔にも、緊張は出現していた。とても緊張している。

「けれど会って欲しい、とは思わない……正直にいえば」

胸苦しさを、クロハは感じる。

「君にアイがどれくらい懐《なつ》いているか、僕は知っている。以前でもリョウの次は僕ではなく、君だった」

ミハラは死んだ姉さんの名前を口にし、

「リョウとアイと三人で暮らしていた時には、自分の時間を侵食されている気分に、ずっとなっていたものだったよ。他の人間との共同生活というものが、あれほど性に合わないものだとは考えてもみなかった。リョウは相手が望んでいると思えば、幾らでも静かにしてくれる。そういう女性だ。アイはそうはいかない。けたたましく存在を主張して、僕の個人的時間を奪おうとする。アイが生まれて以来、僕が精神的緊張を抱えていたことは、事実だ。でも、君は誤解をしている」

軽く咳払いをして、

「僕が親権を主張したのは、当然の義務と思ったからだ。世間体のためでも、君への嫌がらせでもない。実際、リョウと別れてからも、僕は何度もアイと会っている。リョウは仕事場にも時には連れて来たし、二人でここに寄ることもあった。確かに当時の僕がそうした触れ合いを心底喜んでいた、とはいえない。けれど、アイが視界から消える度に覚えていたのは喪失感だ。今ではいい切ることができる。僕はアイに会わなかったわけじゃない。君と会わなかっただけだ。君が僕を、アイとリョウの敵《かたき》のように見ていたのは承知していたから」

クロハはロー・テーブルの上の紅茶へと、視線を移した。

「今はただ、君のことを恐れている。本当のことだよ」

テーブルに薄く残るクレヨンの跡を、クロハは見付ける。

「アイが、とても君に懐いているから。保育所からアイをここに連れ帰った時、あの子は凄く泣いた。保育士もウイルス性の病気を疑ったくらいだった。思い出すだけで緊張するよ……あれから二ヶ月以上経って、僕にも懐くようにはなった。けれどアイが君とまた一日でも二人切りで過ごしたなら、君から離れようとしなくなるだろう」

テーブル表面に走るクレヨンの青い曇りに、クロハは人差指を置いた。

「今では僕が、できるだけの世話をしている。夕方からは。経理仕事は完全に、人に任せることにした。もうアイと接するのを義務とは考えていない」

ミハラはアイから目を離さず、

「何時《いつ》もは、二階で寝るんだ。同じ毛布にくるまって寝かしつける。だから、アイが階段をゆっくり昇るのを後ろからついてゆくのが、僕の一日の最後の仕事だ」

カップをシンクに置いた。

「アイは踊り場の前で必ず、上を見るんだ。ランプを見上げる。アイの瞳の中に明かりが映り込んで虹彩が不思議な色に光り、そのまま僕の顔を見て、笑う。初めてその姿に接した時、僕は自分の息子の本当の価値を知ったように思う。古いレコードを聴きながら、もの思いに耽るよりも価値がある」

クロハは室内の落ち度を探すのを、やめた。これ以上惨めな気持ちになりたくはなかった。シンクから背中を離して姿勢を正し、ミハラはクロハへ深く頭を下げた。

「息子を僕から、奪わないでください」

和解が提示されている、ということには気付いていた。

受け入れない理由を見出すことはできなかった。アイを思うなら。

終わりが訪れたことを、クロハは知る。

アイと私の、結末。

しんとした居間の中に、雨音が届いた。

クロハはもう一度、アイの姿を視界に収めた。

「……アイを本当に大切にしてくださるのなら、私から申し上げることは、ありません」

クロハはソファから腰を上げた。アイの睡眠を妨げないように気をつけた。

「あなたの子供です。邪魔をするつもりもありません」

静かに辞儀をし、

「アイのことを、よろしくお願いします」

そのまま扉へ向かおうとするが、堪《こら》え切れずアイの寝姿へ近付いた。コートを絨毯に置き、マットレスの脇に両手を突いて、小さな顔を刺激しないよう、指先で掬《すく》い上げた髪の毛を耳に掛けた。顔を寄せるとアイの体温を感じた。ミハラは何もいわなかった。

暖かなアイの頰に、クロハはそっと唇をつけた。

＋

アイの家が見えなくなったところで、クロハの足は止まった。

傘は持っている、とミハラには嘘をついた。雨は真っ直ぐに、クロハへと落ちて来る。

動くことができなかった。立ち尽くし、冷たい雨に身を晒し続けた。
涙が止まらなかった。

——私はこれから先、ずっと。

水滴は目の中にも流れ込み、涙と混ざり合い、住宅に囲まれる路上の風景を滲ませた。

——雨に打たれる度、君のことをきっと思い出す。

雫はコートの襟の内側を伝い、シャツに染み込み、クロハの肩を冷やしていった。
灰色がかった瞳。さらさらした髪。小さな顎。少しだけ厚みのある唇。

——君は何処かで、私を思い出してくれる？

指先の形を。
私の肌の匂いを。
君を呼ぶ声を。

眼縁に溜まった涙を雨が押し流し、一瞬、クロハの視界を澄明《ちょうめい》にした。
曇り空と暗闇と、アスファルトに残る雪。
街灯の光を浴びて起伏のラインを輝かせ、世界を新しく作り直そうとするように。

足を踏み出さなければいけないことは、分かっていた。

解説

香山二三郎《かやまふみろう》
（コラムニスト）

未来都市のイメージというと、ひと昔前まではマンガ家の手塚治虫《てづかおさむ》の描くそれがベースだったような気がする。超高層ビルが立ち並ぶ中、新たな鉄道が高架を走り、エア・カーが空を飛ぶ、お馴染《なじ》みのイメージ。さすがに車はまだ空を飛んでいないものの、近年の東京はかなりそれに近づいているようで、お台場あたりなど、かつて脳裏に描いた未来都市そのものといっても過言ではないのではあるまいか。

もっとも未来は明るいものだと無邪気に信じ込んでいる人は今どき稀少《きしょう》かもしれない。東日本大震災の後となってはなおさらであるが、個人的に未来都市のイメージが一転したのは映画『ブレードランナー』からであった（日本公開は一九八二年七月）。

フィリップ・K・ディックの原作小説をリドリー・スコット監督が映画化したこの作品、宇宙の辺境で働く人造人間——レプリカントの叛乱者がロサンゼルスにやってきて事件を起こすというお話だったが、特筆されるのは、何といっても舞台の造形。近未来の地球は環境が悪化し、多くの人類が宇宙に移住してしまった。残された人々は酸性雨の降る、暗いじめついた都市で生きるほかなくなってしまった。というわけで、明るい未来イメージはどこへやら、二〇一九年のロサンゼルスは「強力わかもと」の妖しい映像など流れる、暗く不気味な都市へと変貌していたのである。

二〇〇九年、第一二回日本ミステリー文学大賞新人賞を受賞した結城充考『プラ・バロック』（光文社文庫）を初めて読んだとき、まず思い浮かべたのも『ブレードランナー』のロサンゼルスだった。

ただ『プラ・バロック』には具体的な地名が意図的に省かれていて、東京に近い港湾都市であるらしいことくらいしか明かされていない。時代も現代なのか近未来なのか、今ひとつ定かではなく、主人公のクロハ　ユウを始め、人名もカタカナで表記されていて（漢字で書くと黒葉佑）、どことなく無国籍調なのである。それが何を狙ったものなのかは後述するとして、女刑事のクロハはそこで港の埋め立て地にあった冷凍コンテナから一四体もの凍った死体を発見、その捜査に追われることになる。『ブレードランナー』のように人類が宇宙に進出した様子はないし、レプリカントのような人造物が出てくるわけでもない。陰惨ではあるけど、殺人事件のありようは現代的で、時代的にも現代か現代に近い近未来ということがわかる。同じ警察捜査ものでも、ＳＦ色は希薄《きはく》。

増え続ける大量死体にはやがて集団自殺の可能性が出てくるが、この作品を特徴づけているのは、捜査の行方とは別に、クロハが仮想空間を利用していることだ。彼女は捜査の本質を追及する硬派の刑事なのだが、美女であるがゆえに男社会の警察社会では「鋼鉄の処女《アイアン・メイデン》」呼ばわりされ、何かと孤立しがち。そんな現実を忘れさせてくれるツールが、人と人との距離が近すぎも離れすぎてもいない仮想空間「瓦礫《がれき》の土地」であり、彼女はそこでアゲハと名乗り、キリやレゴといった様々な分身《アバター》仲間が集まる「酒場」を訪れたりしていた。

当初はクロハのごく私的な逃避場所のように思われたこの仮想空間だが、後半重要な役割を担っていることがわかってくる。読者にとって重要なのは、現実世界と同様、仮想空間にもいつも雨が降っていること。時代も地理的背景も不鮮明な現実世界は大抵雨が降っており、しかもクロハが捜査に歩き回るのは、埋め立て地や建設現場や廃墟といったひと気の少ない殺伐としたところが多い。読み進めていくにつれて、次第にそうした現実と瓦礫の土地のイメージが交錯し始める。著者が独自の背景作りで狙ったのも実は『ブレードランナー』的な荒廃した近未来というより、リアルとバーチャルが入り混じったような社会——分身《アバター》にならないと本音で語り合えなかったり、人間らしい感情を損《そこ》ねた者が跳梁跋扈《ちょうりょうばっこ》したりする歪んだ社会のありようなのに違いない。

してみると『プラ・バロック』は近未来ものというより、並行世界ものに近い乗りなのではないだろうか。

本書『エコイック・メモリ』はその『プラ・バロック』の続篇に当たる長篇で、二〇一〇年八月、光文社より書下ろしで刊行された。

物語は前作の一ヶ月後から始まる。県警機動捜査隊に所属するクロハは強盗人質事件に対処するものの、危く犯人に撃たれそうになり、窮地を救ってくれた交通課員に負い目を抱くようになる。それから二ヶ月後、さらに甥っ子アイの親権を父親のミハラと争うことになるが、そんなとき、動画投稿サイトに『回線上の死』と題された殺人映像とおぼしきものが三本流されたことから、三日間でその真偽を探るよう命じられる。運よく四本目の映像がアップロードされた瞬間を察知したクロハは今一歩のところまで犯人に迫るが逃してしまう。

しかし彼女はちょっとした手がかりから犯行現場を特定することに成功、『回線上の死』がリアルの連続殺人であることを突き止める。遺体の現状と死亡推定時間が一致しないなど新たな謎も出てくるが、同じ頃、彼女のもとに『閃光舎』というネット関連会社の営業部員が訪れ、問題映像に関する情報提供を申し出る。それは彼女を脅《おびや》かす危険な一味の罠だった……。

スナッフ映像とは、前作の大量冷凍死体に優るとも劣らぬインパクトだ。序盤から犯人との追跡劇が繰り広げられるなど、活劇演出もパワーアップしていることもうかがえよう。読みどころはむろん『回線上の死』の投稿者ｅｃｈｏをめぐる謎解きであるが、前作の謎めいた協力者タカハシと同様、怪しげな閃光舎が途中から絡んできたり、冒頭の強盗人質事件でクロハを救った警察官をめぐる救済劇やらアイをめぐる親権争いやら、様々なサブストーリーが輻輳《ふくそう》し、前作以上に重厚な仕上がりになっている。

読みどころの第二は、むろんクロハの運命にあろう。前作の事件を経て、警察内だけでなく、私生活でも孤独な身の上になってしまった彼女。今回はのっけから九死に一生を得るばかりか、アイの親権争いもする羽目になる。しかも冒頭の出来事では交通課員への思いやりが裏目に出て、のちに警察を揺るがす事態を招いてしまうし、後者でも実の父親を相手に相当不利な闘いを強いられることに。ｅｃｈｏの捜査だけでも大変なのに、著者はいったい彼女をどこまで追い詰めれば気が済むんだといいたくなるが、へこたれはしても決してくじけないのがクロハという女。

ただし彼女とて孤立無援ではなく、たとえば閃光舎でのユキとの出会いは彼女を勇気づけるものだった。自分たちが作り出したオンラインＲＰＧ、その名も『微雨ノ降ル王國』をめぐる陰謀に巻き込まれた彼女は闘うシステムエンジニア。鋼鉄の意志で復讐を果たそうとするが、クロハはそこに姉の姿を重ねて見るのだ。鉄道ファン垂涎の駅、ＪＲ鶴見線海芝浦支線海芝浦駅を舞台にしたふたりの別れのシーンは男顔負けのハードボイルド・タッチが冴えた名場面といえよう。またたとえば、事件現場で出くわしたベテラン交通捜査員のカンノ。何とも不愛想な渋面爺《じゅうめんじじい》だが、会って間もなくクロハを信用したのか、後になって思いがけないところで優遇してくれたりする。

女刑事ものとしては、当然ながら彼女とｅｃｈｏとの闘いがクライマックスとなるのだが、個性豊かな脇役たちとの様々な絡み合いもそれに劣らぬくらい読み応えがある。

味方だけでなく、悪役についても同様のことがいえよう。一見サラリーマンふうだが瞬時に暴力的な凄みを利かせることも出来るウスイ、随所でクロハを脅かす仮想現実のトロルそのままの巨漢サイ。肝心のｅｃｈｏについては詳述出来ないのが残念だが、前作の『鼓動』とはまた対照的な生粋《きっすい》の悪を演じて見せてくれる。後半、二転三転したあげく、その正体が明らかになる展開はスリリングのひと言で、読み返してみると、著者のあざといばかりの伏線張りの妙が堪能《たんのう》出来よう。

『プラ・バロック』と本書とでは時間的にそれほど隔《へだ》たっていないし、その世界観がガラリと変わるようなことはない。だが現実が相変わらず灰色の薄暗い世界であるのに対し、仮想空間のほうはもはやアゲハ＝クロハとキリしか存在しなくなっており、さらに崩壊が進みつつある。その成り立ちを考えれば当然の帰結というべきかもしれないが、キリはクロハのためにもその再建を図っているようだ。新たな仮想現実がどんなものになるのかは今後の楽しみであるが、それが現実世界をも反転させるようなプラスに作用することを祈りたいものである。

著者の結城充考については前作の解説で作家有栖川有栖《ありすがわありす》氏が詳しく紹介されているので、そちらをご参照いただきたい。結城作品は本書ののち、初の短篇集となる『衛星を使い、私に』がすでに刊行されているが（二〇一一年八月　光文社刊）、同じクロハを主人公にしたシリーズでもこちらは『プラ・バロック』や本書の前日譚に当たる。目下、プロジェクトは多数進行中とのことなので、シリーズの第三長篇も遠からず書かれるに違いない。新たな一歩を踏み出した彼女の前に今度はどんな敵が立ちふさがるのか、期待したい。

二〇一〇年八月　光文社刊

光文社文庫

エコイック・メモリ

著者　結《ゆう》城《き》充《みつ》考《たか》

2012年8月20日　初版1刷発行

発行者　駒井　稔
印刷　萩原印刷
製本　フォーネット社

発行所　株式会社 光文社
〒112-8011　東京都文京区音羽1-16-6
電話 (03)5395-8149　編集部
8113　書籍販売部
8125　業務部

落丁本·乱丁本は業務部にご連絡くだされば、お取替えいたします。
ISBN978-4-334-76446-3　Printed in Japan

組版　萩原印刷

お願い　光文社文庫をお読みになって、いかがでございましたか。「読後の感想」を編集部あてに、ぜひお送りください。

　このほか光文社文庫では、どんな本をお読みになりましたか。これから、どういう本をご希望ですか。

　どの本も、誤植がないようつとめていますが、もしお気づきの点がございましたら、お教えください。ご職業、ご年齢などもお書きそえいただければ幸いです。当社の規定により本来の目的以外に使用せず、大切に扱わせていただきます。

光文社文庫編集部